Wodehouse Special
ウッドハウス・スペシャル

Summer Lightning
P.G.Wodehouse

ブランディングズ城の夏の稲妻

P・G・ウッドハウス 著　　森村たまき 訳

国書刊行会

目次

序文　5
1．ブランディングズ城に胚胎する騒動　9
2．真実の愛の行方　46
3．センセーショナルなブタ泥棒　80
4．ロナルド・フィッシュの注目すべき振舞い　118
5．ヒューゴ宛の電話　152
6．スーの名案　160
7．パーシー・ピルビームの仕事　168
8．ブランディングズ城を覆う嵐雲　195
9．スー登場　214
10．スーのショック　222
11．まだまだスーのショック　243

12. 執事ビーチの行動　265
13. ディナー前のカクテル　300
14. 有能なバクスターの敏速なる思考　331
15. 電話にて　345
16. めぐり逢う恋人たち　356
17. エムズワース卿の勇気ある振舞い　363
18. 寝室における悲痛な場面　371
19. ギャリー事態を掌握する　389

沃地としてのブランディングズ城　**紀田順一郎**　397
エンプレス・オヴ・ブランディングズ　**N・T・P・マーフィー**　403
訳者あとがき　**森村たまき**　409
《ブランディングズ城シリーズ》紹介　414

ブランディングズ城の夏の稲妻

デニス・マッケイルへ

○主な登場人物

第九代エムズワース伯爵クラレンス（エムズワース卿）………ブランディングズ城の城主。ブタを愛する夢想家。

レディー・コンスタンス・キーブル………エムズワース卿の恐るべき妹。

ギャラハッド（ギャリー）・スリープウッド………エムズワース卿の弟。幸福な独身者。波乱多き生涯の回想録を執筆中。

ロナルド（ロニー）・フィッシュ………エムズワース卿の甥。

ミリセント・スリープウッド………エムズワース卿の姪。

スー・ブラウン………リーガル劇場のコーラスガール。ロニーの恋人。

ヒューゴ・カーモディー………ロニーの親友。現在ブランディングズ城でエムズワース卿の私設秘書をしている。ミリセントの恋人。

ビーチ………ブランディングズ城の忠実な執事。

ルパート・バクスター………エムズワース卿の元秘書。有能。

サー・グレゴリー・パースロー＝パースロー………隣村マッチ・マッチンガムのマッチンガム・ホールに住む准男爵。エムズワース卿のライバル。

パーシー・ピルビーム………探偵。アルゴス探偵事務所所長。

エンプレス・オヴ・ブランディングズ………エムズワース卿の高貴なる飼い豚。バークシャー種。シュロップシャー農業ショー肥満豚部門銀賞受賞（優勝）。

序文

とある批評家が——遺憾ながら、こういう人物が現実に存在するのである——私の前作には、「おなじみのウッドハウス世界のキャラクターが全員、別の名前で登場する」と言って、底意地の悪い批評をしてよこした。彼はおそらくもう今頃は預言者エリシャを嘲り笑った子供ら同様「子供たちがエリシャのはげ頭を嘲りはやし立てると、森の中から二頭の熊が現れ四十二人を引き裂いたという奇跡。『列王記下』二・二四」、クマに食われていることだろう。しかしもし彼がいまだ生き永らえているようならば、この『ブランディングズ城の夏の稲妻』に対して同じ非難を発することはできないはずである。わが優越したる知性は、おなじみのウッドハウス世界のキャラクターを、全員、同じ名前で登場させることによって、戦術において私をかの人物に勝利せしめたのである。お陰であの男はものすごくバカみたいな気分になっているであろうと、想察するものだ。

この物語は私の——こう表現してよろしければ——パペットたちの、一種のオールド・ホーム・ウィークみたいなものである。ヒューゴ・カーモディーとロニー・フィッシュは『マネー・フォー・ナッシング』に登場した。ピルビームは『征服者ビル』に登場した。そして残りのエムズワース卿、有能なバクスター、執事ビーチ、その他は皆全員『サムシング・フレッシュ』、『スミスにおまかせ』でひと働きした人物である。かの傑出したる豚、エンプレス・オヴ・ブランディングズですら「豚よォほほほほーいー！」なる短編でデビュー済みであるから、二度目の登場ということになる。また同短編は面白過ぎて言葉にならない他のブランディングズ城短編とともに、近いうちに一冊にまとめられ刊行される予定である。

とどのつまり、私はブランディングズ城から離れられないということなのだ。その場所は私を一種の魔法でもって魅了する。私はいつだってシュロップシャーに飛んでいって最新ニュースを聞きに寄らずにはいられないいし、そこにはいつだって何かしら私の関心を惹《ひ》くことがあるようなのだ。その地が読者諸賢のご関心をも惹かんことを、との願いのもと、あのおなじみの場所からいくらかゴシップを書き留めてきて、ここに『ブランディングズ城の夏の稲妻』としてご提供するものである。

本書のタイトルについて一言申し述べたい。それはサッカレーがある晩床に就いた後、突如『虚栄の市』なる題名を思いつき、ベッドから飛び上がって声を限りに叫びながら部屋じゅうを七周してまわったという故事に関連している。まことに奇妙なことだが、『夏の稲妻』という題名を思いついたときの私の行動がまさしくこれと同じだった。私はすぐさまそれが理想的な小説のタイトルであることを了解した。私の意気揚々ぶりは、それを高く評価した者が私だけではないことを発見するにおよび、いささか減退した。すでに私は英国において二冊の小説が同タイトルで刊行されているのを知っている。また私のアメリカのエージェントは、合衆国内で三冊が近頃市場に投入されたと伝える電報を送ってきた。本書はこの題名で雑誌に連載されてきたのだから、いまさら変更するには遅すぎる。私はただ本書が、『夏の稲妻』という題名のベストブック１００冊のリストに入るに値する一冊と考えられるようにとの、ささやかな希望を表明するのみである。

P・G・ウッドハウス

1. ブランディングズ城に胚胎する騒動

I

ブランディングズ城は陽光の中にまどろんでいた。滑らかな芝生と石敷きの階段式庭園《テラス》には、ちいさな靄《もや》のさざなみが踊り、うっとりするような虫たちのブンブン音が大気に満ち満ちていた。それは心地よい夏の昼下がり、昼餐《ちゅうさん》とお茶の時間の間、大自然がチョッキのボタンをはずし、脚を投げ出してごろりと寝そべる頃のことであった。

この壮麗なる英国の大邸宅の屋敷裏の月桂樹の茂みの木陰では、この城の主《あるじ》たる第九代エムズワース伯爵クラレンスの執事ビーチが、座ってロンググラスの中身を啜《すす》り、社交界と芸能界の話題に専心する週刊新聞を読みふけっていた。たったいま、彼の注意は何ページ目かの長円形に縁取られた写真にひきつけられたところだった。そしておそらくは一分間ほど、彼はこれをゆっくり、綿密な、目をまん丸くした具合にじっくりと精査し、その詳細を委細漏らさず吸収した。それからクックと含み笑いをしながら、ポケットからペンナイフを取り出し、写真を切り取ると、それを衣服のどこか奥まったところにしまい込んだのだった。

このとき、それまでずっと口をきかずにいた月桂樹の茂みが、「シーッ!」と言った。執事はびっくり仰天して跳び上り、その豊満な肉体を痙攣《けいれん》が走り抜けた。

「ビーチ!」茂みは言った。

いま、その中から何ものかが覗《のぞ》いていた。森の精かもしれない。けれどもこの執事はそうではあるまいと思ったし、また思ったとおりだった。それは薄い色の髪をした背の高い若者であった。これが雇用主の秘書、ヒューゴ・カーモディーであることを知ると、彼は腹立たしげに非難するふうに立ち上がった。心臓はまだ飛び上がっていたし、それに舌も嚙《か》んだのだ。

「驚かせちゃったかなあ、ビーチ?」

「大いに驚愕《きょうがく》をいたしました」

「すまない。だが肝臓にはすごくいいんだ。なあビーチ、一ポンド稼ぎたくないか?」

執事の謹厳な態度は和らいだ。双眸《そうぼう》の険しさは消えていた。

「よろしゅうございます」

「君はミリセント嬢と二人きりで話ができるかなあ?」

「もちろんでございます」

「それじゃあ彼女にこのメモを渡してくれ。そうしてるところを他の誰にも見られるんじゃないぞ。とくに――ここのところは絶対確実に聞いといてもらいたいんだが――レディー・コンスタンス・キーブルにはだ」

「その件につきましては、すみやかにお世話をさせていただきます」

彼が父親のごとき微笑を放つと、ヒューゴは微笑《ほほえ》みを返した。両名の間には、完全なる了解が確立していた。ビーチは自分が雇用主の姪御様《めいご》に秘密のメモを渡すべきではないことを承知している。またヒューゴは自分が善良な人物を教唆煽動《きょうさせんどう》し、その良心にかくのごとき重荷を負わせるべきではないことを承知している。

「おそらくご存じではないことと存じますが？」罪深き報酬をズボンにしまい込むと、執事は言った。「奥方様は三時半の汽車にてロンドンにお出かけあそばされておいでございます」

ヒューゴは痛恨の叫びを発した。

「つまり君はこういうレッド・インディアンの真似は――茂みから茂みへ這《は》いまわって、小枝の一本たりとも脚の下でポキンと折れたりしないように念を入れてやってきたのは――たんなる時間の無駄だったって言うのかい？」服の埃《ほこり》を払いながら、彼は姿を現した。「もっと前からわかってたらなあ」彼は言った。「いいスーツをすっかりだいなしにしちゃったんだ。それに僕の背中にある種のカナブンがいやしないかってのは、聞くだけ無駄な質問だ。とはいえ、用心していて落馬したって奴は誰もいないからな」

「まさしくさようでございます」

愛する娘の伯母上のエックス線検査眼が、よそで活動中であるとの情報に安堵《あんど》し、カーモディー氏は饒舌《じょうぜつ》になっていた。

「いい日だなあ、ビーチ」

「さようでございます」

「なあビーチ、人生ってのはおかしなもんだ。つまりだ、どんな未来が在庫中かなんてことは絶対にわからないんだ。僕はここなるブランディングズ城にあり、ここが大好きだ。歓喜の歌、至福の歌、我が家はまるでこんなふうじゃなかった。だがしかし、ここに来るって計画が最初に予定されたとき、我が心は悲哀の重みに打ちひしがれていたと言うに、僕はまったくやぶさかじゃないんだ」

「さようでございますか？」

「そうなんだ。いちじるしく打ちひしがれていた。事情を知っていれば、君にもなぜかはわかってもらえるはずなんだが」

実のところビーチは事情を承知していた。ブランディングズ城の住人に関する事実で、彼が永らく無知でいつづけることはほぼ存在しない。ビーチは、カーモディー氏が数週間前まで、エムズワース卿の甥《おい》であるロナルド・フィッシュ氏と、ボンド・ストリートをちょっと外れたロンドンの歓楽街の中心に位置する〈ホット・スポット〉なるナイトクラブの共同経営者をしていたこと、それが絶好の地の利にもかかわらず、財政破綻に終わったこと、そしてロナルド氏は母君のレディー・ジュリア・フィッシュとご一緒に、フランスのビアリッツ［フランス南西部ビスケー湾に臨む保養地］へと静養に退散していること、そして竹馬の友のために何かしら適所が見つかるまでは、ビアリッツ方面なんかに一歩たりとも向かうものかとのロニーの強弁により、ヒューゴがエムズワース卿の私設秘書としてブランディングズ城に来る次第となったことを、承知していた。

「もちろんあなた様はロンドンを離れることに、お気が進まずにおられたのでございましょう？」

「まさしくそのとおり。しかしいまや、ビーチ、信じてもらえようともらえまいと、僕に関する限り、住みたい奴はロンドンに住めばいいってところなんだ。念のために言っておくが、僕はピカデイリー近辺で短い一夜を過ごすのがいやだって言ってるわけじゃない。だが住むとなったら、僕にはブランディングズ城を頂きたい。なんたる地だ、ビーチ！」

「はい」

「エデンの園だ、そう呼んで構うまい？」

「無論でございます。もしさようになされたくば」

「それでいまやロニーの奴が帰ってくるわけだから、君なら言うところだろうが、よろこびは限りなし「バイロンの詩「チャイルド・ハロルド」三・二二」なんだ」

「ロナルド様はご帰城のご予定であそばされるのでございましょうか？」

「明日か明後日にはやってくる。今朝奴から手紙が届いたんだ。それで思い出した。あいつは君によろしく伝えてくれってことだった。それでメドバリー・セリング・プレートにはベイビーボーンズに全財産賭けるよう言っておいてくれって頼まれたんだ」

　執事はうたがわしげに唇をすぼめた。

「大穴でございます。大方の予想いたすところではございません」

「格落ちの駄馬だ。手を出すなが僕の評決だな」

「しかしながらロナルド様のご情報はきわめて信頼に足りるのが常でございます。あの方がわたくしにこの件につきましてご助言下さるようになられましてより、すでに長年になりますが、その間あの方のご示唆に従いましてわたくしは著しい好成績を収めております。イートン校ご在学中のご若年のみぎりにおかれてすら、あの方よりのご情報は常にめざましいまでに幸運でございました」

「ふーん、それじゃあ好きにするがいいさ」ヒューゴは無頓着なふうに言った。「いま君が新聞から切り抜いてたのは何だい？」

「ギャラハッド様のお写真でございます。わたくしはご一族に関連する記事をアルバムに貼り記録いたしておるのでございます」

「そのアルバムに必要なのは、レディー・コンスタンス・キーブルが窓から落っこちて首を折ったっていう、目撃者の証言だな」

洗練された礼儀作法の意識が、この見解に対する口頭による支持の表明を阻《はば》みはしたものの、ビーチはちょっぴり切なげにため息を洩《も》らした。このブランディングズ城の女主人について、彼はしばしばまったく同じように感じていたからである。

「切抜きをご覧になられますか？　ギャラハッド様のご文筆活動への言及がございます」

ビーチがくつろいで読む週刊新聞の写真の多くは、コーラスガールみたいに見せようとしている貴婦人方と、貴婦人みたいに見せようとしているコーラスガールよりなっている。しかしこの写真は五十代後半の小粋で小柄な紳士の溌剌《はつらつ》たる容貌を写し出していた。その下には大活字で、一語だけが記されていた。

ギャラリー

この下にはもっと小さい字でキャプションが付いていた。

《エムズワース伯爵の弟であるギャラハッド・スリープウッド閣下。情報筋によれば、〈ギャラリー〉は一族の先祖代々の館、シュロップシャーのブランディングズ城に滞在中で、回想録の執筆に余念がない。オールド・ブリゲードの全メンバーの証言するであろうように、それはこの天気よりは暑

くないにせよ、同じくらい熱いものとなるはずである。》

ヒューゴは思慮深げに証拠書類に目を走らせると、アーカイヴに収蔵されるべく、それを返却した。

「うむ」彼は所見を述べた。「うまくまとめてあると言うべきだろうな。想像するに、あの親爺《おやじ》さんはかなりホットなシロモノだったんだろうなあ。エドワード懺悔王［在位一〇四二―六六年］の時代にはさ」

「ギャラハッド様はご若年のみぎり、いささかご奔放でおいであそばされました」執事は声のうちに一種の封建主義的誇りを込めて言った。使用人部屋の意見では、ギャラハッド閣下はブランディングズ城の名声を世に高からしめたと考えられていたのである。

「ビーチ、その本が出たら少なからぬ騒動になるだろうって、考えたことはあるのか？」

「頻繁に考えいたしております」

「ふーん、僕も一冊買う金を寄せとかなきゃな。ところで、君に訊《き》きたいことがあったんだった。バクスターって名前の男に関する情報を、君は提供できるかい？」

「バクスター様でございますか？　お殿様の私設秘書でいらした方でございます」

「ああ、僕もそう聞いてる。レディー・コンスタンスが今朝僕にそいつのことを話してよこしたんだ。僕が乗馬服姿で散歩してたら出くわしてさ、あんまり大よろこびしてるふうじゃなかった。〈だいぶ余暇時間を楽しんでいらっしゃるご様子ね、カーモディーさん〉彼女はこう言って、意味ありげな目で僕をねめつけながらこう続けたんだ。〈バクスターさんがエムズワース卿の秘書をしてらっしゃったときには、ご乗馬におでかけになるお時間はなかったご様子でしたわ。バクスターさんはいつもお仕事にとても熱心でいらしたから。とは言っても、バクスターさんは〉と言うと、こう付け足したんだ。あのランタン眼《まなこ》は前にも増して意味ありげになっていたな。〈お仕事を愛してらっしゃったんですものねえ。バクスターさんはご自分の職務に全身全霊を打ち込んでいらしたのよ。ああ、もう！　バクスターさんはなんて本当に良心的な方でいらしたことかしら！〉とかまあ、そんなようなせりふだ。あるいは間違ってるかもしれないんだが、僕はあれをいやらしい当てこすりと理解した。それで知りたいのは、そのバクスターがそんなにも世界一の大人物なら、どうしてクビにされたりなんかしたのかってことなんだ」

　執事は用心するげに周囲を見回した。

「何かしらのトラブルがあったものと、拝察いたします」

「スプーンをくすね取ったとかか？　そういう熱心な労働者ってのはいつもそうなんだ」

「わたくしは完全な事の詳細を知悉《ちしつ》するには至っておりません。しかしながら、植木鉢に関しまして何事かがございました由にございます」

「奴は植木鉢をくすね取ったのか？」

「植木鉢をお殿様に投げつけたと、伺っております」

　ヒューゴは傷ついた様子だった。彼は不正には苛立《いらだ》ちを抑えられない、意気盛んな若者であったのだ。

「ふん、じゃあわからないなあ」彼は言った。「いったいそのバクスターが秘書としてどれだけ僕より高い格付けを主張できるっていうんだ。僕はのんびり屋かもしれない。手紙の返事を書き忘れるかもしれない。暖かい午後にはたまさかに机に突っ伏して眠ってることだってあるかもしれない。だが、少なくとも、人に向かって植木鉢を投げつけたりはしないぞ。僕はエムズワース卿にペン拭きひとつ投げたことはないんだ。さてと、わが職務に戻らなきゃいけないな。午前中に乗馬をやって、昼食後にちょっぴりうとうとしてたもんだから、ちょいとスケジュールに遅れが出てるんだ。あのメモのことは忘れずにいてくれるな?」

「はい」

ヒューゴは思案した。

「考え直したんだが」彼は言った。「多分それは返してもらったほうがいい。この界隈を流通して回る文書が多すぎるのは危険だ。ミリセント嬢には六時きっかりに僕はバラ園で待つと伝えるだけにしてくれ」

「バラ園にて……」

「六時きっかりだ」

「かしこまりました。お嬢様が本情報を必ずお受け取りあそばされるよう、手配いたします」

II

そのあと二時間というもの、ブランディングズ城の地には完全に何事も起こらなかった。それだけの時間が過ぎた後、まどかなる眠たげな静謐《せいひつ》を貫き、眠たげでまどかなる鐘の音が響いた。それは家畜小屋に掛かった時計が五時を打つ音だった。同時に小さな、しかし注目すべき行進が館内からぞろぞろと繰り出して、陽光を燦々《さんさん》と浴びた芝生を横断し、大きなヒマラヤスギの木が恩寵《おんちょう》の木陰をこしらえている地目指して前進を開始した。先頭はフットマンのジェームズで、満載のトレイを捧げ持っている。もう一人のフットマン、トーマスが折りたたみ式テーブルを持って彼に続いた。

最後尾はビーチが固めていた。彼は何も持ってはいない。ただ調和的色彩を添えているばかりであった。

すべての善良なるイギリス人にお茶の用意の整ったことを直感させる本能が、すみやかに無言の職務遂行を開始した。トーマスが折りたたみ式テーブルを置こうとしたときにはすでにもう、キューの合図に応えたかのごとく、ツイードのしみだらけのスーツを着、恥ずかしく思って然《しか》るべき帽子をかぶった年配の紳士が姿を現していた。第九代エムズワース伯爵クラレンス、その人である。背は高く痩せ型でひょろりとした、齢は六十歳ほどの人物で、ただいまは若干泥の点々を付けている。つまり彼は午後のほとんどを豚小屋周辺をぶらついて過ごしていたということだ。エムズワース卿は縁なしの鼻メガネ越しに、ぼんやりした好意を寄せながら食事の支度を検分していた。

「お茶かの？」

「はい、お殿様」

「ああ？」エムズワース卿は言った。「あぁ、お茶？　お茶か？　へ？　ほ、お茶じゃ。まったくそのとおり。確かにお茶じゃの。素晴らしい」

この発言から、彼がお茶の時間の到来を知り、それを喜んでいることが理解されよう。エムズワース卿は更にこの発見を姪《めい》のミリセントに伝達しようとした。彼女も同じ無言の呼びかけに誘い出され、彼の隣に姿を現したところだったのだ。

「お茶じゃ、ミリセント」

「ええ」

「ああ――お茶じゃ」論点を強張すべく、エムズワース卿は言った。

ミリセントは座って、せっせとティーポットの番をしていた。彼女は背の高い、青い目と『魂のめざめ』の絵のような顔をした美しい娘だった。彼女の姿かたち全体が、健全な無垢《むく》性を発散していた。いかなる専門家をしても、彼女がたったいま、買収された執事よりひそひそ声の伝言を受け取ったばかりで、六時きっかりにバラの茂みの間においてきわめて不適格な若者としのび逢おうと目論《もくろ》んでいるところだとはよもや見抜けなかったことであろう。

「エンプレスに会いにいってらしたの、クラレンス伯父様？」

「へぇ？　ああそう。そうじゃ。午後じゅう彼女と過ごしておった」

エムズワース卿の穏やかな目が輝いた。かの高貴なる動物、エンプレス・オヴ・ブランディングズの話題が言及されるとき、その目はいつもそうなるのだ。第九代伯爵はごくわずかな単純な大望の持ち主であった。彼は一国の運命をかたちづくり、立法を行い、貴族院で貴族やら主教様やらが立ち上がってワーワー歓声を上げたり帽子を振りまわすような演説をしたいなどと欲したことはない。イギリス名声の殿堂《ホール・オブ・フェイム》入りを確保する手段として彼がひとえに焦がれてやまないことは、彼の所有する品評会優勝雌豚、エンプレス・オヴ・ブランディングズをたゆまず世話して、シュロップシャー農業ショーの肥満豚部門において二年連続の銀メダルを勝ち取らせたい、ただそればかりであった。そして毎日、輝かしき優勝のときは日一日、一日と、手を伸ばせば届くところまで近づいてきていると思われていた。

この夏のはじめには、息つけぬばかりにめまいのするハラハラした瞬間があったものだ。最悪の事態が迫っているかと思われた。それは彼の隣人、マッチンガム・ホールのサー・グレゴリー・パースロー＝パースローが、彼の豚飼育係、とびきりの才能に恵まれたジョージ・シリル・ウェルビラヴドを、卑劣にも高給で釣って引き抜いたときのことである。しばらくの間エムズワース卿は、親友であり近侍であった人物を喪失した悲しみを嘆くのあまり、エンプレスが飲食を拒み、その高い肥満水準から転落するのではあるまいかと危惧《きぐ》していた。しかしながらその心配は杞憂《きゆう》に終わった。エンプレスはジョージ・シリルの後任のパーブライトをすぐ気に入り、旧に変わらぬ奔放な放埒《ほうらつ》さでもってたらふく貪り食らっていた。この世界においては、われわれが思うよりもはるか頻繁に正義は勝利するのである。

「エンプレスに何をしてあげてらしたの？」ミリセントは知りたがった。「おやすみのご本を読んであげてたのかしら？」

エムズワース卿は口をすぼめた。彼の心はこの動物に対する畏敬の念に満ちていたから、真剣な問題を冗談の種にされることを嫌ったのだ。

「わしがすることは何であれ、のうかわいい子や、結果を伴っておるのじゃ。エンプレスは素晴らしいかたちで仕上がりを見せておる」

「あら、わたしエンプレスにかたちがあっただなんて知らなかったわ。この間見かけたときには、かたちなんかなかったけど」

今度はエムズワース卿は寛大にほほえんだ。エンプレスの豊満さへのからかいは、痛くもかゆくもなかった。きょうびファッショナブルな女学生風の細身さなど、彼は彼女に求めてはいなかったのだ。

「今日くらい食欲旺盛な日もなかったわい」彼は言った。「彼女の姿を見るのはよろこびじゃった」

「よろしかったこと。そうそう、カーモディーさんが」パーティーのご相伴に与ろうとさまよい歩いてきたスパニエル犬をくすぐってやりに膝《ひざ》をかがめながら、ミリセントは言った。「あれほど美しい動物は生まれてこの方見たことがないっておっしゃってらしたわ」

「あの若者は好きじゃ」エムズワース卿はきっぱりと言った。「彼はブタのことがわかっておる。頭の付け根が真っ当な方向にねじを巻いておるの」

「そうよ。彼ってバクスターよりも断然進歩ですわ、ねえ？」

「バクスターじゃと！」伯爵はカップを手にむせ返った。

「バクスターのことはあまりお好きでらっしゃらなかったんでしたわね、クラレンス伯父様？」

「あの男がここにおるときには、心の休まる間がなかった。恐ろしい男じゃ。いつもせかせか動き回りおって。いつもわしに何かさせたがりおった。あの地獄じみたメガネを光らせ、いつも角を曲がってやってきてわしが庭に出かけたいときに書類に署名をさせるんじゃ。そのうえ頭がおかしい。バクスターにもう金輪際《こんりんざい》会わなくていいのは神に感謝じゃ」

「でも、大丈夫かしら？」

「どういう意味じゃ？」

「わたしの見るところ」ミリセントは言った。「コンスタンス伯母様はバクスターを呼び戻すことを、まだあきらめてはいらっしゃらないわ」

　エムズワース卿があんまり猛烈にびっくり跳びあがったもので、鼻メガネが落っこちた。この娘は彼の一番の悪夢に触れたのである。時おり、前任の秘書がこの城に戻ってくる夢を見て、彼は夜中にふるえながら目覚めるのだった。そうした折にはうれしい安堵《あんど》の笑みとともに、うとうととまた眠りに落ちるのが常ではあったものの、しかしなお彼は、妹のコンスタンスが持ち前の恐るべき経営管理能力で、あの男を職場復帰させようと画策しているとの不安に絶えず悩まされ続けていたのだ。

「なんたること！　コニーはそんなことをお前に言ったのか？」

「ちがうわ。でも感じるの。わたしには伯母様がカーモディーさんをお好きでいらっしゃらないことがわかるもの」

エムズワース卿は感情を爆発させた。

「完全なるたわごとじゃ！　全面的、絶対的に、とんでもないたわごとじゃ。いったいぜんたいカーモディー君のどこに不満があると言うんじゃ？　きわめて有能で優秀な若者じゃ。わしをほっておいてくれる。わしをせかせか急かさんでいてくれる。いったい妹がどんな……」

彼はそこで言葉を止め、いま館から現れ、芝生を横断中の、威風辺りを払う中年女性の姿をぽかんと見つめていた。

「まあ、伯母様だわ！」同じように、また同じだけの不快な驚きを表しつつ、ミリセントが言った。

「ロンドンにおでかけになられたんだと思ってましたわ、コンスタンス伯母様」

レディー・コンスタンス・キーブルはテーブルに到着した。ティーポット近くの上座に着くようにとの姪の勧めを心ここにない体《てい》で首を横に振り断ると、彼女は椅子に沈み込んだ。威厳ある顔立ちと美しい目をした、いまなお目を瞠《みは》るまでに麗《うるわ》しい女性である。その目はいま、物憂げで思案に暮れている様子だった。

「汽車に乗り遅れてしまったのよ」彼女は説明した。「けれどもロンドンで片付ける用事なら明日でも全部間に合うわ。明日の十一時十五分の汽車で出かけます。考えようによっては、そのほうが都合がいいの。ロナルドの車に乗せてきてもらえばいいんだから。あの子が出発する前にノーフォーク街に訪ねていってつかまえることにするわ」

「どうして汽車に遅れたりなさったの？」

「そうじゃ」エムズワース卿は不満げに言った。「じゅうぶん間に合う時間に出発したはずじゃ」

彼の妹の目のうちの思案に暮れた表情は、ますます深さを増した。

「サー・グレゴリー・パースローにお目にかかったの」その名を聞くとエムズワース卿の表情はこわばった。「あの方、しゃべり続けておやめにならないのよ。ひどく悩んでらして」エムズワース卿はうれしげな顔になった。「それでおっしゃるには、何年も何年も前にあの方、ギャラハッドと親しく付き合ってらして、今度の弟の本のことでとても心配していらっしゃるんですって」

「そういう人はあの方ひとりじゃないはずだわ」ミリセントがつぶやいた。

彼女の言うとおりだった。ギャラハッド・スリープウッド閣下ほどの経歴の人物がペンを執り、わが親愛なる旧友のだれそれ君の身に起こった愉快なる出来事の顚末《てんまつ》を思い出し始めたとなったら、どこまで行こうものかは誰にもわからない。彼の執筆活動のニュースが発されてよりというもの、英国全土の貴族階級、紳士階級に属する年配の人々を一種の恐慌が襲っていた。マッチンガム・ホールのサー・グレゴリー・パースロー＝パースローから、遠くカンバーランドやケントの社交界の白髪の名士らに至るまで、若き日にギャラハッド閣下となかよしになるほどに無思慮であった尊敬すべき人々の一群が、彼と一緒にやった過去の愚行を思い返し、あの疫病神の記憶力はどれほど良好であろうかと、やきもき憶測をめぐらせていたのだった。

つまり、全盛期のギャラハッドというのは街じゅうの有名人であったのだ。ローマノーの洒落者《ボー》剣士《サブロー》。ピンクアンのメンバー。ペリカン・クラブのメンバー。ヒューイ・ドラモンドやファッティー・コールマンの兄弟分。シフター、ピッチャー、ピーター・ブロップズ、その他興味深くはあるものの真面目ではないお仲間たちの戦友。賭け屋たちは彼を愛称で呼び、バーメイドたちは彼の粋なからかいににっこり笑った。彼は深夜の鐘の音を聞いた［『ヘンリー四世第二部』三幕二場］。彼がガーデニアに立ち寄ったときには、守衛らは彼を外へ放り出す特権を競って争ったものだ。要するに、そもそも文章の書き方など教えられているべきではなかった人物であり、もし不幸にもそんな能力に恵まれてしまっていた場合には、議会制定法により回想録の執筆を差し止められていて然《しか》るべき人物であった。

　彼の姉のレディー・コンスタンスもそう考えていた。彼の隣人のサー・グレゴリー・パースロー＝パースローもそう考えていた。遠くカンバーランドやケントの社交界の名士たちもそう考えていた。広い意味で彼らの見解は多くの点で異なっていたが、この点においては全員一致していた。

「あの方はあたくしに、ギャラハッドがあの方のことを何か書いていないかどうか確かめてもらいたがっておいでなの」

「いまお訊ねになられたらよろしいわ」ミリセントが言った。「お家《うち》から出て、こちらに向かってらっしゃるところだもの」

　レディー・コンスタンスは勢いよく振り返った。そして姪の指差す方向を見て、顔をしかめた。嘆かわしい弟の姿を一目見るだけで、彼女が顔をしかめるにはじゅうぶんであったのだ。彼が話を開始し、それを聞かねばならなくなったとき、彼女の渋面《じゅうめん》は身震いに変わった。彼との会話は、彼女を何かひどくすっぱいものを突然飲み込んだみたいな心持ちにさせる効果があった。

「わたしいつも考えるたびに笑っちゃうのよ」ミリセントが言った。「ギャリー伯父様のゴッドファザーとゴッドマザーが洗礼名をつけたとき、なんて恐ろしく見当違いな真似をしたことかって」

接近してくる伯父に、彼女は寛容な――実のところ、称賛するがごとき――愛情に満ちたまなざしを向けた。若い女性であれば、たとえ聖女のごとき顔立ちの持ち主であったとて、これほどにも興味深い過去を持った年長者に対して、ふんだんにそれを投げかけずにはおられぬのだ。

「伯父様って素晴らしく素敵でらっしゃらない？」彼女は言った。「彼ほどにお楽しみをし続けた人が、あんなにも驚くほど健康でいられるっていうのは、ほんとにただごとじゃなくすごいことだわ。世間中を見渡したって、模範的な生活を送り続けたあげくに働き盛りで倒れたって人ばっかりじゃない。だのに愛すべきギャリー伯父様ときたら、明らかに五十過ぎるまで一度もベッドで寝たことがないっていうのに、いつまでも健康で元気いっぱいで、颯爽《さっそう》と歩いてらっしゃるんですもの」

「わが一族は皆、素晴らしく健康な体質に恵まれておる」エムズワース卿が言った。

「ギャリー伯父様は最大限それを活用してらっしゃるんだわ」ミリセントは言った。

芝生を颯爽と横切ってきた文筆家は、いまやティー・テーブルを囲むささやかな輪に加わった。写真のとおり、彼は一目見て、格子柄のスーツ、細いズボン、白い山高帽、ピンクのカーネーション、競馬用の双眼鏡が左の腰にぶらぶらぶらさがっているのが連想されるタイプの、小柄で細身の小粋な男性である。その時には無帽のワイシャツ姿で、鼻先には文筆活動の証たるインクのしみをつけていたものの、それでもなお競馬場のパドックやアメリカン・スタイルのバーの外では場違いな風情《ふぜい》に見えた。目じりに皺《しわ》の寄った輝く双眸《そうぼう》は、馬たちが第四コーナーのカーブを曲がって直線に入るときみたいに、じっと前方を見つめていた。趣味のよい靴の履かれた両足には、真鍮《しんちゆう》製の横木《バー》を探り求めるがごとき動きがあった。ミリセントが言ったとおり、実に驚くばかりに健康的で元気いっぱいな、小粋で小柄な紳士である。徹底して無為に空費されてきた生涯は、ギャラハッド・スリープウッド閣下を、正義の最初歩に違背して、完璧な、むしろ完璧すぎるまでに完璧な健康状態にあらしめているようであった。今世紀最も悲惨な肝臓の持ち主となっていて然るべき人物が、どういうわけで今ある姿であり続け、活動していられるものかは、彼の周囲の人々にとってつねに謎であった。彼の目はどんより曇ってはいなかったし、彼の生来の体力に衰えはなかった。また芝生を颯爽とスキップして横切りながらスパニエル犬にけつまずいたとき、バランスを回復したその優雅で敏捷《びんしよう》なさまときたら、手にしていたウイスキー・アンド・ソーダが一滴たりともこぼれぬほどであった。彼はグラスを、その下でしばしば戦を交え、勝利を収めてきた何か勇ましい御旗のごとく、天高く捧げもち続けたのである。誇り高き一族の汚点である代わりに、絶対禁酒の曲芸師だったと言ったって通ったくらいだ。

スパニエル犬とのもつれ合いを解《ほど》き、この動物の傷ついた感情をウイスキー・アンド・ソーダを嗅がせてやって鎮め終えると、ギャラハッド閣下は黒縁のモノクルを取り出して片目にはめ込み、眉をひそめて嫌悪の念を示しながらテーブル上を見渡した。

「お茶かい？」

ミリセントがカップを取ろうと手を伸ばした。

「クリームとお砂糖はお入れになる、ギャラリー伯父様？」

彼はショックを受けたふうにあからさまに嫌そうなそぶりを示し、彼女を押しとどめた。

「俺がお茶を絶対に飲まんことは知ってるだろう。大事な内臓に敬意を払えばこそだ。お前がそんな毒で内臓をだいなしにしてるだなんて、言わんでくれよ」

「ごめんなさいね、ギャリー伯父様。わたしこれが大好きなんですの」

「気をつけるんだ」ギャラハッド閣下は熱を込めて言った。彼は姪《めい》のことが好きだったし、彼女が悪習に堕ちてゆく様を見たくはなかったからだ。「そいつの扱いにはひどく慎重でなきゃいかん。一八九三年にあった哀れなバッフィー・ストラッグルの話をお前にしてやったことはあったかな？　どこかの不心得者が、バッフィーをたぶらかしてカラースライド上映つきの禁酒会に連れ込んだんだ。それで翌日奴は俺のところに真っ青になってやって来た――可哀そうに、真っ青になってだ。〈ギャリー〉奴は言った。〈お茶を買いたいときには、どういう手続きが要るものか教えてくれないか？〉〈お茶だって？〉俺は言った。〈お茶なんかどうするつもりだ？〉〈飲むんだ〉バッフィーは言った。〈おい、しっかりしろ〉俺は言った。〈お前、気は確かか。お茶なんかお前に飲めるわけがないじゃないか。ブランデー・アンド・ソーダを飲むんだ〉〈アルコールはもうやめたんだ〉バッフィーは言った。〈そいつがミミズにどんなことをするかを見ろ〉〈だがお前はミミズじゃない〉俺は言ってやった。たちどころに論理破綻を指摘したわけだ。〈アルコールを飲み続けたら、すぐにミミズみたいになっちまうんだ〉バッフィーは言った。それでだ、俺は目に涙を溜めて早まった真似はやめてくれるよう奴に懇願した。しかし奴の心は動かせなかった。奴は一〇ポンドもあれを買い込んで、一年もしないで死んだ」

「まあ、なんてことかしら！　本当ですの？」

ギャラハッド閣下は感慨深げにうなずいた。

「完全にお陀仏だ。ピカディリーを渡るときに一頭だて馬車に轢《ひ》かれたんだ。可哀そうに、いい奴だった。この話は俺の本に出てくる」

「ご本の進捗状況はいかがですの？」

「壮麗豪華な仕上がりだ、なあかわい子ちゃん。書くことがこうまで簡単だとはまるで知らなかった。ただただ文章が湧き上がってくるんだ。クラレンス、訊《き》きたかったんだが、グレゴリー・パースローの野郎とバーパー卿の間にひどい諍《いさか》いがあったのは何年のことだったかなあ？　パースローが親爺《おやじ》さんの入れ歯を盗んで、エッジウエア・ロードの質屋に売り払ったんだが。一八九六年？もっと後だと思ってたんだ。九七年か九八年あたりだ。たぶん、兄さんの言うとおりだな。じゃあ一応九六年としておくとしよう」

レディー・コンスタンスは鋭い叫び声を発した。いまや彼女の人生から陽光は全面的に消え失せていた。弟のギャラハッドと一緒の時にはごく頻繁にそうなるのだが、彼女はキツネにハラワタを齧《かじ》られているような気分になっていた。サー・グレゴリー・パースロー＝パースローに頼まれていた内部情報を、いまや渡すことができるとの思いすら、彼女の心を慰めはしなかった。

「ギャラハッド！　あなたうちの一番ご近所の隣人の名誉を毀損《きそん》する話を印刷しようってつもりじゃないでしょうね？」

「もちろんそのつもりさ」ギャラハッド閣下は好戦的なそぶりで鼻を鳴らした。「それで名誉毀損って言うなら、起こしたきゃ訴訟でもなんでも起こすがいい。貴族院まで争ってやるさ。こいつは俺の本の中で一番うまく書けた話なんだ。うーん、クラレンス、あれが九六年だっていうなら……こうしたらどうだ」ひらめきを得て、ギャラハッド閣下は言った。「〈九十年代末に〉って書くことにしよう。どのみち正確な年はそれほど重要ってわけじゃないんだからな。肝心なのは事実だ」

　そしてスパニエル犬を軽々と飛び越えると、彼は芝生を越えてかろやかに駆け去っていった。

　レディー・コンスタンスは硬直して椅子に座っていた。彼女の美しい目は、いまやわずかにとび出していたし、表情はやつれ果てて見えた。彼女を見たら、モナリザではなく、この頭こそ、世界の悲しみが集まってくる頭［ペイター『ルネッサンス』「レオナルド・ダ・ヴィンチ」］だと言いたくなったに違いない。

「クラレンス！」

「なにかの？」

「いったいどうなさるおつもり？」

「どうするとは？」

「何とかしなきゃならないってことがわからないの？　ギャラハッドの恐ろしい本が出版されたら最後、あたくしたちはお友達の半分に見放されるってことがおわかりにならないの？　皆あたくしたちのせいだって思うわ。あたくしたちが何とか弟を止めるべきだったって言うんだわ。そんな恐ろしい話をお読みになったら、サー・グレゴリーがどんなお気持ちにならられるか、考えても御覧なさいったら！」

　人のよいエムズワース卿の顔が暗くなった。

「わしはパースローの気持ちのことなど心配してはおらん。それに奴がバーパーの入れ歯を盗んだのは確かじゃ。わしに見せてくれたのを憶《おぼ》えておる。小さな葉巻の箱に脱脂綿を入れてしまってあった」

　心配げに両手を揉《も》み合わせるとして知られる動作は、実生活ではめったに見ることのない仕草である。しかしこの時のレディー・コンスタンスの手は、緩やかに解釈すれば、揉み合わせていると言って過言でない動きを見せていた。

「ああ、バクスターさんさえいてくだすったら！」彼女はうめいた。

　エムズワース卿はものすごい勢いで跳びあがったもので、鼻メガネは落っこちたし、シードケーキを一切れ取り落としてしまった。

「いったいぜんたいあの恐ろしい男に何の用があると言うんじゃ？」

「この忌まわしい状況を打開する方策を、あの方なら考えてくださるわ。あの方はいつだってとっても有能でいらっしゃるんですもの」

「バクスターは頭が狂っておる」

　レディー・コンスタンスは鋭い絶叫を発した。

「クラレンス、あなたって人には本当に世界一苛々《いらいら》させられるわ。一度こうと思い込んだら、誰がなんと言おうと頑迷に固執しつづけるんだから。バクスターさんはあたくしが今までお会いした中で、一番最高に有能な方でいらっしゃるわ」

「そのとおり。有能じゃとも」エムズワース卿は気概を込めて言い返した。「深夜の真っ只中にわしに植木鉢を投げつけてよこしおった。夜中に目覚めて寝室の窓から植木鉢がどんどん飛んでくるのに気がついて、それで外を見ればそのバクスターの奴めがレモン色のパジャマ姿でテラスに立ち、自分がマシンガンだとでも思っているみたいにあのシロモノを投げつけてきおったんじゃ。今頃は精神病院に入っておることじゃろうて」

　レディー・コンスタンスは明るい緋色に変色した。子供の時分ですら、この一族の長《おさ》に対し、いま感じているほどの敵意を彼女が覚えたことはなかったほどだった。

「説明はごく簡単だってことはよくよくご承知でいらっしゃるでしょう。あたくしのダイヤのネックレスが盗まれて、それでバクスターさんは泥棒はどこか植木鉢の底に隠したってお考えになったの。それを探しに外に出て、鍵が掛かって締め出されて、それで注意を惹《ひ》こうとなさってそれで……」

「ふむ、わしはあの男はキチガイじゃと考えるほうを選ぶ。またギャラハッドも本の中でその方向で考えておる」

「本ですって……！　ギャラハッドはまさかあの話を本に入れるんじゃないでしょうね？」

「もちろん入れるとも。あれほどに素晴らしい題材をあいつが無駄にするとでも思うのか？　また、言ったとおり、ギャラハッドの説は――あいつは明晰《めいせき》な思考力のある、頭のしっかりした人間じゃ――バクスターは狂乱しわめき散らすキチガイだというものじゃ。さてと、ではわしはまたエンプレスを見てくるとするかの」

彼はぶらりとブタ方向に歩き出した。

III

彼が立ち去ってよりしばらくの間、ティー・テーブルを沈黙が覆った。ミリセントは椅子の背に身をもたれ、レディー・コンスタンスは硬直して背筋をまっすぐにして座っていた。アラセイトウの花の香りを含んだ微風が、夕方の冷え込みが近づきつつあるとの最初の報せをささやきはじめていた。

「どうしてそんなにバクスターさんに戻ってきてもらいたがっていらっしゃるの、コンスタンス伯母様？」ミリセントが訊ねた。

レディー・コンスタンスの硬直は和らいだ。彼女は穏やかで堂々たる本来の姿に戻って姪《めい》を見た。彼女はたったいま困難な問題を解決したばかりの女性の雰囲気をまとっていた。

「あたくしは彼がここにいることは必要不可欠だと思っているの」

「クラレンス伯父様はちがうご意見みたいだけど」

「クラレンス伯父様はいつだってご自分の最善の利益には完全に盲目でいらっしゃるのよ。やっとはじめてめぐり会えた、ご自分の仕事の面倒を見てくれる能力のあるただ一人の秘書を、あの人はぜったいに解雇すべきじゃなかったの」

「カーモディーさんじゃだめなの？」

「だめ。あの人じゃだめね。バクスターさんが従前どおりの職務にご復帰くださるまで、あたくしの心が決して休まるときはないのよ」

「カーモディーさんのどこがいけないの？」

「あの人はひどく無能だわ。それに」レディー・コンスタンスは集中砲火を開始すべく、体勢を構えた。「あたくし、あの人はあなたの周りでぐうたら過ごしている時間があんまりにも長すぎるって考えているの。ねえ。あの人は自分がブランディングズ城にいるのは、あなたのダンスのお相手をするためだって考えておいでのようだわね」

この告発は不当だとミリセントには思われた。彼女は自分とヒューゴは時たま会うだけだし、そのときだってこっそり会っていると指摘しようかと思ったが、そんな抗弁は無思慮だと思い当たった。彼女はスパニエル犬上に身をかがめた。観察力の鋭い者なら、彼女のうちに防御の構えを認めたことであろう。彼女の姿は伯母に立ち向かおうとしている娘のそれであった。

「あなたあの人のことを面白いお相手だって思っているのかしら？」

ミリセントはあくびをした。

「カーモディーさん？　ううん、それほどじゃないわ」

「退屈な若者だと思ってるってことでいいのかしら」

「死ぬほどによ」

「つまらない男だわね」

「かなりつまらないわ」

「それなのにあなたはあの人と火曜日に乗馬に出かけた」

「一人で出かけるよりはましだわ」

「あなたは彼とテニスもしたわね」

「だって、お言葉ですけど、テニスは一人じゃできないゲームですもの」

レディー・コンスタンスの唇は固く引き締められた。

「ロナルドがあなたの伯父様を説得して、あんな人を雇わせなきゃよかったのにってあたくしは思っているのよ。クラレンスはあんな人のこと、全然だめって一目で見切ってなきゃいけなかったんだわ」彼女は言葉を止めた。

「ロナルドがこっちに来たら、楽しくなるでしょうね」彼女は言った。

「ええ」

「あなた、あの子ともっと話をしなきゃいけないわ」レディー・コンスタンスは、親密な友人たちが、彼女の態度物腰の中でもひときわ好ましくないと考えている言い方で言った。「カーモディーさんだって、時々はちょっとくらいお時間をあけてくだされるんじゃないかしら」

彼女は姪を詮索するふうな目で見た。しかしミリセントは詮索するふうな目に対してはいくらだって対抗できたし、十六歳の誕生日からこちら、ずっとそれに対しては歴戦の勇士だった。また彼女は、攻撃が最大の防御であることを信じている娘でもあった。

「わたしがカーモディーさんのことを愛してるって思ってらっしゃるの、コンスタンス伯母様？」

レディー・コンスタンスは若い世代の直截《ちょくせつ》な手法を面白がる類いの女性ではなかった。彼女は顔を赤らめた。

「そんなこと、あたくし思ってもみなかったわ」

「よかった。そう思ってらっしゃるんじゃないかって心配してたの」

「あなたほど分別のある娘なら、あの人みたいな立場の男性と結婚するのが絶対的に不可能だってことは、当然に理解できるはずだわ。彼にはお金もないし将来の見込みもほとんどない。それにもちろんあなたのお金はあなたの伯父様が信託管理していらっしゃって、あなたがふさわしくない結婚をしようとするなら絶対に出しては下さらないんだから」

「だったらわたしが彼を愛してるんじゃなくって、ラッキーだったこと、ねえ？」

「本当に幸運だったわ」

レディー・コンスタンスはしばらく言葉を止め、それから以前よりことあるごとに繁く触れてきた話題を持ち出した。ミリセントには、その話がはじまるのが伯母の目つきでわかった。

「どうしてあなたがロナルドと結婚しないのか、わからないわ。どこからどう見たってお似合いのカップルなのに。あなたたち、子供のときからずっと仲良しだったでしょう」

「ええ、わたしロナルドがとっても好きよ」

「あなたのジュリア伯母様は、それはそれはがっかりしてらっしゃるのよ」

「伯母様には勇気を出していただきたいものだわ。頑張り続ければ、いつかはロニーをうまいこと片付けられるって」

　レディー・コンスタンスは顔をつんとさせて憤慨した。

「そんな問題じゃないの……こういう言い方を許してもらえれば、ねえ、あなたはロナルドのことを当たり前に思い過ぎているんじゃないかしら。あの子がいつだってそこにいて、あなたがとうとう決心してくれる時をいつだって待ってくれてるって思っているんじゃないかって、あたくしは心配しているの。あの子がどんなに魅力的な若者か、あなたにわかっているようには思えないわ」

「待てば待つほど、彼はますます素敵に成長するんじゃない？」

　もっと切迫していない時であったら、レディー・コンスタンスは話を中断してこんなふざけた態度を叱責《しっせき》していたことだろう。しかし彼女は主題を逸脱するのは賢明でないと考えた。

「あの子はまさしく若い女の子たちが惹《ひ》かれるタイプの若者なのよ。実際、あなたに言わなきゃいけないことがあったの。あなたのジュリア伯母様から手紙があって、ビアリッツ滞在中に、シューンメーカーさんっていうとてもチャーミングなアメリカの娘さんに会って、その方のお父様はあなたのギャラハッド伯父様のお友達でいらしたそうなの。その娘さんはロナルドにすっかり夢中で、あの子の方でもそうだったようよ。二人でパリまで一緒に戻って、そこに彼女を置いて帰ってきたそうなの」

「男なんて気まぐれね！」ミリセントはため息をついた。

「彼女の方にしたい買い物があったの」レディー・コンスタンスは手厳しく言った。「もう今頃はロンドンに着いている頃でしょう。ジュリアがシューンメーカーさんにブランディングズ城に滞在するようご招待して、彼女は招待を受け入れたのよ。今すぐこっちに来たっておかしくないわ。それであたくしは思うのだけど」レディー・コンスタンスは熱を込めて言った。「その娘さんが到着する前に、あなたはロナルドのことを自分が本当にどう思っているのか、よくよく慎重に考えてみなければいけないわ」

「つまり、気をつけないと、そのドーペンバッカーさんとやらがわたしのロニーを奪い去ってしまうってこと？」

レディー・コンスタンスならばそういう言い方はしなかったところだろうが、しかし趣旨はそれで尽くされていた。

「そのとおりよ」

ミリセントは声を上げて笑った。その展望に彼女の肉体が戦慄《せんりつ》していないのは明らかだった。

「その方のご幸運を祈るわ」彼女は言った。「わたしからの結婚祝い品をあてにしてもらって大丈夫よ。お願いされたら花嫁介添え人だってやるわ。コンスタンス伯母様、おわかりにならないの？わたしにはロニーと結婚する気なんてこれっぽっちもないってことが。わたしたちそりゃあ大の仲良しよ。だけど彼はわたしのタイプじゃないの。だいいち背が低すぎるわ」

「低いですって？」

「わたし彼より十センチも背が高いのよ。一緒に祭壇に向かったら、わたし弟を散歩に連れ出してる姉さんみたいに見えるわ」

　レディー・コンスタンスには間違いなくこの発言に対するコメントがあったはずだが、しかしそれを口にするより前に、予期せず先の行列が再び登場を開始した。フットマンのジェームズが果物皿を持ち、フットマンのトーマスはクリーム入れの載った盆を持ち、ビーチは先ほどと同様、純粋に装飾的役割に徹していた。

「わあ！」歓迎するげにミリセントは言った。そして何であれクリームに関わるものは何だって好きなスパニエル犬は、黙って是認するげにうなずいてみせた。

「それじゃあ」行列が立ち去ると、果たし得ぬ目的をあきらめてレディー・コンスタンスは言った。「あなたがロナルドと結婚しないと言うなら、結婚しないんだわね」

「大体そういうことよ」クリームを注ぎながらミリセントが同意した。

「いずれにしても、あなたとカーモディーさんとの間にふざけたお話は何もないって聞いて安心したわ。そんなことには我慢がならないもの」

「あの人は伯母様にとっては中ぐらいの人気度ってことかしら？」

「あたくしはあの人が、大嫌いだわ」

「どうしてかしら。彼、若い男性としてはまあまあ大丈夫な方だと思うんだけど。クラレンス伯父様はあの人が好きよ。ギャリー伯父様だって」

　レディー・コンスタンスは人を見下して鼻であしらうのに最適な、高いアーチ型の鼻の持ち主だった。彼女はいま、その能力を最大限に活用した。

「カーモディーさんは」彼女は言った。「まさしくあなたのギャラハッド伯父様の気に入るような若者だわ。間違いなくあの人は、若い頃いっしょにうろつきまわってた恐ろしい方々のことを思い出させてくれるんでしょうよ」

「カーモディーさんはちっともそんな人じゃないわ」

「あらそう?」レディー・コンスタンスはまたもや鼻であしらった。「じゃあミリセント、この話をするつもりはなかったんだけど、なぜってあたくしは、若い娘は世間の知識から遮断されているべきだって考えるくらいに古臭い人間ですからね。だけどあたくしはたまたま知っているのだけれど、カーモディー氏は全然まったく善良な若者なんかじゃないのよ。きわめて信頼できる情報筋から聞いたことには、彼はどうしようもない、コーラスガールなんかとつき合っているんですって」

深いガーデン・チェアーから突然背筋を伸ばして身を起こすのは、容易なことではない。しかしミリセントはその離れ業をやり遂げた。

「なんですって!」

「レディー・アラディスがそうおっしゃったわ」

「どうして彼女はそれを知ったの?」

「息子さんのヴァーノンが教えてくれたのよ。ブラウンって名の娘ですって。ヴァーノン・アラディスはその女がカーモディー氏とランチをしたりディナーを食べたり踊ったり、何度も会ってるのを見たって言ってるのよ」

長い沈黙があった。

「いい子ね、ヴァーノンって」ミリセントは言った。

「あの子は母親に何でも話すのよ」

「わたしもそのことが言いたかったの。かわいらしい人だと思うわ」ミリセントは立ち上がった。

「じゃあわたし、ちょっと散歩してくるわね」

彼女はバラ園の方向にふらふらと去っていった。

Ⅳ

六時きっかりに愛する娘と会う約束をした若者というものは、当然五時二十五分にはその場に到着しているものである。遅れないようにということだ。ヒューゴ・カーモディーもこれを実行した。その結果、六時三分前に彼は、その夏のはじめ以来ずっとバラの間に放置されっぱなしできたみたいな気分になっていた。

もし誰かが六カ月前にヒューゴ・カーモディーに向かい、今年の七月の半ば過ぎには、お前はこういう会合場所に潜伏し、全神経を集中させて彼女のおとずれを待ち構えていることだろうと言ったなら、彼はきっとそんな考えを嘲笑しただろう。彼は冷淡に笑ったことだろう。彼が女の子をきらいというわけではない。彼はいつだって女の子は好きだった。しかし彼女らは、言ってみればたんなる遊び道具に過ぎなかった。財界の大立者の空き時間の、ということだ。六カ月前、彼は鋭敏で鉄の精神を備えた実業家で、彼の精力と思考のすべては〈ホット・スポット〉の経営に向けられていた。

しかしいま彼は、のろのろと時が緩慢に過ぎてゆく間、足をもじもじさせて立ち、あらゆる音に期待に満ちてハッと驚いては跳びあがっていた。やがて彼の不寝番は、彼の手の甲を刺した一匹のハチの登場によって活性化した。ヒューゴは傷口をなめなめあっちをぴょんこっちをぴょんぴょんと跳ね回っていた。と、そのとき、彼は夢の女性が小径を近づいてくる姿を認めたのだった。

「ああ！」ヒューゴは叫んだ。

彼は跳びあがるのをやめ、前方に突進し、彼女をやさしく抱擁しようとした。多くの人々はハチ刺されには昔ながらの洗濯用の青ざらし剤を好むものだが、ヒューゴはこの治療法を選んだのだ。

驚いたことに彼女は後ずさりした。また彼女は常ならばこういう状況で後ずさりするような娘ではない。

「どうしたんだい？」苦しげに彼は言った。聖なる瞬間にスパナがぶち込まれたように思われたのだ。

「なんでもないわ」

ヒューゴは心配だった。彼は彼女が自分を見る見方がいやだった。彼女のやさしい青い目は石に変わったように見えた。

「ねえ」彼は言った。「僕はたったいま恐ろしくでっかいハチに刺されたんだ」

「まあよかったこと！」ミリセントは言った。

彼女の話し方は、彼女の見方よりももっと悪いように思われた。

ヒューゴの心配はますます増大した。

「ねえ、どうしたんだい？」

御影石《みかげいし》のまなざしは、更に硬さを増した。

「どうしたかお聞きになりたい？」

「ああ――どうしたのさ？」

「どうしたか教えてさしあげるわ」

「うん、どうしたんだい？」ヒューゴは訊いた。

　彼は啓蒙を待ち構えた。だが彼女は冷ややかな沈黙に沈んだ。

「ねえ」沈黙を破ってヒューゴが言った。「僕はこういう秘密主義とか隠し事とかにはすっかりうんざりしてるんだ。一日ほんの五分しか君に会えない上に、付けひげをつけて茂みに隠れてまわらなきゃならない。キーブルが僕のことを伝染病患者と致死性猛毒ダチュラの花束を足して割ったくらいに考えてるのはわかってる。だけど僕は親爺《おやじ》さんには大人気なんだ。僕は彼とブタトークをやっている。親爺さんを一挺のヴァイオリンみたいに演奏していると言ったって過言じゃないくらいなんだ。だから親爺さんに率直に、男らしく、僕たちは愛し合っていて結婚したいって言って何が悪いんだい？」

　ミリセントの大理石のかんばせに、素早く、鋭く、短く、苦い、誰の役にも立たない笑顔が邪魔に入った。

「どうしてわたしたちクラレンス伯父様にうそをつく必要があって？」

「へっ？」

「だからどうして伯父様に本当じゃないことを言わなきゃならないの？」

「君がそんなに冷たいわけがわからないなあ」

「わたし、雪みたいに冷たいんだわ」ミリセントはひややかに言った。「わたし今生《こんじょう》でも来世でも、あなたとまたお話しするかどうかわからなくてよ。あなたの説明がどれだけ上出来かに、多くは掛かっているわね。わたし、最大限に信頼の置ける権威ある情報筋から、あなたがコーラスガールとつき合ってるって聞いたの。さあ、いかが？」

ヒューゴはよろめいた。とはいえしかし聖アントニウス［エジプトの砂漠に隠遁して苦行に励み悪魔の度重なる誘惑と戦った聖人］だとて、こんな告発を突然投げかけられたらばよろめいていたことだろう。最高最善の男は、こういうときには良心の分解修理総点検をする時間を必要とするものである。一瞬の後、彼は元通り、彼本来の姿に戻っていた。

「そんなのは嘘だ！」

「ブラウンってお名前ですって」

「ぜんぜんまったく本当じゃない。君と会ってから、僕はスー・ブラウンと一度だって会っちゃいないんだ」

「そうでしょうね。あなたはずっとこちらにご滞在でいらしたんだから」

「それに僕が彼女と会ってた時だって――まったく、コン畜生、僕の態度ははじめからしまいまで、罪のない、純真な、百パーセント兄妹みたいな愛情にもとづいてたんだ。完全な友情。兄貴みたいな気持ち。それだけだ。僕はダンスが好きで、彼女もダンスが好きで、僕たちのステップは相性が合った。だからたまたま二人で踊りにでかけはしたさ。それっきりだ。純粋な兄妹愛。それだけさ。僕は自分のことを兄さんみたいに思ってたんだ」

「兄さんですって、ふん？」

「絶対的に兄さんだ。だから」ヒューゴは真剣に懇願した。「逃げたりしないで、愛しい人。スー・ブラウンが妖婦みたいな女だとか馬鹿げたことを思い込んでいないでさ。あの子は君が会いたいと思う女の子の中で、最高にいい子なんだから」

「いい子、あらそうなの？」

「優しい娘さ。百万人に一人だ。本当に気持ちのいい、素敵な奴なんだ」

「可愛らしい人なんでしょうね」

カーモディー家の者に生来備わった良識が、土壇場で機能開始した。

「いや、かわいくはない」ヒューゴはきっぱりと言った。「かわいくはない。ないない。ぜんぜんまったくかわいくない。かわいいだなんてとんでもない。全面的にセックス・アピールに欠けている。可哀そうな子だ。だけどいい子だ。いい奴なんだ。彼女とはまったく何でもない。妹みたいなもんだな」

ミリセントはじっと考え込んだ。

「ふーん」彼女は言った。

大自然は動きを止め、耳をそばだてていた。小鳥は歌を、虫たちはブンブン音を、それぞれ自粛した。あたかもこの若者の運命の判決がいま下される瀬戸際で、その言い渡しがこれからまもなく行われるかのようだった。

「ええ、わかった」とうとう彼女は言った。「わたし、あなたのことを信じなきゃいけないわね」

「そうこなくっちゃ！」

「だけど、このことはよく憶《おぼ》えておいてね。これからもしふざけた話があったりしたら……」

「あり得ない……」

「その兄妹愛とやらの衝動がたとえいっぺんでも湧き上がってきたら……」

「あり得ない……」

「ならいいわ」

ヒューゴは力いっぱい息を吸い込んだ。彼は手負いの雌トラからたったいま逃げおおせた男みたいな気分になっていった。

「バンザイ！」彼は言った。「ずっと恋人だよ！」

V

ブランディングズ城は黄昏《たそがれ》にまどろんでいた。その多様な在院者たちは、それぞれ多様な作業に従事していた。第九代エムズワース伯爵クラレンスは、幾度も未練がましく名残惜しげに振り返り、振り返りした末、ようやくエンプレスの私室より立ち去り、繰り返し読み返された『英国の豚』を読んでいるところだった。ギャラハッド閣下はパースロー＝パーパーの一節を書き終えると、これこそ大衆に読まれるべき作品であるとの芸術家の自己満足とともに、一日分のアウトプットに目を通していた。執事ビーチはギャラハッド閣下の写真をアルバムに貼《は》り付けていた。ミリセントは寝室で、少し考え込むふうに鏡を覗《のぞ》き込んでいた。ヒューゴは撞球室で、物思いにふけりつつキャノン・ショットの練習をしていて、恋人のことをいとしく思っていた。またその合間には、ほんのちょっぴり、短い、ロンドンでの浮かれ騒ぎの機会をうまく拵《こしら》えられたらすごく気分が晴れるのに、との思いが浮かび沈みしていた。

そして三階の寝室では、レディー・コンスタンス・キーブルがペンを執り、便箋を前に何事かを書き始めようと身構えていた。

「親愛なるバクスターさん」彼女は書いた。

2. 真実の愛の行方

I

ブランディングズ城の生活の魅力をあれほどに増していた輝かしき陽光は、職務遂行のためロンドンに留まるを余儀なくされた英国労働者たちに、さほどの歓喜を与えてはいなかった。シャフツベリー・アヴェニューのリーガル劇場最上階の彼のオフィスで、有限会社モティマー・アンド・サックスビー興業の社長、モティマー・メイスン氏は、この国に真に必要なのはアイスランド沖に発生したV字型の低気圧であるとの見解を有していた。燃え立つ七月は、かぎ竿《ざお》で吊り上げられたサケみたいな気分に人をさせるだけでなく、商売をだいなしにしている。つい昨晩、経費削減のため、階下《した》のショーからコーラスを何人か解雇しなければいけなくなったばかりだった。彼はコーラスガールを解雇するのがきらいだった。彼は心やさしい人物で、また若い時分に自身がこの職業に就いていたことから、真夏の真ん中にクビにされることがどういうことを意味するかを知っていたのだ。

ドアをコツコツたたく音がした。外側のオフィスの警護をしている人間番犬が入ってきた。

「なんだ?」モティマー・メイスンはうんざりしたふうに言った。

「ブラウンさんにお会いになれますか？」

「どのブラウンさんだ？　スーか？」

「そうです」

「もちろんだとも」この暑さにもかかわらず、メイスン氏は顔を輝かせた。「外にいるのかい？」

「そうです」

「じゃあ通してくれ」

モティマー・メイスンはこの娘、スー・ブラウンに対し、いつも父親のごとき愛情を覚えていた。つねに変わらぬ明朗さと、仕事ぶりの誠実さゆえ、彼は彼女のことを彼女じたいとして好きだった。だが彼に彼女を特別いとおしく思わせるのは、彼女がドリー・ヘンダースンの娘であるという事実だった。ロンドンにはドリー・ヘンダースンのことを思い、まだハートは若く自分にもウエストがあった時代を思うとき、甘い感傷を覚える年配の紳士たちが満ち満ちていた。彼は椅子からよっこらしょっと身を起こした。それからふたたび椅子にのけぞり倒れた。耐え切れぬまでの痛手を負わされたという意識で、彼の思いはいっぱいだった。

「なんてこった！」彼は叫んだ。「そんな涼しげな姿でいないでくれよ！」

この非難は不当でなかった。道路ではアスファルトがブツブツと泡立ち、劇場マネージャーは座ったまま溶けて流れだしているというときに、どこか旧世界の庭園から摘んできたばかりの露にぬれたバラの花に似て見える権利は、どんな女の子にだってない。そしてメイスン氏が考えるところ、それこそまさにこの娘がわざと意図的に似て見せているものにほかならなかった。彼女はちいさな生き物で、主として大きな目と幸福そうな笑顔からなっていた。彼女はダンサーの肢体をしていたし、また彼女の身のこなしのひとつひとつには「青春」があった。

「ごめんね、パパ」彼女は笑い声をあげた。メイスン氏はかすかにうめいた。彼は詩人めいたところのなくはない男だったから、彼女の笑い声はビールのジョッキの中でチリチリ鳴る氷を思い起こさせたのだ。「あたしを見ないようにしててくれる?」

「さてとスー、何を考えているんだい?　これから結婚するってわしに報告に来てくれたのかな?」

「いますぐはしないの、残念だけど」

「お前の恋人はビアリッツからまだ帰ってこないのかい?」

「今朝着いたわ。マチネーの間にメモをもらったの。彼、いま外であたしを待ってるはずよ。彼を見たい?」

「下へ降りてけってことかい?」警戒するげにメイスン氏は言った。

「ちがうわ。彼は自分の車に乗ってるはずよ。窓から見えるわ」

メイスン氏は窓のところまでちゃんとたどり着いてみせた。彼は下の小路の粋なスポーツ・モデルのツーシーターを見下ろした。その乗員は仰向けに寝て、長いシガレットホルダーでタバコを吹かしながら、近所のどこぞの子供が塗装を引っ掻こうとしてはいまいかと警戒するげに、厳しい顔つきでその子を見ていた。

「今シーズンのフィアンセはミニ丈が流行《はや》りなんだな」点検を終えるとメイスン氏は言った。

「彼ってチビでしょう?　彼、とっても気にしてるの、可哀そうだわ。だけど、あたしだってチビでしょ。だからちょうどいいのよ」

「あいつが好きなのかい？」

「ものすごく好き」

「ところであいつは何者なんだい？　ああ、奴の名がフィッシュだってことは知っている。だがそれじゃ何にもわからん。金はあるのか？」

「とってもたくさん持ってるんだと思うわ。ただ彼の伯父様が全部管理してらっしゃるの。エムズワース卿よ。彼がロニーの被信託人だったか何だかなんだわ」

「エムズワースだって？　わしは昔そいつの弟と知り合いだったんだ」メイスン氏は昔を思い出してくっくと笑った。「ギャリーの野郎！　なんて男だ！　ギャリーの野郎に一枚嚙《か》ませてやりたい計画があったんだ。奴は今どこにいるかなあ」

「今週の『プラットラー』紙に、その人はブランディングズ城にいるって書いてあったわ。シュロップシャーにあるエムズワース卿の居城なの。ロニーは今夜向こうへ行くことになってるのよ」

「お前をそんなにすぐ置き去りにしてかい？」モティマー・メイスンは首を横に振った。「気に入らんな」

スーは笑った。

「ふん、気に入らん」メイスン氏は言った。「気をつけるんだぞ。ああいう男どもにゃあ注意が必要なんだ」

「心配しないで、パパ。彼はちゃんとしてくれるわ」

「ふん、後になってわしが警告しなかったなんて言わんでくれよ。そうか、ギャリーの野郎はブランディングズ城にいるか。思い出してなきゃいけなかった。奴とはまた連絡を取りたいもんだ。さてとそれで、わしに会いたい用ってのは何だったのかな?」

スーは真面目な顔になった。

「お願いがあってきたの」

「何でも言ってくれ。わしのことならわかってるだろう」

「パパがきのうクビにした女の子たちのことなの」

メイスン氏の温和な顔は、経営者の表情になった。

「クビにしなきゃならなかったんだ」

「わかってる。けれどもその中にサリー・フィールドがいたの」

「だから何だい?」

「うーん、サリーはものすごくお金に困っているの、パパ。それでお願いなんだけど」スーは息を弾ませて言った。「彼女をこのまま雇って、あたしを代わりにクビにしてくれない?」

あまりの驚きにモティマー・メイスンは一瞬暑さを忘れた。彼は呆然《ぼうぜん》として、椅子に座りなおした。

「何をどうするだって?」

「代わりにあたしをクビにして」

「代わりにお前をクビにするだって?」

「そう」

「お前、頭がおかしいのかい」

「ちがう、そんなんじゃないわ。お願い、パパ。言うことを聞いて」

「彼女はお前の大の親友なのかい？」

「それほどじゃないわ。同情してるだけ」

「だめだ」

「聞いてくれなきゃだめ。彼女無一文なのよ」

「だがお前はうちのショーに必要なんだ」

「何バカなこと言ってるの！　あたしがいるといないで、ちょっとだって違いがあるみたいな言い方じゃない」

「違いがあるとも。何て言うか、お前には」メイスン氏は指をもてあそんだ。「何かがある。お前の母さんにもそれがあった。彼女がはじめて出た舞台でわしが青年二をやったのは知ってるかい？」

「ええ、その話ならしてもらったわ。あれからずいぶんご出世なすったこと！　もうパパ一人で青年二が二人はできるじゃない。さてと、じゃあわかってもらえたかしら、どう？」

　メイスン氏は思案した。

「お前がどうしてもって言うんなら、そうしなきゃならないんだろうな」とうとう彼は言った。「わしがそうしなけりゃ、どっちにしろお前は辞表を出してでてゆくだけだろう。お前のことはわかってる。スー、お前はスポーツマンだ。お前の母さんがまったくおんなじだった。だがお前、自分のことは何とかなるんだろうな？　八月末までは新しいショーのキャスティングはしないつもりだが、まるまる見まわしてみればお前をどこかに押し込んでやれるかもしれないんだから」

「まるまる見まわしてって、それ以上どうやって丸くなるおつもり？　大好きなパパ。ねえわかってて？　毎朝早起きして、三十分間スウェーデン式の体操をしたら……」

「殺されたくなかったら、そこまでだ！」

「そしたら世界じゅうの幸せがパパに降り注ぐのよ。さあてと、あたしのことを気にかけてくれてありがとう、パパ。だけどそんな心配はしちゃだめ。心配しなきゃいけないことは他にじゅうぶんあるんだから。あたしなら大丈夫よ。さよなら。パパってサリーの天使だわ。これで彼女の命は救われたのよ」

「もしそいつが二列目の端の、いつもステップを乱してる寄り目の娘なら、命を救ってやりたいものかどうか確信はないな」

「だけどどっちにしたって救っちゃうんだわ。さよなら」

「走って逃げんでくれ」

「走らなきゃ。ロニーが待ってるの。あたしをどこかにお茶に連れてってくれるのよ。川上がいいわ。どんなにか素敵って思わない？　木立の下、水面にはさざなみが立って……」

「この定規でお前をぶっ叩かずにいられるのは」メイスン氏は言った。「もうじきわしもこのトルコ風呂から逃げ出せるって、ただそれだけを思えばこそだ。来週ブラックプール［イングランド北西部ランカシャーにある海浜保養地］でショーの初日がある。あすこの砂浜はどんなに素敵に涼しいかって、考えてもみてくれ。波がざぶんとしぶきを上げ……」

「……それでパパは熊手とバケツを持って、砂遊びをするのよね！　ねえ、パパ、ぜったい写真を送ってね。さてと、あたしこんなところにいつまでも立って、パパの休暇旅行のご予定についておしゃべりしてるわけにはいかないの。あたしの可哀そうなロニーが、とろ火でじっくり焼き上がっちゃってるに違いないんだもの」

II

とろ火でじっくり焼き上げられるという工程は、とりわけ六週間も愛する娘に会えない流刑の身にあった後で、彼女の姿を一目見たくてじりじり苛立《いらだ》っているという時には、決して心地のよいものではない。しばらく我慢した末に、ピンク色の顔をして長いシガレットホルダーを持った若者は、車の座席を離れ、日陰と相対的涼しさの得られるステージ入り口に避難所を求めていった。いま彼はそこに立ち、告知板に記された通知を読んでいた。彼はそれを憂鬱《ゆううつ》げに読んだ。こんなに何週間もスーの下を離れていた後で、またもや彼女を置いてブランディングズ城に行くことを余儀なくされるのだとの思いは、ロナルド・オーヴァーベリー・フィッシュの心にひどく重くのしかかっていた。

ステージドア警備員のマックは、小屋から身を乗り出した。マチネーは終わり、オアシスに近づきつつあるラクダと、間もなく自由の身となって角を曲がって飛び出してゆけるステージドアの番人に訪れる厳粛なよろこびを、彼は覚えはじめていた。彼は自分の幸福をロニーに伝えようと試みた。

「もうすぐですよ、フィッシュさん」

「えっ?」

「もうすぐですって、旦那さん」

「ああ」ロニーは言った。

マックは相手の憂鬱な顔が気になった。彼は自分の周りには笑顔が満ちているのが好きだった。熟考の上、その原因は突き止められたと彼は考えた。

「あの件のことは伺って残念に思ってるんですよ」

「えっ？」

「あの件のことは伺って残念だって言ったんです」

「何のことだって？」

「〈ホット・スポット〉のことです。旦那さんのナイトクラブですよ。あんなふうにつぶれちまって。あんまり早くに西方へ向かっちゃいましたね」

ロニー・フィッシュは顔をしかめた。この男がよかれと思って言ってくれているのはわかっていた。だが触れてもらいたくない話題というのはあるものだ。さんざん考えていやがる被信託人にうまいこと言って資本を出させる手立てを画策してナイトクラブを始めた挙句に、そのナイトクラブがもろい卵の殻が渦巻きに飲み込まれるみたいに破産管財人の手中へと通り過ぎてゆくのを目《ま》の当たりにしたときには、沈黙が最善である。

「ああ」この趣旨を示唆しつつ、彼は短く言った。

マックは数多くの賞賛に値する美質を備えていたが、機転というものがなかった。彼はモスクワのウインター・スポーツの話をしてナポレオンを喜ばせようとするような種類の人間だった。

「あなたとカーモディーさんがあの辺でナイトクラブを始めるって聞いたとき、あたしは消防士にこう言ったもんです。〈二カ月だな〉って。それで六週間だったんでしたねえ、ちがいましたか？」

「七週間だ」

「六週間でも七週間でも、たいした違いはありませんや。肝心なのはあたしの言うことはいつも当たるってことです。あたしは消防士にこう言いました。〈ナイトクラブの経営には、脳みそが要るんだ〉あたしは言いましたよ。〈脳みそとなんとか言ったやつさ〉お陰で五〇セント勝たせてもらいました」

彼は別の興味深い愉快なトピックを探して、頭の中を見回した。

「カーモディーさんとこの頃はお会いですか？」

「いや。僕はビアリッツにいたんだ。奴はシュロップシャーにいる。僕の伯父さんの秘書の職に就いたんだ」

「それじゃあきっと」マックはまごころ込めて言った。「その仕事もめちゃくちゃにしてらっしゃることとなんでしょうねえ」

この会話はうまく運んでいると彼は感じ始めていた。

「以前はカーモディーさんとここでよくお会いしたもんなんですよ」

一座の前衛部隊が音楽家の一団のかたちをとって登場した。彼らはステージドアを通って外へと出て行った。最初は咽喉《のど》の乾きを覚えている様子のフルート二、三人。それからヴァイオリンの集団。最後にオーボエが苦い顔してひとりで出ていった。オーボエというのは、いつだって囚われの蛮人なのである。

「そうですとも。ここによくいらしてましたよ、カーモディーさんは。ブラウンさんに会いたいって。あの二人はそりゃあ大変な仲良しでしたねえ」

「ああ？」ロニーは鈍重なふうに言った。

「二人が一緒でいるとこを見ると、あたしゃずいぶんと笑ったもんですよ」

ロニーは何か大きくてギザギザした物を呑《の》み込んだみたいな気分になった。

「どうして？」

「なぜってあの人はあんなにノッポで、彼女はあんなにチビで。とは言ったって」マックが哲学的感慨を込めて言った。「正反対の者どうしが一番お似合いだって言いますからね。あたしは十七ストーンも目方がありますが、うちの女房は九ペンスのウサギみたいなんですよ。でも幸せ放題幸せですからねえ」

ステージドア番人の家庭内人員総重量に関するロニーの関心は、ごくわずかだった。

「ああ」彼は言った。

スー・ブラウンの話題に取り掛かったマックは、その論点に留まった。

「お花はちゃんと届いてますよ」

「えっ？」

「旦那さんがブラウンさんに送ったお花ですよ」ずんぐりした親指でうしろの棚に載った花束を指差し、マックは言った。「まだお渡ししちゃありませんけどね。舞台の後でお渡しした方がいいと思いましたんで」

それは見事な花束だった。しかしロニー・フィッシュは、一種の物言わぬ恐怖とともにそれを見た。彼のピンク色の顔はますますピンク色になり、目はつめたく生気を失った。

「その花をこっちにくれないか、マック」咽喉を締められたみたいな声で、彼は言った。

「はいどうぞ。ほうら、まるで花婿さんみたいに見えますよ」ステージドアの番人は言った。十七ストーンと間抜け頭にお似合いのクスクス笑いをしながらだ。

同じことをロニーも考えていた。その思いは一瞬の後、彼の前をかろやかに通り過ぎていった二人のコーラスガールの不愉快な挙動により、更に強まった。二人とも多感な若者にとっては苦痛と感じられる目で彼を見たし、また一人はキャッキャと笑った。ロニーは振り返ってドアに向かった。

「ブラウン嬢が来たら、僕は外の車で待っていると伝えてくれ」

「わかりました。またいらっしゃるんですよね？」

「いや」ロニーの顔の憂鬱の色は深さを増した。「今夜シュロップシャーに行かなきゃならないんだ」

「長いことおでかけなんですか？」

「ああ。ずいぶん留守になる」

「そう伺って残念ですよ。さてと、さよならです。ありがとうございます、旦那さん」

ロニーは花束をつかむと、鉛のように重い足どりでツーシーターに向かった。花束にはカードが付いていた。彼はそれを読み、暗く顔をしかめると、花束を車に投げ込んだ。

女の子たちはいまや大群となって通り過ぎていた。彼女たちはロニー・フィッシュには何の意味も持たなかった。彼は彼女たちに冷たく目をやり、新聞はどうして「美しいコーラス娘たち」などともて囃《はや》すのだろうかと驚いていた。そしてそれから、ついにやっと、その姿に彼の心臓が繋留《けいりゅう》場所を離れてジャンピング・ビーンみたいに飛び跳ねだすひとが姿を現した。彼女が両腕を広げて駆け寄ってきたとき、彼の心臓は口のところまで到着していた。

「ロニー！　すてきなエンジェル！」

「スー！」

恋に落ちた若者は、いかに大きな悲しみの重荷に苦しんでいようと、世界でたった一人の娘が彼にほほえみかけるとき、一時的に心慰められずにはおられぬものである。さしあたってロニーの憂鬱は活動をやめた。近頃大失敗に終わった営利事業によって何百ポンドも失ったことを、彼は忘れた。流刑の身となるため、その晩出発せねばならぬことを彼は忘れた。この娘がジュニア・コンスティチューショナル・クラブ所属Ｐ・フロビッシャー・ピルビームなるひどい無作法者から、見事な花束を贈られたばかりだということすら、彼は忘れたくらいだった。これらの思いはいずれまた戻ってくるにせよ、いま現在、ありとあらゆる他のよしなしごとを閉め出して彼の心の中を独占していたのは、六週間の長い別離の末、自分はスー・ブラウンをまた見つめているという思いだけだった。

「待たせてごめんなさい、だいじな人。あたし、メイスンさんに会わなきゃいけなかったの」

ロニーはびっくり仰天した。

「何の用事で？」

映画館に通学して勉学怠らぬ身の上であるから、彼は劇場マネージャーがどういうものかを知っていた。

「ただの仕事の話よ」

「昼食に誘ったりとか、どうかはしなかったかい？」

「しないわ。彼、あたしをクビにしたの」

「君をクビにしただって？」

「そうよ。あたしは失業したってこと」スーはうれしげに言った。

　ロニーは身を震わせた。

「行って奴の首をへし折ってやる」

「だめ、だめよ。彼のせいじゃないの。この天気のせいなんだから。熱波が来てるときは、経費を削減しなきゃいけないの。みんなみんなあなたみたいな人がロンドンにいて劇場に来ないで外国に出かけちゃうせいよ」スーは花束を見て、喜びの声を上げた。「あたしに？」

　一瞬前まで、ロニーは全身騎士道的憂慮に満ち満ちていた——愛する貴婦人のために死を賭《と》して戦う用意のある騎士であった。いまや、彼は凍りついた。

「そうらしいな」彼はひややかに言った。

「らしいって、どういう意味？」

「どうもそうらしいってことさ」

「だいすき！」

「乗れよ」

　ロニーの憂鬱はいままた濃くもやもやとしはじめていた。彼は群がってくる子供たちに荒々しく手を振り、セルフ・スターターを踏んだ。車は滑らかに角を曲がってシャフツベリー・アヴェニューに出た。

　モニーコの前から、交通渋滞が始まっていた。彼は魂のうちを打ち明けだした。

「その花だけど」

「きれいだわ」

「そうだな。だけど僕が送らせたんじゃないんだ」

「持ってきてくれたのね。ずっとうれしいわ」

「僕が言いたいのは」ロニーは重苦しげに言った。「それは僕からじゃないってことだ。P・フロビッシャー・ピルビームとかいう奴から来た花だ」

スーの笑みが消えた。彼女はロナルドがやきもち焼きなのがよくわかっていた。そこのところが彼に変わってもらいたい唯一の点だった。

「えっ？」彼女はがっかりしたふうに言った。

イートン校とケンブリッジ大学で長年培《つちか》ってきた、あらゆる人間的感情からの超然的態度の厚い外皮が、あっけなく崩れた。そしてそこより原始なるロナルド・オーヴァーベリー・フィッシュが姿を現した。

「このピルビームってのは誰だ？」彼は詰問した。「たいそうなボーイフレンドなんだろうな？どうだ？」

「あたし、その人に一度も会ったことだってないわ！」

「だけどそいつは花を送ってきた」

「わかってる」スーは悲しげな声を出した。金色の午後が、もはや修復不能なほどだいなしになってしまったことを嘆きつつだ。「その人いつもあたしに汚らわしい花を送りつけてきて、汚らわしい手紙を書いてよこすの……」

ロニーは歯をきしらせた。

「それにあたし、その人に一度だって会ったことはないのよ」

「そいつがどういう奴か、知らないのか?」

「コーラスガール仲間が教えてくれたけど、その人まえに『ソサエティー・スパイス』っていう新聞の編集をやってたんですって。いま何をしてるかは知らないわ」

「君に花を送りつけてくるほかには、ってことだな?」

「あの人が花を送るのはあたしにはどうしようもないことでしょう」

「どうもしたくなんかないんだろう」

スーの目は揺らめいた。機嫌の悪いときのロニーは六歳の子供に似たようなものだと理解して、彼女は空気を和らげるべく哀れな努力をした。

「いやらしい求婚者に追いかけられたからってあたしのせいじゃないでしょう? じゃああなたは映画を観たら、チンピラに追い掛け回されたからってリリアン・ギッシュを責めるのね」

ロニーの心は慰められなかった。

「ときどき僕は自問するんだ」彼は陰気に言った。「君が本当に僕のことをちょっとだって気にかけてくれてるのかって」

「まあ、ロニー!」

「そうさ――しょっちゅうさ。君を見て、それから自分を見て、それで自分にそう問いかける。いったいぜんたい、僕みたいな男に、君ほどの女の子が好きになるような何があるっていうんだ? 僕はできそこないだ。ナイトクラブの経営だってできない。脳みそなし。見た目もダメだ」

「あなたの顔色は素敵よ」

「ピンクすぎる。あまりにもピンク色すぎる。それに僕はすごくチビだ」

「ぜんぜんチビなんかじゃないわ」

「チビだ。僕のギャリー伯父さんは前に僕のことを二流の騎手の原形質みたいに見えるって言ったんだ」

「あなたの伯父様は恥を知るべきだわよ」

「いったいどうして」ひそかなる願望を明らかにしつつロニーは言った。「僕はちゃんと背が高く生まれなかったんだろう。ヒューゴみたいに……」彼は言葉をとめた。ハンドルを握る彼の両手は震えていた。「それで思い出した。ステージドアのマックの奴が言ってたんだが、君とヒューゴは以前とっても仲良しだったそうだな。いつも一緒だったって、奴が言ってた」

スーはため息をついた。今日はなかなか難しい日になったようだ。

「それはあたしがあなたに会う前の話よ」彼女は辛抱強く言った。「彼とダンスするのがとっても好きだったの。彼はダンスがとても上手なの。あなた、あたしとヒューゴが愛し合ってただなんて、まさか思ってるんじゃないでしょうね？」

「そうしていけないわけがない」

「ヒューゴですって！」スーは笑った。ヒューゴにはいつだって彼女を笑いたい気持ちにさせるところがあった。

「ふん、そうじゃないわけがわからないな。奴は僕より見てくれがいい。背が高い。こんなにピンクじゃない。サックスが吹ける」

「ヒューゴのことなんか、バカ言わないで」

「うん、僕はあいつが怖い。あいつは僕の一番の親友だし、僕にはあいつの仕事ぶりがわかってる。

奴はほとんどハンサムと言っていい。そのうえ機敏だ」恐ろしい思いがロニーを打ちのめした。

「あいつは……」彼は息を詰まらせた。「あいつは、君の手を握ったことがあるのか？」

「どっちの手よ？」

「どっちの手だってだ」

「どうしてそんなこと口に出せるの？」スーは叫んだ。ショックを受けていた。

「だって、君と奴の間には何もなかったたって、君は誓えるかい？」

「もちろんなんにもなかったわ」

「それじゃあこのピルビームとかいう奴と君の間にも、なんにもないんだな？」

「ないに決まってるじゃない」

「ああ！」ロニーは言った。「それじゃあ、計画通りにいこう」

彼は気持ちの切り替えの早い性分だった。だからこれで彼の気分は一瞬のうちにどん底から頂点にまで持ち上がった。彼の顔からは曇りが消え去り、目からはバイロン的絶望が消えた。彼は晴れ晴れと微笑《ほほえ》んだ。

「僕がどうして今夜ブランディングズ城に行くかわかるかい？」ロニーは訊《き》いた。

「ううん。行かなきゃいいのにって思ってるだけ」

「うむ、話してやるよ。僕は伯父さんを丸め込んでやらなきゃならないんだ」

「どうするですって？」

「クラレンス伯父さんとの関係を確実なものにするんだ。君が被信託人ってもののことをちょっとでも知ってたら、連中が毒薬みたいに嫌うことがひとつあるとすれば、それは金を手放すことだってわかるはずだ。それで僕にはとにかくどうしてももうひとかたまり資本が要るんだ。それもどっさりとだ。金なしで、どうやって君と結婚できる？　資金を手に入れたら、君がうんと言ってくれた瞬間に結婚登録所に走るんだ。これで僕がブランディングズ城にできるだけ早く行って、おって通知あるまであそこにいなきゃいけないわけが、わかってもらえるだろう」

「ええ、わかったわ。あなたって素敵な人。ねえ、あたしにブランディングズ城のお話をして、ロニー」

「どういう意味だい？」

「うーん、どういうところなのかってこと。あなたがいない間、そこにいるあなたのことを想像したいの」

　ロニーはじっくり考えた。彼はどんなに言っても言葉の風景画家とは言い得なかった。

「ああ、だいたいどんなもんかはわかるだろ。大庭園があって小庭園があってテラスがあって、太古からある楡《にれ》の木があってとかそんなところさ」

「女の子はいるの？」

「従姉妹《いとこ》のミリセントがいる。僕のランスロット叔父さんの娘だ。叔父さんはもう死んだ。一族は僕とミリセントを結婚させたがってる」

「あなたたち二人を結婚させるってこと？　なんて恐ろしい考えなのかしら！」

「ああ、大丈夫だ。僕らは二人ともその計画に反対なんだ」

「ふーん、そう聞いてちょっぴり安心したわ。ブランディングズ城にいる女の子は他には誰？」

「僕の知る限りあと一人だけだ。ビアリッツでうちの母親がシューンメーカーって娘に会ったんだ。

アメリカ人だ。金はどっさり持ってるはずだ。ひどくのっぽの女の子だ。ダナ・ギブスン［二十世紀初頭のアメリカ画家。長身の優雅な美女を雑誌に描いた］の売れ残りみたいに見える。僕は彼女がいやでたまらないんだが、うちの母親は彼女を僕に押し付けてよこそうとしている。わかるだろ、〈お前、どうしてマイラ・シューンメーカーさんに電話しないの、ロニー？　あの子はきっと今夜はカジノに出かけたいはずよ。その後で一緒に踊ればいいじゃない〉ってね。最悪だ。まったく」

「彼女もブランディングズ城に行くのね？　ふんっ！」

「ふんっ！　なんて言う必要はまるでないんだ」

「知らない。そうよ、あなたのご一族のおっしゃるとおりだわ。あなたご自分のお仲間の誰か素敵なお嬢さんと結婚すべきなのよ」

ロニーは言葉なき叫びを放った。感情の昂《たかぶ》りのあまりツーシーターの泥よけが、すれ違った〈オースティン・セヴン〉とあんまりぎりぎりまで接近したもので、スーは恐怖の叫びをキャーとあげ、オースティン・セヴンはよこしまな思いを抱きつつ走行を続けていった。

「気をつけて、ロニー。ほんとにバカなんだから！」

「ふん、君までそんなこと言ってまわってどうするつもりだ？　そういうお言葉は一族中からじゅうぶん聞かせてもらってる。君にまで言われなくたってさ」

「かわいそうなロニーったら！　ごめんなさい。だけど、皆さんあたしとの結婚に反対する権利はじゅうぶんにおありだってことは認めなきゃならないでしょ。あたし、そんなにホットな人気者ってわけじゃないもの。ただのコーラスガールよ。アンサンブルの一員にすぎないの！」

ロニーは歯の間から「ぎゅっ！」と聞こえるようなことを何か言った。彼が言いたかったのは、ことだった。

たとえ身分は低くとも、きよらかで優しい女の子は一国の王にだってふさわしい伴侶であるという

「それにあたしの母はミュージック・ホールの歌手だったのよ」

「何だって？」

「ミュージック・ホール歌手よ。昔はセリオって呼ばれてたものだわ。知ってるでしょ――ピンクのタイツに大胆な歌とか」

今度ロニーは「ぎゅっ！」とは言わなかった。ただ苦しげに息を呑《の》み込んだ。この情報は彼にはショックだった。どういうわけか、彼はスーに親族のかたちをした係累《けいるい》があるとはまるで思っていなかった。またピンクのタイツをはいたセリオが、一族に大変な恐慌を惹《ひ》き起こすであろうという事実から、目をそむけることはできなかった。ロニーは髪を脱色した何モノかが、クラレンス伯父さんを「あたしのいい人」呼ばわりする姿を思い描いていた。

「イギリス人なのかい？　ロンドンのミュージック・ホールでってこと？」

「そうよ。ママの芸名はドリー・ヘンダースンっていうの」

「聞いたことはないなあ」

「たぶんそうだと思うわ。でも二十年前には、ロンドンじゅうの熱狂の的だったのよ」

「僕はずっと君はアメリカ人なんだと思ってた」ロニーは憤慨して言った。「はっきり憶《おぼ》えてるが、ヒューゴが僕たちを紹介してくれたとき、君はニューヨークから来たばかりだって言ったんだ」

「そうよ。ママが死んですぐ、パパがあたしをアメリカに連れて行ったの」

「ああ、君のお母さんは――あ――もう亡くなられたんだね？」

「そうよ」

「お気の毒に」顔を明るくして、ロニーは言った。

「父の名はコッタリーっていうの。近衛歩兵第四連隊にいたのよ」

「なんと！」

ロニーの恍惚《こうこつ》とした叫びは、公務執行中の交通警官に多大なご迷惑をかけた。

「だけどそりゃあ素敵だ！　それはいい！　どのみち僕にはどうでもいいことなんだ。君のお父さんがウナギのゼリー寄せ売りだったとしたって、君に対する僕の愛情はまったくおんなじだ。だけど僕のクソいまいましい一族にとって、これがどんなに大変な違いかってことを考えてもみるんだ！」

「そうかしら」

「だけどそうなんだ。今すぐお父さんをつかまえてきて、みんなの前に差し出そう。お父上はロンドンにいるのかい？」

スーの茶色の目が曇った。

「父は死んだわ」

「えっ？　ああ、すまない！」ロニーは言った。

彼はしばらく打ちのめされていた。

「ああ、少なくとも一族にお父上の話はさせてくれよ」気を取り直して、彼は言い立てた。「連中に君のお父上をちょっとひけらかさせてくれないかな」

「したかったらどうぞ。だけどそれでも皆さんはあたしがコーラスガールだからって反対するわ」

ロニーは苦い顔をした。彼は自分の母親のことを考えた。コンスタンス伯母のことを考えた。理性は彼に、彼女の言うとおりだと言っていた。

「ああいう愚劣な連中がコーラスガールのことをどう言うかなんてクソくらえだ!」彼は言った。「連中は女の子がコーラスで働いてるからってだけで、生きたシャンパンの大樽か何かにちがいないって思い込んでるらしいんだ……」

「きゃあ!」

「夕食のテーブルの上で酔っ払いの株式仲買人とダンスして人生を過ごしてるって……」

「一晩そんなふうに過ごしてみるのも悪くないわね」瞑想《めいそう》にふけるげに、スーが言った。「いつかやってみなくちゃ」

「……それでその子が誰かと結婚しようって話になると、男のほうの親戚がさげすんで見てよこして、ラバみたいにけとばすんだ。うちの一族にも前にそういうことがあった。ギャリー伯父さんが昔の暗黒時代に、舞台に出てる女の子と恋をしたんだ。すると連中は妨害を仕掛けてきて全部ぶち壊しにして、彼女を忘れるようにって伯父さんを南アフリカかどこかに送りつけたんだ。それで伯父さんを見てみろよ!　一九〇〇年にシラフになって三回大きく深呼吸して、それでもうじゅうぶんって決心したんだ。きっと僕もおんなじようになるんだろう。君から百六十キロも離れたブランディングズ城に閉じ込められて、もし飲酒癖がつかずにいられたら大驚きだ。全部ばかげたくだらない話さ。そんなのは我慢できない。僕は今夜クラレンス伯父さんのところに行って、僕が君を愛していて君と結婚しようとしていて、もし気に入らなけりゃ我慢してくれって言おうって思ってるんだ」

「だめよ」

ロニーは鎮静化した。

「たぶん君の言うとおりだ」

「ぜったいにそうよ。もしあなたの伯父様があたしのことを聞いたら、ぜったいにお金なんかくださらないわ。反対に、もし聞かなかったら、くださるかもしれない。伯父様ってどんな方なの？」

「クラレンス伯父さんかい？　穏やかな、夢想家の爺《じい》さんさ。庭仕事が大好きとか、そんなとこだ。聞いたところじゃ、いま現在はブタに夢中だそうだ」

「気持ちのよさそうな感じだわ」

「もし僕がブタだったら、向こうへ行って伯父さんに立ち向かうのだって、ずっと気楽だったはずだ。ずっと温かい歓迎を受けたはずなんだ」

「でもいまさっき、あなたってブタみたいだったわ。そうでしょ？」

ロニーは震えた。仕立てのよいチョッキの下で動悸《どうき》を打つ心臓を、深い後悔が責め苛《さいな》んだ。

「すまない。本当にすまなかった。つまり結局、僕は君にどうしようもなく夢中だってことなんだ。君が会う全員に僕はやきもちを焼いてしまう。わかるだろう、スー、もし君が僕を見捨てたりするようなことがあったら、僕は……僕は自分が何をするかわからない。ああ、スー！」

「ハロー？」

「誓ってくれ」

「何を？」

「僕がブランディングズ城にいる間、誰とも出歩かないって誓ってくれ。ダンスもだめだ」

「ダンスもだめなの？」

「だめだ」

「わかったわ」

「特にこのピルビームって男はだめだ」

「ヒューゴって言うのかと思ったわ」

「ヒューゴのことは心配してないんだ。あいつはブランディングズ城にいるから安全だ」

「ヒューゴはブランディングズ城にいるの？」

「そうだ。クラレンス伯父さんの秘書をやってる。ホット・スポットがつぶれたとき、母親に言って奴をその仕事に就《つ》けたんだ」

「それじゃあなたは彼とミリセントとシューンメーカー嬢とお付き合いができるのね。まあ素敵だこと」

「ミリセントだって！」

「そんなふうに〈ミリセントだって！〉なんておっしゃるだなんて結構ですこと。あたしの見るところ、彼女は困ったちゃんにちがいないわ。内気な恥ずかしがり屋さんみたいに聞こえるもの。あたしには彼女があなたを誘って月夜の晩にその太古の楡の木の下を散歩するところが目に浮かぶわ。それであなたを、大きな、夢見るような瞳で見上げてそして……」

「見下ろすだろ。彼女は僕より三十センチは背が高いんだ。それにとにかく、僕には君がいるっていうのに、僕から親切げな一瞥《いちべつ》をちらっとだって引き出せる娘がこの地球上に一人だっているなんて思ったら大間違いだ。正直に言う……」

彼は叙情的になった。スーは後ろに背をもたれ、満足げに聞いていた。天候の崩れそうな雲ゆきだったし、空はしばらくは暗くなっていたけれど、もう過ぎ去った。結局のところ、午後は金色であったのだ。

III

「ところで」ロニーが言った。雄弁の氾濫《はんらん》はおさまりつつあった。「思いついたんだ。これから僕たちがどこへ向かってくのか、考えてるかい？」

「天国よ」

「いまこれからってことだ」

「あなたがどこかへお茶に連れてってくれるんだと思ってたわ」

「だけどどこへだい？　我々はお茶地帯を離れたばかりなんだ。あれやこれやで、僕はただめちゃくちゃに運転してた——あっちへ行ったりこっちへ行ったりさ——それでどうやらスイス・コテージの近くのどこかに来てるみたいなんだ。引き返してカールトンかどこかに向かうかい？　カールトンはどうだい？」

「いいわよ」

「それともリッツにする？」

「どっちでもあなたの好きな方で」

「うーん、そうだ！」

「どうしたの？」

「スー！　いい考えがある」

「ビギナーズ・ラックだわね」

「ノーフォーク・ストリートに行くのはどうだい？」

「あなたのおうちってこと？」

「そうだ。誰もいないんだ。それにうちの執事は信頼できる男だ。僕らにお茶を出して、何も言わないでいてくれるさ」

「あたし信頼できる執事に会ってみたいわ」

「それじゃあそうするかい？」

「よろこんで。あなたの宝物とか持ち物とか、子供のときの写真とかを見せてくれるわね」

ロニーは首を横に振った。彼女の愛らしい熱情に水を差すのはいやだったが、しかし危険を冒すわけにはいかない。

「それはだめだ。いかなる愛といえども、セーラー服姿の十歳の僕には堪えられない。だけど」譲歩して彼は言った。「僕とヒューゴの写真なら見せてやるよ。パブリックスクール・ラケット競技大会の直前に撮ったんだ。僕が六年生の年のだ。僕らはダブルスでイートン校代表だったんだ」

「優勝したの？」

「いや。準決勝戦の肝心なときに、あの間抜けのヒューゴがヘマをやって片手の男が目をつぶってたって打てるような球を打ったんだ。それで惨敗さ」

「ひどい！」スーは言った。「ふん、もしあたしにヒューゴを愛する衝動があったとしたって、いまの話でそれは死滅したわ」彼女は周りを見渡した。「あたし、こういう貴族的な界隈ってまるで知らないの。ノーフォーク・ストリートってどれくらい遠くなの？」

「次の角を曲がればだ」

「本当におうちには誰もいない？　愛するご一族のどなたもってことよ？」

「人っ子一人いやしないさ」

彼の言ったとおりだった。確かにレディー・コンスタンス・キーブルは家の中にはいなかった。彼がこう言ったとき、彼女は玄関のドアを閉めて外に出たところだったのだ。甥《おい》の帰りを待って半時間待ち続けた末に、彼女は玄関のテーブルにメモを残し、クラリッジにお茶に出かけるところだった。家のすぐ前に停車するまで、ロニーは階段の上に何が載っているかを認識していなかった。それが何モノかを認めると、彼は目に見えて蒼白《そうはく》になった。

「ああ、僕の神聖なオバさん！」彼は言った。

このおなじみのフレーズが、これほど適切なかたちで用いられたのもそう滅多にはないことであったろう。

その神聖なオバさんはツーシーターとその中身を、凍《い》てついたまなざしで検分した。彼女の両眉は審問の証だった。彼女がミリセントに言ったとおり、彼女は古風な女性であったし、自分の肉親が魅力的な外観の女の子とツーシーターに乗って身を寄せ合っているのを見たときには、最悪の事態を疑っていた。

「こんにちは、ロナルド」

「あー……ハロー、コンスタンス伯母さん」

「ご紹介をいただけるかしら？」

危機的状況が知性を鋭敏にすることに間違いはない。彼のパブリックスクール時代の先生たちや大学の指導教授らは、ロナルド・オーヴァーベリー・フィッシュの魂が安らかなときにほぼ限って彼と付き合うことを余儀なくされた結果、彼のことを担任する生徒たちの中でも鋭敏な知性に欠ける者のほうに分類してきた。いまこの危機にある彼の姿を恩師らが見ていたら、プライドを込めて彼を指差したことだろう。また彼らはスポーツマンであり、紳士でもある人物であったから、自分たちは彼の巧妙さと主導力とをひどく低く評価していたと、あわてて認めるかもしれない。

つまり、かなり鮮やかなゼラニウム色に変色し、ちょっぴりきつ過ぎるな、というみたいにカラーの内側に一瞬指を走らせた後、ロニー・フィッシュは大惨事を回避しうるただひとつの言葉を口にしたのだった。

「シューンメーカーさんです」彼は言った。しゃがれ声でだ。

スーは彼の隣で、小さくハッと息を呑《の》んだ。これは思いも寄らぬ展開だった。

「シューンメーカーさんですって！」

レディー・コンスタンスの姿のうちの、仁王立ちして立ちはだかるアポロンとの類似性は唐突に消えうせた。罪なき甥を根拠のない疑いで不当に扱ったという激しい後悔が彼女を襲っていた。

「シューンメーカーさん、伯母のレディー・コンスタンス・キーブルです」ますます力を得て、ロニーは言った。いまや実にすらすらと、はっきり言葉を口にしている。

スーはぼんやり黙って座って、パートナーが助けを必要としているときに期待を裏切るような女の子ではなかった。彼女は晴れやかにほほえんだ。

「はじめまして、レディー・コンスタンス」彼女は言った。彼女はまたほほえんだ。もし可能だとして、さっきよりももっと晴れやかにだ。「初めてお目にかかったような気がしませんわ。レディー・ジュリアがビアリッツであなたのことを、それはたくさんお話しして下さいましたもの」

真心のこもった調子をうまく出すために、ちょっぴり偉ぶった態度をとってしまったのではあるまいかという一瞬の不安は、この年長者女性の陽光のごとき笑顔の前に氷解し去った。レディー・コンスタンスはチャーミングに、ほとんど感動が溢《あふ》れ出さんばかりの有様になっていた。彼女はいつもロナルドとミリセントが結婚すればいいと願ってきた。しかし、それがだめなら、金持ちのシユーンメーカー嬢は次善の選択である。またこんなふうにロンドンじゅうを仲良く一緒にドライヴするとは、異性間の仲良く一緒のドライヴがかくも広範に行き渡った今日にあってすら、必ずやきっと何事かを意味するにちがいない、と、彼女は考えた。いずれにせよ、彼女はそう期待した。

「まあ、ロンドンに来ていらっしゃったのね！」

「そうですの」

「パリには長くご滞在なさらなかったのね」

「そうですの」

「いつブランディングズ城にお越しいただけますの？」

「できるだけ早くうかがいたいですわ」

「あたくしは今夜向こうに帰りますの。一日用事があって来ただけですのよ。向こうまで乗せていってもらいたいの、ロナルド」

ロニーは無言でうなずいた。危機は去り、弱気が押し寄せていた。彼は話さないで済むものなら話さないでいるほうを好んだ。

「ぜひすぐにおいでいただきたいわ。庭はいまとっても素敵なのよ。兄もあなたにお会いしたら喜びますわ。あたくしこれからクラリッジにお茶を頂きに行くところなんだけど、あなたがたもいらっしゃる？」

「ぜひご一緒したいですわ」スーは言った。「ですけどわたし、まだ色々しないといけないことがありますのよ。ロニーがいっしょにショッピングに付き合ってくれているんですの」

「あなたパリでお買い物をしてらっしゃるんだと思ってましたわ」

「全部は済んでないんですの」

「さてと、それじゃあ近々お目にかかれるのを楽しみにしてますわ」

「ええ、そうですね」

「ブランディングズ城でね」

「ありがとうございます。ロニー、わたしたちもう行かなきゃ」

「ああ」ロニーの頭はぼんやり霞《かす》んでいたが、その点については明瞭《めいりょう》だった。「ああ、行かなきゃな。出発だ」

「では、お目にかかれて大変うれしかったですわ。妹は手紙にそれはたくさんあなたのことを書いてきたんですのよ。ロナルド、自分の荷物を車に積んだら、クラリッジにあたくしを迎えに来てくれるかしら？」

「よしきたですよ」

「できれば早く出発したいの」

「よしきたですよ」

「それじゃあ、また後でね」

「よしきたですよ」

「さようなら、レディー・コンスタンス」

「さようなら」

ツーシーターは走り去った。角を曲がるとロニーはハンドルから右手を離してハンカチを手探りし、見つけるとズキズキ脈打つひたいをそれで拭《ぬぐ》った。

「じゃあ、あの人がコンスタンス伯母様なのね」スーが言った。

ロニーは深く息をついた。

「たくさんお噂を伺ってる方にお目にかかれてよかったこと」

ロニーは手をハンドルに戻すと、弱々しくそれを回し、犬をよけた。今の副作用のせいで彼はぐったりしていた。

スーは彼をほとんど畏敬に満ちた目で見つめていた。

「なんて天才なの、ロニー！　なんて素早い機転だこと！　なんて冷静沈着さだこと！　あたし、自分の耳で聞いたんじゃなかったら、信じられなかったと思うわ。どうしてあなたにはそういう臨機応変の才があるって、これまで教えてくれなかったの？」

「自分でも知らなかったんだ」

「もちろん、お陰でことはちょっぴり複雑になったけど」

「へぇ？」ロニーはハッとした。事態のそうした側面に考えが及んでいなかったのだ。「どういう意味だい？」

「あたしが小さい頃、教えてもらった詩なんだけど……」

ロニーは苦痛の表情を彼女に向けた。

「ねえかわい子ちゃん、頼むから子供の時の話は今はやめてくれないかな」彼は懇願した。「まだショックが消えてないんだ。いつか別の時……」

「大丈夫。話を逸らしてるわけじゃないの。あたしが憶《おぼ》えてるのは詩のたった二行だけなんだけど、こう。〈ああ、人を欺くことをはじめてより、いかに我もつれたる糸を織り来りしか〉［スコットの詩「マーミオン」六・十七］ね、糸がちょっぴりもつれてきたってことはわかるでしょう。ねえロニー、ダーリン？」

「えっ？　どうして？　僕には全部が全部順調だって思えるけど。コンスタンス伯母さんは君の話をキャンとも言わずに鵜呑《うの》みにしたじゃないか」

「それで本当のシューンメーカー嬢がブランディングズ城に、宝石と二十四個のトランクを持って到着したら？」スーはやさしく言った。

ツーシーターはグロヴナー・ストリートを狂ったようにジグザグ走行した。

「まいった！」ロニーが言った。

スーの目はキラキラ輝いた。

「ひとつだけ方法があるわ」彼女は言った。「もう足を突っ込んじゃった以上、行けるところまで行くしかないわ。彼女は片付けちゃわなきゃ」

「どうやって？」

「彼女に電報を打って、ブランディングズ城に来ちゃだめって言うの。猩紅熱《しょうこうねつ》か何かが大発生中だからって」

「できないよ！」

「しなきゃだめ。レディー・コンスタンスの名前で送るのよ」

「だけど、もし……」

「うーん、もし皆にばれちゃったら？　彼女が何週間か滞在する準備万端で玄関ドアの前にやってきたときよりひどい穴ぼこに落っこちることはないわ。それであなたが電報を打たない限り、彼女はやってくるのよ」

「それはそうだ」

「どういうことかって言うと」スーは言った。「エムズワース卿からお金を引き出す時間がたっぷりあったはずが、急いで仕事を仕上げなきゃいけなくなったってことなの」彼女は彼の腕に触れた。「ここに郵便局があるわ」彼女は言った。「弱気になる前に、行ってその電報を送るのよ」

ロニーは車を止めた。

「あなたはこれから世界史上もっともすばやい被信託人丸め込み作戦に取りかからなきゃならないの」スーは思慮深げに言った。「あなた、何とかできると思う？」

「うまく突っついてやるさ」

「それがあたしたちにとって何を意味するかを、よく憶えていてね」

「やってみせるとも。唯一の問題は、クラレンス伯父さんのご機嫌を取るのに、僕には持って生まれた天性の魅力のほか、なんにも頼るものがないってことだ。そして今までわかってるところじゃ」ロニーは言った。「伯父さんはその存在にいまだ気づいてはいない」

深く思いに沈みつつ、彼は郵便局に大またで歩み入った。

3. センセーショナルなブタ泥棒

I

これは詩人のカルヴァレイ［十九世紀後半のパロディ詩人］の、名声不朽の「タバコに捧げる頌歌《オード》」において表明された見解であるが、静かな一服のタバコの影響下において消え去らぬ魂の重荷はない。ロニー・フィッシュは本説に異を唱えたいところであった。それは彼のブランディングズ城逗留三日目の朝のことで、思考の助けとすべく弾ませようと持っていたテニスボールを手に、彼は庭にさまよい出《い》で、盛大にタバコを吸っていた。またそのタバコだが、高価なターキッシュであったものの、彼の意気消沈ぶりをまったく和らげてはくれなかった。ロニーにとって、現在は荒涼《こうりょう》として未来は灰色だった。陽光降り注ぐ庭園を彷徨《ほうこう》し、テニスボールを弾ませつつ、彼は精神の苦悶《くもん》にうめいていた。

帳簿の貸方に記載できることはたった一項目しかなかった。ヒューゴがブランディングズ城にいる。したがって彼は、背が高く機敏なこの若者がロンドンにあり、その致命的なまでの魅力をスーに向けて発散していないことがわかっているという心の慰めを得られた。しかし、この点を言ってしまえばそれでおしまいだ。結局のところ、ヒューゴを排除したところで帝都には依然膨大な数の成人男性が残っており、スーと知り合いであるか、あるいは知り合いになろうとしているのである。たとえばあの毒薬袋のピルビームだ。今頃あの病原菌はうまうまと彼女に紹介されているかもしれない。破滅的な考えではある。

それで奴がまだ彼女への紹介を勝ち得ていないと考えたとしたって、またスーが約束どおり、昼食や夕食の招待を手に彼女の周りに殺到するすべての若いチンピラを袖にしていると考えたとしたって、だからどうだというのだ？　換言すれば、未来はどうなるというのだ？

ブランディングズ城に来るにあたって、ロニーは自分が冒険に乗り出したのであり、その成功失敗如何《いかん》が、彼のこれからの人生をバラ色にし、バラ色にし続けるか、それとも荒涼たる砂漠とするかを決定づけるということを、わかりすぎるほどわかっていた。そして今までのところ、クラレンス伯父さんの好意と尊敬を勝ち取ろうとの努力において、彼はなんらの進歩も果たしていないようだった。彼がエムズワース卿と一緒する機会にあって、後者はときおり彼がそこにいるのに気づかぬかのように彼を見、よりしばしば彼がそこにいなければいいのにというように彼を見た。〈ホット・スポット〉の倒産が彼の株を低迷させているのはあまりにも明白だった。市場は全般的に軟調だった。フィッシュ株の優先度は、最も楽観的な推定によっても、三十から三十五くらいにしか見積もれない状況だった。

思考に埋没しつつ、また慈悲深い伯父が片手で小切手を書きながらもう片方の手で彼の頭をぽんぽん叩いている絵柄を想像しようとして果たせぬまま、さまよい歩くうちに彼は館からいくらか遠ざかって小さな雑木林の間を通り過ぎていた。と、彼は左手の小さい谷の中に、風変わりな物体があることに気づいた。

それは大型の黄色いキャンピングカーだった。それでキャンピングカーがブランディングズ城の敷地内でいったい何をしているというのか？　と、彼は自問した。

この問題に取り組む助けとするため、彼はテニスボールをそいつに投げつけてみた。その結果、ドアが開き、メガネをかけた頭が現れた。

「ハロー！」その頭は言った。

「ハロー！」ロニーは言った。

「ハロー！」

「ハロー！」

事態は狩場のコーラス化しそうな兆候を示していた。しかしながら、この瞬間、太陽は雲間に消え、ロニーはその頭の所有権者が誰であるかを認識することができた。今の今まで、相手側のメガネに反射して照り輝いていた陽光が、彼の目をくらませていたのだ。

「バクスター！」彼は叫んだ。

それはブランディングズ城の大庭園内での出会いが、一番予想されない人物であった。数年前のあの騒動のことを彼はみんな聞いていた。エムズワース卿にとって自分の株が最安値をつけているとするなら、有能なバクスターの株は地下室の底に沈んでいて、一人として買い手はつかないことを彼は知っていた。然《しか》るにここに彼はいて、何事もなかったかのごとく頭をキャンピングカーから突き出している。

「ああ、フィッシュ！」

ルパート・バクスターは階段を降りてきた。浅黒い顔色をした若い男で、ロニーをいつだって不快にさせる、人を見下すような顔つきをしていた。

「ここで何をしてるんだ？」ロニーは訊《き》いた。

「たまたまこの近くにキャンピングカーで旅行に来た。それで昨夜マーケット・ブランディングにいるのに気づき、かつてあれほど多くの幸福な日々を過ごした地を訪問しようと思い立ったんだ」

「そうか」

「どこに行ったらレディー・コンスタンスに会えるか、君ならわかるんじゃないかな？」

「朝食のときから彼女には会ってない。おそらくどこかにいるんだろうが」

「じゃあ行って訊いてみるとしよう。もしあの方に会ったら、私がここに来ていると伝えてくれたまえ」

有能なバクスターはあいかわらずの毅然《きぜん》とした態度で大股に歩き去った。そしてロニーは、一瞬、クラレンス伯父さんが角を曲がってこの死に去りし過去の断片に突然でくわしたらばどう対処するかと思い、それが起こるときにはカメラを持ってその場に居合わせたいものだとの無益な希望を徒《いたず》らに心にもてあそびつつ、シガレットホルダーに別のタバコを差し入れると、歩みを続けた。

II

五分後、思いにふけりながら図書館の窓から身を乗り出して朝の空気を嗅《か》いでいたエムズワース卿は、不快な衝撃を受けた。前秘書、ルパート・バクスターが砂利道を横切り、玄関ドアを入る姿を目にしたと、誓って言うことができたからだ。

「なんたることじゃ！」エムズワース卿は言った。

彼に考えついた唯一の説明は、バクスターが何らかの事故に遭って絶命し、亡霊となってこの地に祟《たた》りなさんと舞い戻ってきたというものだった。あの男がよもやここに姿を見せられると思うなどはあまりに馬鹿げていた。深夜に植木鉢を投げつけた件で秘書をクビにしたというとき、そいつは社交的訪問をしに戻っては来ぬものである。エムズワース卿のひたいに不快にしわが寄せられた。ご先祖様の幽霊であればまだ我慢もできようが、バクスターの霊に祟られたブランディングズ城などは考えるだにぜんぜん愉快でなかった。彼は妹のコンスタンスをその私室に訪ない、彼女の見解を聞こうと決心した。

「のう、コンスタンスや」

レディー・コンスタンスは書いている途中だった手紙から顔を上げた。彼女は舌打ちした。文通の途中を邪魔されるのはいやだったからだ。

「なあに、クラレンス？」

「のう、コンスタンス、たった今、まったく恐ろしいことが起こったんじゃ。わしは図書室の窓から外を眺めておった。すると――バクスターのことは憶《おぼ》えておろうの？」

「もちろんバクスターさんのことは憶えていますわ」

「うむ、奴の亡霊が砂利の上を歩いて横切ったんじゃ」

「何をおっしゃるの、クラレンス？」

「だから、わしが図書室の窓から外を眺めておると、突然わしは見た――」

「バクスター様」ドアをさっと開けながら、ビーチが宣言した。

「バクスターさん！」

「おはようございます、レディー・コンスタンス」

ルパート・バクスターはメガネをきらりときらめかせてよろこびに満ちた同朋意識を表明しつつ、歩を進めた。それから前雇用主の姿を認めると、溢《あふ》れんばかりだった歓喜は消滅した。「ああ――おはようございます、エムズワース卿」伯爵に向けてメガネを厳粛にきらめかせながら、彼は言った。

しばしの間があった。エムズワース卿は鼻メガネを掛け直しながら、無言で訪問者を凝視していた。ルパート・バクスターがいまだこの世の側にいるとの発見に、魂内で溢れ返っているはずの安《あん》堵《ど》に関しては、彼は表情には示さなかった。

不快な沈黙を先に破ったのはバクスターだった。

「レディー・コンスタンス、この近くをキャンピングカーで旅行しておりまして、昨夜マーケット・ブランディングズ近くにいることに気がつきました。それで……」

「まあ、もちろんですとも！　もしお訪ねいただかなかったら、許さないところでしたわ。ねえ、そうでしょう、クラレンス？」

「へぇ？」

「ねえ、そうでしょうって言ったのよ」

「何がねえそうでしょうなのかの？」エムズワース卿は言った。彼はまだ気を取り直そうとやっているところだった。

レディー・コンスタンスの唇がきつく結ばれた。そして優美な銀のインク壜が兄の頭方向に宙を飛ぶか否かの見込みは常に五分五分であるような一瞬が過ぎ去った。しかし彼女は強い女性であった。その衝動を抑えきったのだ。

「キャンピングカーでご旅行中とおっしゃいましたかしら、バクスターさん？」

「キャンピングカーで来ました。大庭園に駐車してあります」

「じゃあもちろんうちにご滞在いただかなきゃいけませんわ。ブランディングズ城は」彼女は続けた。兄の唇から発されはじめた一種の言葉なき泡立ちと張り合うために、いささか声を張り上げながらだ。「今はほとんど空っぽですもの。来月の中旬まではたくさんのお客様を一度にお泊めすることはないことですし。ゆっくり長いことご滞在いただかないといけませんわ。誰かを呼んであなたのお荷物を取りにやらせましょう」

「それはそれはご親切痛み入ります」

「あなたにまたここにご滞在いただけるだなんて、うれしいですわ。ねえそうじゃないこと、クラレンス？」

「へぇ？」

「あたくし、ねえそうじゃないこと？って言いましたの」

「何がねえそうじゃないことなのかの？」

レディー・コンスタンスの手は宙を舞う蝶々のようにインク壜上でふるえた。彼女は手を引いた。

「うれしいことじゃなくって？」彼女は言った。兄の眼をとらえ、女老水夫みたいにねめつけながら［コールリッジの詩「老水夫行」］、彼女は言った。「バクスターさんがまたブランディングズ城に戻っていらっしゃるだなんて」

「わしはブタを見に行ってくる」エムズワース卿は言った。

彼が立ち去った後を沈黙が支配した。棺《ひつぎ》が運び出された後に続くようなやつだ。レディー・コンスタンスは陰鬱《いんうつ》な空気を払いのけた。

「まあ、バクスターさん。お越しいただけて本当にうれしいですわ。キャンピングカーでいらっしゃるだなんて、なんてご賢明でいらっしゃること。それならあらかじめ計画済みの到着には、見えませんものね」

「そう考えたのです」

「あなたは何でもお考えでおいでていらっしゃるんですわ」

ルパート・バクスターはドアのところに進んで、それを開け、聞き耳を立てている者が廊下にいないのに満足すると、席に戻った。

「何かお困りでいらっしゃるのですか、レディー・コンスタンス？　お手紙ではひどく急を要することのように拝見しましたが」

「ひどく恐ろしい困りごとがございますの、バクスターさん」

もしルパート・バクスターが別の種類の男性で、レディー・コンスタンスが別の種類の女性であったなら、おそらく彼はこの時点で彼女の手をぽんと叩いていたことだろう。しかし二人とも、かくあるごとき人物であったから、彼は自分の椅子を数センチ彼女の椅子に近づけただけだった。

「何か私でお力になれることはございますか？」

「あなた以外にこれを何とかできる方なんて誰もいませんわ。ですけど、あたくし、あなたにお頼みしたくはありませんの」

「お好きなことを何でもお頼みになってください。もし私でお力添えができるようでしたら……」

「ええ、もちろんあなたならできますとも」

ルパート・バクスターはまた椅子を引き寄せた。

「お話しください」

レディー・コンスタンスはためらった。

「どなたにもお頼みできることではないように思えますの」

「どうぞ！」

「ええ……あたくしの兄弟のことはご存じでらっしゃいますわね？」

バクスターは困惑した様子でいた。と、この不可解な質問の趣旨に思い当たった。

「とおっしゃいますと、お名前は……？」

「そう、そう、そうでした。もちろんあたくしが申してますのはエムズワース卿のことじゃありませんわ。弟のギャラハッドのことですの」

「お目にかかったことはありません。不思議なことに、私がエムズワース卿の秘書を務めていた最中に二度、あの方はブランディングズ城にご滞在されたのですが、どちらの際も私は休暇で留守にしていたのです。ただいまご在城でいらっしゃるのですか？」

「ええ、回想録を仕上げてますの」

「新聞か何かで読みましたが、弟御様はご自分の生涯の歴史を書いておいでとか」

「それであの子がどういう生涯を送ってきたかをご存じでらしたら、あたくしの心がどうしてかき乱されているか、おわかりいただけますわ」

「たしかに私もご経歴は伺っています」バクスターは慎重に言った。

レディー・コンスタンスは例の、両手をもみ合わせると言われる動きにきわめて近い動作を遂行した。

「その本は最初から最後まで名誉毀損《きそん》になるような秘話で満ち満ちているんですの、バクスターさん。すべてあたくしたちの一番のお友達に関することばかりですわ。あれが刊行されるようなことがあったら、あたくしたちにお友達は一人も残らなくなってしまいます。ギャラハッドはイギリス中の全員が若くてバカだった時分のことを知っているようで、彼らがした特別バカで不名誉なことなら何でも憶《おぼ》えているみたいなんですの。ですから……」

「ですから私に、原稿を手に入れて破棄せよと、そうお考えでいらっしゃるのですね？」

レディー・コンスタンスは目をみはった。この洞察力に驚嘆しながらだ。ルパート・バクスターに長々しい説明は不要だと承知していて然るべきであったと、彼女は自分に言い聞かせていた。彼の頭脳はサーチライトのごときものである。あちこちに光を放ちながら、触れたものを何でも照射せずにはいないのだ。

「そうです」彼女は息を呑《の》み、急いで言葉を続けた。「こんなことをお頼みするのが、とんでもないことだとは承知しておりますのよ……」

「そんなことはまったくありません」

「……でも、エムズワース卿は何か手を打つことを拒否しているんですの」

「わかりました」

「緊急の際に兄がどんなふうかはご存じでいらっしゃるでしょう」

「ええ、よくわかっておりますとも」

「まったく無関心で、まったく無気力で。まったく無力でまるきり無能ですの」

「まさしくそのとおりです」

「バクスターさん、あなただけがあたくしの頼みの綱ですわ」

バクスターはメガネを外してそれを拭き、またそれを掛けた。

「私でお力になれることでしたら、何でもよろこんで助力いたします、レディー・コンスタンス。またその原稿を手に入れるなどは、容易な仕事と思われます。しかし存在する原稿は唯一それだけなのでしょうか？」

「ええ、ええ、そうですとも。その点は確かですわ。ギャラハッドは完成するまでタイピストには送らないと言ってましたもの」

「でしたらそれ以上のご心配は無用です」

ここはレディー・コンスタンス・キーブルがもっと雄弁であって然るべきところだった。彼女は自分の感情を適切に表現する言葉を探したが、何も見出せなかった。

「ああ、バクスターさん！」彼女は言った。

III

ゆくえ定めずさまよい歩いていたロニー・フィッシュの足は、彼を西方の方角に導いていた。したがってなじみ深い貫通性のある臭気が彼の鼻孔に到達し、エンプレス・オヴ・ブランディングズの寝室兼食堂として利用されている一戸建て邸宅から遠からぬところに到着していることに、ほどなく彼は気づいたのだった。ほんの数歩進むと、世に名高きこの動物を、彼は直接観察することができた。顔を深く下げ、尻尾を純粋なジョア・ド・ヴィーヴル［生きるよろこび］に小刻みに震わせながら、エンプレスは軽い昼食を取っていた。

誰かが食べる様を見るのは誰でも好きなものである。ロニーは手すりに身を乗り出して、すっかり夢中になっていた。彼はテニスボールを手にしており、心ここにあらざる具合に手首をひょいと動かした拍子に、ボールは銀メダリストの背中に当たって跳ね返った。発生した心地よい、ポーンという音を、悩みつかれた神経を慰撫《いぶ》するものと感じ、彼はまたそれを繰り返した。エンプレスは素晴らしい反発力を見せた。エンプレスは背中のとがった野ブタなどとはちがう。彼女は広く抵抗力のある表面を提示していた。したがって数分間、この両者は計画通りにことを進めた——すなわち、彼女は食べ、彼はボールを弾ませて。やがてわくわくと興奮することに、このアウトドア・スポーツには思考を助ける働きがあるのにロニーは気づいた。だんだんと——最初はぼんやりと、それから形をとりながら——ひとつの活動方針が彼の心の混沌《こんとん》のうちから生まれ出てきた。

たとえばこうしたらどうだろう？

クラレンス伯父さんを真に心とろけるムードにさせるため、その心に訴えるに決まっていることがひとつあるとするなら、それは誰かが田園に帰ろうとしているという宣言である。伯父さんは人々が田舎に帰る話を聞くのが好きだ。それならこうしたらどうか？ 伯父さんのところに行って、自分は目からウロコが落ちたのだが、英国の未来は都会集中を抑制することにかかっているという点について完全に彼と意見を同じくするものだと述べ、然《しか》る後に農場を始めるための資本をどっさり出してくれるよう頼むのだ。

農場を始めるという計画は必ずや……待てよ。別のアイディアがある。ようし、そうだ。こいつはすごい。ただの農場ではなく、養豚場《ようとん》にするんだ！　田舎に住んでブタの飼育をやろうなんて奴には誰にだって、クラレンス伯父さんは空中高く跳び上がって黄金を降り注いでくれやしないか？　そうするって方に日曜日用のカフスボタンを賭けたっていい。それでその金がコックス銀行のロナルド・オーヴァーベリー・フィッシュ名義の口座に無事入金されたら、そしたらスーと手に手を取って結婚登録所にホー！　だ。

ロニーがエンプレスの充足感に満ちた背中に最後にボールを弾ませたとき、音楽的なドスっという音がした。それからもはや引きずるような足取りではなく、宙を歩くように、屋内に入ってこの計画の最終的な詳細を練り上げて提出するため、彼はさまよい去っていった。

Ⅳ

突如妙案を得、短い間を置いてから見直すと、何らかの致命的欠陥に突然気づくというのはあまりにもよくありがちなことである。そうした落胆がロニー・フィッシュの幸福を損なうようなことは、まったく起こらなかった。

「あのう、クラレンス伯父さん」半時間後、意気揚々と図書室に入りながら彼は言った。

エムズワース卿はブタ関連の週刊新聞の最新号を読みふけっているところだった。顔を上げた彼の目はあまり親しげでないとロニーは感じた。しかしそのことは彼の心を不安にしなかった。すぐにその目はとろけることだろうと、彼は確信していた。慈悲深い伯父の役で肖像画のモデルになるのは、いまこの瞬間は無理だとしても、すぐ未来にはすばやい態度の変化が訪れるはずだと、ロニーは感じていた。

「あのう、クラレンス伯父さん、僕の資産のことなんですが」

「何のことじゃって?」

「僕の資産です。僕の金のことです。伯父さんが被信託人をしてくださっているお金のことです。伯父さんがとっても素晴らしい被信託人でいらっしゃる」ロニーは気前よく言った。「それで、いろいろ考えてみたんですが、もしよろしければ僕が考えている事業のためにその一部をご提供いただきたいんです」

ここで彼の目がとろけようとは期待していなかったが、そのとおり、確かにとろけなかった。鼻メガネ越しに見る伯父の目は、水槽のカキみたいに見えた。

「お前はまた別のナイトクラブを始めたいというのか?」

エムズワース卿の声は冷たかった。ロニーは彼にその考えを捨てさせようと急いだ。

「ちがいます、ちがいますよ。そんなんじゃありません。ナイトクラブなんてのはやくざな商売です。僕は手を出すべきじゃなかったんです。実を言いますと、クラレンス伯父さん、ロンドンってところ全体が、ぜんぜんだめだって近頃は思えてきたんです。僕は田舎が大好きです。都会志向は抑制されるべきだって感じています。英国に必要なのは、もっと多くの連中が田舎に戻ることなんです。僕はそう考えています」

ロニー・フィッシュは最初のはっきりした困惑の痛みを感じ始めていた。ここは伯父さんの心とろかし過程が開始されるはずのところであった。しかし、彼の目を見、それが相変わらずカキみたいなままでいるのを見て、ロニーは失望した。拍手喝采を期待していて、大演説の後でぜんぜん拍手のないまま退場する俳優みたいな気分に彼はなっていた。伯父さんはもしかして少し耳が遠くなったのではあるまいかとの思いが浮かんできた。

「田舎へです」声を高く上げて彼は繰り返した。「もっとたくさんの連中が田舎に戻ることです。それで僕は農場を始めるためにちょっぴり資本が欲しいんです」

彼は至高の啓示を告げるべく、身構えた。

「僕は養豚をやりたいんです」うやうやしげに彼は言った。

何かがうまく行っていない。もはやその事実に目をつぶることはできない。宙に跳び上がって黄金を降り注ぐどころか、彼の伯父はますます不快げに彼を見つめるだけだった。エムズワース卿は鼻メガネを外すと、それを拭いていた。彼の目はメガネ越しに見るよりじかに見たほうがもっと感じが悪いとロニーは思った。

「ブタじゃと?」

「ブタです」

「お前がブタの飼育をやりたいじゃと?」

「そのとおりです」ロニーは大声を上げた。「ブタです!」そして身体精神系のどこかからか、なんとか愛想笑いを掘り出してきて、それを顔に装着した。

エムズワース卿は鼻メガネを掛け直した。

「そしてお前は」禿頭《はげあたま》からぶかぶかの靴の先までを震わせながら、彼はしわがれ声で言った。「ブタを飼ったら日《ひ》がな一日背中にテニスボールをぶつけて過ごすんじゃろうな?」

ロニーは息を呑んだ。この衝撃は強烈だった。愛想笑いはピンで留めたみたいに彼の口許に依然残ってはいた。しかし彼の目はまん丸く、恐怖に見開かれていた。

「えっ?」彼は力なく言った。

エムズワース卿は立ち上がった。肘《ひじ》に穴の開いた古ぼけた狩猟服を着続けると言い張り、ネクタイを滑り落として真鍮《しんちゅう》の飾りボタンの頭を覗《のぞ》かせている限りにおいて、彼は怒り狂った威光の人として決して完璧たり得ない。しかし彼はその身体装飾の許容する限りにおいて、最大限の堂々たる効果を達成していた。彼はかなり高さのある身長一杯にすっくりと身を起こし、その高みから悪意に満ちたまなざしで甥《おい》をにらみつけた。

「わしはお前を見ておったんじゃ! わしはブタ小屋に行く途中で、お前があの忌まわしいテニスボールをわしのブタの背中に投げつけるのを見ておった。テニスボールじゃ!」鼻メガネからは炎が噴出しているように見えた。「エンプレス・オヴ・ブランディングズが過度に神経質で、きわめて神経過敏な動物で、ほんのわずかな刺激によっても食事を拒否するということが、お前にはわかっておるのか? お前はそのばかげたテニスボールのせいで、何カ月もの仕事をだいなしにしたかもしれんのじゃぞ」

「すみませんでした……」

「すまながって何になる?」

「考えてもみなかったんです……」

「お前は決して考えない。それがお前の問題じゃ。養豚場じゃと!」エムズワース卿は激烈に言った。彼の声は高音域に急上昇していた。「お前に養豚場の経営なぞできはせん。お前は養豚場の経営に向いておらん。お前に養豚場を経営する資格はない。この世界中から養豚場を経営する者を誰か選び出すとしたら、わしは一番最後にお前を選ぶ」

ロニー・フィッシュは手探りしてテーブルに向かい、それを支えに立ち尽くした。彼はくらくらするめまいを覚えていた。ひとつの点について彼はかなりはっきりと理解していた。すなわち、クラレンス伯父さんは彼のことを養豚場の経営に理想的に適しているとは考えていない、ということだ。しかしその点を別にすると、彼の心はぐるぐる旋回していた。何かの上に足を踏み出したらそいつがバンと破裂したみたいな気分だった。

「おい！　何の騒ぎだ？」

それはギャラハッド閣下の声だった。またその声は不機嫌だった。小図書室でドアを締め切らずに仕事をしていた彼は、連続的なしゃべり声が執筆活動の妨げになると感じ、当然にも苛立《いらだ》ちを覚え、様子を見に来たのだった。

「クラレンス、暗誦をやるのは俺が作業中でないときにしてくれないか？」彼は言った。「いったい何の騒ぎなんだ？」

エムズワース卿は依然大いに立腹し続けていた。

「こいつはわしのブタにテニスボールを投げつけおったんじゃ！」

ギャラハッド閣下は感銘を受けはしなかった。彼は恐怖を表明しはしなかった。

「つまり兄さんは」厳しく彼は言った。「俺の朝の仕事をだいなしにしたこの騒ぎは全部、ただあのクソいまいましいブタのせいだって言うのかい？」

「わしはお前がエンプレスをクソいまいましいブタ呼ばわりすることを許さん！　なんたることじゃ！」情熱を込めてエムズワース卿は叫んだ。「エンプレスが大英帝国一の卓越した動物じゃという事実を理解できる者はわしの家族には一人もおらんのか？　シュロップシャー農業ショーで二年連続銀メダルを勝ち取ったブタはいまだかつて一頭もおらんのじゃ。そして皆が彼女をほうっておいてくれて、絶え間なくテニスボールを投げつけるのをやめてくれるならば、エンプレスは必ずやそれを成し遂げてくれるはずじゃ。前代未聞の偉業なんじゃ」

ギャラハッド閣下は眉をひそめた。彼は非難するげに首を横に振った。厩舎《きゅうしゃ》が出走馬に関して楽観的でいるのは大いに結構だ、と彼は感じていた。だが彼は事実を直視できる人間である。長き波乱万丈の生涯において、彼はあまりにも多くの善なるものがバラバラに崩壊する様を目《ま》の当たりにしてきた。その上彼には迷信をかつぐところがあって、そのひとつが、とらぬたぬきの皮算用は縁起が悪いというものであった。

「あんまり自信過剰でいちゃだめだ、なあ兄さん」彼は厳粛に言った。「この間ビールを一杯やりにエムズワース・アームズをのぞいたら、プライド・オヴ・マッチンガムって動物に三対一の値をつけてる奴がいた。手当たり次第に売り込んでた。背の高い、赤毛の男で、やぶにらみがあった。やや酔っ払っていたな」

エムズワース卿はロニーのことを忘れ去った。テニスボールのことも忘れた。この宣言のもたらした衝撃のゆえ、彼の平和を長らく汚染してきた、もっとどす黒い邪悪以外のすべてのことを、彼は忘れた。

「プライド・オヴ・マッチンガムはサー・グレゴリー・パースローのブタじゃ」彼は言った。「また、そんなばかげた賭け率を出しておるのは奴の豚飼育係のウェルビラヴドにちがいないと、わしは確信しておる。知ってのとおり、その男は以前うちの飼育係だったのじゃが、パースローが給料を上げる約束で釣って奪い取ったんじゃ」エムズワース卿の表情は、いまや俄然凶暴になっていた。

嘘つきの豚飼育係ジョージ・シリル・ウェルビラヴドのことを思うと、つねに彼の魂には鉄が入り込んだ。「言語道断の、ご近所精神に欠けた行為じゃった」

ギャラハッド閣下は口笛を吹いた。

「そうか、そういうことか？　パースローの豚飼育係が三対一の値を付けてまわっている——つまり、大方の予想に逆らってのことだな？」

「断然そのとおりじゃ。プライド・オヴ・マッチンガムは昨年二等賞になりはしたが、エンプレスに比べたらまったく劣った動物じゃ」

「それじゃあ、クラレンス、持ちブタに気をつけなけりゃいかん」ギャラハッド閣下は真剣に言った。「どういうわけかわかったぞ。パースローの野郎はいつもの手を使ってくるってことだ。なんとかしてエンプレスをつぶそうとしているんだ」

「彼女をつぶすじゃと？」

「薬を盛るんだ。それができなきゃ、彼女を盗むんだな」

「まさかそんなわけがない」

「そんなわけはあるんだ。あの男は油を塗ったウナギくらいつかまえどころのないペテン師だ。賭けのためとなりゃあ自分のおばあちゃんにだって平気で薬が盛れる男だ。俺はパースローの野郎を三十年も知ってるし、あいつはもし自分のおばあちゃんが肥満豚コンテストに出場していて、賭けの都合のために彼女を片付ける必要があるとなったら、一瞬もためらわずにおばあちゃんのぬか粥《がゆ》とドングリに薬物を入れる男だと、俺は厳かに公式宣言するものだ」

「なんたること！」深く心揺さぶられ、エムズワース卿は言った。

「パースローの野郎に関する逸話をひとつ語らせてもらおう。その昔、俺と奴はゴシッター街のブラック・フットマンでよく顔を合わせた――今はもう取り壊されちまったがな――それでバーの奥の部屋で犬とネズミを戦わせていた。さてとそれでだ、俺はわが名犬〈タウザー〉をパースローの野郎の〈バンジョー〉と、あるときおのおの一〇〇ポンドずつ賭けて戦わせたことがある。そして夜が来て、タウザーはネズミを見せられた。するとなんてこった、奴は長いあくびをしてごろりと寝そべり、眠っちまったんだ。俺は口笛を吹いてやった……奴の名を呼んだ……タウザー、タウザー……だめだ……ぐっすり眠ってる。それで俺が固く信じているのは、パースローの野郎が対戦直前にタウザーを連れ出して六ポンドのステーキとタマネギを食わせたにちがいないってことなんだ。むろん証拠は何もない。だが俺が犬の息を嗅《か》いだら、まるで真夏の夜にソーホーのステーキ屋の台所のドアを開けたみたいな臭いがした。パースローの野郎ってのはそういう男だった」

「ギャラハッド！」

「事実だ。この話は俺の本に収録されている」

エムズワース卿はドアのところまでよろめき歩いた。

「なんたることじゃ！　知らなんだ……すぐにパーブライトに会わねばならん……思ってもみんことじゃ……」

伯爵は出てゆき、ドアが閉まった。執筆作業に戻ろうとしたギャラハッド閣下は甥のロナルドの声に引きとめられた。

「ギャリー伯父さん！」

この青年のピンク色の顔は激情のあまり、鮮やかな深紅色に変わっていた。彼の目は不思議な輝きを帯びていた。

「なんだ？」

「本当にサー・グレゴリーがエンプレスを盗もうとしてるって考えてるわけじゃないでしょう？」

「そう確信している。あいつとは三十年来の知り合いだって言ったろうが」

「だけどどうやってそんなことが？」

「もちろん夜中にエンプレスの小屋に行って、拉致《らち》するのさ」

「そしてどこかに隠すんですね？」

「そうだ」

「だけどあの大きさの動物ですよ。動物園に行ってゾウをくすね取るようなもんでしょう。どうです？」

「バカを言うんじゃない。エンプレスの鼻には鼻輪があるだろうが」

「つまり、サー・グレゴリーは鼻輪を持てばいいし、それで彼女はすっかりおとなしくなってすいすい連れていかれるって、そういうことですね？」

「そのとおりだ。パッフィー・ベンジャーと俺は一八九五年にハマーズ・イーストンであった独身者パーティーの夜にウィヴンホーの親爺《おやじ》のブタを盗みだした。それでそいつをプラグ・ベイシャムの寝室に入れといたんだ。全然まったくなんにも難しくなんかなかった。子供にだってあんな真似はできるさ」

　ギャラハッド閣下は小図書室へと立ち去り、ロニーはエムズワース卿があれほどまで堂々と立ち上がってみせた椅子にぐにゃりと崩れ落ちた。たった今彼の許に降りてきたインスピレーションには、めざましい効果があった。そのまばゆい輝きは、ほとんど彼を畏怖させた。養豚場を始めるというアイディアは、その朝が彼の特別冴《さ》えわたった朝であることを示した。だが自分にここまで冴え渡りようがあろうとは、彼自身まったく予期だにしていなかった。

「ひゃあ!」ロニーは言った。

できるだろうか……?

うーむ、いいんじゃないか?

こう考えたらどうだ……?

だめだ、不可能だ。

そうだろうか? どうして? どうして不可能なんだ? 思い切ってやってみたとしよう。ギャラハッド伯父さんのくれた専門家の示唆に倣《なら》い、夜中にそっと忍び寄り、エンプレスを豚小屋から盗みだし、一日か二日どこかに隠して、悲しみに暮れる飼い主の許に華々しく戻してやったと考えてみよう。その結果はどうなる? クラレンス伯父さんは僕の首許で泣きじゃくるんじゃないか、どうだろう? この恩人にどんな褒美《ほうび》を与えたって惜しくないって伯父さんは思うんじゃないか、どうだろう? ぜったい断然そうに決まっている。フィッシュ株は即座に急上昇することだろう。資産の前渡しなんて小さい問題は勝手に解決するだろう。エムズワース金庫から金は自動的にざぶんざぶんと流れ出すことだろう。

だがそんなことができるんだろうか? ロニーは無理やり冷静に、この計画を検討しようとした。潜在的問題点に留意しつつだ。

彼には何の問題も見出せなかった。適当な隠し場所は即座に思いついた——西の森にあるもう使われていない狩場番小屋だ。そこに行く者は誰もない。貴重品保管庫くらいに安全なはずだ。

見つかる危険は？　見つかる危険なんてどうしてあるんだ？　ロナルド・フィッシュをその件と関連づけて考える奴なんてどこにいよう？

エンプレスの餌やりは……？

ロニーの顔が曇った。そうだ、ついに問題点が見つかった。これは確かに問題だ。彼はブタの食べ物には無知だった。だが彼は、連中が何を食べるにせよ、それは大量に必要であることを知っていた。エムズワース卿に骨と皮ばかりにやせ細ったエンプレスを返してやったって何の意味もない。食事は現在のレベルで維持されねばならない。でなけりゃやらない方がました。

今しがたのインスピレーションの優良性に、はじめて彼は疑いを抱き始めた。眉間にしわを寄せながら、彼は書架から『どうやって豚で儲けるか』という題名の本を取り出した。六十一頁を一瞥《いちべつ》すると、彼の不安は確認された。

「うーん」大麦の粗びき粉とトウモロコシの粗びき粉とアマニ粕《かす》とジャガイモと脱脂乳あるいはバターミルクに関する話どっさりに目を通すと、ロニーは言った。彼にはいまや明瞭《めいりょう》にわかっていた。これは単独犯ではどうにもならない。威勢のいい原理だけでなく、熱意溢《あふ》れる助手が必要である。

じゃあ誰に助手を頼もう？

ヒューゴか？

だめだ。こういう性質の仕事の理想的な共犯者として、ヒューゴ・カーモディーには自動的に不適格になるような欠陥がある。副官にヒューゴを登用するということは、この計画の背後にある動機を奴に明かすことを意味する。それでもしヒューゴが、ロニーは結婚資金を集めようとしていると知ったなら、その話は数日中にシュロップシャーじゅうに広がってしまうことだろう。『デイリーメール』紙の第一面に載せたり、ラジオで放送するには及ばないかもしれないが、何であれ秘密にしておきたい事柄を世間一般に周知徹底させるもっとも確実な方法は、それをヒューゴ・カーモディーに打ち明けることである。第一級の男だ。だが本当に、真正の人間拡声器なのだ。だめだ、ヒューゴはだめだ。

それじゃあ誰がいい？……

そうだ！

ロニー・フィッシュは椅子から跳びあがった。頭を後ろにのけぞらせて歓喜のヨーデルを大声で、貫くがごとく放ったせいで、バネに触れたみたいに小図書室のドアがばんと開いた。

髪振り乱した文筆家が姿を現した。

「そのとんでもない騒音はやめろ！　そんなバカ騒ぎをしてる隣で、いったいどうやって執筆のしようがあるんだ」

「すみません、伯父さん。考えごとをしてたんです」

「ふん、別の考えごとをするのがいいな。『泥酔して《イントキシケイテイッド》』って単語はどう綴《つづ》るんだった？」

「xはひとつです」

「ありがとう」ギャラハッド閣下は言い、ふたたび姿を消した。

V

執事は食器室《パントリー》にあり、ワイシャツ一枚の気楽な格好にて、仕事をすべて済ませ昼食時まで遂行すべき職務のない男の当然の報酬たる休息をとりつつ座っていた。窓台に載った鳥かごの中ではウソが陽気に歌っていたが、ビーチの邪魔にはならなかった。というのは、『モーニング・ポスト』紙の競馬情報のページに、彼はすっかり夢中でいたからだ。

突然彼は身体をふるわせ、立ち上がった。ドアを鋭くコツコツたたく音がした。また彼は突然の物音には神経質に反応する人物だった。それから彼の雇用主の甥《おい》であるロナルド・フィッシュ氏が入ってきた。

「ハロー、ビーチ」

「さて？」

「忙しいか？」

「いいえ、若様」

「ちょっと立ち寄ってみようって思ったんだ」

「さようでございますか」

「ほんのおしゃべりにな」

「かしこまりました、若様」

執事はいつものように滑らかに礼儀正しく話していたが、胸のうちは気楽どころではなかった。彼はロニーの表情がいやだった。この若い訪問者は熱を出しているのだと、彼には思われた。四肢はぴくぴく震え、両目はぎらぎらと輝き、血圧は上がっている模様だった。また頬の表皮には超常的なピンク色が観察された。

「二人で本当の、心の通い合った話をしなくなってずいぶんになるな、ビーチ」

「さようでございます、若様」

「僕が子供の時分は、君のこのパントリーに日がな一日出入りして遊んだものだった」

「さようでございました」

猛烈な感傷がいまやこの若者の心をわしづかみにしているようだった。彼はまるで、はるか彼方《かなた》の幸福なことどもを懐かしむ百歳の老人のごとく、嘆息した。

「あの頃はよかった、ビーチ」

「さようでございました」

「あの頃は何の問題もなかった。何の心配もだ。それで心配事がある時だって、僕はいつだってそれを君に打ち明けられた、そうじゃなかったか？」

「さようでございました」

「僕が椅子に画鋲《がびょう》を置いたんでギャリー伯父さんに竹ステッキを持って追いかけられて、それでここに隠してもらったときのことは憶《おぼ》えているかい？」

「はい、若様」

「危機一髪だった。だが君が僕を救ってくれた。君は頼りになるし忠実だった。百万人に一人の男だ。僕はいつだって、この世界に君みたいな男がもっといたら、この世はもっと住みやすい場所になるだろうにって考えてきたんだ」

「ご満足をいただけますよう、最善をつくしております」

「それで君がどれだけ成功裡《り》にそれをやり遂げていることか！　僕はあの懐かしき旧きよき日々のことを、けっして忘れはしない、ビーチ」

「さようにおおせいただき、まことにご親切至極でございます」

「それから歳月が過ぎるにつれ、僕は君の恩に報いようと最善をつくしてきた。耳寄りな情報を入手するとそれを君と分かち合うことによってだ。マンチェスター・ノーヴェンバー・ハンディキャップでブラックバードを推《お》してやったときのことを憶えているかい？」

「はい、若様」

「君はどっさり儲《もう》けたんだった」

「あれはいちじるしく健全な投資となりましたものでございます」

「そうだ。そういうことは更に続いたんだ。過去を回顧するに、君と僕は二人並んで、互いに互いを助け合い、互いが互いに公正であろうとし続けてきた。君はいつだって必ず僕に公正でありつづけてくれた」

「これからもわたくしは常にさようにいたして参る所存でおります、若様」

「わかってる、ビーチ。そうしないなんてのは君らしくない。だからこそ僕は」ロニーは言った。彼に愛情を込めてほほえみかけながらだ。「僕が伯父さんのブタを盗んだら、返す時まで君がそいつに餌やりの手助けをしてくれるって、確信していられるんだ」

　執事の顔というものは、速やかに表情のあらわれる顔ではない。その表面積全体を完全なる驚愕《きょうがく》の表情が覆いつくすまでには、しばらく時間が要った。その表情がおそらく顔表面の三分の二を覆ったとき、ロニーは言葉を続けた。

「いいか、ビーチ、ぜったいに僕たち二人だけの間の話だ。僕はエンプレスを誘拐して西の森の狩場番小屋に隠すって決めたんだ。それでクラレンス伯父さんがＳＯＳを発信してどっさり謝礼金提供をするって段になったら、僕はそいつを見つけ出して伯父さんに返してやって、それで永遠不滅の感謝を勝ち取って、伯父さんから掘り出したいだけの金を掘り出させてもらえるような真っ当な心持ちになってもらおうってことなんだ。話はわかってもらえたかな？」

執事は目をぱちぱち瞬《まばた》かせた。彼は明らかに、ロニーの心が暗黒化しているとの疑念を押さえつけようと懸命でいた。言葉を発そうと苦闘する彼の姿に、ロニーは優しくうなずいた。

「一生一度の大計画だって、言おうとしてくれてるんだな？　そのとおり。そうなんだ。だがこの計画は、これに共鳴してくれる同胞が必要だっていう計画のひとつなんだ。わかるだろう、ビーチ、エンプレスみたいなブタはさ、間をあけずに大量の食糧を必要とするんだ。兵站《へいたん》部全部を仕切るのは僕にはどうしたって無理だ。そこで君の助けが欲しい。君みたいな最高の男が常にそうでありました過去においてもそうであったように」

執事はいまや、いくらかうがい声を発し始めていた。彼は苦痛に満ちた哀願の表情をウソに向けた。だがその鳥は慰めを与えてはくれなかった。それは相変わらず内省的に囀《さえず》り続けていた。入浴中に曲を思い出そうとしている男のごとくに。

「連中には恐ろしく大量の食糧がいるんだ」ロニーは言葉を続けた。「驚くはずだ。ほら、伯父さんの机から拝借してきたこの本に書いてある。少なくとも一日六ポンドの食事だ。ミルクあるいはバターミルクと残飯を混ぜてドロドロにしたふすまは別にしてだ」

ようやく言葉がこの執事のもとに戻ってきた。最初それは、おびえた子供の泣き声みたいな弱々しい音のかたちをとった。それから言葉が発された。

「しかしながら、ロナルド様……！」

ロニーは信じられないというふうに彼を見つめた。彼は信じがたい疑念と格闘しているように見えた。

「まさか君は僕を見捨てようと思ってるだなんて言わないでくれよ、ビーチ？　君が？　僕の幼い頃からの友人の君が？」彼は笑った。そんなことを考えるのがどんなに馬鹿げたことかが、彼には理解できたのだ。「僕に親切な行為をしたがってくれてるのは別にして、回転の速い君の頭脳のことだ、この話には金が転がってるってことがもうわかっているはずだ。一〇ポンドでどうだ、ビーチ。君が首を縦に振ってくれたその瞬間にだ。そして現在の賭け率でメドベリー・セリング・プレートでベイビーボーンズに投資した一〇ポンドが、清算日には一〇〇ポンドをはるかに越える額になるってことを、君よりよくわかってる男はいないはずだ」

「しかしながら、若様……不可能なことでございます……夢にもさようなことは……もし発覚するようなことがあれば……まことに、あなた様はわたくしにご依頼あそばされるべきではなかったと存じます、ロナルド様……」

「ビーチ！」

「はい、しかしながら、まことに、若様……」

ロニーは抗《あらが》い難い目で彼をにらみつけた。

「よおく考えるんだ、ビーチ。リンカンシャーでクレオールクィーンを教えてやったのは誰だった？」

「しかしながら、ロナルド様……」

「ジュビリー・ステークスでマザワッティーを教えてやったのは誰だ？　なんて見事な勝利だった

ことか！」

食器室を緊迫した沈黙が覆った。ウソすら静かにおし黙っていた。

「また君には興味深いことだろうが」ロニーは言った。「ロンドンを発つ直前に、僕はグッドウッド・カップに関する実にホットな情報を仕入れてきたんだ」

ビーチの口から低いあえぎ声が洩《も》れた。おしなべて執事というものはスポーツマンである。またビーチは執事をやって十八年になる。過去の恩義への感謝だけでは局面変更に十分ではなかったかもしれないが、これはちがう。グッドウッド・カップの予想という問題に関して、彼は満足のゆく結論にまるきり到達できずにいた。何日も何日も、彼は暗中模索を続けていたのだ。

「ジュジューブでございましょうか、若様？」彼はささやいた。

「ジュジューブじゃない」

「ジンジャージョージでしょうか？」

「ジンジャージョージじゃない。当て推量したって無駄だ。わかるわけがない。こいつを知ってるのはダフ屋二人と厩舎《きゅうしゃ》ネコだけだ。だが汝《なんじ》はこれを知らん、ビーチ。ブタを返して褒美《ほうび》を要求した、その瞬間にだ。そしてブタには餌をやる必要がある。ビーチ、どうする？」

長い間、執事は黙ったまま、前方をじっと見つめていた。そして何かしら単純で、象徴的な行為がこういう瞬間には必要だと感じたというふうに、彼はウソの鳥かごのところに行き、それに緑色のベーズ織のカバーを掛けた。

「どのようなことをいたせば宜しいものかお話しくださいませ、ロナルド様」彼は言った。

Ⅵ

ブランディングズ城に新たな一日の夜明けがそっと近づいていた。刻一刻と明るさは増し、寝室のカーテンを突き抜け、妨げられた眠りからロニーを目覚ましめた。彼は眠たげに枕の上で寝返りを打った。自分がものすごく強烈な夢を見たことを、彼はぼんやりと意識していた。ブタを盗み出す夢だった。その夢では……

彼はぐいと身を起こした。顔に冷水を浴びせられたように、それが夢ではないことを思い出したのだ。

「ひゃあ！」目を瞬《まばた》かせながらロニーは言った。

朝の起きがけはちょっぴりだるいのが常である若者にとって、前夜自分が銀賞受賞ブタを盗んだことを発見するくらいに覚醒作用を及ぼす事柄はそうはない。いつもならこの時間の彼は、優しき手が一杯のお茶を運んできてくれるまで、多かれ少なかれ無生物の塊《かたまり》である。しかし今日の彼は、いつにない意識清明さを覚えるとともに、パジャマをまとった全身くまなくぞくぞく身震いしていた。いつもひどく魅力的なベッドは、魅力を失っていた。彼は起き上がって活動したかった。

彼は入浴し、ひげをあたり、ズボンにすばやく足を通していた。と、彼の身づくろいは旧友のヒューゴ・カーモディーの登場によって中断された。ヒューゴの顔には読み違えようのない表情が浮かんでいた。彼がニュースを運んできたことは、ラベルを貼《は》ってあるくらい明瞭《めいりよう》に示されていた。そしてロニーは、そのニュースの性質を推測しながら、この場にふさわしい驚愕《きようがく》を表現すべく身構えた。

「ロニー！」

「なんだ？」

「何があったか聞いたか？」

「何のことだ？」

「お前の伯父さんのブタのことは知ってるな？」

「そいつがどうした？」

「消えた」

「消えた？」

「消えたんだ！」舌先でその言葉を転がしながらヒューゴは言った。「たったいま親爺《おやじ》さんに会ったらそう言ってた。朝飯前に一目逢いたくてブタ小屋に出かけてたらしい。そしたらそいつはいなかった」

「いなかっただって？」

「いなかったんだ」

「いなかったってのはどういう意味だ？」

「うーん、いなかったんだ。そこには全然いなかった。消えたんだ」

「消えた？」

「消えたんだ！　部屋は空っぽでベッドに寝た形跡はなかった」

「うーん、なんてこった！」ロニーは言った。

彼は自分自身に満足していた。自分の役をうまくこなしていると彼は感じていた。ちょうどいい具合の信じられないというような驚愕だ。これからすぐに驚愕の確信に変わるところだ。

「お前、あんまり驚いてるように見えないな」ヒューゴが言った。

ロニーは傷ついた。こんな非難は不当だ。

「驚いているとも」彼は叫んだ。「恐ろしく驚いているように見えるとも。実際、驚いてるんだ。どうして驚かないわけがある？」

「わかった。お前の言うとおりだ。だが今度俺がこういうセンセーショナルな報せを運んできてやったときには、もうちょっと跳び上がってまわるのがいいな。さてと、ひとつ教えてやろう」満足げにヒューゴは言った。「悪の中から善はあらわれる。災いはいつまでも続かない。俺にとってはこの衝撃的な出来事は救い主なんだ。お陰で三十六時間の休暇をもらった。親爺さんは探偵を見つけるようにって俺をロンドンに行かせるんだ」

「何を見つけるだって？」

「探偵だ」

「探偵だって！」

ロニーはいちじるしい不安が湧《わ》きあがってくるのを意識していた。探偵とは思いも寄らなかった。

「アルゴス探偵事務所ってとこからだ」

ロニーの不安は増大した。この件は結局のところ、簡単な話では済まないようだ。彼は探偵の実物に一度も会ったことはなかったが、彼らのことはたくさん読んでいた。連中は嗅《か》ぎまわり手がかりを見つける。おそらく自分は、百も手がかりを残してきたかもしれない。

「当然俺としては街で一夜を過ごさなきゃならない。それでだ、俺はこの地を愛してやまないものだが」ヒューゴは言った。「街で一晩過ごせるのがいやってわけじゃない。脚がそわそわするんだ。ちょっぴりダンスしたら世界中の幸せ分の効果がある。頬に薔薇《ばら》色が戻るってもんさ」

「誰のアイディアだ？　そのクソいまいましい探偵を連れてくるってのは」ロニーは訊《き》いた。自分が何気なさそうな顔でいないのはわかっていたが、彼は動揺していたのだ。

「俺のさ」

「お前のだって？」

「全部俺のだ。俺が提案したんだ」

「お前が、ああそうか？」ロニーは言った。

彼は友人にすばやい一瞥《いちべつ》をやったが、その一瞥は、人が旧友に対して向けるべきではないような種類の一瞥だった。

「そうか？」彼は不機嫌に言った。「それじゃ、出てってくれ。服を着たいんだ」

VII

良心のとがめと孤独に格闘するうちに朝は過ぎ、ロニー・フィッシュは完全に動転しきっていた。納屋《なや》の上の時計が一時を打つまでに、彼の精神状態は、今は亡きユージン・アラム［十八世紀イギリスの言語学者。殺人罪で処刑された］のそれと似通ったものになりはじめていた。彼は下段のテラスを首を傾《かし》げて行ったり来たりし、ときどきは突然の鳥の声にも心驚かし、そしてスーのことを恋しく思った。五分でいいからスーに会いたい。ロニーは思った。そしたら自分は生まれ変わった男になれるのに。

ロニーは思いにふけった。愛する女性とこうして離れ離れでいるなんて、完全にバカげている。

スーには何かがある……説明はできない。だが、男の精神系にいつだって強烈な興奮飲料みたいに作用する何かがだ。彼女は人がでかけていって外で入手する――あるいは、よき女性の愛がそういうものを全部あきらめさせる前に、でかけていって外で入手したものだった――ピンク色のドリンク剤の人間版なのだ――荒地での一夜の後、ヘイマーケットを上がったところの薬局で買えるやつだ。詩人が「なんとかがなんとかのひたいになんとかする時、君は救いの天使となる！」と書いたとき［「痛みと苦悩がひたいを苦しめる時、君は救いの天使となる！」スコットの詩「マーミオン」六］、念頭に置いていたのはスーみたいな女の子にちがいないと、彼は感じた。

ロニーの黙想がここまで及んだとき、すぐ後ろで彼の名を呼ぶ声がした。

「ねえ、ロニー」

それは従姉妹《いとこ》のミリセントに過ぎなかった。彼は少し落ち着いた。一瞬、腹心の友を求める犯罪者の心理的要求はあまりに深かったため、自分のおぞましい秘密をこの娘に打ち明けてしまおうかとロニーは思った。彼と彼女の間には、長らく心地よい友情が存在してきたからだ。それから彼はその考えを捨てた。自分の秘密はたやすく人と分かち合えるようなものではない。一瞬の慰安のため、終わりなき不安を仕入れるのは割に合わない。

「ロニー、カーモディーさんをどこかで見かけなかった？」

「ヒューゴだって？　奴は十時半の列車でロンドンに行ったぞ」

「ロンドンにでかけたですって？　何のために？」

「アルゴス探偵事務所とかいうところに探偵を雇いにでかけたんだ」

「何ですって？　エンプレスのことを調査するため？」

「そうだ」

ミリセントは笑った。その考えは彼女を面白がらせたのだ。

「わたしもそこに行って、自分が頼まれてるのが消えたブタを捜索することだってわかったときのアルゴスって人の顔を見たかったわ。彼、きっとヒューゴの頭を殴って血まみれにするわよ」

彼女の笑い声は次第に消えていった。彼女の顔には突如不快なことに思い当たった女性の表情があらわれた。

「ロニー!」

「ハロー?」

「ねえわかって?」

「何が?」

「あやしいわ」

「どういう意味さ?」

「うーん、あなたがどう思うかは知らない。だけどこのアルゴス探偵事務所にはきっと電話があるはずよ。どうしてクラレンス伯父様は電話を掛けて、人をよこすようにって頼むだけにしないの?」

「たぶん考えつかなかったんだろう」

「とにかく探偵を呼ぼうだなんて誰の考えよ?」

「ヒューゴのだ」

「自分が街にでかけてくるって提案したのね?」

「そうだ」

「そうじゃないかと思ったの」ミリセントは陰気に言った。

「どういう意味だい？」

ミリセントの目は細く狭められた。彼女は通りすがりのイモムシを憂鬱《ゆううつ》げにけとばした。

「気に入らないわ」彼女は言った。「あやしいもの。熱心すぎるわ。カーモディーさんにはロンドンに一晩でかけたい特別な理由があるんじゃないかって、わたしには思えるの。それにわたしはその理由がわかると思う。スー・ブラウンって名前の女の子のことを、聞いたことはある？」

ロニーがした跳びあがりは、その規模においてその朝の彼のすべての跳びあがりをはるかに凌駕《りょうが》する跳びあがりだった。またそれは数も多く、激しかった。

「嘘だろう？」

「何が嘘なの？」

「ヒューゴとスー・ブラウンの間に何かあるなんてさ」

「あらそう？　わたしは権威ある情報筋から聞いたのよ」

イモムシにとってはツイてない日だった。そいつは今やロニーのところに到着しており、ロニーもそいつをけとばしたのだ。イモムシは靴の雨が降り始めたかの錯覚を覚えていた。

「わたし家に入って電話をかけなきゃ」あわててミリセントは言った。

ロニーは彼女が立ち去ったことにほとんど気づきもしなかった。彼は自分が午前中ずっと、きわめて緊密な思考に没頭し続けてきたと思っていたが、しかし今のこの活動ぶりに比べたら、彼の脳みそはこれまで停滞していたと言えるほどだ。

そんなわけがない。彼は自分に言い聞かせた。スーは絶対そんなことはないと言ったし、彼女が自分に嘘をつくはずがない。スーみたいな子は嘘をつきはしない。だがしかし……

昼食の開始を告げる銅鑼《どら》の音が庭園に響いた。

うむ、ひとつだけ確かなことがある。ここブランディングズ城に留まって、どうしたって次々に思い悩まずにはいられない猜疑と憶測の毒で心を汚染させていることは、絶対にできない。この地獄じみた食事が終わった瞬間にツーシーターを出して発車すれば、八時前にはロンドンに着けるだろう。彼はスーのフラットを訪ねればいい。もう一度彼女に断言してもらうのだ。ヒューゴ・カーモディーは背は高く機敏かもしれないし、熟達したサクソフォーン吹きであることは認めざるを得ないが、彼女にとってはなんでもない、と。彼女をディナーに連れ出して、食事をしながら彼の心にのしかかっている重荷を安らげるのだ。そしたら、安らぎと助言により活力を得て、車に飛び乗り、翌日の昼食までに城に戻ればいい。

もちろん自分が彼女をまったく信頼していないということではない。だがしかし……

ロニーは昼食の席に向かった。

4. ロナルド・フィッシュの注目すべき振舞い

I

ロンドンの南西郵便区のビーストン・ストリートを上がって右手の舗道をゆくと、ヘイリング・コートという袋小路に到着する。この袋小路の左側の最初の建物に入って階段を上ると、正面にドアがある。そのすりガラス上にはこういう銘が記されている。

アルゴス
探偵
事務所

その下にはもっと小さい銘があって、こう記されていた。

所長　P・フロビッシャー・ピルビーム

それでもし、ロニー・フィッシュがブランディングズ城の車庫に止めてあった彼のツーシーターに飛び乗ったのとほぼ同じ時間にあなたがこのドアを開けて中に入り、紳士然としたオフィスボーイにこの訪問が生命保険や特許薬や豪華版のデュマ全集の販売とは何の関係もない、れっきとした訪問であると確信させることに成功したならば、あなたは恐れ多くも所長その人との面会を許可されることだろう。P・フロビッシャー・ピルビームは机を前に座り、昼食で席をはずしていた間に届いた電報を読んでいた。この年齢の若者が自分で事業を始めることは異例である。彼は雇用の束縛に苛立《いらだ》ち、給料のために一年に四十八週働いて人生を費やすことを拒否する、稀有《けう》な自由な精神の持ち主であった。職業経験のごく初期において、ピルビームは大金がどこに転がっているかを理解し、それを追求することを決心したのである。

かの有名なスキャンダル紙『ソサエティー・スパイス』の編集長として、パーシー・ピルビームはたちまち己《おの》が天分の向かう方向を発見した。そしてその結果、彼を雇用する〈マンモス出版社〉のために三年間、人々の不名誉な秘密を嗅《か》ぎまわった後、彼ほどの天才に恵まれた者は、彼自身のためにそういう秘密を嗅ぎまわった方がよほど自分のためになるとの結論に達したのだった。マンモス出版社の精神的指導者であるティルベリー卿にとって少なからぬ憤《いきどお》りの種となったことではあったが、彼はいくらか資本を借り、辞表を提出し、いまではきわめて満足のゆく財政的立場にあった。

彼が座ってひたいにしわを寄せ思案していたその電報は、きわめて不可解でそれゆえ探偵としての洞察力への好ましき挑戦であるという意味で、探偵事務所が喜ぶような、まさしくそういう種類の電報だった。しかし十分間それとつき合った後、パーシー・ピルビームは心の底からそれを嫌悪するに至った。彼は電報にはもっと簡単なものでいてもらうほうが好きだったのだ。

それにはこう書いてあった。

大盗難調査最高人物必送

署名はなかった。

この件をとりわけ苛立たしいものにしているのは、その歯痒《はがゆ》さであった。大盗難とはおそらく宝石のことだろう。相応の高額報酬が付いてくるのだろう。しかし人はイギリス中を手当たり次第に探し回って、ご近所に大盗難はありませんでしたかと訊《き》いてまわるわけにはいかない。

不本意ながら、彼はこの件をあきらめた。そして、手鏡を取り出すと、ペン先の助けを借りて小さくて反抗的な口ひげをカールさせ始めた。いまや彼の思いはスーのところに飛んでいた。それは必ずしも全部が全部明るい思いではなかった。スーと知り合いになることの難しさは、パーシー・ピルビームを腹立たせはじめていた。彼は彼女に手紙を書いた。彼女に花を送った。そして何事も起こらなかった。彼女は手紙を無視したし、彼女が花をどうしたものか彼は知らない。少なくとも彼女はそのことで彼に感謝してはよこさなかった。

これらのことを思案していると、彼の思考はドアが開いたことによって妨げられた。紳士然としたオフィスボーイが入室してきた。ピルビームは顔を上げた。気分を害していた。

「ノックなしで部屋に入るなと何べん言ったらわかるんだ？」彼は厳しく訊き質した。

オフィスボーイは考えた。

「七回です」彼は答えた。

「もし私が重要な依頼人と会談中だったら、どんなことになっていたと思うんだ？」

「また出ていきました」オフィスボーイは言った。私立探偵事務所で働いていると、問題解決のコツがわかってくるものである。

「ふん、それじゃあ出ていけ」

「承知しました。僕はただこう言いたかっただけなんです。所長さんが昼食で留守にしていらっしゃる間に、紳士がお訪ねになられました」

「えっ？　誰だって？」

雰囲気というものを愛してやまないオフィスボーイは、いつの日か出世して一階にアジトを構えているマーフィー氏とジョーンズ氏の仲間に加えてもらいたいと考えていたから、一瞬、訪問者はフリーメイソンで左利きで菜食主義者で東方を旅した男であるという事実のほかには、外見からは何も推論できなかったと言おうかと思った。しかし、雇い主はそういう気分ではないようだと、彼は見て取った。

「カーモディー氏とおっしゃる方です。ヒューゴ・カーモディー氏です」

「ああ！」ピルビームは関心を示した。「その人はまた訪ねてくると言ったのか？」

「その可能性についてお話しでいらっしゃいました」

「ふむ、もし来たらマーフィー君に知らせて、私がベルを鳴らしたら用意をしておくようにと言っておいてくれ」

オフィスボーイは退室した。ピルビームはふたたびスーのことを思いはじめた。彼はいまや自分が彼女の態度を好きでないのを確信していた。彼女の態度は彼を傷つけた。彼が遺憾に思ったことのもうひとつは、ステージドアの番人が劇団員の住所を教え渋る点であった。ほんとうに、あの娘と知り合いになる方法は皆無《かいむ》であるように思われた。

八回の礼儀正しいノックの音がドアに響いた。オフィスボーイはたまに忘れっぽくはなるものの良心的な人物であった。彼は均衡を回復したのだ。

「なんだ?」

「カーモディー氏がお目にかかりたいそうです」

ピルビームはふたたびスーを彼の心の内陸部に追いやった。ビジネスはビジネスである。

「お通ししたまえ」

「こちらでございます」オフィスボーイは洗練された優美さで言った。それは彼がアデノイドを患《わずら》っていたという事実を考慮に入れてすら、旧世界の香気を湛《たた》えていた。そしてヒューゴが敷居をまたぎ、のんびり歩み入ってきた。

ヒューゴは穏やかな幸福感を覚えていたし、またそう見えた。彼は陽光を運んできたように見えた。ブランディングズ城と彼のミリセントとの交際に、彼ほど心の底から愛着を覚えている者は誰もいない。しかし彼はロンドン再訪を、ただひとえに魅力的だと感じていた。

「もし僕が間違っていなければ、ワトソン君、こちらが我々の依頼人だ」ヒューゴはにこやかに言った。

彼は汎《はん》世界的な博愛心を感じていたから、机の後ろで立ち上がったいけ好かない顔つきの青年すら、好意的に受け入れたくらいだった。パーシー・ピルビームの目は小さすぎる上にくっつきすぎていたし、髪には真っ当な考えをする者には苦痛であるような具合にマルセル・ウェーヴが掛けられていた。しかし今日、彼は人間としてこの種属内の他の仲間とひと括《くく》りにして扱われねばならない。したがってヒューゴはまばゆいばかりに輝かしい笑みをピルビームに贈った。彼は依然、ピルビームは赤いネクタイと一緒に吹き出物を身につけるべきではないと思っていた。身につけたければどちらか一方だ。だが両方はだめだ。しかしそれにもかかわらず、ヒューゴは彼にほほえみかけた。

「いい天気ですね」彼は言った。

「まったくそのとおりです」ピルビームが言った。

「とっても素敵です。アスファルトの臭いに排気ガスですよ」

「まったくそのとおりです」

「こんな午後にはロンドンはちょっと蒸し暑すぎるって言う人もいることでしょう。しかし、ヒューゴ・カーモディーはちがう」

「ちがうですって?」

「ちがいます。H・カーモディーはこれこそまさに願ってもない陽気だと考えるんです」彼は腰を下ろした。「さてと、探偵」彼は言った。「仕事の話です。昼食前に一度伺ったんですが、あなたはお留守でした」

「そうです」

「だけど僕は戻ってきました。では僕は何をしにきたのか？　と、お知りになりたいところだと思います」

「その話に取りかかるご用意ができたら、お願いしますよ」ピルビームは忍耐強く言った。

ヒューゴは長い脚を悠々と伸ばした。

「さて、あなた方探偵はいつだって、はじめから話を始めて、詳細を省略しないでもらいたがるものだってことは承知してます。一見些細《ささい》な事実がどれほど重要かは言うまでもないことだからです。そういうわけで誕生と幼児期の教育については省くとして、僕は現在、シュロップシャー州ブランディングズ城でエムズワース卿の私設秘書をしています。そして」ヒューゴは言った。「とても優秀な秘書であると主張するものです。そう考えない人もいるかもしれません。しかし僕の見解ではそうです」

「ブランディングズ城ですって？」

アルゴス探偵事務所所長の脳裡《のうり》に、突然思い当たったことがあった。彼は机の中を手探りし、不可解な電報を取り出した。そうだ。彼の想像したとおり、それはマーケット・ブランディングズなる土地から送られていた。

「これについて何かご存じですか？」それを机の前に押し出しながら、彼は訊ねた。

ヒューゴはその書類にちらりと目をやった。

「親爺《おやじ》さんは僕が出た後そいつを送ったにちがいない」彼は言った。「署名がないのは、間違いなく精神的ストレスのせいですね。エムズワース卿はひどくご動揺されておいでなんです。興奮してるんです。骨の髄まで動揺している、と、おっしゃっていただいても宜しいでしょう」

「この盗難の件でですか？」

「そのとおりです。彼のど真ん中を抉《えぐ》っているんですね」

ピルビームは手を伸ばしてペンと紙を取った。彼の目には厳しく堅い、ブラッドハウンド犬みたいな表情が宿った。

「どうか詳細をお話しください」

ヒューゴは一瞬思案した。

「それは暗い嵐の夜のことでした［ブルワー＝リットンの小説『ポール・クリフォード』冒頭の文章。長い物語の書き出しの典型となった］……いや、これじゃあ僕はうそつきだ。月は静かに空に浮かんでいました……」

「この大《ビッグ》盗難のことですか？　その話をしてください」

ヒューゴは眉を上げた。

「ビッグな盗難ですって？」

「電報には〈大盗難〉と書いてありました」

「電報のオペレーターって連中は、意味が通るようにしたがるものなんです。連中は校正せずにはいられないんですね。そこは大《ビッグ》じゃなくて『ブタ《ピッグ》』になっているべきでした。エムズワース卿のブタが盗まれたんです！」

「ブタですって！」パーシー・ピルビームは叫んだ。

ヒューゴは少し心配げに彼を見た。

「ブタが何かはもちろんご存じですよね？　そうじゃないと、つまらない準備仕事をどっさり始めなきゃならなくなってくるんですが」

消えた宝石をめぐるアルゴス探偵事務所所長の薔薇《ばら》色の夢が、泡のごとく砕け散った。彼の心は深く侮辱されていた。数少ない理想の持ち主ではあったものの、彼の人生の深い愛情は、生まれたばかりの探偵事務所を襲うありとあらゆる危険や試練を通り経て、彼が生み出しはぐくみ繁栄に至らしめた、この探偵事務所に捧げられていた。その複雑なる機構を消えたブタを探すために用いよと期待されているのだとの思いは、ミリセントの予想したとおり、ピルビームを骨の髄まで切りつけたのだった。

「エムズワース卿は大真面目で、盗まれたブタを探しまわって無駄に費やす時間が私にあるとお考えなんですか？」彼は甲高い声で詰問した。「そんなばかばかしい話は、生まれてこの方聞いたことがありません」

「他の探偵ホークショー［十九世紀末から第二次大戦前まで英国の少年誌に連載された探偵の名前］たちもみんなほぼ同じ言葉を用いましたよ。あなたがこちらにいらっしゃらなかったものですから」ヒューゴは説明した。「午前中は他の探偵事務所を回って過ごしたんです。全部で六社は行ったと思いますが、全部が全部、あなたと同じ態度を取りました」

「驚きませんね」

「それでもなお僕は、彼らはあなたと同じく、洞察力を欠いていると思うものです。おわかりでしょう。そのブタは受賞ブタなんです。尻尾のひん曲がった、泥の中で怠惰に遊んでいる生き物を想像しないでください。そうではなく、愛する娘が先祖代々の館から誘拐されたのだとご想像ください。これは大変な話です、そうでしょう。農業ショーに間に合うよう、この動物を取り返してください。そうすれば何でも望むものはエムズワース卿に頼みたい放題です。王国の半分だってですよ［『エステル記』五・六］」

パーシー・ピルビームは立ち上がった。もうじゅうぶん聞いた。

「エムズワース卿にご面倒はおかけしません。アルゴス探偵事務所は……」

「ブタは探さない、と？　そうおっしゃるんじゃないかと恐れてました。さて、さて、そうですか。それではさてと」ヒューゴは愛想よく言った。「僕たちの間に生まれた美しい友情に甘えて、電話を使わせていただけますか？」

許可を待たずに——実際、それを得ようと思ったらずいぶん長いこと待たされていたことだろう——彼は電話機を引き寄せると番号を回し、しゃべり始めた。

「あなたは博識な方に見えますね」彼は言った。「おそらくあなただったら、芝生の上で踊りたいときに村の恋人たちが近頃どこに出かけるかを教えてくれるでしょう？　僕は渦巻きの中心からしばらく離れていたから、こういう件についちゃあ子供と同じなんですよ。血気盛んで葡萄《ぶどう》の葉がちょっぴり頭の毛にとっついてる若者にロンドンが提供してくれる、最高の店はどこですかね？」

ピルビームはビジネスの人であった。彼を落胆させ、彼のいちばん繊細な感情を傷つけたこの依頼人とこれ以上会話したいとは思わなかったが、だがたまたま彼は人気急上昇中のレストランの株を、最近買ったばかりだったのだ。

「〈マリオズ〉です」彼はすぐさま答えた。「そこしかありませんね」

ヒューゴはため息をついた。そういう質問に対する答えが〈ホット・スポット〉となる日を、かつて彼は夢見ていたのだった。しかしいまやホット・スポットはどこに消えた？　冬の最初の霜でしおれて消える花たちのように、それは消えてしまったのだった。ジャムシッドが長夜の宴に興じたる栄華の跡を今も虎狼は棲家とし続けたのだが［フィッツジェラルド訳『ルバイヤート』第十八歌より］——不幸なことに、閉店後、この虎狼のたぐいらは厄介を起こし始めたのだった――酔っ払った挙句に。ああ、人生とはまことに複雑なものである。

電話線の向こう側からした声が、彼の夢想を打ち破った。彼はそれが、スーがちっぽけな住居を構えているフラットの棟の守衛の声であるのを認めた。

「ハロー？　バッシュフォードか？　カーモディー氏だ。腕を伸ばしてブラウン嬢を電話口に呼んでくれないか。えっ？　スー・ブラウン嬢だ、もちろんだ。他のどんなブラウンをもってきたってだめだぞ。よしきたホーだ。待たせてもらうよ」

ぬかりない探偵は決して感情を露わにすることを自分に許さなかった。ピルビームは驚愕《きょうがく》のハッという表情を、重々しい、無頓着なうなずきに変えた。さながら深遠な問題を考えているかのごとくにである。彼はペンを取り上げると、吸い取り紙にバツ三つとくねくねした線をのたくった。訪問者を電話口で一人にするよう紳士としての本能が自分をせき立てなかったことを、彼はうれしく思った。

「マリオズですって？」ヒューゴは言った。「バンドはどんな具合です？」

「レオポルズです」

「そりゃあ結構だ」ヒューゴは熱を込めて言った。彼は一、二小節、曲をハミングし、じゅうたんの上で脚をうっとりと滑らせた。「まったくなんてこった。なまってて話にならない。まあいいや。それで本題に戻りますが、あなたはブランディングズ城にいらっしゃらないということでよろしかったんですね」

「ええ」

「いい所ですよ。砂利混じりの土。ひろがる眺望。巧みに配置された庭園。自家水道……虫メガネを持ってきて夏をお過ごしになられることを強くお勧めしますね。しかしながら、あなたが本当にそうお考えで……スー！　ハロー、アロー、アーロー！　ヒューゴだよ。そうさ。ものすごい機密性と細心の注意を要する極秘任務を帯びて一晩街に出てきてるんだ。こちらの所長さんのご好意でアルゴス探偵事務所から電話してる。それで君に出てきてもらって、僕の失われた青春を回復する手伝いをしてもらえないかなって思ってるんだ。八時半開始だ。どうだい？」

電話線の向こう端に沈黙が起こった。つまりこのとき、フラットの玄関で、スーの良心は苦闘していたということだ。対抗側には彼女の孤独、ダンスを愛する心、ヒューゴにもう一度会いたいという思いがあった。ヒューゴは真剣に考えられる相手ではなかったが、いつも彼女の心を明るくしてくれ、笑わせてくれた。そして彼女は何日も何日も、笑いを必要としていたのだ。

ヒューゴは電話が切れたのだと思った。

「ハロー、アロー、アロー、アロー、アロー！」彼は不機嫌にほえ立てた。

「そんなにヨーデルしないで」スーは言った。「耳が聞こえなくなっちゃうわ」

「ごめん、かわい子ちゃん。機械が故障したんだと思ったんだ。ねえ、どうする？　望みはあるのかなあ？」

「あなたに会いたいわ」ためらいがちにスーは言った。

「会えるとも。じきじきにさ。洗い立てのシャツ、白いチョッキ、カーモディー飾りボタン、その他ぜんぶだ」

「うーん……！」

フラットの玄関ホールに立っている霊能力を備えた傍観者であれば、この瞬間、かすかなうめき声を聞いたことであろう。それは予期せぬ側面攻撃にスーの良心が崩れ落ちる音だった。たったいま彼女は、ヒューゴと食事に出かければ、ロニーに関する最新ニュースを聞けることを思い出したのだ。それはこのこと全体に完全にちがった意味を与えた。ロニーだってきっと、彼女がでかけるのは彼について話したいためだけだとわかれば、このおでかけの誘いに反対するわけがないではないか？　もちろん彼女はちょっぴりダンスを踊りはするかもしれない。だがそれは純粋に手段としてなのだ。彼女が招待に応じる本当の動機は、いまや彼女には明瞭《めいりょう》にわかってきたのだが、ロニーについてすべてを聞くためなのである。

「わかったわ」彼女は言った。「どこで？」

「マリオズだ。いまどきはそこが一番お洒落《しゃれ》な場所なんだそうだ」

「マリオズですって？」

「そうだ。マはマラリアのマ、リはリューマチのリ、オはおたふく風邪のオ……ああ、わかってもらえたかな？　それじゃあ、よし。八時半だよ」

ヒューゴは受話器を戻した。いま一度彼はまばゆいばかりの笑みをアルゴス探偵事務所所長に投げかけた。

「電話を使わせていただいて感謝します」彼は言った。「ありがとうございました」

「ありがとう」ピルビームは言った。

「それじゃあ僕は失礼します。もしお気持ちが変わったら電話してください。マーケット・ブランディングズ32Xです。あなたが引き受けてくださらなきゃ、ほかに誰も引き受け手はありません。

ロンドンには今日僕が話した連中のほかにも探偵はいるんでしょうが、僕はもう会いません。自分の仕事はもう済ませたし、やるだけのことはやったと考えています」彼は周りを見回した。「このご商売は儲《もう》かるんですか？」彼は訊いた。ヒューゴはこの点に好奇心をそそられていたし、また繊細な配慮などによって知識の追求を自制したりはしなかったからだ。

「かなりですね」

「どういう仕事で成り立ってるんですか？　いつも不思議に思ってたんですよ。足跡の大きさを測ったり指紋を照合したり、そういうことですよねえ？」

「私たちはしばしば、誰かの後をつけて彼の活動を報告するよう依頼されますね」

ヒューゴは面白がって笑った。

「ふーん、僕の後をつけて僕の活動を報告したりしないでくださいよ。ずいぶんと面倒なことになりますから。じゃ、さよなら」

「さようなら」パーシー・ピルビームは言った。

彼は机上のベルを押し、ドアのところに行って訪問者を見送った。

II

レオポルズは有名なバンドにふさわしく、頬をプーッとふくらませ、目玉をギョロギョロぎょろつかせて、どんどん足拍子入りのポピュラー曲を演奏していた。そしてフロア上を滑るように移動しながら、ヒューゴのダンスの誘いに応じてより初めて、スーは精神の平穏を覚えていた。彼女の良心は、サックスのうめきに和らげられ、現役業務を引退した様子だった。女の子がこの素敵な運動を楽しむことに何か悪いところがあるかのようなふりをする無益さを、それは理解したようだった。

ロニーの反対はなんてばかげているんだろう、と、彼女は感じていた。まるで女の子とテニスやゴルフをしたと言って、わたしが彼を責めて騒ぎ立てるようなものだわと、分析的になってスーは考えた。ダンスはこの二つの娯楽とまったく同じゲームだ。そしてたまたまそれは、相手の男性がいないとプレイできないというだけなのだ。ダンスにでかけたというだけでやきもち焼きになったりガーガー言ったりするなんて、ただただばかばかしい。

その一方で、いまや彼女の良心は落ち着いてはいたものの、この小さなおでかけのことが彼に決して知られないと思うのは、安堵《あんど》だった。

恋する男というのはどうにも子供である。スーは異性の風変わりな性癖に嘆息している自分に気づいた。彼らに分別さえあってくれたら、人生はどんなにか単純なことだろう。彼女が余暇時間をどんなふうに過ごすからといって、彼女のハートがロニーのものでないなどとどうして疑い得ようものかが彼女には驚きだった。たとえ自分が毎晩夜通し世界中のありとあらゆる他の男性とダンスしたとしたって、ロニーに対する自分の思いにいくらかでも違いが生じようがあるだなんて、一瞬だって思いようがあるということに彼女は驚嘆した。

それでもなお、どんなに偏頗《へんぱ》な考えをもっていようと、もちろん彼には調子を合わせてやらねばならない。

「あたしたちがここに来たことは、ロニーにはちょっとだって洩《も》らしちゃだめよ、いい、ヒューゴ？」このレストランに到着しての第一声であった禁止命令を繰り返し、彼女は言った。

「一言だって言いやしないさ」

「信用していい？」

「絶対さ。電報宛先、シリョフンベツ、マーケット・ブランディングズだ」

「ロニーっておかしいわよね」

「そりゃとっても愉快な奴だ」

「うーん、わからず屋だってことよ」

「そうだ。僕にはまったく途轍《とてつ》もない驚きだった」複雑なステップを踏みながら、ヒューゴが言った。「君とあの色男がチームを組むって決めたって聞いたときはさ。羽一枚でだってノックアウトされてたところなんだ。あいつが竹馬の友になんにも打ち明けてくれなかったのは変な話だな」

「だってうわさが広まったら困るでしょ」

「君はヒューゴ・カーモディーが口の軽いおしゃべり男だって言うつもりかい？」

「あなたゴシップが大好きじゃない。わかってるはずだわ」

「僕はそんなことは全然わかってない」ヒューゴは威厳を込めて言った。「僕の意見を言わせてもらうなら、僕は本質的に強靭《きょうじん》で寡黙な男だ」

その才能を活用しつつ、彼はフロアいっぱいを完全に一周した。彼の無口さはスーを驚かせた。

「どうしたの？」彼女は訊《き》いた。

「腹を立ててる」ヒューゴが言った。

「何ですって？」

「機嫌を悪くしているんだ。君の発言が胸にうずいてる。僕に秘密が守れないなんていう、完全に根拠のない非難がだ。これを知ったら君には興味深いかもしれないが、じつは僕も秘密裡《り》に婚約していて、そのことを誰一人にだって話しちゃいないんだ」

「ヒューゴ！」

「そうだ。婚約してる。ついにとうとう、ヒューゴ・カーモディーの絹のごとき足枷《あしかせ》を、愛が打ち破る日が来たんだ」

「その運の悪い女の子は誰なの？」

「運の悪い女の子なんていやしない。ラッキーな女の子だ……いまのは君の足だった？」

「ええ」

「すまない。この新しいステップのコツがまだ呑《の》み込めてないんだ。そのラッキーな女の子は、って話をしてたところだった、ミリセント・スリープウッド嬢だ」

あたかもこの宣言の重大さに驚倒させられたかのごとく、バンドが演奏をやめた。そして、たまたま自分たちのテーブルのすぐ脇に来ていたため、決して秘密を明かさない男はパートナーを椅子にいざなった。彼女は有頂天になって彼を見つめた。

「ほんとじゃないでしょう？」

「ほんとにほんとうだ。ほんとじゃなくてどうするって言うんだ？」

「あたし生まれてこの方、そんなに素敵な話、聞いたことがないわ！」

「いい報せかなあ？」

「あたし、ただもう嬉しくって」

「僕も嬉しい」ヒューゴは言った。

「あたし、自分では認めないようにってしてたんだけど、本当にミリセントのことが怖かったの。一族の人たちはロニーと彼女を結婚させたがってるって、彼が言ってた。それで一族の人たちが本気で職権濫用をはじめたら、どうなるかなんてわからないもの。だけどもう全部だいじょうぶだわ！」

「完全にだいじょうぶだ」

音楽がまた始まった。だがスーは席に留まった。

「踊らないの？」びっくりしてヒューゴが言った。

「いまは踊らない。お話がしたいの。あなたにはこれがあたしにとってどういうことを意味するか、わからないんだわ。それにあなたのダンスの腕前は落ちてるわよ、ヒューゴ。もう昔のあなたじゃないわ」

「練習が必要なんだ」タバコに火を点け、旋回するカップル達に思索的なまなざしを向けながら、彼は諦観を吐露しはじめた。「森の中で隠者をやってた男を悩ますのは、いつだってこういうふうに新しいステップが導入されるってことなんだ。僕はなまくらな田舎者になっちまったみたいだ」

「あなたが下手だって言おうとしてるんじゃないのよ。ただ前は素晴らしく素敵だったのにってことなの。あなたと踊ると、天国の大海原《おおうなばら》の上のピンク色の雲に乗って浮かんでるみたいだった」

「実に的確な記述だと思う」ヒューゴは同意した。「だが僕を責めないでくれよ。責めるならダンス教授者連合だか何だか、連中が呼ばれたがってる名前は何にせよだ――何週間かに一度寄り合いをやって、どうしたらステップをもっと難しくできるかって決定してる奴らのことを責めてくれ。連中がこれでよしってしないのは驚いたこった」

「変化はなきゃいけないわ」

「僕はそうは思わない」ヒューゴは言った。「世の中の部門で、こんなふうに年がら年中ゲームのルールを変えるチンピラ連中に悩まされてる所なんてのは他にありゃあしないんだ。ゴルフのプレイの仕方を習ったとして、ゴルフプロはクラブをゆっくり振り上げて頭を安定させて前腕を横に揺らして左膝を曲げて左足のかかとを上げてボールから目を離さず後ろにスウェイしないでとか、まだ他にもいくつも君に言って、それで君が骨の髄まで汗してそれをみんな習得した後になってから、突然こう付け加えたりはしない。〈もちろんこれは、来週の木曜日から三週間くらいの間、しのいでゆけるようにって言ってるだけのことだってことは、わかってもらえるだろうね。その後は、芝生穴移動競技者連合最高大協議会がこのメソッドを廃止にして、まったく新しい決まりを発明するから！〉ってさ」

「それでますます怒ってるのね？」

「いいや、ぜんぜん怒ってやしない」

「怒ってるみたいだわ。あなたのダンスが前ほど上手じゃないってあたしが言ったから、あなたのちっぽけな感情が傷ついたんだわね」

「ぜんぜんそんなことはない。ご批判は歓迎する」

「うーん、そのことは考えないでいてもらって、あなたとミリセントのことを全部話してちょうだいな。それで……」

「僕が五歳ぐらいのとき」シガレット・ホルダーから吸殻を抜き取り、新しいタバコを差し入れながら、ヒューゴは話を再開した。「はじめてダンス学校に通ったんだ。僕が光輝ある雲の航跡をたどってた［ワーズワースの詩「霊魂不滅の頌」］頃の出来事についてはちょっぴり心許ない。だがあのダンス学校のことは憶《おぼ》えてるんだ。大変な手間と費用をかけて、僕はゴムボールを左手で放り上げて右手で受けとめる、それでその間背筋は固定して全般的に優美かつ魅力的に振舞うってことを教えられた。ダンス学校で習うようなことじゃないように聞こえるけど、本当にそういうカリキュラムだったたって誓えるんだ。それで、僕が言わんとしていることは……」

「あなた、ミリセントと一目で恋に落ちたの？　それとも次第に惹《ひ》かれていったの？」

「僕が言わんとしてるのはこういうことだ。僕はゴムボールの投げ上げと受けとめがすごくうまくなった。僕はうぬぼれを言うのは嫌いだ。だがかなりホットな連中の中にあって僕はひときわ群を抜く存在だっだ。人々は肘《ひじ》を小突きあって〈あの子は誰？〉ってひそひそささやき合っていたものなんだ。調子のいいときには、二十回に一ぺんだってゴムボールを外しやしなかったと思う。だけどそれがいまの僕にとって、どんな役に立ってくれている？　まったく全然だ。僕が公衆の面前でその成果を披露して麗《うるわ》しきご婦人方に腕前をちやほやされるよりずっと前に、ダンス教授者連合会はゴムボール・グライドだったかなんだか、名前は何であれだ、そんなのは流行遅れだって決定したんだ」

「彼女ってとってもきれいなの？」

「それで僕が言いたいのは、こういう変化変更ってのはハンデになるってことだ。僕はいまこの瞬間にだってフロアの真ん中に進み出て、ゴムボールを投げ上げてまわれる態勢にある。だけどそんなのは今どきどうしたって流行《はや》らないんだ。僕が何をしようとしてるのか、誰もわかっちゃくれないだろう。言い換えれば、僕がゴムボール・シミーをマスターするために費やした時間と金は、まるきり無駄だったってことだ。思うに、教授者連合が人を皮肉屋にしたがってるんだとしたら、連中のお手並みは実にお見事だってことだ」

「ミリセントのことを全部聞かせて欲しいの」

「ちょっと待ってくれ。ダンス学校の連中は僕にこう教えてくれた。ダンスの起源はエジプト文明初期にさかのぼり、エジプト人はこの発明をトート神の賜物《たまもの》とみなした。フリギア人の神官であったコリュバンテスは、誰だったか名前は思い出せないが誰かしらの栄光を称《たた》えて踊ったんだ。それでレア・シルヴィア〔ロムルスとレムスを生んだ女神〕の祭典がやってくると、古代ローマのダンサーたちは髪をきりりと結い上げてでかけてったんだ。だがトート神にはそれでじゅうぶんだったことが、このクソいまいましい教授者連合にはじゅうぶんじゃないんだ！　ああ、なんてこった！　それでいつの時代だってこんなふうだった。歴史上一瞬だって、一方の端には野心を、もう一方の端には二本の脚を持った哀れでお人好しの男がひどい目に遭わなかったなんて時はないんだ」

「よくもこれだけのこと」スーは言った。「ほんの半秒間あたしの足を踏んづけたからって、言えるものだわ」

「ヒューゴ・カーモディーは女性の足を踏んづけるのが嫌いだ。たとえほんの半秒間だけであってもだ。彼にはプライドがある。マリアナ神父のことを聞いたことはあるかい？」

「ないわ」

「ゲオルグ・マリアナだ。千二百何年かに生まれた。家庭教師について勉強してその後ライプツィヒ大学で学んだ。趣味は釣り。羊皮紙文書の彩色。飼料ビートの配合。君だってマリアナ爺《じい》さんのことは聞いてるだろ？」

「聞いたことはないし聞きたくもない。あたしはミリセントのことが聞きたいの」

「マリアナ神父の見解によると、ダンスはどうしようもなく罪なんだそうだ。親爺《おやじ》さんはサラバンドのことをとりわけ憎悪していたと述べておこう。サラバンドはペストよりも有害だって彼は言った。親爺さんがどんな気持ちだったか僕にはよくわかる。ぜったい彼は一日二十五時間って勢いで一心不乱に修行してファンダンゴ習得保証って全十二回のレッスンを全部修了して、それでとうとうインストラクターがもうあなたは来週の土曜の晩の社交ダンスの会で踊れますよって告げたとたんに、この教授者連合の連中が最新流行のサラバンドをひっさげてやってきたんだ。そしたらこの親爺はどうなる？　他の口蹄疫連中と壁にもたれて、ダンスなんて退屈だって顔をしてるしかない。ところで君はミリセントのことをちょっと聞きたいって言ったような気がするんだが？」

「言ったわ」

「世界で一番可愛らしい女性だ」

「ほんとう？」

「絶対的にだ。そのことは有名だ。シュロップシャーじゅうにあまねく広く知られている」

「それで彼女は本当にあなたのことを愛してるのね？」

「君と僕の間だけの話だ」ヒューゴは内緒めいたふうに言った。「君がそんなにびっくりした調子で言うのを僕は不思議に思わない。もし彼女を見たら、もっとびっくりするはずだ。僕は言葉を口にする前にちゃんと考える男だ。僕は言葉は慎重に選ぶ。それで僕はおごそかに宣言するものだが、彼女は僕には過ぎた女性だ」

「だけどあなただって可愛らしくって素敵で大事なかわい子ちゃんだわ」

「わかってる。僕は可愛らしくって素敵で大事なかわい子ちゃんだ。それでもなお、彼女は僕には素晴らしすぎると僕は主張するものだ。彼女は静けき夕暮れにいにしえの荘園の古城の小塔わきの月桂樹の葉陰にほの見えた天使に、いまだかつて一番近い生き物なんだ」

「ヒューゴ！　あたし、あなたがそんなに詩的だなんて思ってても見なかった」

「あれほどの女性を愛するということは、男を詩人にさせるにじゅうぶんなんだ」

「それであなたは彼女のことを本当に愛しているのね？」

ヒューゴは熱に浮かされたようにシャンパンをごくっと飲み込むと、有名なレオポルズのメンバーであるがごとく、目玉をギョロっとまわした。

「狂おしく。一心にだ。そして自分が彼女を裏切るんだと思うとき、僕のハートはむかむかするんだ」

「あなた、彼女を裏切ったの？」

「まだだ。だが五分以内に裏切る。僕はたったいま電話をかけるよう申し込んできた。それで電話がつながったら、僕は彼女に、自分はホテルのベッドルームから電話していて、これからすぐ寝るところだって言うんだ。わかるだろ」ヒューゴは秘密めかして言った。「ミリセントは、他のありとあらゆる点で完璧な女性だが、もしこのことが彼女の耳に入ったら、僕のこういうささやかな一夜を誤解して考えるような女の子の一人なんだ。耳と言えば、君はあれを見るべきだ。アラバスターでできた貝殻みたいなんだ」

「あなたの言いたいことはわかるわ。ロニーもそうだもの」

ヒューゴがびっくりして跳びあがった。

「ロニーが？」

「そうよ」

「君はそこに座ってこの僕に、ロニーの耳がアラバスターの貝殻みたいだって言うつもりか？」

「ちがうわ。あたしが言いたいのは、彼もあたしがダンスに出かけたのを知ったらカンカンに怒るだろうってことよ。あたしはダンスが大好きなのに」スーはため息をついた。

「奴に知られるわけがない！」

「ええ。だからあたしは今あなたに、彼に言わないでねって頼んだの」

「言いやしないさ。秘密と沈黙だ。ミリセントに告げ口しようなんて奴が、いくら告げ口したくたっているわけがないってのはまったく有難いこった。ああ、あれこそよろこばしき報せの運び手にちがいない。用意はできたのかい？」彼は人混みをかき分けてきた給仕に訊いた。

「さようでございます」

ヒューゴは立ち上がった。

「僕が戻るまで何とか暇をつぶしててくれ」

「退屈はしてないわ」スーは言った。

彼の姿が消えるのを見ると、彼女は椅子の背にもたれかかり、踊る人々を眺めていた。彼女の目は輝いていたし、ヒューゴの報せは彼女の頰《ほお》を紅潮させた。彼女がレストランに到着したときから、背後を行ったり来たりしてこういう好機を伺っていたパーシー・ピルビームは、彼女がこんなにも美しく見えたときはないと思った。彼はテーブルの間をにじり進み、ヒューゴが空けた椅子に座った。男性の中には、異性に接近する際、着席する前に許可を求める者と許可なく着席する者とがいる。ピルビームは後者の仲間だった。

「こんばんは」彼は言った。

彼女は振り向いた。そして不快な外見の小男が自分の脇にいるのに気がついた。彼はいずかたよりともなく実体化したように思われた。

「自己紹介をお許しいただけますでしょうか、ブラウンさん？」そのカス男は言った。「私の名前はピルビームといいます」

そしてそれと同じ瞬間に、入り口に姿を現し、燃え盛る炎のごとき眼《まなこ》にてレストランじゅうを見回しつつ立っていたのは、フランネルのスーツに身を包みし、ロナルド・オーヴァーベリー・フィッシュ、その人であった。

Ⅲ

スポーツモデルのツーシーターでブランディングズ城からロンドンに到着するのに必要な時間は、二つの不慮の事故によってロニー・フィッシュの見積もったところから大きく狂った。私設車道の半ばまで進んだところで、車は何らかの不可解なエンジントラブルに見舞われ、車庫に戻ってエムズワース卿の運転手に総点検してもらうはこびとなった。ようやく運転再開となったのはそれから一時間近くしてよりのことで、そのうえオックスフォード近くでパンクしたせいで更に遅れた。彼がスーのフラットに到着したのは、スーとヒューゴが〈マリオズ〉に入ってゆく丁度その時のことだった。

スーの部屋の玄関ベルを鳴らしても返事はなかった。自分の胸を一杯にしていた他のありとあらゆる厄介事のストレスのせいで、彼女に電報を打っておくのを忘れたことをロニーは悔やんだ。ロニーがこそこそと立ち去ってドローンズ・クラブで軽い夕食をとろうとしていた——その展望は彼にとってぜんぜん楽しいものではなかった、というのはディナー時のドローンズは悩みを抱えた男の神経にはやかましすぎる大声でおしゃべりする血気盛んな連中でいつも一杯で、あるいは彼にパンを投げつけてくる者さえいるかもしれないからだ——と、階段から玄関ホールに向かって降りる途中で、彼は守衛のバッシュフォードに出会ったのだった。

ロニーのことをよく知っているバッシュフォードは「アロー、フィッシュさん」と言い、ロニーは「ハロー、バッシュフォード」と言い、バッシュフォードは天気はこのまま暑い日が続きそうですねえと言い、ロニーは「ああ、そうだな。そのとおりだ」と言った。そしてこのとき、この守衛はこの印象的な——その後の事態の経過からすると、画期的な——言葉を発したのだった。すなわち、

「ブラウンさんをお探しでしたらば、フィッシュさん、マリオズにおでかけだと思いますよ」

彼はロニーのどきどき動悸《どうき》する耳の穴に更に詳細を流し入れた。カーモディーさんがだいたい四時過ぎごろ電話をかけておいでで、それでバッシュフォードとしては聞き耳を立てていたわけではなくたまたま聞こえたことなのだが、何かマリオズとかいう場所のことを言うのが耳に入ったのだ、と。

「マリオズだって？」ロニーは言った。「ありがとう、バッシュフォード。マリオズだな、えっ？よし！」

イートン校とケンブリッジは息子たちをしっかりと教育する。それゆえ守衛はフィッシュ氏の話

し方のうちに何らゾクゾクするものを感じ取ることはなかった。自分がオセロの弟と会話していることにまったく気づくことなく、彼は地下の私室に戻り、座って旺盛な食欲でステーキ・アンド・チップスを平らげた。そしてロニーは、頭の先から足の先までわなわなと震えながら、車を発進させたのだった。

シェークスピアは正当にも言ったが、嫉妬とは自分が常食にする肉をあざ笑う緑目の怪物のようなものである［『オセロ』三幕三場］。ロナルド・オーヴァーベリー・フィッシュが、マリオズのどんちゃん騒ぎを通行人の目から守っているスイングドアを押し開けたとき、その姿がこれほどまでに酷似していたオセロ同様、彼は困惑のきわみにあった。彼は全身が熱いと感じ、それから全身冷たく感じ、それからまた熱く感じた。したがって食堂室の敷居のところで彼を止め、ダンスフロアでは夜会用正装が不可欠で、フランネルのスーツの方はバルコニーに上がっていただかねばならないと告げようとしたウェイターは、彼の保険会社が唇をすぼめて首を横に振るような危険を冒していたのだった。

彼にとって幸運であったことに、ロニーは聞いていなかった。彼は目の前の群衆に目を走らせ、スーを探し当てようとしていた。

「バルコニーには空いたお席がたくさんございます、お客様」危険な火遊びを続けながら、ウェイターは強く言った。

今度ロニーは誰かが自分に呼びかけていることに、ぼんやり気づいた。それでこれから振り向いてその男ににらみをひとつくれてやろうとしたところだった。と、黒い上着と華やかに着飾られたドレスの叢林《そうりん》を半分ほど行ったところに、突然自分の捜し求めていたひとを見つけたのだった。次の瞬間彼は人だかりをかきわけかきわけ、勇敢な殿方たちのつま先につまずき、麗《うるわ》しきご婦人たちからは、こういうことは店側が未然に防止すべき状況であるとの苦い不平のつぶやきをひき起こしながら、前進していった。

スーのテーブルから五メートルのところで、ロニー・フィッシュはわが運命の杯はいっぱいで、もうこれ以上悲惨のどん底にはどうしたって落ち込みようがないと言いたいところだった。しかし更に二メートル前進し、進路前方に立つ肥満した男を押しのけたとき、彼は自分の誤りに気づいたのだった。スーの同伴者はヒューゴではなく、目の細い髪を真ん中分けにした爬虫《はちゅう》類似のチビの若造だった。そして、そいつの姿を見たとき、ロニーの脳みその中で何かがバネを緩めたみたいに炸《さく》裂《れつ》したかのようだった。

グラスを載せた盆を持って一瞬沈黙していたウェイターは、彼に向かい、ダンスフロアでは夜会服が不可欠である旨指摘した。

フランネルのスーツをご着用の紳士様には、バルコニーにお席をご用意できますと彼は付け加えた。

「バルコニーにはたくさんお席が空いております、お客様」ウェイターは言った。

ロニーはテーブルに到着した。その時ピルビームは長いこと自分はスーに会いたかったのだと言っているところだった。花束が無事に届いていればよかったのだが、と、奴は言った。

おそらくは、無理やり交際を迫ってきたこのいやらしい押しつけがましい男ではない何かを見たいという自然な欲求から、スーは目を上げた。

見上げると、スーの目はロニーの目と合った。そして、彼女が彼を見ると、一晩休みをとっていたはずの彼女の良心は、かつてないほどの騒々しさで急に活動開始したのだった。今までただうずくまっていたのが、跳び起きたのだ。

「ロニー！」

彼女はびっくりして跳びあがった。ピルビームも立ち上がった。グラスを持ったウェイターは、きっぱりした、しかし礼儀正しい態度で盆の端をロニーの肘《ひじ》に押しつけ、ダンスフロアでは夜会服が不可欠であると彼に告げた。しかしながらフランネルのスーツをご着用の紳士様は、バルコニーにじゅうぶんお席を見いだせるであろう、と。

ロニーは口をきかなかった。それでもしスーもそうしていたら、事態はもっとましだったはずである。というのはこの危機にあって、何らかの無意識の本能が、すなわち、危機存亡の折に我々を破滅させようと常に待ち構えているような種類のやつが、茫然自失した彼女の心に、互いに知り合いでない男性がレストランで隣り合って立っていたら、互いを紹介すべきだと示唆したのだった。

「フィシュさん、ピルビームさんですわ」スーは小声で言った。

これよりも迅速かつ破壊的な結果をもたらし得るものは、ヘヴィー級チャンピオン戦の第一ラウンドのはじまりを告げるゴングの音だけであったろう。フランネルの服をまとったロニーの身体を、電気に打たれたようなショックが走り抜けた。ピルビームだって！　彼はヒューゴに会うものと思ってここに来た。ヒューゴだってじゅうぶん悪いのだ。だがピルビームだとは！　彼女は知り合いですらないと言っていた男である。会ったこともないはずの男だ。そいつの贈ってよこした花を、不快だと宣言していた男だ。本人じきじきだ！　生身の実物だ！　彼女とレストランで親しく話しているとは！　なんてこった！　彼は思った。なんてあきれた！　コンチクショウだ！

彼の拳《こぶし》はぎゅっと握り締められた。イートン校は忘れ去られた。ケンブリッジは忘却の彼方《かなた》だ。彼はものすごく鋭く息を吸い込んだから、隣のテーブルに座ってチキンのムースを食べていた男は、フォークであごを突き刺したくらいだった。彼は飢えた目をしてピルビームに向き直った。そしてこの瞬間、ロニーの聴力にはいささか障害があるのだと思い始めていたウェイターは、少し声を張り上げ、興味深い情報として、マリオズの経営者はダンスフロアは夜会服のお客様のためだけにお取り置きすることを望ましく思っていると述べた。しかし、朗報もある。フランネルのスーツをお召しの紳士様のためにはバルコニーにお席をお取りできるのだ、と。

パーシー・ピルビームの命を救ったのはこのウェイターだった。ジャングルのトラに飛びかかってクビに噛《か》みつこうとするハンターの注意を、一匹の蚊がほんのちょっとの間逸らすように、このしつこいウェイターはロニー・フィッシュの注意を逸らしたのだ。いったいぜんたい何のことやら、あまりの神経の昂《たかぶ》りのため、ロニーに確言はできなかった。だが彼にはこの男が自分にうるさくまとわりつき、しつこく悩ませ、すべきことが別にあるときに話しかけようとしているのがわかっていた。痛ましいまで試練にさらされた寛大な性質の力のかぎりに、彼はこのウェイターの腹に肘打ちを食らわせた。レオポルズのバンドの力をもってすら紛らわされ得ない衝突音が生じた。フォークであごを突き刺してしまった男は、突如ガラスの雨が降り始めたという事実により、食事を更にだいなしにされた。そして、このレストランの他の占有者たちにとっては、「センセーション」という語が、この状況を言い尽くす言葉であった。

ロニーとマリオズの経営陣は、今や大きく対立する二つの思想の学派を形成していた。ロニーにとって、問題なのはただこのピルビームだけだった――この卑劣で、コソコソした、愛の巣への侵入者ピルビームである。ロニーの家庭を、彼がそれを手にする前に破壊することで、秘密裡《り》に行われた悪事のスピード記録を更新した女たらしだ。彼は全能力を集中してテーブルの周りをまわって反対側に向かい、そこに賢明にも退却済みの嫌悪の対象にどこで手を引くべきかをきっちり示してやる作業にあたった。

一方、経営陣にとって、決定的に重要な問題はこの壊れたガラス食器のことであった。ウェイターは床から起き上がったが、ガラス器は依然としてそこにあり、その中に今後ふたたびマリオズの顧客の飲物のために使用しうる状態のものは、ひとつたりとも残っていなかった。ウェイター頭《がしら》が乱闘の場に、さながら雲より降りて光臨する『イリアス』の神のごとく急降下し、かかる見解をロニーに示そうとした。言葉と身振りで彼を補佐したのは二人の下位のウェイター——ウェイターAとウェイターB——であった。

ロニーは抽象論などを戦わせている気分ではなかった。彼はウェイター頭の腹部を殴打し、ウェイターAのわき腹を打った。更にウェイターBを片付けようとしたところで、突如到着した増援部隊によって活動を妨げられたのだった。部屋じゅうのありとあらゆる所から、他のウェイターたちがわらわらと結集してきた——そのごく一部の名を挙げるなら、ウェイターC、D、E、F、G、そしてHである——やがてロニーは自分が追い詰められていることに気づいた。さながらウェイター大総会の会場に迷い込んでしまったみたいな気分だった。視界の及ぶかぎり、アレーナはウェイターたちで超満員だったし、更にもっと集まってきていた。ピルビームは完全に姿を消していた。またロニーは今や大忙しだったから、彼の不在を惜しんでいる暇もなかった。彼はいにしえのヴァイキングたちがベルサーク［北欧神話に登場する猛戦士ベルセルクに由来。彼らは荒れ狂う戦士で、犬のように吠え立てたり、自分の肩を嚙んだり、口から泡を吹いたりした］と呼び、現代マレー人がアモク［マレー語で「殺してやる！」の意。アヘン吸引による興奮から「アモク！」と叫びながら無差別殺人を行うマレー人に由来する］と命名した心理状態に到達していた。

ロニー・フィッシュは人生航路において数多くの野心を抱いてきた。子供のとき、彼はいつの日か機関車の運転手になるのにあこがれていた。学生時代、世界中で一番魅力的な職業はプロのクリケット選手になることだと思われた。その後、彼は繁盛するナイトクラブの経営者になろうと望んだ。しかし、今、齢《よわい》二十六歳のこのとき、これら欲望は放棄され忘却された。人生において唯一本当にする価値のあることとは、ウェイターを殺戮《さつりく》することなのだと思えた。そしてこの使命に、彼はあたうかぎり全身全霊を打ち込んで取り掛かったのだった。

事態は今や活発に動き始めていた。無分別にもロニーの上着の袖をつかんだウェイターCは、彼の右眼に押し付けられた拳によって後ろにのけぞらされた。既婚者であるウェイターDは、喧騒のはずれに立ってイタリア語を話すことで満足していた。しかしウェイターEは、もっと断固たるモノでできていたから、オームレット・オー・シャンピニオンを含有する皿をもってロニー・フィッシュをやや強烈にぶちのめした。そして同人がこの打撃によりよろめき倒れたとき、戦場の最前線に、陽気な制服に身を包み、広大無辺ではじっこにワックスがかけてある口ひげの背後にほぼ完全に身を隠した人物が突如登場した。それは道路側のドアより現れ出《い》でたる守衛であった。そしてかつてレストランから放り出された経験のある者ならば誰でも、守衛というものが強敵《ヘヴィーメタル》であることを知《ち》悉《しつ》しているものである。

この守衛は名前をマクティーグといい、退役して現在の職務に就く前の血気盛んな日々を陸軍にて過ごしきた人物であったのだが、何らかの硬質の木材でできているかのごときいかめしい顔つきと、村の鍛冶屋［ロングフェローの詩］の筋肉の持ち主であった。言葉よりは行動の人であり、彼は物言わず人混みを突き進んだ。混乱の渦の中心に到着してようやく彼は言葉を発した。それはロニーが、円滑な作戦行動遂行のため椅子上に跳びあがり、彼の鼻を殴ったときのことであった。この一撃を受け、彼は短い単音節語「ホー！」を発し、然《しか》る後に遅滞なくロニーを鋼鉄の抱擁《ほうよう》のうちにすくい上げ、ドア方向に搬送し去ったのだった。そしてそのドアを通過して、いま長くて大きくてのんびりした警察官が姿を現した。

Ⅳ

　それから何分かした後、カクテルバーのある下階フロアの電話室から戻ってきたヒューゴ・カーモディーは、のんびりとダンス室にそぞろ入り、ウェイターたちがあざになった手足をマッサージし、残るウェイターたちは倒れたテーブルを元通りに直しており、またバンドのレオポルズがあたかも不可思議なものを見たバンドであるかのように、静かな音で演奏しているのを興味深く見た。

「ハロー！」ヒューゴは言った。「何かあったの？」

　彼は不審そうにスーを見た。彼の目に、彼女は何らかのショックを受けたばかりの女の子みたいに見えた。もしこの目に誤りなくば、いつもの陽気な彼女ではない。

「どうしたんだい？」彼は訊《き》いた。

「帰るわ、ヒューゴ！」

　ヒューゴは目をみはった。

「帰るだって？　もうかい？　まだ夜は始まったばかりだっていうのに？」

「ねえ、ヒューゴ、帰りたいの。はやく」

「お言葉のままに」ヒューゴは快く承知した。何かがあったのだと彼はいまや確信していた。「勘定書きを精算してくるからちょっと待って。そしたら家へ向かってホー！ だ。途中で全部話してくれるね。だって僕にはわかってるんだ」ヒューゴは言った。彼は観察力の鋭さを誇る男だった。

「何かある――あるいはあった――ってことが」

5. ヒューゴ宛の電話

大英帝国の法律は無慈悲な機構である。それはいったん機能を開始すると、第一原因を無視して結果のみを考慮する。それは打ち砕かれた夢を打ち砕かれたガラスの正当化事由とはみなさない。また壊れたハートをあなたがウェイターたちを壊した行為の情状酌量事由《じゆう》として主張したところで、成功する見込みはない。翌朝、ボッシャー街警察裁判所において恐るべき司法の威厳の前に引きずりだされ、公共の場、すなわちマリオズ・レストランにおける秩序紊乱《びんらん》行為ならびに、警察官、すなわちP・C・マーガトロイドに対する公務執行妨害行為によって起訴されたロニー・フィッシュが、熱烈な雄弁を何らふるうことはなかった。彼は固く握り締めたこぶしを振り上げはしなかったし、自分は罪なくして不当な扱いを受けた善良な人間であるのだと天に照覧を乞うこともなかった。彼の大学時代の反抗期の日々に高い犠牲を払って購《あがな》われた経験が、法が汝《なんじ》をそのかぎ爪にてつかんだ時、唯一なすべきは偽名を名乗り、何も語らず、最善を願うことだと彼に教えたのだった。

したがって、先述した痛恨場面の翌日正午少し前、クリックルウッド、ナスタチウム・ヴィラ七号在住のエドウィン・ジョーンズは、五ポンドの罰金を巻き上げられ、敏速なるタクシーに乗って友人のヒューゴ・カーモディーのホテルに移送される途中であった。そこにて彼の壊れちまった人生を継ぎ合わせ、新しいスタートを切ってみるつもりだった。

移送されてゆくジョーンズ本人の方は、沈黙に陥る傾向にあった。彼は前方を暗く凝視し、下唇を噛《か》み締めていた。一方、ヒューゴ・カーモディーには、むしろ快哉《かいさい》を叫びがちな傾向があった。波乱含みのスタートの後、事はかなりうまくはこんだとヒューゴには思われた。

「見事な、洗練された手並みだ」是認するげに彼は言った。「裁判の間じゅう俺は治安判事の顔をじっくり詳細に見てたんだが、罰金刑への換刑なしの十四日《じゅうよんじつ》の拘禁になるんじゃないかって、一瞬思わずにゃあいられなかった。だのにお前はここにいて、自由の身の上だ。それにお前の名が新聞に出る心配もない。事実上の勝利だ」

ロニーは歯をむき出して苦い冷笑を放つべく、下唇を開放した。

「ロンドンじゅうの全紙に僕の名前が出たって構うもんか」

「おいおい、このヘチマたわし野郎！　名誉あるフィッシュの名はどうなるんだ？」

「今さら何を恐れることがある？」

ヒューゴは心配していた。この陰気な緊張は、ナスタチウム・ヴィラのジョーンズ氏には似つかわしくないと、彼は感じた。

「お前この件をちょっと大げさに考えすぎなんじゃないか？」

「大げさだって！」

「俺はそう思う。結局のところ、率直に言って、何が起こったんだ？　お前は可哀そうなかわいいスーを……」

「彼女のことを〈可哀そうなかわいいスー〉なんて呼ぶんじゃない！」

「お前は彼女の同行者を見つけた」ヒューゴは訂正した。「ダンスホールでだ。それで、何が悪い？　わかってもらえればだが、それがどうした、だ？　彼女がダンスに出かけるのに何の不都合がある？」

「彼女が知らないいって誓った男といっしょだった！」

「ふん、お前が訊《き》いたときには、おそらく彼女はそいつを知らなかったんだろう。大都会において事は刻一刻と変化するんだ。俺は何日か前までイヴの時代から知らなかった女の子たちと踊るたびに一ポンドもらえたらなあって思うんだ」

「彼女は誰とも出かけないいって約束した」

「ああ、だが瞳に陽気なキラキラを湛《たた》えつつ、だろ？　決まってるさ。つまりだ、いまどきの女の子にそんな約束を真面目に考えろって期待するほうが無理だってことだ。つまり、コン畜生だ。物わかりよくなれよ！」

「それもよりにもよってあんなチビのイモムシなんかと！」

ヒューゴは咳払いをした。彼はいささかバツの悪さを覚えていた。彼は問題のこの側面には触れたくないように思っていたが、しかしロニーの最後の科白《せりふ》が、カーモディー家の者でありかつ紳士たる者に選択の余地を与えなかった。

「実を言うとさ、ロニー、なあ」彼は言った。「お前はスーがそのピルビームとマリオズにでかけたって考えてる点で間違ってるんだ。彼女がでかけたのは俺とだ。罪なきヒューゴだ。何よりかにより兄貴みたいな男だ」

ロニーは慰めの言葉を拒否した。

「自分がとんでもなく利口な真似をやってるつもりでいるんだろう。ことを丸く収めようとしてさ。スーはマリオズにピルビームと行ったんだ」

「おい、お前！」

「信じるもんか」

「俺が彼女を連れ出したんだ」

「お前が連れ出したのかもしれない。だが彼女はピルビームと食事していた」

「そんなことはない」

「お前は僕が自分の耳を信じないとでも思ってるのか？　何て言ったってだめだ、ヒューゴ。スーとのことは終わった。彼女は僕を失望させた。僕と離れて一週間もしないうちに」ロニーは言った。彼の声は震えていた。「そうだ、彼女は僕を失望させた。ふん、彼女が僕のことなんかをちょっとだって気に掛けてるだなんて思い込むようなバカには、お似合いの話さ」

　彼はふたたび沈黙に落ちた。そしてヒューゴは、胸のうちで例文をいくつかあれこれ考えた後、どれも発言しないことに決めた。タクシーはホテルの前で止まった。そしてロニーは車を降りると、声なき絶叫を放った。

「だめだ、俺が払う」気配りのできたふうにヒューゴが言った。法の地獄の番犬に五ポンドの支払いを命じられた男に、タクシー代まで持たせるのはあまりに酷だと感じたのだ。彼は金を取り出すと運転手に渡した。彼が振り返るまでにはしばらく時間が要った。というのはその運転手は、タクシー運転者組合の規定により、小銭を下着の中にしまいこんでいたからである。振り返ったとき、彼は少なからず驚いた。背を向けている間に、ロニーが何らかの説明できない方法で、スーに変わっていたからだ。この取替えっ子は、彼が旧友を放置したのとまさしく同じ場所から、不幸せそうに彼を見つめていた。

「ハロー！」彼は言った。

「ロニーが行っちゃったの」スーは言った。

「行っちゃっただって？」

「そうなの。あたしを見るやいなや、あらん限りの速さで角を曲がって歩いていっちゃったの。彼……」スーの声が変わった。「彼、なんにも言ってくれなかった」

「どうやってここに来たんだ？」ヒューゴは訊いた。むろん他にも検討しあうべき課題はあったが、まずこの点を明確にしておきたいと彼は感じたのだ。

「あたし、あなたが彼をあなたのホテルに連れ帰るだろうって思ったの。それでもし彼に会えたら、あたし……何か言えると思ったの」

ヒューゴは危機感を募らせていた。今やこの女の子が泣き始めるであろうことを、彼はほぼ確信していた。そして彼が嫌いなことがひとつあるとすれば、それは女の子に公衆の面前で泣かれることだった。ピカディリー・サーカスから遠からぬ場所で、イヴォンヌ・なんとかという名の女性が突如彼女を襲ったズキンズキンいう神経痛の苦痛の前に敗北し去ったときのことを、彼は容易に忘れはしない。そのとき老婦人が立ちどまって、あんたみたいな人でなしのケダモノが、世の中の諸悪の根源だと言ったのだった。

「中に入ろう」彼はあわててせき立てた。「入ってカクテルか紅茶を一杯かパンか何かをいただこう。ねえ」ホテルのロビーに先に入って遠くの隅に二つ椅子が空いているのを見つけると、彼は言った。「この件全部についてものすごく残念に思ってる。僕のせいだって思わずにはいられないんだ」

「そんなことないわ」

「僕が君をディナーに誘わなきゃ……」

「問題はそんなんじゃないの。あなたとあたしが一緒にいるのを見たら、ロニーは一分かそこら、ちょっぴりご機嫌斜めになってたかもしれない。だけど彼、そんなのだったらすぐに許してくれてたはずだわ。あたしがあのおぞましいピルビームって小男と一緒にいるところを見つけたのがいけなかったの。だって、あたしは彼に言ったんだもの――それにそれは本当に本当だったのよ――あんな人は知らないって」

「ああ、タクシーの中で奴はそう言ってた」

「そう――彼はなんて言ったの?」

「うーん、奴は明らかにピルビームを嫌悪している。残念ながら。ピルビームの件に触れたときの奴の態度は厳粛だった。あれはただ偶然に会っただけで、君は僕とマリオズにでかけたんだってことをあいつの頭に叩き込んでやろうとしたんだが、聞く耳もちやしなかった。ねえ、かわい子ちゃん、残念ながらどうしようもないし、すべてを偉大な癒し手たる時に委ねるよりほかないようだ」

給仕の少年がロビーをぐるり巡回していた。彼はグレゴリー様という人物を探しているようだった。

「もしあたしが彼を捕まえて、話を聞かせられさえしたら。あたし、説明するチャンスがなかったんだもの」

「君は説明できると思うの？　チャンスを与えられたら？」

「やってみる。もし二人でほんとの話し合いをもてたら、あたしが本当に彼を愛しているってことを、ぜったいにわからずにはいられないはずでしょう？」

「それで問題は、君はここにいて、奴は数時間以内にブランディングズ城に戻ってるだろうってことだ。難しいな」頭を振りながらヒューゴは言った。「複雑だ」

「カーモディー様」近づいてきた給仕の少年が詠唱した。「カーモディー様」

「おーい！」ヒューゴが叫んだ。

「カーモディー様でいらっしゃいますか？　お電話が参っております」

ヒューゴの顔が敬虔《けいけん》な聖人みたいになった。

「ちょっとの間、席を外させてもらってたいへん申し訳ない」彼は言った。「だけど一走りしてきて構わないかな？　きっとミリセントだ。僕がここにいるのを知ってるのは彼女だけなんだから」

彼は急いで行ってしまった。そしてスーは彼を見送りながら、突然涙がこみ上げてくるのに気がついた。折悪しく到着した、不首尾に終わっていない別のラヴ・ストーリーのこの証拠は、彼女のみじめな寄る辺なさを強調するかに思われた。愛する娘の声が電話線を伝って聞こえてくるときのヒューゴの喜びの悲鳴を聞きながら、彼女は電話の会話を聞いているような気分になった。

彼女は気を取り直した。いくらヒューゴが幸せだからといって、彼に嫉妬《しっと》するのはいやらしいことだ……

彼女はあわててしゃんと身を起こした。アイディアが浮かんだのだ。

それは息を呑《の》むような名案だった。だが単純だ。勇気と、大胆さと、向こう見ずなまでの結果への無配慮が必要になる。それでもなお、それは単純だ。

「ヒューゴ」この幸運な若者が戻ってきて彼女の横の椅子に沈み込んだとき、彼女は叫んだ。「ヒューゴ、聞いて！」

「あのね」ヒューゴは言った。

「あたし、突然思いついたの……」

「あのね」ヒューゴは言った。

「お願いだから聞いて！」

「あのね」ヒューゴは言った。「電話はミリセントからだった」

「そう？　よかったわね。聞いて、ヒューゴ……」

「ブランディングズ城からだった」

「ええ、でも聞いて……」

「彼女は婚約を破棄した！」

「なんですって！」

「クソいまいましい婚約を破棄したんだ」ヒューゴは繰り返した。彼は通りがかったウェイターに声を掛けた。「ブランデー・アンド・ソーダを頼めるか？」彼の顔は蒼白《そうはく》でこわばっていた。「濃いブランデー・アンド・ソーダを頼む」

「ブランデー・アンド・ソーダでございますか、お客様？」

「そうだ」ヒューゴは言った。「濃いやつだ」

6. スーの名案

スーは困惑して彼を見つめた。

「婚約を破棄したですって?」

「婚約を破棄したんだ」

緊張の瞬間には、ばかげた質問がいつだって真っ先に浮かんでくるものである。

「ほんとう?」

ヒューゴは紙袋が破裂したような音を発した。もし訊《き》かれたら、これは陰気な笑いを発しているところだと彼は言ったことだろう。

「ほんとうかだって? 疑問の余地はない」

「だけど、どうして?」

「彼女はぜんぶ知ってるんだ」

「何をぜんぶ?」

「すべてさ。わからん子だなあ」強靭《きょうじん》な男を襲う激しい苦痛に、カーモディー家の洗練を忘れてヒューゴは言った。「彼女は僕が君をディナーに連れ出したのを知ってるんだ」

「なんですって？」

「知ってるのさ」

「だけど、どうやって？」

紙袋がふたたび破裂した。ヒューゴの顔に、強烈な苦々しい表情が宿った。

「あのヌルヌルこそこそした、マルセル・ウェーヴ頭の副生成物野郎のピルビームに、もし今度会うようなことがあったら」彼は言った。「あいつの死後の冥福を神に祈らせてやれ！　もしそんな暇があったとしてだが」彼は付け加えた。

彼はウェイターからブランデー・アンド・ソーダを受け取ると、ぼんやりした目でスーを見た。

「君にもおんなじようなものを何か頼もうか？」

「いいえ、結構よ」

「お好きにしてくれ。僕みたいな立場にいる男には」深々と飲み干しながらヒューゴは言った。「ブランデー・アンド・ソーダを拒否することが可能だなんて理解しがたい。そんなことが可能だなんて、むやみに言っちゃいけないんだろうが」

スーは心のあたたかい娘だった。この悲劇の告知のときにあって、彼女は自分も問題を抱えているのだということを、ほとんど忘れ去っていた。

「ぜんぶ話して、ヒューゴ」

彼は空のグラスを置いた。

「僕は昨日ブランディングズ城からやってきた」彼は言った。「エムズワース卿のブタ盗難を調査してくれる男を派遣してもらう件について、アルゴス探偵事務所で面談するためにだ」

スーはそのブタの話をもっと聞きたいと思ったが、今はこちらが質問している場合ではないことをわきまえていた。

「僕はアルゴスに行って、このデキモノ男のピルビームと会った。奴はあすこの所長なんだ」

ここでまた、スーは口を開きたかったが、またもや差し控えた。彼女は自分が病人の枕元で、死にゆく男のいまわの際の言葉を聞いているかのような心持ちになっていた。そういうとき、人は口を挟んだりはしないものだ。

「その一方」抑揚のない声でヒューゴは続けた。「ミリセントは疑っていた——僕は彼女がそんな心の持ち主だってことに驚いている。僕はいつだって彼女のことを純粋無垢《むく》な魂だと思ってたんだ——何かすることがあって僕がロンドンに行くんじゃないかって疑って、そしてアルゴスに長距離電話をかけ、僕の動きを注視して彼女に報告するよう言ったんだ。それでどうやら僕に電話してくる直前に、彼女は連中から電話で報告を受けたんだ。これだけのことを彼女は、短い、灼熱《しゃくねつ》の言葉で僕に明かした。そしてそれから彼女は、もしわたしたちがまだ婚約しているとあなた思ってらっしゃるなら、あと三回だけ当てずっぽを言わせてあげてもいいわと言った。だけどお手間を省いてあげるために、わたしが答を教えてあげてもいいわってな。つまり、僕のためにウエディングベルは鳴らないってことだ。またよりにもよって」グラスを手に取り、またそれを置きながらヒューゴは言った。「人の後をつけてその活動を報告する件で、俺はこのメンチョウピルビームの奴をからかったんだって思うと。ああ、確かにそうさ。あいつを陽気にからかったんだ。奴のオフィスを出るとき、俺たちは互いに陽気にふざけ合ったんだ。それから俺は世界へと出ていった。幸せで何の屈託もなく。自分の一歩一歩がクソいまいましいブラッドハウンド犬野郎に尾行されてるだなんて、知る由もなくだ。さてと、俺に言えるのはこれだけだ。もしロニーがこのピルビームの血塊が欲しいようなら、また欲しいものと俺は推測するが、俺が自分の分を取り終えるまであいつには順番待ちをしててもらわなきゃならないってことだ」

スーは女性らしく、女性の方を責めた。

「あたしにはそのミリセントがとっても素敵な女の子だなんて思えないわ」彼女は取りすまして言った。

「天使なんだ！」ヒューゴは言った。「いつだって天使だった。そういうことで有名なんだ。僕は彼女を責めない」

「あたしは責めるわ」

「僕は責めない」

「あたしは責める」

「ふん、好きにするがいいさ」ヒューゴは寛大に言った。彼はウェイターに手招きした。「同じものをもう一杯、頼む」

「これで決まりだわ」スーが言った。

彼女の目はきらめいていた。彼女のあごは決然と上に向けられた。

「何が決まりだって？」

「あなたが電話してる間に、いい考えが浮かんだの」

「僕も若い頃にはよくいい考えが浮かんだもんだった」ヒューゴが言った。「どっさりとだ。それがいまはひとつっきりしか浮かばない。芋《いも》ピルビームの野郎に手が届くところまで近づいて、あいつのギトギト首を俺の手の中でバラバラになるまでねじり上げてやるってことだ。〈ここで何をしているんだい？〉俺は言う。〈足跡の大きさを測っているのかな？〉〈私たちは人の後を追跡してその活動を報告するんですよ〉奴は言う。〈ハッハッハ！〉俺はぞんざいに笑う。〈ハッハッハ！〉奴は笑う。全面的な歓喜と陽気さだ。それから突然……」

「ヒューゴ、聞いてくれる？」

「それで今気づいた苦々しい考えがあるんだ。あの男の内臓を素手で抉《えぐ》り出してやれる見込みはどれくらいのもんかなあ？　俺は二時十五分の列車でブランディングズ城に戻らなきゃならない。でなきゃクビだ。あいつを無傷で巣穴に残してやって、俺の破滅を思っては含み笑いして誰か可哀そうな他の奴の後を追跡してまわらせてるだなんて」

「ヒューゴ！」

壊れた男は疲れきった様子で、ひたいに手を走らせた。

「何か言った？」

「あたしこれまで十分間何か言おうとしつづけてるの。あなたが聞こうとしてくれないだけ」

「話し続けてくれ」もの憂げに二杯目の気付け薬に取り掛かりながら、ヒューゴは言った。

「あなた、シューンメーカー嬢のことは聞いたことある？」

「その名には憶《おぼ》えがあるような気がする。誰だい？」

「あたしよ」

ヒューゴはグラスを下ろした。苦しげにだ。

「失恋した男に、ヨタ話はよしてくれないか」彼は懇願した。「どういう意味なんだい？」

「ロニーがあたしを車に乗せてくれてたとき、あたしたち、レディー・コンスタンス・キーブルに会ったの」

「イボ貴婦人だ」ヒューゴは言った。「いつだってそうだ。シュロップシャーじゅうであまねく広く認められている」

「彼女はあたしがシューンメーカー嬢だって思ったの」

「どうして？」

「なぜってロニーがそう言ったからよ」

ヒューゴは絶望したふうにため息をついた。

「複雑だ。複雑だ。なんてこった！　なんて複雑なんだ」

「とっても単純だし自然なことだったの。ロニーはちょうどあたしにその人のことを話してたところで——ビアリッツでどういうふうに彼女と会ったかとか彼女がブランディングズ城に来るとか、そういうことよ。それでレディー・コンスタンスが恐ろしい疑いの目であたしを見たとき、あたしが彼女だって言おうって突然彼は思いついたのね」

「君がレディー・コンスタンスだって？」

「ちがうわ、バカね。シューンメーカー嬢よ。それであたしはいまから彼女に電報を打つの——レディー・コンスタンスによ、シューンメーカー嬢にじゃないわ、もしあなたがそう訊こうとしてるなら言っとくけど——これからすぐにブランディングズ城に向かいます、って」

「シューンメーカー嬢になりすますんだな？」

「そうよ」

ヒューゴは首を横に振った。

「不可能だ」

「どうして?」

「絶対的に問題外だ」

「どうして? レディー・コンスタンスはあたしが来るのを待ってるのよ。訳をわかってちょうだいな」

「僕はじゅうぶん訳がわかっている。誰かさんが訳のわからんことをしゃべりたてて、あえて名は挙げないが、君のことだ。わからないかなあ? 君が玄関ドアに着くのと同時に、シューンメーカー嬢が御みずからご到着されて、すべてをめちゃくちゃにしちゃうってことがさ」

「ううん、しないの」

「どうしてしないのさ?」

「なぜならロニーが彼女に、レディー・コンスタンスの名前で、ブランディングズ城に猩紅熱《しょうこうねつ》か何かが蔓延《まんえん》してるから来ちゃだめって電報を打ったからよ」

ヒューゴの優越した批評家的態度は、衣服のように脱げ落ちた。彼は椅子にしゃんと身を起こした。あまりの感銘にブランデー・アンド・ソーダをこぼしてしまい、惜しそうな顔すら見せなかったほどだ。彼はそれがじゅうたんに染み込むまま、一顧だにしなかった。

「スー!」

「いったんブランディングズ城に着いてしまえば、あたしロニーに会って、物の道理がわかるようにしてあげられるわ」

「そのとおりだ」

「そしたらあなたはミリセントに、あなたがあたしと昨日の晩でかけたってたいした不都合はありえないって言えるでしょう。だってあたしはロニーと婚約してるんだから」

「それもそのとおりだ」

「何か欠陥は見つかって？」

「皆無《かいむ》だ」

「じっさい、あなたは最初の五分であたしをスーって呼んですべてをおしまいにするんじゃないかしら」

ヒューゴは腕を軽快に振りたてた。

「そんな可能性のことは考えなくていい」彼は言った。「もしそうしちゃったら、僕は〈シュー〉って言おうとしたところだったんだって言って、ぬかりなくごまかすさ。シューンメーカーの短縮形だ。それじゃあでかけて彼女にもう一本電報を送ろう。送り続けるんだ。何事も運まかせにしてちゃいけない。一ダースは送って大げさに言うんだ。ブランディングズ城は悪疾猖獗《しょうけつ》をきわめ寂寞《じゃくまく》凄涼《せいりょう》たり。猩紅熱だけじゃない。猩紅熱とおたふく風邪だ。女中ひざ、糖尿、サナダムシ、帯状疱疹にボッツ症は言うまでもなくだ。僕たちは大仕事にかかるんだ、なあスーザン。どんと行こう！」

7. パーシー・ピルビームの仕事

I

正直者は外に出よ、そして元気の出るぬくもりを大いに享楽せよと、太陽はブランディングズ城の大図書室の窓より降り注いだ。しかしいつもならばお日様は大好きであるはずの第九代エムズワース伯爵クラレンスに、それは何らのよろこびをもたらさなかった。彼の顔はやつれ、彼の鼻メガネは傾き、彼のネクタイは飾りボタンから気だるい百合の花のごとくうなだれて垂れ下がり、盲目であるがごとく、彼は座って前方を見つめていた。彼は剝製《はくせい》師にこれから剝製にされる何モノかみたいに見えた。

モラリストであれば、エムズワース卿が苦悩する様を見て、ひとりよがりにこう思案を巡《めぐ》らすかもしれない。すなわち、莫大な資産と旺盛な消化力に恵まれた一国の貴族であるということには、良い面もあれば悪い面もある。まじりけなしの幸福は人を無気力にする、と、彼は持ち前の不快な態度で指摘することだろう。そして不安と不確実性に満ちた我々のこの世界において、あなたの頭のてっぺんには一瞬の警告もなしにほぼありとあらゆる何かしらが落っこちてくる傾向があり、人はタフで抜け目なく生きる必要があるのだ、と。

何らかのとてつもない災厄が普通の人間の身の上に降りかかったというとき、その人物にはそれを受けとめる用意があることだろう。八時四十五分の列車に乗り遅れ、雨降りの晩に犬を散歩に連れだし、煙突の煙が出すぎるのを抑えるべく奮闘し、朝食の席に着けばまたもやベーコンが真っ黒焦げであることを知る、という長年の繰り返しが、彼の魂に堅牢な防護壁を与えている。だから彼の妻の親族が長期滞在すべく到着したときも、彼にはその覚悟が万端整っているのだ。

エムズワース卿にはこういうためになる訓練がなんにもできていなかった。これまでのところ、運命は、彼を甘やかす方法を考えつくことに時を費やしてきたかのようであった。彼はよく食べ、よく眠り、金銭上の問題も何もなかった。彼はシュロップシャーで最高のバラを育てた。シュロップシャー農業ショーで彼のカボチャは一等賞を勝ち取った。先代までのエムズワース伯爵が誰一人なしとげ得なかった快挙である。そして、本書の年代記が始まるちょっと前に、彼の二番目の息子のフレデリックはアメリカの百万長者の娘と結婚し、ブランディングズ城から五千キロも離れたところに行って暮らしてくれている。もっといいことに、彼とブランディングズ城の間は、深い海が隔ててくれているのだ。彼は自分のことを、甘やかされた運命の寵児《ちょうじ》とみなすようになっていた。

であるならば、この突然の、裏切りの一撃の苦痛にあって、彼が驚愕《きょうがく》を覚え、ハラワタを抜かれたような様であったことに何の不思議があろうか？　太陽が彼に魅力を感じさせぬからといって驚くべきだろうか？　彼がそこに座り、真鍮《しんちゅう》のドアノブを飲み込んだダチョウみたいに咽喉《のど》のしこりを飲み込もうとしているのは至極当然のことであると、我々は考えてよろしいのではないか？

これらの質問に対する解答は上から順に、ない、ちがう、よい、である。

図書室のドアが開き、弟のギャラハッドの粋な姿が現れた。エムズワース卿は鼻メガネをまっすぐにし、心配するげに彼を見た。ギャラハッド閣下の気質に畏敬の念というものがいかにわずかしか存在しないか、また肥満豚の至高性のための高貴ある闘争に対する彼の関心が、いかに生ぬるいものであるかを知るがゆえに、弟が何らかの不快な軽佻浮薄さで喪失の悲しみにくれる自分の心を傷つけるのではないかと恐れていたのだ。と、やがて彼のまなざしは和らぎ、また穏やかな安堵《あんど》の思いを彼は意識した。弟の顔に何ら軽薄さはなく、この場にふさわしい厳粛さだけがそこにあった。ギャラハッド閣下は座って、ズボンの膝《ひざ》をグイと持ち上げ、咳払いをし、これ以上同情心に富むのは無理なくらい、あるいはこれ以上趣味よくはなれないくらいの口調で話しだしたのだった。

「困ったことになったな、クラレンス」

「恐ろしいことじゃ、のう」

「この件はこれからどうするんだい？」

エムズワース卿は絶望したふうに肩をすくめた。何かについてこれからどうするのかと訊《き》かれたとき、彼は決まってそうするのだ。

「途方に暮れとる」彼は告白した。「どうしてよいものかわからん。カーモディー君が言ってよこしたことのせいで、完全にわしの計画は狂ってしまった」

「カーモディーだって？」

「わしは彼をロンドンのアルゴス探偵事務所に送って、探偵を雇おうとしたんじゃ。サー・グレゴリー・パースローがわしに話してくれたことのある事務所じゃ。わしらの関係がまだよかった頃のことじゃが。奴はこう言った。やや意味ありげな様子じゃとわしは思ったがの。もし自分が専門家と巧妙な対処が必要な問題に直面するようなことがあったら、そここそ訪れるべき場所だ、と。連中は何かしら、あやつがその詳細をわしには打ち明けてくれん問題の件で奴を助け、完全な満足を与えたものとわしは理解したんじゃ」

「パースローだって！」ギャラハッド閣下は言い、鼻を鳴らした。

「それでわしはカーモディー君をロンドンに送り、連中にエンプレスを見つけてもらう件を申し入れようとした。そしていま彼は、任務は果たせなかったと告げてよこした。連中は消えたブタの捜索なぞ、断固拒否すると言ったそうじゃ」

「かえって幸運だったな」

「どういう意味じゃ？」

「余計な出費が要らなくて済む。探偵なんか雇って金を無駄にする必要はない」

「訓練を積んだ頭脳ならば、あるいはと思ったんじゃ」

「誰がエンプレスを確保しているか、俺が教えてやろう。ずっとわかってたんだ」

「なんと！」

「絶対だ」

「ギャラハッド！」

「そんなことは兄さんの顔の鼻くらいに明々白々だ」

エムズワース卿は自分の鼻に触った。

「そうかのう？」疑わしげに彼は言った。

「コンスタンスとたったいま話をしてきたところなんだが……」

「コンスタンスじゃと？」エムズワース卿は弱々しげに口を開いた。「あれがわしのブタを持っておるのか？」

「コンスタンスとたったいま話をしてきたところなんだが」ギャラハッド閣下は繰り返した。「また姉貴は俺のことをひどく侮辱してよこした」

「あれはそうじゃ。時おりの。子供の時分ですら、わしは憶《おぼ》えておるのじゃが……」

「とんでもなく不快な侮辱だった。いちばんすごいのが耄碌《もうろく》中傷屋だ。それとおせっかい屋の年寄りペンギンってのもあった。みんなみんなエンプレス・オヴ・ブランディングズを盗んだのはグレゴリー・パースローの野郎だって俺が言ったせいでだ」

「パースロー！」

「パースローだ。まったくわかりきった話じゃないか？　どんな最低の頭脳の持ち主にだって明々白々だと俺は思う」

幼少のみぎりより、エムズワース卿は実際に民事拘禁の対象になったわけでない限りにおいて、最大限最低の頭脳の持ち主であった。それでもなお、彼は弟の説を信じ難いと思った。

「パースロー？」

「パースローパースロー繰り返すのはやめてくれないか」

「じゃが、のうギャラハッド……」

「当然だろう」

「本当にそう考えているわけではあるまいの？」

「もちろん本当にそう考えているとも。以前俺が話してやったことを忘れたのか？」

「忘れた」エムズワース卿は言った。彼は以前人が話してくれたことをいつも忘れるのだ。

「パースローの野郎のことだ」しびれを切らしてギャラハッド閣下が言った。「俺の犬のタウザーに不正工作をした件についてだ」

エムズワース卿ははっと驚いた。すべて思い出した。感情の昂《たかぶ》りのあまり突如ぐいっと折れ曲がった鼻メガネの後ろの目に、険しい表情が忍び込んだ。

「もちろんじゃ。タウザー。お前の犬じゃった。思い出した」

「奴はタウザーに不正工作を仕掛けた。そして奴はエンプレスに不正工作を仕掛けたんだ。なんてこった、クラレンス！　頭を使えよ。パースローの野郎以外のいったい誰が、エンプレスを片付けたがるっていうんだ？　それに何らかの汚い手が計画されてるって知ってるんじゃなかったら、奴のブタ係の、ブラザーフッドだったかなんだったか名前はなんであれだ、そいつがプライド・オヴ・マッチンガムに三対一なんて値をつけてまわれるか？　そりゃああやしいってあの時言ったはずだ」

この証拠は決定的だった。しかしエムズワース卿はふたたび疑念にとりつかれている自分に気がついた。サー・グレゴリー・パースロー＝パースローの魂のどす黒さは、むろん長いこと承知している。しかしあの男に本当にこんな世紀の犯罪が犯せるのだろうか？　領主仲間同士が？　治安判事が？　カボチャを育てる男が？　准男爵が？

「じゃが、ギャラハッド……パースローほどの身分にある者が……」

「奴ほどの身分にある者ってのはどういう意味だ？　従兄弟《いとこ》が死んで准男爵位に就いたからって、人間の本性が変わると思うのか？　俺はパースローの野郎を生まれてこの方ずっと知ってるんだって一ダースも繰り返し言ったじゃないか？　ごく親しく知ってるんだ。奴はいつだってマスタードくらいにホットだったしレスター・スクウェアくらいワイドだったんだ。あの頃街に出歩いてた連中に、誰でもいいから訊いてみろよ。パースローの野郎がやってくるのを見たら、強靭《きょうじん》な男たちも尻込みして貴重品を隠したもんだ。ヨタ話をして稼げるほかは一ペニーだって持っちゃいないくせに、それでいて王子様みたいな暮らしをしていた。俺があいつと知り合ったときには、奴は川沿いのシェッパートンに住んでたんだ。首席司祭だったあいつの父親が、そこのパブの経営者と契約して奴に朝食とベッドだけをあてがってやって他にはなんにもやらないようにって段どったんだ。〈ディナーが欲しくば、自力で稼ぎ出せ〉って親爺《おやじ》さんは言った。それでどうやってあいつはそいつを自力で稼ぎ出してたと思う？　飼っていた雑種犬のバンジョーを訓練して、蒸気艇でそこにやってくる団体さんの前に出ていかせて芸をやらせたんだ。それからそぞろ近づいていって、うちの犬が皆さんにご迷惑をかけておらねばよろしいのですがって言って、連中がディナーを食べに店に入るまで立って話し続け、一緒に店に入ってワインリストを取り上げる。それでみんなが何がなんだかわからないでいるうちに、連中のシャンペンやら葉巻やらを破裂するまで腹に収めてるんだ。パースローの野郎はそういう奴だった」

「じゃが、だとしても……」

「ある日の午後、そのパブ――〈陽気な粉屋〉って名前だった――の外であいつが俺のところに走り寄ってきたのを憶えている。あいつの顔は絶対的な恍惚《こうこつ》に輝いていた。〈すぐ来い。急げ！〉奴は言った。〈バーメイドが替わったんだ。まだあの娘は俺が掛け売りを止められてるのを知っちゃいない〉」

「じゃが、ギャラハッド……」

「それでもしパースローの野郎が、一八九五年の初夏に起こったある出来事のことを俺が忘れてると思ってるとしたら大間違いだ。奴はヘイマーケットで俺と会って〈二羽のガチョウの仔〉って店に一杯飲みに入ったんだ――いまそこは帽子屋になっている――それで飲み終えたところで奴はポケットから小さいクルクル回るコマ――まわりに数字が書いてあるやつだ――を取り出した。で、あいつは路上でこいつを見つけてこんな創意工夫に富んだ玩具を誰が考えついたんだろうと思ったとか言って、それで半クラウン賭けてこいつを回そうぜってしつこくせがんだんだ。〈お前は奇数に賭けろ。俺は偶数に賭ける〉と、パースローの野郎は言った。それで新鮮な空気を吸いにやっと外に出られた時までに、俺は一〇ポンド七シリング六ペンス沈んでたんだ。翌朝、俺はあのクソいまいましいシロモノは柄を押して逆さに回すと偶数が出るように作ってあったってことを見破った。それでその日の午後、あのコマをもう一度見せろって要求したら、あいつはなくしたって言いやがったんだ。パースローの野郎ってのはそういう男だ。それで准男爵位を継承して田舎に身を落ち着けた途端に、とんでもなく純粋で気高くなったからブタに不正工作を仕掛けるまでに身を落としやしないだなんて、そんなことを俺に信じろっていうわけか」

エムズワース卿はすっくりと身を起こした。証拠の累積は効果を上げた。彼の目はキラキラ輝いていたし、またぜいぜいと息もしていた。

「悪党め！」

「食えん男だ。いつだってそうだった」

「わしはどうしたらよいんじゃ？」

「どうするだって？　もちろん今すぐ奴のところに行って糾弾《きゅうだん》してやろう」

「糾弾するじゃと？」

「そうだ。奴の目をまっすぐに見つめ、犯した罪を糾弾してやるんだ」

「するとも。いますぐにじゃ！」

「俺も一緒に行く」

「あやつの目をまっすぐに見つめるんじゃ！」

「そして糾弾する！」

「糾弾するんじゃ！」エムズワース卿は玄関ホールに着くと、興奮して左右を見た。「いったいぜんたいわしの帽子はどこじゃ？　帽子がない。誰かがいつもわしの帽子を隠しとるんじゃ。帽子を隠すことはあいならん」

「盗まれたブタの件で人を糾弾するのに帽子はいらん」上流社会の礼儀作法に精通したギャラハッド閣下は言った。

II

隣村マッチ・マッチンガムのマッチンガム・ホールの書斎に座り、サー・グレゴリー・パースロー＝パースローは週刊新聞の最新刊を凝視していた。この週刊新聞のことを我々はすでに目にしている。その際それはビーチの丸々した手の中にあった。また、奇妙なことに、サー・グレゴリーの注目を惹《ひ》いていたのは、この執事の関心を呼んだのとまさしく同じ記事であった。

エムズワース伯爵の弟であるギャラハッド・スリープウッド閣下。情報筋によれば、「ギャリー」は一族の先祖代々の館、シュロップシャーのブランディングズ城に滞在中で、回想録の執筆に余念がない。オールド・ブリゲードの全メンバーの証言するであろうように、それはこの天気よりは暑くないにせよ、同じくらいに熱いものとなるはずである！

しかしビーチがこれを夢中で読みふけり、クックと含み笑いをしたのに対し、サー・グレゴリー・パースロー＝パースローは震えおののいていた。田舎をぶらついていて突然行く手にヘビを見つけた男みたいにだ。

マッチンガム・ホールのサー・グレゴリー・パースロー＝パースローは、第七代准男爵であり、人生のスタートを良好に切ると、ちょっぴり横滑りし、それから狭く険しい小径に逆戻りしてそこに踏み留まった人物であった。つまり要するに、齢《よわい》二十の時までは非の打ち所のない青年で、齢三十一にして爵位を継承した時からは、ほぼ非の打ち所のない准男爵であり続けているということだ。そういうわけであるから、齢五十二歳のこの時、彼は地元の統一主義者委員会に、来《きた》るシュロップシャー州ブリッジフォード・シフレイ合同選挙区公認候補者として受け入れられる前夜にあった。

しかし彼の人生には、二十代の十年間という危険な時代があり、その時代に彼は、もっと才能に欠けた人物であったらばもっとずっと長い期間に拡散することを余儀なくされたであろうような、かなり実質的な過去を堆積させたのだった。それは彼の生涯における、振り返るのが楽しくない一時代であった。長年にわたって非の打ち所のない准男爵であり続けたことで、少なくとも彼個人に関しては、過去を葬り去ることに成功していた。そしていま、彼の青年時代の友人の疫病神が、それを再びほじくりかえそうとしているのであった。

長い歳月はサー・グレゴリーを恰幅《かっぷく》のよい人物に変えていた。そして恰幅のよい人物がストレスを覚えた時にするように、彼は息をフウーッと吹いた。しかし、彼がこれほど巧みに息を吹いたことはなかったくらいなのに、この記事を吹き飛ばすことはできなかった。それはそこにまだあって、彼を見上げていた。と、ドアが開き、執事がエムズワース卿とギャラハッド・スリープウッド氏の訪問を宣言した。

糾弾関係者一行が列なして入室するのを見た時のサー・グレゴリーの最初の感情は、容赦できる程度の驚きだった。ジョージ・シリル・ウェルビラヴドの忠誠関係からの離脱により、かの天才豚飼育係の元雇用主の胸に悪感情が生じていることを彼は承知していたから、エムズワース卿の正式訪問を受けようとは思ってもみなかったのである。またギャラハッド閣下に関して言えば、西暦一九〇六年の冬以来、すでに親しい関係ではなくなっていた。

それゆえ、驚愕《きょうがく》の時が終わるとすぐ、憤慨が訪れた。回想録の著者が片方の手で彼に関する下劣な話を書きながら、何食わぬ顔で彼の私的な書斎に、いわゆるその、別の人物と、ぶらりと入ってくるということに、彼は激しい憤《いきどお》りを覚えた。彼がしゃんと身を起こし、傲慢《ごうまん》そうな凝視をこれから始めようとしたその時、ギャラハッド閣下が沈黙を破った。

「パースローの野郎め」鋭い、不快な声でギャラハッド閣下は言った。「お前の罪はぜんぶお見通しだ！」

准男爵のほうでは、これなるご訪問のご光栄を賜るにあたって、当方にはどういう恩義があるものかを聞き質そうと、それも氷のように冷たく聞き質そうと意図していた。しかしこの言語道断の発言に、その言葉は彼の唇で停止した。

「へっ？」彼はぽかんとして言った。

ギャラハッド閣下はモノクル越しに、コックが台所の流しのゴキブリを見るような目で彼をねめつけた。その目つきはナメクジをすら立腹させずにはおかれぬほどの目つきであり、ふたたびマッチンガムのご領主様の困惑は憤激にとって代わられた。

「いったいぜんたいどういう意味じゃ？」彼は詰問した。

「奴の顔を見たか？」ギャラハッド閣下は苛立《いらだ》ったひそひそ声で訊《き》いた。

「いま見とるところじゃ」エムズワース卿は言った。

「有罪だって書いてある」

「一目瞭然《りょうぜん》じゃ」エムズワース卿は同意した。

威嚇的なふうに腕組みしていたギャラハッド閣下は、腕を解くと机を痛烈な一撃で打ち据えた。

「よおく気をつけろよ、パースロー！　話す前に考えるんだ。それで話す時には、真実を話せ。まず先に言っておくが、俺たちはぜんぶ知っているんだ」

サー・グレゴリー・パースローがこの訪問者たちの知的能力の総計をどれほど低く見積もっていたかは、いまや彼が両名のうち、より知力に優れた人物として、実にエムズワース卿のほうに身体を向けたという事実により明らかとなった。

「エムズワース！　説明してくれ！　いったいぜんたいおぬしらは何をしとるんじゃ？　いったいぜんたいあの亡霊は何の話をしとるんだ？」

エムズワース卿は称賛の思いを募らせながら弟の姿を見つめていた。彼の威勢のよい訴追側冒頭陳述は、彼の心の底からの賛意を勝ち得ていた。

「わかっているはずじゃ」伯爵はにべもなく答えた。

「こいつはじゅうじゅう承知のはずだ」ギャラハッド閣下は言った。「パースロー、ブタを返せ！」

サー・グレゴリーは目玉が頭のてっぺんから飛び出して、もはや修復不可能になる前に、零コンマ数秒の速さでそいつをソケットに押し戻した。彼は最大限の力を振り絞り、穏やかで、心鎮まることを考えようとした。彼はたったいま、自分が血圧に気をつけねばならない男だということを思い出したのだ。

「ブタじゃと？」

「ブタだ」

「おぬしはブタと言ったのか？」

「ブタだ」

「どういうブタだ？」

「こいつは〈どういうブタだ？〉と言っているぞ」

「おう、聞いたとも」エムズワース卿は言った。

サー・グレゴリー・パースローはふたたび眼球の不調を覚えていた。

「おぬしらが何のことを言っておるのか吾輩にはわからん」

ギャラハッド閣下は組んでいた腕を解くとまたもや机に強打を加え、ためにインク壜の蓋《ふた》が外れた。

「パースロー、このヒツジ顔の地獄のヨタヨタ追放者めが」彼は叫んだ。「あのブタを早く差し出せ」

「わしのエンプレスじゃ」エムズワース卿が付け加えた。

「まさしくその通り。エンプレス・オヴ・ブランディングズだ。お前が昨夜、盗み出したブタのことだ」

サー・グレゴリー・パースロー＝パースローは椅子からゆっくりと立ち上がった。ギャラハッド閣下は傲慢な態度で彼に指を差し向けた。しかし彼はその身ぶりを無視した。彼の血圧はおよそ一五〇近辺をさまよっていた。

「おぬしらは本気で吾輩がそんなことをしたと告発しよ……」

「パースロー、座るんだ！」

サー・グレゴリーは息を詰まらせた。

「吾輩にはいつだってわかっておった、エムズワース。おぬしはクロガモ［オオバン。クイナ科の水鳥］みたいにキチガイじゃと」

「何みたいにじゃと？」伯爵はつぶやいた。

「クロガモだ」ギャラハッド閣下がぶっきらぼうに言った。「カモの一種だ」彼は被告人にふたたび向き直った。「罵《ののし》りの言葉なんかなんにもならないぞ、パースローの野郎め。お前があのブタを盗んだってことは、お見通しなんだ」

「吾輩はブタなんぞ盗んではおらん。何のために吾輩がブタを盗むというんじゃ？」

ギャラハッド閣下は鼻をフンと鳴らした。

「一八九七年の春に、〈ブラック・フットマン〉の奥の部屋で俺の犬のタウザーに不正工作をしたのは何のためだ？」彼は言った。「本命をぶち崩すためだ。だからやったんだ。いまお前が目論《もくろ》んでるのもそれだ。また本命をぶち壊そうとしてるんだ。お前の考えはお見通しだ、パースローの野郎め。お前の考えは俺には書物みたいに読めるんだ」

サー・グレゴリーは血圧の心配をするのをやめた。もはや穏やかで心静まることを考えたってまったく無駄だった。

「おぬしらはキチガイじゃ！　二人ともじゃ。まったく正真正銘のキチガイじゃ」

「パースロー、お前はあのブタを返すのか、返さないのか？」

「吾輩はおぬしのブタなんぞ持ってはおらん」

「お前の言いたいことはそれで最後ってことだな？」

「そんなものは見たこともない」

「どうしてクロガモなんじゃ？」エムズワース卿が訊ねた。彼はしばらく黙ったまま、じいっと考え込んでいたのだ。

「よしわかった」ギャラハッド閣下は言った。「お前がそういう態度で来るって言うなら、こっちもそれなりの措置をとらせてもらうしかない。それで俺がどういう措置をとらせてもらうか教えてやろう、パースロー。俺にはいまや、自分がバカみたいに大甘だったたってことがわかった。自分の優しさに流されるままだった。しばしば、実にしばしば、俺は机を前に座り、俺の回想録に入れてもらいたくってうずうずしてる面白い話を思い出す。その度に、俺は自分に言い聞かせるんだ。〈だめだ〉俺は言ったものだ。〈この話はパースローの野郎を傷つける。面白いのは確かだが、この話は使えない。俺はパースローの野郎の気持ちを尊重してやらなきゃならない〉ふむ、これからはもうそんな我慢はなしにさせてもらう。お前があのブタを返さない限り、俺は自分の本にお前に関して思い起こせる限りすべてのクソいまいましい話を押し込んでやる――俺が〈ローマノー〉に入っていってお前に紹介されたとき、お前はスープ入れ《スープチューレーン》を頭にかぶり、セロリを手に食卓の周りを歩き回って、自分はバッキンガム宮殿の衛兵だって言い張ってたんだ。世界はお前の本当の姿を知ることとなろう――カフェ・ド・ヨーロッパから放り出された、いまだかつてただ一人の男、それもメイン・バーで自分のズボンを富くじの賞品にしてシャンパン一本分の金を稼ごうとしたかどでだ。それに、それだけじゃないぞ。俺はエビの話をぜんぶしてやる」

サー・グレゴリーのもとから鋭い悲鳴が発された。彼の顔は深い赤紫色に変わった。裕福な中年期にあって、彼はいつも歓楽街で長年贅沢をしてきたリージェンシー・バック［摂政時代の洒落者］みたいに見えていた。いまや彼は、いままさに脳卒中発作を起こす瀬戸際にあり、そのうえ脚をスズメバチに刺されたリージェンシー・バックに似通っていた。

「やってやる」ギャラハッド閣下はきっぱりと言った。「完全かつ真実かつ完璧なエビの話だ。省略なしだ」

「エビの話とは何かの、のう？」興味を惹《ひ》かれてエムズワース卿が訊いた。

「気にするな。俺は知っている。またパースローの野郎も知ってるんだ。それでもし今日の午後じゅうに、エンプレス・オヴ・ブランディングズが豚小屋に戻っていなかったら、お前は俺の本にその名を留めることになる」

「だが、言っておるではないか」苦悩する准男爵は叫んだ。「おぬしのブタのことなぞ何ひとつ知らんと」

「ハッ!」

「吾輩はあの動物を昨年の農業ショー以来見ておらん」

「ホー!」

「おぬしが話をするまで、エンプレスが消えたことなぞ知らんかったのじゃ」

ギャラハッド閣下は黒縁のモノクル越しに彼をきりりと見つめた。そうして、嫌悪の物腰も露わに踵《きびす》を返し、ドアに向かった。

「来い、クラレンス!」彼は言った。

「帰るのかの?」

「そうだ」静かなる威厳をもって、ギャラハッド閣下は言った。「ここでできることはもうない。この家が雷《いかずち》に打たれないうちに、おさらばするとしよう」

III

アルゴス探偵事務所の外側の部屋に座る紳士然としたオフィスボーイは、恰幅《かっぷく》のいい訪問者が手渡した名刺を尊敬と称賛の念で読んだ。洗練された少年であったから、彼は貴族が大好きだったのだ。彼は奥のオフィスのドアをコツコツ叩いた。

「面会の紳士かな?」パーシー・ピルビームが訊ねた。

「准男爵様がご面会でいらっしゃいます」オフィスボーイは訂正した。「シュロップシャー、マッチンガム・ホール、サー・グレゴリー・パースロー＝パースローでいらっしゃいます」

「すぐにお通し申し上げろ」意気込んでピルビームは言った。

彼は立ち上がって上着の襟の折り返しを下へ引っ張った。事態は好転している、と、彼は感じた。彼はサー・グレゴリー・パースローのことを憶《おぼ》えていた。彼の最初の顧客の一人である。彼は誤った手に渡った幾通かの手紙を、取り返してやることに成功したのだ。ドアの外の足音を聞きながら、依頼人はまたもや文通に耽溺《たんでき》したのだろうかと彼は考えた。

入室してきた准男爵の、砂袋で打ちのめされたような表情からすると、どうもそういうことであるらしい。本年代記にのべつ膨れて紫色になって登場するのがサー・グレゴリー・パースロー＝パースローの宿命であるようだ。いま彼は、膨れて紫色になっていた。

「ピルビーム君、吾輩が貴君に会いに来たのは」前置きの儀礼のやりとりを終え、印象的な巨体を椅子に沈めた後、彼は言った。「深刻な困難に身を置いているからじゃ」

「そうお伺いして残念です、サー・グレゴリー」

「またかつて君が吾輩のために、どれほどの思慮と手腕を見せてくれたことかを、吾輩は記憶しておる」

ピルビームはドアを見た。それは閉まっていた。彼はいまや訪問者のささやかな問題が前回と同じであることを確信していた。また彼はこの不撓《ふとう》不屈の男をあからさまな驚きの目で見たものだ。こういう昔の洒落《しゃれ》者たちというのは、不名誉な手紙を書くのをやめないのだろうか？　と、彼は自問していた。いずれ書痙《しょけい》を起こしそうなものではないか。

「何か私でお手伝いできることがございますでしょうか、サー・グレゴリー……おそらく最初から事実をお話しいただけることと思いますが？」

「最初から？」サー・グレゴリーは思いをめぐらせた。「うむ、こういう言い方をさせていただこうか。ピルビーム君、かつて吾輩には今よりも若い時代があった」

「そうでしょう」

「もっと貧しかった」

「そうでしょう」

「また今ほどの社会的地位もなかった。そしてわが人生のその時代、吾輩は不運にもスリープウッドという名の男と大いに付き合ったものだった」

「ギャラハッド・スリープウッドですか？」

「あやつを知っておるのかね？」サー・グレゴリーは驚いて言った。

ピルビームは昔を懐かしむように含み笑いをした。

「その方のお名前なら知っています。以前私が『ソサエティー・スパイス』という新聞の編集をしていた際、彼に関する記事を書いたことがあります。〈浪費家貴族たち〉シリーズの第一回でした。私の生涯最高のいい仕事でしたよ。話では、彼は馬用の鞭《むち》を持って私に会いたいと二度会社にやってきたそうです」

サー・グレゴリーは懸念を露わにした。

「となると、あやつに会われたことがおありなのですかな？」

「いいえ、ありません。おそらくあなたは『ソサエティー・スパイス』のような新聞の内部事情についてはご存じでないことでしょうが、サー・グレゴリー、馬用の鞭を持ってやってきた訪問者と会うなどはあそこの編集方針とはまったく相容れないことです」

「あやつは貴君の名前を知っておるのかな？」

「いいえ。『スパイス』紙の編集部には、編集部員の名前を洩《も》らしてはならないというきわめて厳格なルールがありました」

「ああ！」サー・グレゴリーは安堵《あんど》して言った。

彼の安堵は憤慨に変わった。ギャラハッド閣下の行動の矛盾は、彼に反感を覚えさせたのだ。

「あやつは貴君が新聞に奴のことを書いたからといって、激怒したわけか？　それでいて他人のことを書く分には気にならんと見える。コン畜生じゃ。それはまったく別の話、全然ちがうことだというわけか。ああ、そうか！」

「あの方は作家なんですか？　知りませんでした」

「あやつはまさしくいまこの瞬間に、回想録を書いておるのじゃ。あやつはブランディングズ城にいて、仕上げをしておるところじゃ。それでその本には吾輩に関する話がごまんと載る予定なんじゃ。とんでもない、とてつもない、中傷的な、田舎での吾輩の名声をだいなしにする話じゃ。その中にはエビに関する話があって……」

サー・グレゴリーの言葉が止まった。彼は座ってあえいでいた。ピルビームは厳粛にうなずいた。彼はいまや状況を理解した。しかしながら依頼人がそれについて彼に何をせよと期待しているかについては、よくわからぬままだった。

「しかしもしお話しの逸話が名誉毀損《きそん》的であるならば……」

「そんなことになんの関係がある？　話はみんな事実なんじゃ」

「事実が大きければ大きいほど、高額の……」

「ああ、そんなことはわかっとる」しびれを切らしてサー・グレゴリーが口を挟んだ。「そんなものが吾輩に何の役に立つ？　陪審は吾輩のために記録上最高額の賠償金の支払いを言い渡してくれるじゃろうが、そんなものは何にもなりはせん。田舎での吾輩の名声はどうなる？　吾輩が会うありとあらゆるバカもんどもが、皆吾輩を陰で笑いものにしとることについてはどうする？　統一主義者委員会はどうなる？　申し上げよう、ピルビーム君。ありとあらゆる他の考慮は別にして、吾輩はいままさに地元の統一主義者委員会に、次の選挙の候補として受け入れられる寸前にあるのじゃ。それでももしあの疫病神の本が出版されたあかつきには、委員会は熱い石炭みたいに吾輩を落っことすことじゃろう。さてと、ご理解をいただけたかな？」

ピルビームはペンを取り上げ、それで思慮深げに頰《ほお》を引っ掻《か》いた。彼は依頼人の問題については楽観的なものの見方をするのが好きだったが、それでもサー・グレゴリーが運に見放されていることを認めぬわけにはいかなかった。

「彼はその本の出版を決心しているのですか？」

「奴の人生の目的はそれだけじゃ。あの哀れな化石ジジイめが」

「そして彼はその話を本に入れると決めているのですね？」

「今朝あやつは吾輩のところを訪ねてきてはっきりそう言った。それで吾輩はこの問題を君の手に委ねるべく、次のロンドン行きの列車に乗ったのじゃ」

ピルビームは左の頰骨を掻いた。

「ふむ！」彼は言った。「となると、こういう状況でどうしたものかは私にはわかりません。ただし……」

「……原稿を手に入れて破棄する以外には、と、おっしゃるのじゃな？　まさしくその通り。それこそまさに吾輩がここに頼みに来たことじゃ」

ピルビームは口を開けた。驚愕《きょうがく》していた。彼はそんなことを言うつもりはまったくなかった。彼が言おうとしていたのは、こういう状況であるのだから、ここは腕を組み、歯を食いしばって、男らしくブリテン人らしく、避けようのない大惨事を待つしかない、ということだった。彼はこの無法者の准男爵をぽかんと見つめた。准男爵が悪者であるとは周知のとおりである。しかし、彼らがこんなにも悪者であることに弁解の余地はないと、ピルビームは感じていた。

「原稿を盗むですって？」

「唯一の方策じゃ」

「でもそれはちょっと無理難題なんじゃないでしょうか、サー・グレゴリー？」

「貴君のような」准男爵はご機嫌とりをするみたいに答えた。「頭のいい若者にとってはそんなことはない」

ピルビームはこのおだてに乗せられはしなかった。彼のひややかで熱意のない態度は、何ら変化しなかった。彼は考えていた。どれほど頭がよかろうと、まず第一にその家に入れなければ、回想録の原稿を家の中から盗みだせるものではない、と。

「どうやってその家に入り込めばいいんです？」

「貴君ならば一ダースも方法を思いつけると考えておった」

「ひとつだって思いつきません」ピルビームは彼に請け合った。

「君が吾輩の手紙を取り返してくれた時のことを思い出すんだ」

「あれは簡単でした」

「貴君は連中に、ガスメーターの検針に来たと言ったんじゃった」

「ブランディングズ城にでかけていってガスメーターの検針に来ましたと言って、それを根拠に長期滞在の招待を受けられるとは私には思えません。サー・グレゴリー、ご理解をいただけていないようですが、あなたが提案されておいでの仕事は、数分で片付くものではありません。私はその家にかなり長期間逗留しなければならないでしょう」

サー・グレゴリーは相手の態度にがっかりした。准男爵位とそれに伴う巨富の継承以来、彼は自分の指示に人々がきびきびと飛びつく様を目にするのにすっかり慣れきっていたのだ。彼は不機嫌になった。

「あすこに執事か何かとして行くことが、どうしてできんのかね?」

これへのパーシー・ピルビームの回答は寛大な笑みだけだった。彼はペンを取り上げて頭を掻いた。

「まったく実現不可能ですね」彼は言った。またもや哀れむような笑みが彼の顔をすばやく横切った。

それを見たサー・グレゴリーは思わずカッとなった。その笑みを拭《ぬぐ》い去る何ごとかを言いたいという抗し難い欲望を彼は覚えていた。それは若かりし頃、相互信頼の精神で私設馬券屋に信用売りを提案した際に、その馬券屋の顔に浮かんだ笑みを彼に思い出させたのだった。

「ふむ、やり方は君に任せるとしてじゃ」彼はぴしゃりと言った。「じゃが、原稿を吾輩の所有下に置いてくれたなら、吾輩は一〇〇〇ポンド払うつもりでおると知れば、貴君には興味深いのではないかな?」

彼の予想通り、それはピルビームにはものすごく興味深かった。感情の昂《たかぶ》りのあまり、彼はペンを激しくビクッと動かし、不快な頭皮創傷をこしらえてしまった。

「せ、せん?」彼はどもりながら言った。

サー・グレゴリーは金銭問題には慎重な人物であったから、自分がドラマ感覚の高揚のあまり、我を忘れていたことに気づいた。

「ふむ、五〇〇ポンドじゃ」彼はあわてて言った。「五〇〇ポンドと言えば、大金ですぞ、ピルビーム君」

その点は強調するまでもなかった。パーシー・ピルビームは独力でそれを理解したし、またその点を考えるにつけ彼の顔は蒼白《そうはく》になった。自分の銀行口座に五〇〇ポンドを追加するとの展望に、アルゴス探偵事務所所長の心が動かされぬ日もいずれは訪れるであろう。しかしその日はいまだ訪れてはいなかった。

「あのイタチジジイの原稿を吾輩が手にした瞬間に、五〇〇ポンドの小切手じゃ」ほのめかすように、サー・グレゴリーは言った。

大自然の造作の結果、パーシー・ピルビームの顔はどのような条件下にあったとて、真に美しくはなり得ない顔であった。しかし、この瞬間そこに、その常の不快さをある程度緩和するような表情がそっと忍び入った。それは有頂天、よろこび、輝くばかりの幸福の表情——要するに、自分が五〇〇ポンドを掌中にする様が前途にありありと見えている人物の表情であった。

いささかまとまった金額を口にすることには、人間の知能を活性化させる効果が何かしらあるようである。一瞬前には、ピルビームの頭脳は不活発な塊《かたまり》であった。いまや突然、それは発電機みたいにブンブン動き出したのだった。

ブランディングズ城に潜入するだって？　もちろんブランディングズ城に潜入できるとも。それもけとばされて放り出される心配にズボンのお尻をむずむずさせながら忍び込むんじゃない。愛車のツーシーターで正面玄関に誇らしく乗りつけ、スーツケースを執事に手渡し、名誉ある客人として歓迎を受けるのだ。いままで忘れていたが、というのは意図的に忘れようとしてきたからであるのだが、あの名前は忘れたがバカな若者から、ブランディングズ城に来て消えたブタを捜索してほしいという途方もない申し出を自分は受けていたのだった。あの時それは彼の自尊心を深く傷つけたから、彼は思考のうちからその件を追い払っていたのだ。自分がヒューゴについて考えているのに気がつくと、彼はすぐさま気を取り直して、何か他のことを考え始めるようにしていた。いまや、すべて思い出した。そして別れ際のヒューゴの言葉は、もし考えを変えるようなことがあったら、この依頼はまだ受付中だというものであったと、彼は思い出した。

「この依頼をお引き受けしましょう、サー・グレゴリー」彼は言った。

「うー？」

「遅くとも明日の晩までに、私はブランディングズ城に到着しているものとお考えいただいて結構です。向こうに行く方法を考えつきました」

彼は机から立ち上がった。そして眉間にしわを寄せながら部屋の中を歩きまわりだした。鋭敏な頭脳が自力で回転し始めていた。彼は一度、立ち止まって窓の外をうわの空な体《てい》で見た。そして、サー・グレゴリーが話しかけようと咳払いをした時、我慢ならないというふうに肩をぐいと向けた。准男爵といえども、たとえ名前にハイフンがついていようと、こんな時に邪魔をすることを彼は許さない。

「サー・グレゴリー」とうとう彼は言った。「本件のような問題で大事なのは、計画を準備することです。私に計画があります」

「うー！」サー・グレゴリーは言った。

今度は彼は、そんなふうに歩きまわった後ならば必ずや計画を考えつくにちがいないと自分はずっと思っていた、ということを言おうとしていた。

「お宅に帰られたら、明晩ギャラハッド氏をディナーにご招待いただきたいのです」

准男爵はゼリーのように震えた。憤怒と驚愕が彼のうちでせめぎあっていた。あの男をディナーに招待するだって？　あんなことがあった後で？

「もちろんブランディングズ城の誰でも他にお好みでお呼びいただいて構いません。しかしスリープウッド氏は必ずです。彼が館を離れていれば、私の進路に障害はありません」

憤怒と驚愕は消えていた。准男爵はこのアイディアを理解した。この戦略の美しさと簡明さは、彼の称賛の思いをかき立てた。しかし、そんな招待を出すのは簡単だが、受けてもらう方が難しいのではないか、と、彼は感じた。最後にギャラハッド閣下を見たときの鮮明画像が、彼の目にまざまざと浮かび上がってきた。

それから善き、癒しのレディー・コンスタンス・キーブルのことが思い出されてきた。彼は彼女に招待状を送り――そうだ、なんてこった！――彼女には事実をすべて包み隠さず話そう。持ち札をぜんぶテーブルに広げ、彼女の同情と良識を信じてこの大義への協力を求めよう。あの回想録に対する彼女の態度が、自分のそれと似通っていることに彼は前から気づいていた。彼女の助力を頼りにできる。他にも彼女がなんとかして——独身者である彼は、ただ憶測をたくましくするばかりであったが、何らかの不可思議な女性流の強制機構により——ギャラハッド・スリープウッド閣下を、ディナーの時間に間に合うようマッチンガム・ホールに送り届けてくれるよう頼りにできるだろう。女性というものは——彼は知っていた——近親者に対して不可思議な威力を持っているものなのだ。

「素晴らしい！」彼は言った。「最高じゃ！　素敵じゃ。うー！　なんとかいたしましょう」

「それではあとは私にお任せください」

「あやつを館から追い出せば、原稿は確保できるとお思いなのですな？」

「もちろんです」

サー・グレゴリーは立ち上がり、震える手を差し伸べた。

「ピルビーム君」深い感情を込めて、彼は言った。「貴君に会いに来たことは、わが生涯でもっとも賢明なことでありましたぞ」

「そうですとも」パーシー・ピルビームは言った。

8. ブランディングズ城を覆う嵐雲

昼食後書いた半ダースのページを読み返し終えると、ギャラハッド・スリープウッド閣下はそれらを真鍮《しんちゆう》製の綴《と》じ鋲《びよう》で記念碑的著作の本体に綴じ合わせ、引き出しにしまった――いとおしげに、若い母親がはじめての赤ん坊をベッドに寝かせるように。今日一日の仕事は終わった。彼は机から立ち上がり、あくびと背伸びをした。

インクの染みをつけてはいたものの、彼は陽気だった。立派な思想家たちがしばしば指摘するように、幸福とは、他者によろこびを与えることによってもたらされる。そして彼がたったいま紙に記したささやかな秘話は、人間同胞に少なからぬよろこびを与えることであろうと、彼にはわかっていた。イギリスじゅうで人々はこれを読み、椅子から落ちて転げまわることだろう。たしかに、そのよろこびはマッチンガム・ホールのサー・グレゴリー・パースロー＝パースローには、おそらく完全には共有されまい。なぜなら、たったいまギャラハッド閣下が書き上げたのは、エビの話であったからだ。しかし、作家が一番最初に学ばねばならないことは、自分は全員を喜ばせることはできないということなのだ。

彼は自分用の書斎として利用させてもらっている小図書室を出て、広い階段を降り、下のホールにビーチの姿を認めた。執事はティー・テーブルの横に山のごとく聳《そび》え立ち、皿一杯のアンチョヴィ・サンドウィッチを一種のトランス状態で見つめていた。そしてここ数日間にはじめてのことではなかったのだが、彼は心に何かわだかまりのある様子だとギャラハッド閣下は見てとった。それはあたかも殺人を犯してしまって誰かに死体を発見されはしまいかと不安に思っているかのような、緊張した、何かに付きまとわれているがごとき表情だった。もっと経験を積んだ観相学者なら、この表情を解釈できたことだろう。それは己《おの》が賢明な判断に反し、雇用主様のブタの窃取《せっしゅ》を幇助《ほうじょ》するよう説得された執事が常にまとう表情である、と。

「ビーチ」手すりに身を乗り出して彼は言った。というのはちょうど、この執事が以前雇用下にあったいささか変わり者のマグナス将軍について、訊《き》きたい質問を思い出したからだ。

「いったいお前、どうしたんだ?」彼はいくぶん苛立《いらだ》って付け加えた。というのは夢想から急に覚まされたこの執事は、何センチか跳び上がり、見るも痛ましきばかりに全身を打ち震わせてみせたからである。執事は執事、驚いた仔ジカは驚いた仔ジカだ、と、ギャラハッド閣下は思った。ひとつの身体に双方が混在することを彼は嫌った。

「なんとおおせられましたか?」

「いったいぜんたいどうしてお前は、誰かに話しかけられたからってそういちいち跳びあがらなきゃいけないんだ?　前にもそういうところを見た。ああ、こいつは跳びあがるんだ」彼は姪《めい》のミリセントに向かって不満げに言った。いま彼女はゆっくりと、もの憂《う》げな様子で階段を降りてきたところだった。「声をかけると、こいつは銛《もり》を打たれたクジラみたいに震えるんだ」

「そう?」ミリセントはけだるげに言った。彼女は椅子に沈み込み、本を取り上げた。彼女はイプセンがあまり浮わついた気分でいないときに思いついた何かしらみたいな顔をしていた。

「たいへん申し訳ございません、ギャラハッド様」

「申し訳ながってもらったってしょうがない。大事なのはそういうことはしないでいてもらうってことだ。もし使用人の舞踏会用にシミーの練習をしてるんだったら、旧友からのアドバイスを聞いてあきらめるんだ。お前の体型はそういうこと向きじゃない」

「風邪をひいたのやもしれません」

「濃いウィスキー・トディーを飲むんだな。あっという間にしゃんとする。あすこの車は何をしてるんだ？」

「奥方様よりの申しつけでございます。奥方様とバクスター様はマーケット・ブランディングズ四時四十分着の列車に間に合うよう、おでかけあそばされるものと理解いたしております」

「誰か来るのか？」

「アメリカ人のご令嬢の、シューンメーカー様でございます」

「もちろんだとも、そうだった。思い出した。彼女は今日着くんだ、そうだったな？」

「さようでございます」

ギャラハッド閣下は物思いにふけった。

「シューンメーカーか。ジョニー・シューンメーカーならよく知ってたんだ。最高の男だ。アメリカ一番のミントジュレップ「砕いた氷の上からミント風味のシロップとバーボンを注いだカクテル」の作り手だ。お前はミントジュレップを飲んだことはあるかい、ビーチ？」

「記憶いたす限りございません」

「もしあったらばきっと憶《おぼ》えてるはずだ。油断のならない飲み物なんだ。一番下の妹みたいにこっそり忍び寄ってきて小さい手をお前の手の中にそうっと滑り込ませて、それで次に気がついたときにゃあ、事務官宛に五〇ドル払うべしって裁判官がお前に言い渡してるんだ。エムズワース卿は見かけたか？」

「お殿様はお電話のところにおいであそばされます」

「だからそれはよせと言ったろうが！」苛立たしげにギャラハッド閣下は言った。またもや執事は一種の痙攣《けいれん》らしきものに動揺させられていたからである。

「ご寛恕《かんじょ》を願います、ギャラハッド様。ただいま突然想起いたしたことがございました。ご昼食の後あなた様とお話しされたいと申される紳士様よりのお電話がございました。その方はロンドンよりブラックプールに向けお車にてのご旅行中、オックスフォードよりお電話をかけておいでと理解いたしたものでございます。あなた様はご執筆活動にご多忙中と理解いたしておりましたゆえ、お邪魔は差し控えたものでございます。また〈電話〉なる語を口にいたすまで、その件はわたくしの念頭より消え失せておりました」

「誰だったんだ？」

「紳士様のお名前は聴取不能でございました。電話に雑音がいたしておりましたゆえ。しかしながらその方のご職業は劇場演芸に関係している旨お知らせするよう、ご要望いただいたものでございます」

「芝居《プレイ》か？」

「さようでございます」ビーチは端的にこの巧みな表現方法に感銘を受けていた。「わたくしは勝手ながらその方に、あなた様は午後にはお目通り可能やもとお話し申し上げておきました。その方はお茶の時間の後にご訪問あそばされる旨おおせでございました」

執事は玄関ホールから重たい、何かにとり憑《つ》かれたような足取りで去っていった。ギャラハッド閣下は姪に向き直った。

「誰だかわかったぞ」彼は言った。「きのう手紙をよこしたんだ。何年も前に付き合いのあった劇場マネージャーだ。メイスンって名前の男だ。奴にはひとつ手持ちの芝居があって、それはフランスの戯曲の翻案なんだが、そいつの舞台を一八九〇年代に変えて、俺の名前をそこに冠そうって考えてるんだ」

「そう？」

「同時期に俺の本が出るからその相乗効果を狙うってことだ。悪い考えじゃない。ギャラハッド・スリープウッドの名前でたちまち大当たりだ。俺が劇に何か連中に関することを入れてやしないかって見にロンドンに集まって来る年寄りファンたちで、劇場は何週間も満杯さ」

「そう？」ミリセントは言った。

ギャラハッド閣下は顔をしかめた。関心と共感の欠如を感じ取ったのだ。

「お前、どうしたんだい？」彼は詰問した。

「なんでもないわ」

「じゃあどうしてそんな顔をしてるんだ？」

「どんな顔？」

「蒼白《そうはく》で悲劇的だ。〈タッターソールズ〉に入ったところで、借りのある馬券屋にでくわしたみたいな顔だな」

「わたし、完璧にしあわせよ」

　ギャラハッド閣下は鼻をフンと鳴らした。

「ああ、まばゆいばかりだ。それよりずっと陽気な霧を見たことがあるぞ。お前が読んでる、その本は何だい？」

「コンスタンス伯母様のご本なの」ミリセントはその表紙を弱々しくちらりと見た。「神智学に関する本らしいわ」

「神智学だって！　人生の春にある若い娘がそんなもんを読むなんて……いったいぜんたいこの家の全員に何が起こったんだ？　おそらく、クラレンスに関してはしょうがない。真っ当な男が汚らわしいブタなんかにあんなにも入れ込めるだなんてことが起こりうるって可能性を認められるなら、兄貴には動転する権利があるってもんだ。だがお前たちみんなはどうしたんだ？　ロナルド！　肉親を亡くしたトマトみたいな顔して歩き回っている。ビーチ！　話しかけるたびに跳び上がったり跳び下がったりだ。それにあのカーモディー青年ときた日にゃあ……」

「わたし、カーモディーさんのことには興味がないの」

「今朝のことだ」ギャラハッド閣下は不満げに言った。「俺はあの息子に生まれてこの方聞いたことのないくらいべらぼうに愉快なリメリック［滑稽でナンセンスな内容の五行戯詩］を教えてやったんだ――どこぞの爺《じい》さんに関するやつだ――だがしかし、ぜんぜん問題外だった――あいつは飛節内腫にかかった馬が柵の向こうを遠く見やるみたいに、ただあごを落っことして俺を見つめただけだ。当家内には不可思議千万な謎が進行中だ。また俺はそいつを好かん。ブランディングズ城の雰囲気は、普通の幸福なイギリス家庭から、エドガー・アラン・ポーが雨降りの日曜日に書くような気配に突如変わっちまったんだ。そいつは俺の神経に障る。このジョニー・シューンメーカーんちの娘が、我々の気分を明るくしてくれることを願おうじゃないか。その娘がちょっとでも父親似なら、素敵で元気のいい女の子にちがいないんだ。だが思うんだが、その子がいざ到着してみたら、大伯母さんの喪に服してるとかロシアの状況を憂慮しているとか、きっとそんな具合になるんだろうな。いまどきの若者がどうなってるもんか皆目《かいもく》わからん。暗い。内省的だ。旧きよき陽気な精神はまるきり死に絶えちまったみたいだ。俺が若かった頃は、お前の年頃の娘は二階に上がって誰かさんのためにアップルパイ・ベッド［足を伸ばせないよう悪戯に敷布を二つに折った寝床］を拵《こしら》えてたもんだ。椅子にだらだら座って神智学の本を読んでる代わりにな」

ふたたび鼻をフンと鳴らすと、ギャラハッド閣下は喫煙室に姿を消した。そしてミリセントは、唇をきつく結び、読みかけの本に取り掛かった。何分か読んだところで、彼女は自分の脇に立っている、背の高い、ぐったりと力のない、意気消沈した人物に気がついた。

「ハロー」ヒューゴが言った。つまりこのかつて凜々《りり》しい若者であったものの廃墟は、彼であったわけだ。

ミリセントの耳がピクッと動いた。だが返事はしなかった。

「読書中かい？」

彼は左脚で立っていた。突然の方向転換に伴い、彼は身体の重心を変え、右脚で立った。

「面白い本なの？」

ミリセントが見上げた。

「なんておっしゃいまして？」

「ただ言っただけさ――それは面白い本なのかって」

「ええ、とっても」ミリセントは言った。

彼は右脚はどうもうまくなかったと判断し、また左脚で立ち直した。

「何の本？」

「魂の輪廻転生よ」

「僕はあんまりそういうことには詳しくないなあ」

「あなたがあんまりそういうことは他にもたくさんおありでしょ」お高くとまった娘は言った。「あなたって毎日ますます沢山のことについてどんどん少ししかご存じでなくなるみたいなんですもの」彼女は立ち上がり、階段に向かった。彼女の態度物腰は、彼女がブランディングズ城の玄関ホールに失望したことを告げていた。彼女はそこを女の子が座って最良の文学研究に没頭できる素晴らしい場所だと考えていたのだが、いまや明らかになったことに、そこには下劣な地下社会の生き物たちがひしめき合っていたのだった。「もしあなたが輪廻転生について本当にお知りになりたいなら教えて差し上げるけど、あなたが死ぬとその魂が何か他のものに宿るって信じている人たちがいるってことよ」

「おかしな考えだな」上がり調子になってヒューゴは言った。彼は彼女がおしゃべりでいることに希望を見出し始めていた。長いこと彼女がこんなにも沢山の言葉を連続して発話したことはなかったのだ。「何か他のものにだって、へぇー？　おかしな考えだな。どうして連中はそんなふうに考えるようになったんだと思う？」

「たとえばあなたの魂は、たぶんブタの中に入り込むんだわ。そしたらわたし、あなたのブタ小屋に近づいて覗《のぞ》き込んでこう言うの。〈んまあ、なんてことかしら！　ヒューゴ・カーモディーがいるわ。あの人ったらぜんぜん変わってないんだこと！〉」

カーモディー家の者の精神は最近の出来事により、すでに大いに粉砕されていた。しかしこれによって、それはゆらめきちらつき、かすかに息を留めるばかりになった。

「そんなことを言うのは不愉快だと思う」

「あらそう？」

「ああ、そうだ」

「わたし、そんなこと言っちゃいけなかったかしら」

「ああ、言っちゃいけなかった」

「ふーん、もっとひどいことを思いつけてたら、そんなことを言わなくても済んだんだけど」

「それにこないだの晩にあったことみたいな小さいことのせいで、君が僕たちの大いなる愛をめちゃめちゃにしたとき、僕は――うん、僕はそんなのはちょっとあんまりだって思った。君は完全にわかってるはずじゃないか。君は僕がいままで愛した世界中でたった一人の女の子だって……」

「わたしにも一言言わせていただけるかしら？」

「なんだい？」

「あなたといるとむかむかするわ」

ヒューゴは鼻から情熱的に息をした。

「それじゃあぜんぶおしまいなんだ、そういうことだな？」

「ぜんぶおしまいって賭けてもらったって大丈夫よ。それであなたがわたしの将来計画にご関心をお持ちなら言うけど、わたし、最初にわたしに近づいてきて結婚の申し込みをした人と結婚するつもりなの。もしなさりたければあなたには結婚式の時の給仕をしていただいたってよろしくてよ。フリフリのシャツを着てサテンのニッカーボッカーを履いたとしたって、いまよりバカみたいに見えるのは無理でしょうけどね」

ヒューゴは耳障りな笑い声を上げた。

「ああそうなんだ？」

「そうよ」

「だのに前に君は、僕みたいな男は世界中どこにもいないって言ったんだぜ」

「ふん、そんな時があったただなんて思うのも汚らわしい」ミリセントは言った。そして世に名高きジェームズ＝トーマス＝ビーチ行進がお菓子と折りたたみ式テーブルを持って入場してきた時、この最後のせりふは、女の子たるものそれを言う権利があると正当にみなしうるような、立派な決めぜりふであったように思えたから、彼女は誇らしげに階段を上っていった。

ジェームズは立ち去った。トーマスは立ち去った。ビーチはお菓子たちをうっとりしたまなざしで見つめながらその場に留まった。

「ビーチ！」ヒューゴが言った。

「さて？」

「すべての女性に呪《のろ》いあれだ！」

「たいへん結構でございます」ビーチは言った。

彼は若者が開け放った玄関ドアから姿を消すのを見、彼の足が砂利をザッザと言わせる音を聞き、それからふたたび瞑想《めいそう》に戻った。彼は考えていた。ロナルド様のご計画をだいなしにするおそれさえなければ、自分はディナー時に雇用主様のグラスを満たす際、どんなにかうれしく、そのお耳許にそっとこう囁《ささや》くことであろうか。「おブタは西の森の狩場番小屋におります、お殿様。有難うございます、お殿様」、と。だがそんなことはできない。突如苦痛に襲われたかのごとく、彼の顔はゆがんだ。と、そこでギャラハッド閣下が喫煙室から姿を現すのに気がついた。

「お前に聞きたいことがあったのを思い出した、ビーチ。お前はマグナス将軍のところで働いていたことがあったろう？　ここに来る何年か前のことだが？」

「はい、ギャラハッド様」

「それじゃあおそらくお前なら一九一二年の出来事について正確な事実を教えてくれることができるんじゃないかな。親爺《おやじ》さんがパジャマ姿でマンドヴィルの奴を追いかけて芝生を三周したのはわかってるんだ。だが彼はたんにブレッド・ナイフで奴を刺そうとしただけなのか、それとも本当に突き刺しちまったのか？」

「申し上げかねます。わたくしはご秘密をご開示いただく光栄に浴してはおりませせぬゆえ」

「クソいまいましい面倒な話だ」ギャラハッド閣下は言った。「俺はこの点をはっきりさせたいんだ」

彼はその場を辞去する執事を不満げに見た。彼が胸のうちに何か隠し持っていることは、これまでにも増してますます確信された。彼の歩き方がまさしくそのことを露呈させている。ギャラハッド閣下は喫煙室に戻ろうとした。と、そのとき兄のクラレンスが玄関ホールに入ってきた。エムズワース卿の態度物腰にはひどく奇っ怪な陽気さがあったから、彼は思わず立ち止まった。ブランディングズ城において、誰であれ陽気に見える人物に会うのは、もう何年もなかったことのように彼には思われたのだ。

「なんてこった、クラレンス！　何があったんだ？」

「何とな？」

「笑いを浮かべているじゃないか、なんてこった。それに高い丘みたいに踊ってる［『詩篇』一一四］。居間のソファの下でブタが見つかったかどうかしたのか？」

　エムズワース卿はにっこり笑った。

「わしはたいそううれしい報せを受け取ったのじゃ、のうギャラハッド。あの探偵――カーモディー君に会いに行かせた探偵じゃ――アルゴスの探偵じゃな――彼が結局来てくれることになった。彼は車を運転してきていて、ただいまはマーケット・ブランディングズに到着して〈エムズワース・アームズ〉にいるところじゃ。わしは彼と電話で話した。彼は電話で、まだ自分はご用命かと訊いてよこしたんじゃ」

「ふん、ご用命じゃないだろう」

「もちろんご用命じゃとも、ギャラハッド。わしは彼の存在が決定的に重要だと考えておる」

「そいつにゃあ我々がすでに知ってる以上のことはなんにも言えやしないんだ。あのブタを盗める男は一人しかいない。それでそいつはパースローの野郎なんだ」

「まさしくそのとおりじゃ。さよう。しかしこの男には証拠を集めてことを明らかにし、また――あー――明らかにことをしてくれることができるじゃろう。彼は訓練を積んだ頭脳の持ち主じゃ。

この件が訓練を積んだ頭脳の持ち主の手に委ねられることが、きわめて重要じゃとわしは考えておる。間もなく彼に会えるはずじゃ。彼はエムズワース・アームズで彼が言うところの軽食とやらを少々とっておる。食事が済み次第、車でこちらに向かうということじゃ。よろこばしい。ああ、コンスタンスや」

レディー・コンスタンス・キーブルは有能なバクスターに付き添われ、階段の下に姿を現したところだった。伯爵閣下は彼女をいささか用心するふうに見た。ブランディングズ城の女主人には、自分が招待したのでない訪問者が城を訪れるという時、しばしば不快げな反応をする傾向があるのだ。

「のう、コンスタンスや。今日の夕方、わしの友人が到着して、二、三日滞在することになっておる。お前に言うのを忘れておった」

「ええ、その方のお部屋ならじゅうぶんありますわ」レディー・コンスタンスは驚くばかりに愛想のよい調子で答えた。「あたくしもお話しするのを忘れていたことがございましたわ。今夜はあたくしたちはみな、マッチンガムでお食事をいただく予定になってますの」

「マッチンガムじゃと?」エムズワース卿は困惑した。彼はサー・グレゴリー・パースロー＝パースロー以外にマッチンガム村の住人を思い浮かべられなかった。「誰と一緒にじゃ?」

「もちろんサー・グレゴリーとですわ。ほかに誰がいるとおっしゃるの?」

「なんと!」

「昼食の後にあの方からお手紙をいただきましたの。もちろん急なお話ですけど、でも田舎じゃたいしたことじゃありませんわ。約束は成立したものと、あの方は当然に考えてらっしゃいます」

「コンスタンス!」エムズワース卿はいくぶん膨満した。「コンスタンス。わしは行かん――なんたることじゃ、行かん――わしはあの男と食事などせん。それで決定じゃ」

レディー・コンスタンスはライオン使いめいた笑みを放った。彼女はこの種の反応を予見していた。彼女は販売抵抗を見越しており、それに対処する用意があった。兄がそうやすやすと親パースロー意識を高めてはくれないであろうと、彼女にはわかっていた。

「バカなことはおっしゃらないで、クラレンス。そう言うと思ったわ。お兄様とギャラハッドとあたくしとミリセントへのご招待は、もうお受けしてありますの。あたくしが一番近いご近所と険悪な関係になりたくないことは、おわかりいただけるはずよ。たとえブタ飼育係が百人、お兄様の許を離れてあの方のところに移ったとしてもだわ。最初の最初から、この件に関するお兄様の態度は完全に子供っぽくていらっしゃるの。サー・グレゴリーがひややかな空気の存在に気づかれて、ご賢明にも和解への最初の一歩を標そうとなさっておいでなら、その申し出を拒むことはできないわ」

「そうかの? それじゃあわしの友人はどうするんじゃ? 夕方到着するんじゃぞ」

「何時間かご自分のご面倒はご自分で見ていただけると思いますわ」

「たいそう不愉快な無作法と思うことじゃろうの」この線での攻撃を瞬《また》く間にエムズワース卿は思いついた。これはいけると彼は思った。ほぼ霊感に等しいと彼には思えた。「わしは友人のピルビームをここに滞在するよう招待した。それで彼が到着した瞬間に、我々は玄関ドアのところで彼に会い、それで言うんじゃ、なんたることじゃ。〈ああ、来てくれたか、ピルビーム! さてとそれじゃ勝手に楽しんでいてくれ、ピルビーム。わしらはでかけるでな〉それでそのなんとか嬢……アメリカ人の娘じゃ。その娘さんだってどう思うかの？」

「ピルビームって言ったか？」ギャラハッド閣下が言った。

「何ておっしゃっても無駄よ。ディナーは八時です。夜会服にはきちんとアイロンがかかっているよう、どうぞお気をつけあそばせ。ビーチを呼んで、いま言っておいてくださいな。昨夜のお兄様ったら、カカシみたいなご様子でしたわ」

「きっぱりと言わせてもらう……」

この瞬間、予期せぬ同調者がレディー・コンスタンス側競技場《アレーナ》に登場した。

「もちろん行かなきゃならないとも、なあクラレンス」ギャラハッド閣下は言った。そしてエムズワース卿は、この率直な攻撃に正面から立ち向かうべく勢いよく振り返った。と、驚いたことに弟の顔からは、すばやい、意味ありげなウィンクが発されていた。「田舎の隣人と仲たがいしたって何の役にも立たん。いつだって間違いだ。絶対にいいことはない」

「そのとおりよ」預言者のうちにこのサウルを見出し［『サムエル記上』十・十一―十三］、いくらかまごつき気味に、しかし援助の手には喜びながらレディー・コンスタンスは言った。「田舎では、みな隣人をそれはそれは頼りにしているものですもの」

「それにパースローの野郎は、そんなに悪い奴じゃないぞ、コンスタンス。パースローにもいいところはどっさりある。我々は楽しい一夜を過ごせることだろうさ」

「あなたにいくらかでも良識があるってわかって安心したわ、ギャラハッド」レディー・コンスタンスは優雅に言った。「それじゃクラレンスの頭にそういうことを納得してもらえるよう、あとはあなたにおまかせするわね。おいであそばせ、バクスターさん。遅れますわ」

車のエンジン音は遠ざかって消えたが、依然エムズワース卿はおしゃべりで気を紛らわせる境涯にはなかった。

「だがの、ギャラハッド、のう！」

ギャラハッド閣下はなだめるように彼の肩をぽんぽんたたいた。

「大丈夫だ、クラレンス、なあ。俺には自分が何をしてるかはわかってる。この状況を完全に掌握してるんだ」

「あんなことがあった後でパースローと食事するじゃと？　昨日あんなことがあった後で？　不可能じゃ。いったいぜんたいどうしてあの男は我々を招待しようなんぞというのか、理解できん」

「晩飯をおごれば俺が折れてエビの話を削除するって思ったんだろうよ。ああ、パースローの動機はわかってる。利口な手だ。だがうまくはいかん」

「じゃがどうしてお前は行こうなどと言うんじゃ？」

ギャラハッド閣下はモノクル越しに、いわくありげに玄関ホールを見まわした。誰もいないようだった。それでもなお、彼は長椅子の下を覗《のぞ》き、玄関ドアのところまで行ってすばやく砂利敷きの道にさっと目をやった。

「話をしてもいいかな、クラレンス？」戻ってくると彼は言った。「興味のある話だと思うんだ」

「もちろんじゃとも、のう。もちろんじゃ。断然聞かせてもらおう」

「目から火花が出るような話なんだが？」

「どんどんやってくれ。楽しませてもらおう」

「これから俺たちがどうするかわかるかい？　今夜だ？　パースローとのディナーを終え、コンスタンスを車で帰らせた後だ」

「いいや」

ギャラハッド閣下は兄の耳許に唇を寄せた。

「あいつのブタを盗んでやるんだ」

「なんと！」

「コンスタンスが話してる途中でひらめいた。パースローはエンプレスを盗んだ。よしわかった。俺たちはプライド・オヴ・マッチンガムを盗んでやろう。そしたら俺たちはパースローの目をまっすぐ見つめて〈何のことかな？〉って言ってやれる立場に立てることになる」

エムズワース卿は静かに揺れていた。決して強靭《きょうじん》であったためしのない彼の脳みそは、いちじるしく玉座でよろめいていた。

「ギャラハッド！」

「それしか手はない。報復だ。認められた軍事機略だ」

「だが、どうやってじゃ、ギャラハッド？　どうしたらそれができるのじゃ？」

「簡単さ。パースローの野郎がエンプレスを盗んだんだったら、どうして俺たちが奴の動物を盗むのが難しいはずがある？　兄さんが奴のブタ小屋に案内してくれる。そしたら残りは俺がやる。パッフィー・ベンジャーと俺は一八九五年にハマーズ・イーストンでウィヴンホーの奴のブタを盗んだんだ。俺たちはそいつをプラグ・ベイシャムの寝室に入れてやった。今度はパースローのブタも寝室に入れてやるんだ」

「寝室にじゃと？」

「ふむ、一種の寝室だな。どこに奴のブタを隠したらいいか――それが疑問に思ってる点だろう、そうじゃないか？　教えてやろう。俺たちはそいつを植木鉢投げのご友人が乗ってきた、あのキャンピングカーに乗せてやるんだ。誰もあそこを覗こうなんて思う奴はいない。そしたら俺たちはパースローの野郎と条件を話し合える立場に立つことになる。じきにゲームは終了だって奴にもわかるはずだ」

エムズワース卿はほとんど敬虔《けいけん》なまでのまなざしで弟を見つめていた。ギャラハッドの頭脳が自分のそれより優秀であるとはいつだって彼は承知していたが、それがこれほど聳《そび》え立つまでの高みに飛翔しうるとは、まるきり想像だにしていなかった。これはおそらく弟が生きてきた人生の結果であろうと彼は考えた。彼自身は平和で平穏無事な歳月をブランディングズ城で保護されて過ごし、脳みそを相対的に萎縮《いしゅく》させてしまった。しかしギャラハッドは、これと同じだけの歳月を敵意に満ちたスキットル場の利口者やらペリカン・クラブのメンバーだったような類いの連中と戦って過ごし、脳みそを明晰《めいせき》かつ活力溢《あふ》れる状態に維持しつづけてきたのだ。

「そんなことが実現可能だと本当に思うのかの？」

「俺を信頼してくれ。ところで、クラレンス、話に出てきたピルビームって男だが、そいつが探偵のほかに何かしてたことがあったかどうかは知らないか？」

「まったくわからん、のう。わしはその者のことを何一つ知らんのじゃ。電話で話したことがあるきりじゃ。どうしてかの？」

「いや、なんでもない。そいつが来たら訊いてみるさ。どこにでかけるんだ？」

「庭にじゃ」

「雨が降ってるぞ」

「マッキントッシュコートがある。お前の話を聞いた後で、わしは本当に――本当にわしは、歩いてまわらねばならん気分なんじゃ。少なからぬ興奮状態にあるのじゃな」

「またコンスタンスにでくわす前にそんな気分は追っ払っちまうことだ。何かあるって彼女に感づかれたらだいなしだからな。もしまだ何か質問があったら、俺は喫煙室にいる」

二十分ほど、ブランディングズ城の玄関ホールは空っぽだった。それからビーチが姿を現した。同時に外の砂利道で高出力の自動車のエンジン音がし、声が聞こえてきた。ビーチはこういう場合には必ずそうするように、ブランディングズ城の魂が幸運な客人を歓迎しているごとく見えるべく戸口でポーズを取った。

9．スー登場

「ドアは開けておいてね、ビーチ」レディー・コンスタンスが言った。

「かしこまりました、奥方様」

「濡《ぬ》れた地面と花の匂いって、生き返るような気持ちがするわ、そうじゃないこと？」

執事はそうではなかった。彼は新鮮な空気好きの仲間ではなかったのだ。しかしながら、その質問が自分に向けて発されたのではなく、発話者に伴われて階段を上がってくるベージュのスーツを着た娘に向けて発されたものであると正当にも判断し、彼は返答を差し控えた。彼は目をとび出させてこの娘を値踏みするように見、彼女は彼の承認に値すると決定を下した。彼が通常称賛する女性のタイプよりは小型かつ細身であるが、それでもなお、彼の厳格な批判基準に照らしてすら、彼女はいちじるしく魅力的だと彼は感じた。彼は彼女の顔が好きだったし服装も好きだった。彼女のドレスは適切だった。彼女の靴は適切だった。彼女のストッキングは適切だった。そして彼女の帽子は適切だった。ビーチに関する限り、スーは検閲に合格した。

彼女の態度物腰も彼をよろこばせた。顔の紅潮と瞳の輝きから、彼女がブランディングズ城へのはじめての入場を、畏敬の念に満ちた興奮という適切な精神で受けとめていることが見てとれた。

ブランディングズ城にいるというそのこと自体が彼女にとっては明らかに何らかの意義を持ち、人生の重大事件であるのだ。そしてその壁の内側に長年住まいした後、この城を私的所有物と見なすに至っていたビーチは、そのことをうれしく思い、満足した。

「このにわか雨は長くは続かないと思うわ」レディー・コンスタンスが言った。

「ええ」晴れやかにほほえんでスーが言った。

「さてと、長旅の後でお茶を召し上がりたくていらっしゃることでしょうね」

「ええ」晴れやかにほほえんでスーは言った。

彼女はさながら何世紀も晴れやかにほほえみ続けているかのようだった。汽車から降り、手ごわい女主人と、この変に陰険なバクスター氏がプラットホームで彼女を出迎えているのを見た瞬間から、彼女は晴れやかにほほえみ始めて現在に至っていた。

「いつもは芝生でお茶をいただくのよ。とても素敵ですの」

「そうでしょうね」

「雨がやんだら、バクスターさん、シューンメーカーさんをバラ園にご案内して差し上げないといけないわ」

「よろこんでそういたしましょう」有能なバクスターが言った。

彼は彼女にキラリと光るメガネを向けた。と、一瞬スーをパニックが襲った。彼女はこの人物がすでに自分の秘密を探り始めていはしないかと恐れていた。彼の目は猜疑《さいぎ》の輝きを放っているように、彼女には思われた。

しかし事実はそうではなかった。大きなメガネと濃い眉毛の組み合わせが、そんな錯覚を生み出していたに過ぎなかった。ルパート・バクスターはいつもならば原則的に誰でも疑う人物であったが、たまたまスーのことは問答無用で受け入れていたのだった。バクスターがすでにしてスーの魅力の虜《とりこ》であったとまで述べたならば言い過ぎであろうが、しかし目に映る美貌と、耳に聞いた富とは、否定の余地なく彼の秘めたる炎をかき立てはじめていた。

「兄はバラ栽培が素晴らしく上手なのよ」

「はい、そうなんですか？　ええ、バラってとっても素敵だと思いますわ」あのメガネがスーの士気を挫《くじ》きはじめていた。それは彼女の魂を、なにか腐食性の酸のごとく蝕《むしば》んでいるように思われた。「ここでは何もかもなんて素敵で古風なのかしら」彼女はあわてて言葉を続けた。「あのおかしなガーゴイルみたいなものは何？」

彼女が実際に言及していたのは壁にかかった日本の面のことだった。またギャラハッド閣下が喫煙室から出てくる時としてこの瞬間を選んだのは不運だった。ためにこの質問は、人格的中傷に聞こえたからだ。

「あたくしの弟のギャラハッドよ」レディー・コンスタンスが言った。彼女の声は客人をくつろがせる女主人の優しげなあたたかさをいくらか失い、回想録の著者が常に彼女のうちにひき起こさずにはおかない、冷たい非難を帯びた。「ギャラハッド、こちらがシューンメーカーさんよ」

「本当かい？」ギャラハッド閣下はきびきびと小走りで近づいてきた。「そうなのかい？　なんてこった！　さて、さて、さて！」

「はじめまして」スーは言った。晴れやかにほほえみながらだ。

「やあ、元気かい？　僕はあなたのお父上をよく知ってるんだ」

晴れやかなほほえみは消えていった。スーはありとあらゆるありうべき落とし穴を予想し、この冒険の計画を入念に立てようとしたが、シューンメーカー氏を親しく知っている人々とでくわそうなどとは予測していなかった。

「もちろん最近は会ってないがね。待ってくれよ……最後に会ってから二十五年にはなってるに違いない。ああそうだ。まさしく二十五年だ」

スーとギャラハッド・スリープウッド閣下との間には、あたたかく、永続的な友情がこれから芽生える運命にあった。しかしながらその全過程において、この言葉を聞いたとき彼女の中にどっと湧きおこったものに匹敵するほどの、心からの愛情の噴出を今後彼女が経験することはない。

「わたし、その頃は生まれてませんわ」彼女は言った。

ギャラハッド閣下はうれしげにしゃべり続けていた。

「素晴らしい男だった。ジョニーの奴だ。奴の話は俺の本の中にいくつも出てくる。ご案内のとおり、俺は回想録を書いてるんだ。素晴らしいスポーツマンだった。ジョニーの奴だ。足を折って競馬シーズンど真ん中に入院しなきゃならなかったのは、たいへんな悲嘆の種だったのを思い出すよ。だが奴はその状況を最大限に活用したんだ。看護婦さんたちに予想に関心を持たせて、果物とかタバコとかいろいろ賭けて賭けの胴元をやったんだ。ある日見舞いに行ったら、奴はひどく心配そうにしてた。あいつはものすごく良心的な男で、負けたときに払戻金を清算できないんじゃないかって恐怖におびえてたんだ。それでどうやら看護婦さんの一人が三時のレースの勝ち馬に十五対八でスエット・ダンプリングを賭けてて、どうやって支払ったものかわからなくて途方に暮れてたんだ」

スーは優雅に笑いながら、自分の脇にうなだれた人物がいるのに気づいた。「姪《めい》のミリセントよ」レディー・コンスタンスは言った。「ねえ、ミリセント、こちらがシューンメーカーさんよ」

「はじめまして」晴れやかにほほえみながら、スーは言った。

「はじめまして」物言わぬ墓石が沈黙を破ったみたいに、ミリセントが言った。

スーは興味深く彼女を見た。そう、これがヒューゴのミリセントなのか。彼女を一目見て、スーはあの青年の愛情の猛烈さを不思議に思った。ミリセントはかわいい娘だが、喜怒哀楽に富んだヒューゴの性格なら、もっと生き生きしたひとを好きになりそうなものだと思っていたのだ。

彼女はこの娘の目に驚きの表情を認めてぎくりとした。いま置かれている状況くらいにデリケートな状況においては、スーは誰にだって驚きをひき起こしたくはなかったのだ。

「ロニーのお友達？」ミリセントは訊ねた。「ロニーがビアリッツで会ったシューンメーカーさん？」

「ええ」スーは弱々しく言った。

「でもわたし、あなたはとっても背が高い方だって思ってたわ。ロニーがそう言ってたのをよく憶《おぼ》えてるもの」

「あいつにとっちゃ誰だって背が高いだろうさ」ギャラハッド閣下が言った。

スーはまた息をついた。ギャラハッド閣下がシューンメーカー氏をよく知っていると言ったときに彼女を襲った不快な骨なし感覚が、ふたたび戻ってきたのだ。しかし、息はついたものの、依然彼女は動揺していた。ブランディングズ城での生活は明らかにショックの連続となりそうな雲行きだった。彼女は頭がくらくらするような気分で座っていた。バクスターのメガネは、前にも増していよいよ疑り深くキラリと光っているように思われた。

「ロナルドはどこかで見かけた？　ミリセント」レディー・コンスタンスが訊《き》いた。

「昼食後は見てないわ。庭のどこかに出てるんだと思うわ」

「あいつなら半時間前に見た」ギャラハッド閣下が言った。「今日の午後書いた文章を見直してたら、俺の部屋の窓の下をぼんやり歩きまわってたんだ。声をかけたんだがブツブツ言っただけでどこかにさまよって行っちまった」

「あなたがいらしたのを見たらあの子驚くわ」スーの方に向き直ってレディー・コンスタンスは言った。「あなたの電報は昼食がすむまで届いてなかったから、あの子はあなたが今日来る予定だってことを知らないのよ。あなたが言ってなければだけど、ギャラハッド」

「言っちゃいない。あいつがシューンメーカーお嬢さんを知ってるだなんて、思ってもみなかった。あなたがあいつにビアリッツで会ってらしたってことを忘れてましたよ。向こうで奴の様子はどうでした？　まあまあ陽気でしたか？」

「ええ、そう思いますわ」

「そこいらじゅうをしかめっ面して跳びあがったりあえいだり震えたりしないでいましたか？」

「ええ」

「じゃあロンドンで何かあったに違いない。戻ってきてから、あいつが何かに動揺してるって思ったのを思い出した。ああ、雨がやんだな」

レディー・コンスタンスは肩越しに外を見た。

「空はまだずいぶんとぐずついて見えるわね」彼女は言った。「でも何分かなら外に出ても大丈夫だわ。バクスターさんが」彼女は説明した。「シューンメーカーさんをバラ園にご案内してくださるのよ」

「いいや、奴じゃない」ギャラハッド閣下が言った。彼はモノクル越しにスーを観察し、好意的評価を強めていたのだ。「俺が行く。ジョニー・シューンメーカーのお嬢さんだ……話したいことはごまんとあるんだ」

スーが一番避けたいのは、この恐ろしいバクスターと二人きりにされることだった。彼女は急いで立ち上がった。

「よろこんでご一緒しますわ」彼女は言った。

シューンメーカー家の内情を語り合うとの展望は好ましいものではなかったが、あのメガネとご一緒するよりは何だってマシだ。

「おそらく」彼女を玄関ドアに案内しながら、ギャラハッド閣下が言った。「大みそかのパーティーの時のジョニーの奴と謎の女性の話について、あなたは教えて下さるんじゃないかな。俺が聞いた話だと、ジョニーが気がつくと突然その女性が——まったく見知らぬ女性だ、いいかい——奴の首に腕を絡みつけてきて、秘密めかした小声で、自分はアイオワ州デモインにまっすぐ帰って、フレッドをナイフで刺してやることに決めたって言ったんだ。奴が彼女の信頼を勝ち取る何をしたのか、フレッドってのは誰か、彼女は本当にそいつをナイフで刺したのかについては、俺が帰国する時までに判明しちゃいなかったんだ」

彼の声は遠ざかって消え、一瞬の後、有能なバクスターは、あたかも彼の強力な頭脳に突然思い当たったことがあるがごとくハッとして、あわてて立ち上がると速やかに階段に向かった。

10. スーのショック

I

ブランディングズ城のバラ園は世に聞こえたる名所である。そこを訪れた者のほとんどは、その場所を長くゆったりした吟味《ぎんみ》に値すると考えた。熱狂的な園芸家たちはしばしばそこでぶらぶら歩きまわったりくんくん香りを嗅《か》ぎまわったりして、何時間も過ごしたものだ。ギャラハッド・スリープウッド閣下じきじきの引率によってその薫り高き木立を逍遥するツアーは、六分ほどで終了した。

「さてと、そういうことだ。わかったね」二人してバラ園から姿を現すと、あやふやな調子で手を振りながら彼は言った。「バラは——あー——バラだ。それでまあそういうことだ。わかってもらえたね。それじゃあ、もしかまわなけりゃ、俺は帰らないといけない。館と連絡のつく場所にいたいんだ。うっかり忘れてたんだが、今このときにも俺を訪ねて、ある重要な仕事の用件で来る来客があるんだった」

スーはとても戻りたかった。彼女はこの同行者が好きだったが、一緒にいるのはきまりが悪いと感じていた。シューンメーカー家の歴史の話題が彼との会話の中であまりにも巨大化する傾向があり、心休まる暇がなかったのだ。さいわい、質問しては自分でそれに答え、そこに出てきた人や人たちの逸話にとりとめもなくさまよい入るという彼の話し方は、これまでのところ彼女が大惨事に陥るのを妨げてはいた。しかしこの幸福な状況がどれだけ長続きするものかはわかりようがなかった。彼女は一人になれる機会をうれしく思った。

それだけではない。ロニーがこの庭のどこかにいる。ここを歩きまわり続けていれば、いつなんどき彼とめぐりあえるか知れないのだ。そうしたら、すべてはめでたしめでたしだと彼女は自分に言い聞かせていた。危険にもニューヨークのシューンメーカー嬢を装い、彼に逢うだけのために、彼女がはるばるここまで来ているという事実を前にすれば、必ずや彼は陰気な敵意を維持できぬはずである。

気がつけば、彼女の同行者はまだ話していた。

「そいつは劇のことで俺に会いに来てる。俺のこの本ってのは大騒ぎを起こすはずなんだ。それでその劇に俺の名前を冠することができたらって、奴は考えてるんだ……」

スーの思いはまたもぼんやりとさまよっていた。彼が待ちかねている来訪者が劇場産業と何か関係のある人物だとは理解したし、また一瞬、それは誰か自分の聞いたことのある人だろうかと思いもした。だが質問を発するほどの興味は感じなかった。彼女はロニーのことを考えるのに忙しかったのだ。

「わたし、一人で大丈夫ですわ」隣の声がやむと彼女は言った。「こんなに素敵な場所ですもの。わたし一人で楽しく歩きまわっていますわ」

ギャラハッド閣下はこの考えにショックを受けた様子だった。

「あなたを一人きりにするなんて考えちゃいないさ。クラレンスがあなたのお相手をする。すぐ戻ってくるからね」

その名はスーには聞き憶《おぼ》えのあるものに思われた。それから思い出した。エムズワース卿だ。ロニーのクラレンス伯父さんだ。ロニーの運命をその掌中《しょうちゅう》に握っている人物だ。

「おーい、クラレンス!」ギャラハッド閣下が呼びかけた。

スーは自分たちの方向に、背が高くひょろりとした、温和で優しそうな顔つきの人物がそぞろ歩いてくるのを認めた。彼女は一種のショックを覚えていた。ロニーの話には、エムズワース伯爵はいつだって一種の現代の人食い鬼、きわめて頑健な甥《おい》ですら身震いしても仕方のない人物として登場していたからだ。彼女はこの新規参入者に、なんら恐ろしげなところを見出せなかった。

「あの方がエムズワース卿?」驚いて彼女は訊《き》いた。

「そうさ。クラレンス、こちらはシューンメーカー嬢だ」

伯爵はそぞろ歩いてきて愛想よくニコニコ笑った。

「そうか、いかにも。ああ、うん、そうじゃ、確かにそのとおり。お目にかかれてうれしいですぞ。ご機嫌いかが? ご機嫌はいかがかな? なに嬢とおっしゃったかの?」

「シューンメーカーだ。俺の旧友のジョニー・シューンメーカーのお嬢さんだ。この方が来ることは知ってたろ。コンスタンスがこのお嬢さんを迎えにでかけてった時に、一緒に玄関ホールにいたってことを考えれば……」

「ああそうじゃった」より適切な言葉の存在しないことから、エムズワース卿の「頭脳」と呼ばねばならぬモノから、雲が晴れた。「そうじゃったそうじゃったそうじゃった、確かにそのとおり」

「兄さんにしばらくこちらのお嬢さんのお相手をしてもらわないといけないんだ」

「もちろんじゃ、もちろんじゃとも」

「お嬢さんを連れてまわっていろいろ見せてやってくれ。俺だったら家からあんまり離れたところまでは行かない。嵐が近づいているからな」

「まさしくさよう。そのとおりじゃ。ああ、このお嬢さんを連れてまわっていろいろ見せて差し上げよう。ブタはお好きかの？」

　スーはこれまでその点について考察したことがなかった。彼女の生活は都会の暮らしで、いわゆる社交的交際において、これまでブタと接点を持ったことが果たしてあったかどうか思い出せなかった。しかしここなる人物が、その動物に夢中だとロニーが述べていた人物であることを思い出し、彼女は晴れやかなほほえみで笑いかけた。

「ええ、好きですわ。とっても」

「わしのブタは盗まれたんじゃ」

「お可哀そうに」

　エムズワース卿はこの女性らしい同情を、目に見えてよろこんだ。

「じゃが今やわしには、彼女を取り返せるやもしれぬ強い望みがある。訓練を積んだ頭脳がすべてじゃ。わしがいつも言ってきたことじゃが……」

　エムズワース卿がいつも何を言ってきたかは、不幸なことに明かされぬ運命にあった。それはおそらくは何かしら結構なことであったのだろうが、世界がそれを耳にすることはなかった。というのはこの瞬間、完全に彼の思考の脈絡を粉砕して、上方の、小図書室の窓の方向から、異様で耳障りな音がしたからだ。何ものかが宙に発射された。そして次の瞬間、ロベリアの花壇の真ん中に、明らかにあまりにもロベリアではないモノが姿を現したため、彼はそれを茫然自失の驚きで見つめた。言葉はスポンジで拭《ぬぐ》ったかのようにきれいさっぱり、唇から拭い去られてしまった。

それは有能なバクスターだった。彼はよつんばいになって、メガネを手探りして探している様子だった。それは落っこちて下生えの中に隠れてしまっていたのだ。

II

適切に考察するならば、解決不能の謎などというものは存在しない。元秘書が天国から地上のロベリアに降り注ぐ優しき雨のごとく落ちてくることは、当初不可解と思われるかもしれないが、それには常に理由があるのだ。バクスターがすぐさまその理由を明かさなかったのは、彼にはそうしない私的かつ個人的な理由があったからである。

我々はルパート・バクスターを有能と呼んできた。また彼は有能だった。我々の解釈するところ、その語には、生活上の通常業務を円滑に手堅く遂行する能力のみならず、かてて加えてある種の精神の抜け目のなさ、機を見るに敏なる天性の才能、明瞭《めいりよう》に見、迅速に思考し、今それを実行する天分、という意味が含まれる。こうした能力をルパート・バクスターは抜群に兼ね備えていた。そしてギャラハッド閣下がスーと館を離れたとき、今こそ二階に駆け上がって小図書室にさっと入って回想録の原稿を奪い去るチャンスであると、瞬《また》く間に彼は理解したのだった。計画どおり駆け上が

って さっと入り、机を捜索する行為のまさしくど真ん中にあったその時、外でした足音がメガネから靴底まで彼の全身を凍りつかせた。次の瞬間、ドアの取っ手が回りはじめた。

バクスターの身体を凍りつかせることは可能かもしれないが、彼の活発な頭脳を麻痺《まひ》させることは不可能である。とある巧妙で閃光《せんこう》のごとき明敏な思考のひらめきによって、彼は当該状況を考量し、唯一可能な出口を見出した。大図書室に続くドアに至るためには机を迂回《うかい》せねばならない。他方、窓は彼のすぐ脇にある。したがって彼はそこから飛び降りたのだった。

これだけのことをバクスターならばほんの数語で説明できたはずである。しかしそれは差し控え、彼は立ち上がって膝《ひざ》から土を払い落としはじめた。

「バクスター！　いったいぜんたいどうしたことじゃ？」

元秘書は元雇用主の注視を、すでに落下により少なからず動揺していた彼の神経に堪えるものと感じた。彼がエムズワース卿をもっとも激しく嫌悪する状況とは、後者がびっくりしたオヒョウみたいに口をぽかんと開けて彼を見つめる、まさしくこんなふうな状況に他ならなかった。

「バランスを崩しました」彼はぶっきらぼうに言った。

「バランスを崩したとな？」

「滑ったんです」

「滑ったとな？」

「そうです。滑りました」

「どうやって？　どこでじゃ？」

はなはだ幸運にもたまたまこの小図書室の窓は、彼が墜落したこのアレーナに面する唯一の窓ではないということに、いまやバクスターは思い当たった。彼が隣の大図書室から落下したということも、同様に可能である。

「私は図書室の窓から身を乗り出しておりまして……」

「なぜじゃ？」

「空気を吸い込んでいたのです……」

「なんのためにじゃ？」

「そしてバランスを崩したのです」

「バランスを崩したじゃと？」

「滑ってしまいまして」

「滑ったじゃと？」

バクスターは感じていた──これはかつての自分がエムズワース卿との会話においてしばしば経験したこと──永遠に続くかもしれぬ発言のやりとりが始まったのだ、と。どこか他のところに行きたい──それもいますぐに──という激しい欲望が彼を圧倒した。どこであろうとかまわなかった。エムズワース卿がいない限り、そこはじゅうぶんパラダイスだ。

「中に入って手を洗ってきます」彼は言った。

「顔もだ」ギャラハッド閣下が勧めた。

「顔もです」ルパート・バクスターは冷たく言った。

彼は館の角を曲がりにかかっていた。しかしエムズワース卿の高く貫通性のあるテノールが、この状況について語る声を聞き取るにはまだじゅうぶんの距離だった。伯爵は、こういう場合にはきわめてしばしばありがちなことなのだが、自分はひそひそと囁《ささや》き声で話をしているつもりでいたのだ。

「クロガモみたいにキチガイじゃ！」彼は言った。そしてその言葉は公開演説みたいに静けき夏の空気の中に響きわたった。

これはバクスターの肺腑《はいふ》をえぐった。これは左すねの皮膚を三センチ半すりむいた男が謹聴を強いられるべき種類の言葉ではなかった。赤くなった耳ときらめくメガネとともに、有能なバクスターは去っていった。クロガモにおける精神異常含有率に関する統計は手許にないが、この精神不安定で悪名高い鳥ほどの地位にあっても、この瞬間、彼がいま感じている半分も頭にきている個体を見出し得たか否かは疑問と考えられよう。

エムズワース卿は元秘書が視界から消えた場所をまだ見つめていた。

「クロガモみたいにキチガイじゃ」彼は繰り返した。

弟のギャラハッドはこれを支持するにやぶさかでなかった。

「もっとキチガイだ」ギャラハッド閣下は言った。

「誓って言うが、あやつは二年前よりも悪くなっとると思われる。少なくともあの頃は、けっして窓から落ちはしなかった」

「いったいぜんたい、どうしてあいつがこのうちにいるんだ？」

エムズワース卿はため息をついた。

「コンスタンスのせいじゃ。のうギャラハッド。あれがどんなかは知っておるじゃろう。あれがあやつを招待すると言い張ったんじゃ」

「うむ、俺の助言を聞いてもらえるなら、植木鉢は隠すことだな。ああいう発作が出てるときに、あいつのやることの一つは」ギャラハッド閣下はスーを内輪のないしょ話に引き入れて、説明した。「人に植木鉢を投げつけてまわることなんだ」

「本当ですか？」

「確かなことだ。俺を探してるのかい、ビーチ？」

心労にやつれた執事が、旧友の棺《ひつぎ》の後ろをゆっくりと歩く男のごとく姿を現した。

「はい、紳士様がご到着でございます、ギャラハッド様。わたくしはあなた様がもしやご在室ではあるまいかと思い、ただいま小図書室を見てまいったところでございますが、おいでではあそばされませんでした」

「ああ、俺はここにいたんだ」

「さようでございました」

「だからお前は俺を見つけられなかったってことだ。客人を小図書室にご案内してくれ、ビーチ。それで俺はすぐ行くと伝えるんだ」

「かしこまりました」

ギャラハッド閣下と来訪者との面会の一時的な順延はなぜかというと、あたたかい思いを感じ好ましく思っており、自分の力の及ぶ限り人生の危険から保護してやりたいと感じていたスーに、有能なバクスターに関してありとあらゆる女の子が知っているべき事柄を話してやれるだけの間、その場に留まりたいと彼が欲したゆえであった。

「人気《ひとけ》のない場所であの男と決して二人だけになるんじゃないよ、いいね」彼は忠告した。「もしあいつが森の中をいっしょに歩こうと誘ってきたら、助けを呼ぶんだ。ずっと前から頭がイカレてる。クラレンスにお聞き」

エムズワース卿は厳粛にうなずいた。

「それに俺が思うに」ギャラハッド閣下は続けた。「奴の精神異常はいまや自傷行為段階にまで至ってるようだ。バランスを崩しただって。そうだろうよ！　いったいぜんたいどうやってバランスを崩しようがある？　自分で自分の身を投げたんだ。奴がやったのはそういうことだ。今この瞬間まで、奴が俺に誰を思い出させたか思い出せないでいたんだが、あいつは一八九〇年代に俺が知ってた男に生き写しなんだ。そいつはどこかおかしいんじゃないかって俺たちが最初に感じたのは、俺の友達のジョージ・パラントの家にそいつが夕飯に現れたときのことだった。クラレンス、ジョージのことは憶《おぼ》えてるか？　何日も剃《そ》ってないみたいにひげが伸びてた。それでジョージ夫人が――彼女はそいつと生まれてこの方ずっと知り合いだったんだ――どうしてひげをあたってないんだって訊《き》いたら、〈ひげをあたるだって？〉ってそいつは驚いて言ったんだ。パックルビーは――ああ、奴の名はパックルビーだ、レスターシャーのパックルビーの一族だな――こう言った。〈ひげをあたるだって、奥さん？〉奴は言ったよ。〈朝食に降りていくと、俺がバターナイフで咽喉《のど》をかき切るんじゃないかって心配して、そんなもんすら隠されちまうってことを考えれば、カミソリなんか使わせてくれるなんて思えるかい？〉そいつはひどく見苦しかったから、パーティーはだいなしになっちまったんだった。シューンメーカーさんのお相手をしてやれよ、クラレンス。すぐ戻るから」

エムズワース卿はうら若い娘に娯楽を提供する技術にはほとんど経験がなかった。したがって天然のひらめきを頼みに、彼はしばらくじいっと考え込んだ。エンプレスが盗まれていなかったら、もちろん彼の任務は簡単だったはずだ。このシューンメーカー嬢をブタ小屋にご案内してあの至高の動物が食事する様を見せることで、まじりけなしの娯楽を提供できたはずである。しかしことはこういう具合であるわけだから、彼はちょっぴり途方に暮れていた。

「おそらくあなたはバラ園が見たいのではないかの?」彼は当て推量をしてみた。

「見たいですわ」スーが言った。

「あなたはバラがお好きですかな?」

「とっても大好きですわ」

エムズワース卿は自分がこの娘を好きになっているのに気づいた。彼女の人柄は彼をよろこばせた。彼は妹のコンスタンスが彼女について言っていたことをおぼろげに思い出してきた——ジュリアがビアリッツで会ったシューンメーカー嬢みたいな金持ちの素敵なお嬢さんが、ロニーと一緒になってくれればいいとかいったようなことだった。彼女に対してたいそう優しい気持ちになっていたから、甥《おい》の本当の性格に彼女の目を開かせてやる時宜を得た言葉によって、もはや遅しとなってから一生後悔するような過ちを犯すことを防いでやれるかもしれないと、彼は思いあたった。

「あなたはわしの甥のロナルドをご存じでおいでなのじゃったの?」彼は言った。

「ええ」

エムズワース卿は立ち止まってバラの香りをかいだ。本題に戻る前に、彼はスーにその花の来歴のあらましを手短かに説明した。

「あの息子はバカじゃ」彼は言った。

「どうしてですの？」スーは厳しく言った。このひょろりとした老人に対する彼女の好意は減少しはじめた。一瞬前まで、彼女は彼のおかしな、うすぼんやりした態度物腰を、けっこう素敵だと思っていた。いまや彼女は彼の真の姿を明瞭に看破していた。ヨイヨイの老人だ。それも第一級のヨイヨイである。

「どうしてじゃと？」伯爵はその点を考察した。「ふむ、おそらく遺伝じゃな。そうじゃろう。あいつの父親のマイルズ・フィッシュは近衛師団で一番のバカものじゃった」彼は彼女を傾《かし》いだ鼻メガネ越しに印象的なふうに見つめた。これが何かしらの功績であるという事実に彼女の注意を向けようとするがごとくにだ。次いで彼は恐るべき事実を明かした。「あの息子はブタにテニスボールをぶつけたんじゃ」

スーは驚いた。その言葉は、もし彼女の耳が確かだとすると、自分が今まで気づいていなかったロニーの性格の一面を明らかにするものと思われた。

「何をしたですって？」

「わしはこの目で見た。あやつはエンプレス・オヴ・ブランディングズにテニスボールをぶつけたんじゃ。それも一度ならず繰り返してじゃ」

愛する男性に対して女の子たちがみな感じる母性本能が、ロニーを弁護して何か言うようスーに促した。しかし、おそらくブタのほうで先にそれをはじめたんでしょうと示唆するほかには、彼女はなんにも考えつかなかった。二人はバラ園を後にし、芝生に向かって歩きはじめた。エムズワース卿は依然、甥の欠点を思うことで頭を働かせていた。いくつかの理由で、少年時代からロニーはいつも彼にとってぼんやりした不快の種だった。次男のフレデリックと一緒にいる方がまだましだと、感じた時すらあったほどだ。

「癪に障る息子じゃ」伯爵は言った。「まったく癪に障りおる。いつも何かかにかに手を出しておる。いつだったかはナイトクラブを始めた。それで大金を失くしおった。いかにもあやつがやりそうなことじゃ。わしの弟のギャラハッドは何年も前に一種のクラブを始めたことがある。わしの父親はあれで一〇〇〇ポンド近く損したはずじゃ。憶えておる。ロナルドにはひどくあの年頃のギャラハッドを思わせるところがあるの」

スーは回想録の著者に多くの魅力を感じてはいたものの、二十代半ばだった頃、彼がどんな種類の青年であったかをきわめて公平に推測することができた。したがってこの非難は、断然名誉毀損《きそん》的であると彼女には思われた。

「わたし、そうは思いませんわ、エムズワース卿」

「じゃがあなたは弟のギャラハッドが若者だった頃を知らんじゃろう」伯爵は賢明にもそう指摘した。

「向こうの丘の名前は何て言いますの?」話題を変え、スーはひややかな声で訊いた。

「あの丘? ああ、あの丘かの?」目に見える丘は一つしかなかった。「あれはレーキンと呼ばれておる」

「そうですの?」スーは言った。

「そうじゃ」エムズワース卿が言った。

「そうですか」スーは言った。

二人は芝生を横断し、丘を見晴らす広いテラスに立った。スーは周りを取り囲む低い石壁にもたれかかり、深まる暮色を眺めていた。

この城は高台の円丘上に建てられていた。そしてこのテラスの上では、人ははるかなる高みに佇《たたず》んでいるかのごとき幻想を抱かされる。いま立っている場所から、スーは大庭園と、その向こうにぼんやりと霧にけぶって夢見るブランディングズ谷を俯瞰《ふかん》することができた。大庭園では、ウサギたちがあっちこっちちょこちょこと走りまわっていた。低木の植え込みでは小鳥たちが眠たげに呼び交わしていた。野原の向こうのどこかから、ヒツジの鈴がかすかにチリンと鳴る音が聞こえた。みずうみは古銀器のごとく輝き、遠くには川があった。鈍い緑の木立の間を、銀ねず色が流れてゆく。

それは昔ながらの、秩序正しい、イギリス的な、美しい光景だった。だがそれは空のせいでだいなしにされていた。空は雲に覆われ、傷ついているみたいに見えた。それは練り粉でできているように見えたし、それが世界にぶ厚い毛布みたいにのしかかっている様が想像できた。そしてそれはブツブツ不平を言ってもいた。スーの脇の石の上に、一滴の重たい雨粒がはねた。遠くでは低くゴロゴロいう音が、あたかも何か強力で友好的でない獣が彼女の様子を伺っているかのように轟《とどろ》いていた。

彼女は身震いした。彼女は突然の憂鬱《ゆううつ》、精神を凍りつかせる不思議な予感のとらわれとなっていた。あのブツブツ声は、幸福などどこにもないし、どんな幸福も起こり得ないと言っているように感じられた。大気はむうっと、じとじとしてきた。また雨粒が、かえるのようにべちゃんと落ちてきて彼女の手の上に広がった。

エムズワース卿は同行者が無反応なのに気づいていた。彼のおしゃべりの奔流は緩やかになり、やがて止まった。彼はどうやってこの娘から逃れたものかと思いはじめていた。否定の余地なく目には保養であるが、話しかけるのはいちじるしく困難である。助けを求めて地平線上に目を走らせると、彼はビーチが近づいてくるのを認めた。手に銀の盆を捧げ持っている。その盆には一枚の名刺と、一通の封筒が載っていた。

「わしにかの、ビーチ？」

「お名刺はお殿様にでございます。紳士様が玄関ホールにてお待ちでございます」

エムズワース卿は安堵《あんど》のため息をついた。

「失礼させていただけるかの、お嬢さん？　この人物に今すぐ会うことがきわめて重要なのじゃ。弟のギャラハッドがすぐに戻ってくるはずじゃ。間違いない。あれがあなたのお相手をする。よろしいかの？」

伯爵はこの場を立ち去れることが嬉しく、あわただしくバタバタと行ってしまった。と、盆がうやうやしげに自分に向けて差し出されているのにスーは気づいた。

「あなた様宛でございます、お嬢様」

「わたしにですって？」

「さようでございます、お嬢様」ビーチは冬枯れの木立の間でむせび泣く寒風のようなうめき声を放った。

彼は陰気に頭を下げると、行ってしまった。スーは封筒を破って開けた。ほんの一瞬、ロニーからかもしれないとスーは思った。だが筆跡は見慣れたロニーの殴り書きではなかった。それは力強く、明晰《めいせき》で、決然たる、有能な人物の筆跡だった。

彼女は最後のページを見た。

敬具
R・J・バクスター

スーの心臓の鼓動は冒頭に戻るにつれて早くなった。彼女が自ら立ったような立場に身を置く女の子が、このR・J・バクスターが彼のメガネ越しに彼女を見つめたような具合に鋼鉄ブチのメガネに見つめられたという時、その人物から届いた謎めいた手紙に対する最初の反応は、すべては露見したという恐怖のパニック以外の何物でもあり得なかった。

書きだしの一文で彼女の警戒は一掃された。純粋に個人的な動機から、ルパート・バクスターはこの数行を書くに至ったようだった。その手紙がこの言葉、すなわち、

親愛なるシューンメーカーさん、

で始まっていたという事実だけで、安心するにはじゅうぶんだった。

私事を押し付けがましくお知らせしてご不快を与える危険を冒しても「有能なバクスターはこう記していた」、私は今日の午後あなたのいらっしゃる庭で起こった出来事について、ご説明せねばならないと感じています。エムズワース卿が私の振る舞いについて発した所見――きわ

めて下品な趣味の――から、あなたがあの出来事に誤った解釈を下されはしまいかと恐れております。（私が申し上げているのは、立ち去り際にエムズワース卿が言うのがはっきりと聞こえた〈クロガモみたいにキチガイじゃ〉という表現のことです）

事実は私が申し上げたとおりなのです。私は図書室の窓に身を乗り出しており、たまたま身を乗り出しすぎたためにバランスを崩し、落下したのです。私は大怪我をしていたかもしれないという点と、私には同情を期待する権利があるという点については、目をつぶりましょう。しかし〈クロガモみたいにキチガイじゃ〉については、いちじるしく不快に感じているところです。

この出来事がなければ、あなたの招待主に対して偏見を抱かせるような事柄を何であれ言おうとは、夢にも思わなかったはずです。しかしこのような事情から、私は主義を曲げ、エムズワース卿とはその発言に何らの注目も払われるべき人物ではないとあなたに申し上げねばならないと感じています。あの方は完全に意図的かつ目的的にまぬけです。知的刺激に欠けた田舎の生活により、あの方の生来の頭のひ弱さは精神異常にきわめて近い段階にまで至っています。あの方のご親戚方はあの方のことをほぼ痴愚者であるとみなしており、また私の意見でも、それにはまったくもっともな根拠があります。

このような事情ですから、あなたはあの方の本日の午後の発言に何らの重要性を置かないことと信じてよろしかろうと存じております。

敬具

R・J・バクスター

追伸　むろんこの手紙は絶対にご内密に願います。
再追伸　もしチェスがお好きで夕食後にお相手をお探しなら、私は名手ですよ。
再再追伸　それともベジーク［カードゲームの一種］でも。

スーはこれを良い手紙だと思った。理路整然として表現も巧みである。だがどうしてこれが書かれたものか、彼女には想像もつかなかった。愛——あるいは、何であれ、金持ちの女相続人と結婚したいという人間的欲望——がR・J・バクスターの胸に萌《も》えいではじめたとは、彼女は思ってもみなかった。自分がディナーの後で一緒にベジークをすると彼が期待しているとしたら、彼は失望することになるというほかにとりたてて何の感慨も覚えぬまま、彼女はその手紙をポケットに入れ、ふたたび大庭園を見渡した。

すべての良質の文学作品の目的とは、つまらぬ悩み事を心のうちから追い払うことである。彼女がうれしく気づいたことに、バクスターの手紙はこの目的を見事に達成してくれていた。その洗練された言葉遣いを思い出し、スーは自分がうれしげにほほえんでいるのに気がついた。

いまやあのブツブツ言う空もそれほど恐ろしげには見えなくなっていた。ぜんぶ大丈夫、と、スーは自分に言い聞かせた。結局のところ、自分は運命に多くを期待しているわけではない——たった五分間、邪魔されずにロニーと話すだけでいいのだ。それで今までのところ、運命はあたしのこんなにもささやかな願いをかなえてくれてはいないのだから……

「一人きりなのかい？」スーは振り向いた。彼女の心臓の鼓動は早まった。すぐ背後からしたその声は、彼女の背中に冷水をあびせるような効果があった。つまり、バクスターの手紙によって回復途上にあったとはいえ、思いがけぬ声のような、こんなにも突然の驚きを楽しめるような心境に彼女はなかったのだ。

それは客人との会見から戻ってきたギャラハッド閣下だった。また彼の姿を見てもスーの動揺はいささかも鎮まらなかった。彼は彼女を異様かつ不吉な熱を帯びた目で見ているように思われた。また彼女の横に立って話し始めた彼の態度物腰は、全面的に優しく友好的であったものの、スーは不安を一掃することができなかった。あの表情が彼女の心の目からいつまでも消えなかった。こんなにも重苦しくぼんやりした空気と、悲観的な予言を轟《とどろ》かせている空と相俟《あいま》って、その表情は最も勇敢な娘ですらも不安にさせた。

愛想よくおしゃべりしながら、ギャラハッド閣下はあれやこれや話していた。景色や天気のこと。小鳥やウサギのこと。刑務所でおつとめした友人や、これは確かな証拠に基づいて言うのだが、幸運にも逃げおおせた友人のこと。それから彼のモノクルがまた上を向き、あの表情が彼の顔に戻ってきた。

空気はこれまでに増して息苦しくなった。

「わかってもらえるかな」ギャラハッド閣下は言った。「俺にはものすごくうれしいことなんだ。君に会うということがさ。君のご家族には何年もお会いしていないが、君のお父上と俺とは、かなり頻繁に手紙のやり取りをしている。君の父上はどんなニュースだって伝えてきてくれるんだ。君のご家族はみなお元気かい？」

「とても元気ですわ」

「君のエドナ伯母さんはどうだい？」

「元気です」スーは弱々しく言った。

「ああ」ギャラハッド閣下は言った。「じゃあ君の父上が彼女は死んだって言ったのはきっと間違いだったんだ。だがきっと君はエディス伯母さんのことを言ったのかな？」

「ええ」よろこんでスーは言った。

「彼女は大丈夫なんだろうね、そう願いたいが」

「ええ、元気ですわ」

「なんて美しい女性だったことか！」

「ええ」

「彼女は今でも美しいって言うのかい？」

「ええ、そうですわ」

「驚いたな！　彼女はもう七十歳をゆうに越えてるはずだ。もちろん君は七十過ぎにしては、美しいって、そう言おうとしているんだね？」

「ええ」

「とっても活発なのかな？」

「ええ、そうですわ」

「最近彼女にはいつ会ったんだい？」

「えーと――向こうを出航する直前にですわ」

「それで彼女は活発だったって言うのかい？　妙だなあ！　俺は二年前に彼女は麻痺症になったって聞いたんだが。麻痺症にしては活発だと、そう言おうとしていたのかい？」

彼の目もとの小じわは深い大じわになった。モノクルは龍の目のごとく閃光《せんこう》を放った。彼はにこやかにほほえんだ。

「話してくれないかな、ブラウンお嬢さん」彼は言った。「何をたくらんでいるんだい？」

11. まだまだスーのショック

I

スーは答えなかった。磐石《ばんじゃく》の大地が足の下であっけなく溶解するというとき、人は話をする気にはならないものだ。モノクルを避け、彼女は芝生の上をせわしなくぴょんぴょん跳んでまわっている一羽のツグミを大きく見開いたうつろな目で見つめていた。彼女の背後では、まるでこれを待ち構えていたというみたいに、空が低いクスクス笑いを放っていた。

「向こうに」ギャラハッド閣下は小図書室を指さして言葉を続けた。「俺が仕事をしている部屋がある。時々、仕事をしてないとき、俺は窓の外を覗《のぞ》くんだ。ちょっと前、君がここでクラレンスと話をしていた時に俺は外を見ていた。俺と一緒にいた男がいてね。そいつも外を見たんだ」彼の声はぼやけて遠く離れて聞こえた。「俺が昔親しくしてた、ある劇場マネージャーだ。名前はメイスンという」

ツグミは飛んでいってしまった。だがスーはそれがいた場所を見つめ続けていた。時を越えて、というのはつまり心というものはストレスを加えられた時にはおかしな動きをするからであるのだが、スーの脳裡《のうり》には十歳の彼女の姿が鮮明に思い起こされていた。母親に連れられて生まれてはじめてマン島への汽船の旅にでかけ、船の動きを感じ始めた時のことだ。それから、至高の大変動の直前に、いま感じているのとまったく同じ感覚を彼女は覚えたのだった。

「俺たちは君を見た。すると奴は言った。〈おや、スーじゃないか！〉――俺は言った。〈スー？スー誰だって？〉〈スー・ブラウンだ〉そのメイスンは言った。君はそいつの劇場にいる女の子の一人だって奴は言った。君がここにいるのを見ても奴はそんなに格別驚いたふうじゃなかった。奴はそれじゃあぜんぶうまくいったってことだなって言って、君は最高の女の子だから自分はとても嬉しいって言った。奴はこっちに来て君とおしゃべりしたがったんだが、俺が止めたんだ。君がスー・ブラウン嬢だっていうこのささやかな問題については、俺一人だけと話し合った方が嬉しいんじゃないかと思ってな。そこでそもそもの質問に戻らせてもらう。ブラウンお嬢さん、何をたくらんでるんだ？」

スーはどうしようもなく絶望し、くらくらした。

「説明できないわ」彼女は言った。

ギャラハッド閣下は抗議するように舌をチッと鳴らした。

「君はこの件をただの歴史上の謎のひとつにしとこうって、そう言おうってわけじゃないだろう？俺にこれからずっと眠られぬ夜を過ごさせるつもりかい？」

「だけど、とっても長い話なんですもの」

「夜はこれからだ。ちょっぴり、ちょっぴりずつ、少し、少しずつ話せばいい。じゃあまず最初に、全部うまくいったってメイスンが言ったのはどういう意味なんだ？」

「わたし、ロニーのことを彼に話したの」

「ロニー？　俺の甥《おい》っ子のロニーのことか？」

「ええ。わたしがここにいるのを見て、彼は当然、エムズワース卿やあなた方ご一族一同がみな婚約に同意してわたしをこの城にご招待下さったたって解釈したんだわ」

「婚約だって？」

「わたし、ロニーと婚約していたの」

「なんと！　あのフィッシュの野郎のことか？」

「ええ」

「なんてこった！」ギャラハッド閣下は言った。

突然、スーは緊張の緩和を意識した。不思議なことに、この会話はさほど困難なものではなくなってきていた。そんなことは馬鹿げていると〈理性〉はその思いを一蹴《いっしゅう》したという事実にもかかわらず、彼女は自分が潜在的友人でありかつまた同盟者でもある人物に話しかけているような気がしていた。顔を上げ、相手の顔を見た瞬間に、そういう思いが彼女の胸に押し寄せてきたのだった。誰についてであれ、こういうことを申し述べるのは不快であるものだが、不適切な振舞いをした人物の告白を聞くギャラハッド閣下の顔には、かような場合に人が見たいと感じる厳粛さや非難の表情が、あまりにしばしば欠落しているのである。

「だけどどうしてメイスンのパパはここに来たの？」スーは訊《き》いた。

「奴はある仕事の件で話し合いに来たんだ……そんな話はいい」議論を本題に引き戻しつつ、ギャラハッド閣下は言った。「論点を離れるのはやめにしていただこうかな。やっとわかり始めてきたところなんだ。君はロニーと婚約してるって言ったかい？」

「してたんです」

「だが君がそれを破棄したんだな」

「彼が破棄したんです」

「奴がだって？」

「ええ。だからわたしここに来たんです。おわかりいただけるでしょう。ロニーはここにいてわたしはロンドンにいて、手紙じゃちゃんと事を伝えられないの。それでわたし、ブランディングズ城に来れば彼に会って説明してぜんぶちゃんと元通りになるって思って……それに、ロンドンでわたしロニーと一緒の時にレディー・コンスタンスに会って、彼はわたしのことをシューンメーカー嬢だって紹介して、それでそこのところは大丈夫だから……それで……ええ、それでわたしここに来たんです」


もしこの年代記が何がしかを明らかにしてきたとするならば、これまでにギャラハッド・スリープウッド閣下の道徳的態度は根本的に不健全であることが露呈していよう。首を横に振るべき人物である。憂慮の目もて打ち眺めるべき人物である。彼の姉のレディー・コンスタンス・キーブルもそう感じていたし、また彼女の考えは疑問の余地なく正当である。もし最終証明が必要なら、次なる彼の言葉がそれを提供しよう。

「生まれてこの方、聞いたことがないな」美徳の勝利の物語を傾聴するがごとくに顔を輝かせて、ギャラハッド閣下は言った。「こんなにイカした冒険的な話なんて」

スーのハートは躍り上がった。彼女はずっと、自分がしたことをこの人が承認してくれる可能性を否定した〈理性〉は、間違っていると感じていたのだ。ああいう悲観主義者っていうのは、いつだってああなのだ。

「ってことは」彼女は叫び声を上げた。「あなたはあたしを見捨てないのね？」

「俺が？」そんな考えにあきれ返ってギャラハッド閣下が言った。「もちろんしないさ。俺を誰だと思ってるんだ？」

「あたし、あなたは天使だって思うわ」

ギャラハッド閣下はこのほめ言葉をうれしく感じたようだった。しかし、彼を悩ます点が何かあるのは明らかだった。彼はいくらか顔をしかめていた。

「俺にわからんのは」彼は言った。「君がどうして甥のロニーなんかと結婚したがるのかってことだ」

「あたし彼を愛しているんだもの。彼のハートに祝福あれだわ」

「いいや、真面目な話だ！」ギャラハッド閣下は抗議した。「あいつが前に俺の椅子に画鋲《がびょう》を置いたことがあるのを知ってるのか？」

「それに彼はブタにテニスボールをぶつけるの。おんなじよ。あたしは彼を愛してるわ」

「そんなわけがない！」

「愛してるの」

「どうして君みたいな子に、あんな男を愛しようがある？」

「それっていつも彼が言う言い方とおんなじだわ」スーは優しく言った。「だからあたし、彼が好きなんだと思う」

ギャラハッド閣下はため息をついた。五十年の経験が、ことこの点については女性と議論したって無駄であると彼に教えていた。しかし彼はこの娘にあたたかい愛情を覚えており、それゆえ彼女が愚かにも自分の人生をみすみす無駄に費やそうとしていると思うのはショックだったのだ。

「あんまり性急な真似はしちゃだめだよ、ねえお嬢さん。よくよく考え直すんだ。俺には君が実に並外れて優れた女性だってことが、じゅうぶんわかっているんだから」

「あたし、あなたがロニーのことを好きじゃないなんて信じられないわ」

「俺は奴を嫌っちゃいない。あいつもガキの頃と比べたらずいぶんと成長した。その点は認めよう。だがあいつは君にふさわしい男じゃない」

「どうして?」

「うーん、ふさわしくないんだ」

彼女は笑った。

「あなた方がみんなそういうことを言うのっておかしいわ。エムズワース卿はたった今、ロニーはあの年頃だったころのあなたにそっくりだって、あたしにおっしゃったのよ」

「なんと!」

「そう言ったわ」

ギャラハッド閣下は信じられないというようにじっと見つめた。

「あの息子が俺に似てるだって?」彼は憤慨を込めて言った。彼のプライドは激しい衝撃を受けていたのだ。「ロナルドが俺みたいだって? どうして。俺はあいつの二倍は血気盛んだったんだ。アルハンブラ劇場からヴァイン街まで、最盛期の俺を移動させるのに警官が何人いったと思ってるんだ？　二人だぞ！　時には三人だ。一人は俺の後ろについて帽子を持って歩いたもんだ。クラレンスは自分の言うことにもっと気をつけたほうがいい。なんてこった。こういういいかげんな物言いが問題を起こすんだ。つまり事実は、兄貴はブタまみれですっかり脳みそを腐らせちまってて、しょっちゅう自分で自分が何を言ってるかわからなくなってるってことだ」

　彼は猛烈な努力で気を取り直し、鎮静化した。

「君とあの脳たりんはどうしてけんかしたんだい？」彼は訊いた。

「彼は脳たりんなんかじゃないわ！」

「いいや、脳たりんだ。一個人があそこまで脳たりんになりうるってことが、俺には驚きなんだ。そういうことには大規模なシンジケートが必要だって人は思うものだ。奴と知り合ってどれくらいになるんだい？」

「九カ月くらいかしら」

「ふん、俺はあいつを生まれてこの方ずっと知ってるんだ。だから俺は奴のことを脳たりんと言う。もしそうでなきゃ、君と喧嘩《けんか》なんかしないはずだ。しかし、つまらんことで争ったってしょうがない。で、どういうことで喧嘩したんだい？」

「あたしがダンスしてるところを、彼が見つけたの」

「それのどこが悪いんだ？」

「あたし、しないって約束したの」

「それで問題はぜんぶなのかい？」

「それだけあればじゅうぶんだわ」

ギャラハッド閣下はこの悲劇を他愛のないものと考えた。

「どうして君が心配するのかわからないな。そんな小さいことを丸く収められないようじゃ、君は俺が思ってるような女の子じゃない」

「あたし、できるかもって思ったの」

「もちろんできるさ。俺の若い頃、女の子たちはいつだってそうやって見せたもんだったし、いったん泣きが始まれば、俺は五分ともちやしなかった。行って奴のチョッキにすがりついて泣きじゃくるんだ。泣きじゃくり屋さんとしては、君の腕前はどのくらいだい？」

「あんまりうまくないわ。残念だけど」

「他にもいくらだって手はある。女の子はみんな一ダースは知ってるもんだ。ひざまずいて嘆願する。気絶する。ヒステリックに笑う。ずっと頑《かたく》なな態度でいく……どっさりあるさ」

「ただ彼と話ができれば大丈夫だと思うの。難しいのはその機会をつくるってことだけ」

ギャラハッド閣下は大仰に手を振った。

「機会をつくるだって！　どうして、ずっと前に知ってた女の子だが――その子はもうおばあちゃんになっちまってる――婚約してた男とけんかしたんだ。それで一週間かそこらして、気がついたら彼女はそいつとおなじ田舎の邸宅に滞在していた――ヘロンズ・ヒルってところだった。サセックスにあるマッチェロー家の館だ――それである晩、彼女は相手の男を自分の部屋に誘い込んでドアに鍵を掛け、指輪を返してくれて元通り婚約成立ってことにしなかったら、あなたを一晩中閉じ込めて二人の名声をだいなしにしてあげるって言ったんだ。それでうまいことやり遂げた。彼女の名はフェリシアなんとかだった。赤毛の女の子だ」

「そういうことをするには赤毛でなきゃだめなんだと思う。あたしはバラ園で彼と静かに話し合いたいって思ってたの」

ギャラハッド閣下はこれをおとなしすぎると考えたようだったが、それについては何も言わなかった。

「ふむ、何をするにせよ、君は急がなきゃいけない。ジョニー・シューンメーカーんちの娘が本当にやってきたらどうするんだい？　来るって言ってるんだろう」

「ええ。でもあたしがロニーに言って、レディー・コンスタンスの名前でブランディングズ城に猩紅熱《しょうこうねつ》が大発生してるって電報を送らせたから、彼女はもう来ないの」

ギャラハッド・スリープウッド閣下の道徳的態度がいかに偏頗《へんぱ》であるかをこれでもかこれでもかと明確にすることで、必然的に彼に不利な証拠をひっきりなしに積み上げる次第となることを、人は嫌悪してやまないものである。しかしながらなお、この言葉を聞いて彼は頭をのけぞらせ、高く宙をつんざくような大笑を放ち、その結果ちょうど芝生に戻ってきたところだったツグミは、あたかも弾丸に撃たれたかのごとくハッと後ずさりしたという事実は公けにされねばならない。それは昔日《せきじつ》のロンドンの夜の盛り場においてもし発されたならば、ラッパの音を聞いた軍馬みたいに守衛を跳び上がらしめ、もって両手に唾し、筋肉の具合を確かめて活動準備態勢に入らせずにはおかない、そういう笑いであった。

「そんな最高に面白い話は聞いたことがないぜ！」ギャラハッド閣下は叫んだ。「これで若い世代に対する俺の信頼も回復されるってもんだ。だのに君みたいな女の子が真剣にあんな男と結婚しようと考えてるだなんて……ああ、これは失礼！」彼は仕方なさそうに言った。この不快な状況でできる限り気分を奮い立たせようとしているみたいにだ。「そんなのは俺の知ったこっちゃないんだろうな。君には自分の心が一番よくわかってるんだから。いずれにせよ、一番最高の話は君を一族の一員として迎えられるってことだ。君みたいな女の子こそ、わが一族が長年必要としてきた人なんだ」

彼は彼女の肩を優しくポンとたたいた。そして二人して館に向かって歩きはじめた。それと同時に、館から二人の男が歩み出てきた。

一人はエムズワース卿だった。もう一人はパーシー・ピルビームだった。

II

もしあなたに大規模な設計に係る田舎の邸宅を訪問する習慣がない場合、ブランディングズ城のようなところには、人の士気を弱らせる傾向がある。スーが彼の姿を認めたとき、アルゴス探偵事務所の所長は、最善最高の気分ではいなかった。

玄関ドアで彼を迎え入れたビーチがまず問題だった。彼はただピルビームに目を留めただけだった。だがそれでじゅうぶんだった。この執事の目は、長年にわたる運動不足と過度の栄養摂取により、時間の経過とともに多くの人々がそれを見て苦痛に感じるような種類の、どんよりした光を湛《たた》えるようになっていた。ピルビームの胸に、それは最重度の劣等コンプレックスを呼び起こしたのだった。

この神のごとき人物にとって、自分がただのぼんやりしたものでしかないということを、彼は知る由もなかった。良心の呵責《かしゃく》に苛《さいな》まれ続けてきたビーチにとって、今日ではほぼすべてがたんなるぼんやりしたものでしかなかった。彼の凝視を誤って解釈し、ピルビームはそこにショックと軽蔑、彼みたいなモノがブランディングズ城に紛れ込むことに対する一種の嫌悪の苦痛を読み取ったのだった。彼は自分が平たい石の下から這《は》い出てきた下等生物になったような気がした。

そしてその瞬間、玄関ホールの薄暗がりの中から誰かが前に進み出てきて、それが名前は知らないがマリオズ・レストランで彼を殺害しようとのあんなにも強烈な心性を示した、あの若い男であることが判明したのだった。激しくハッと驚いた様から、この若者の記憶力が彼自身のそれと負けず劣らずよいことは明白だった。

これまでのところ、めぐり合わせはパーシー・ピルビームにとって良好ではなかった。しかしいまや幸運がめぐってきたのだった。間一髪のところで、天国から降りてきた天使が、着古した狩猟用上着と古ぼけた帽子で効果的に変装して姿を現したのだ。彼は自分のことをエムズワース卿だと自己紹介した。そしてピルビームを庭へ散歩に連れ出してくれた。肩越しに振り返ると、ピルビームはあの若い男がまだそこに立ち、彼をじっと見つめている——あきらめきれぬ様子で——のを見た。また彼は、ホストの後について外気の中に出、彼の目の届く範囲外にいられることがうれしかった。あの目と執事ビーチの目とを引き比べたら、どちらも選ぶところなしだと彼には思われた。

しかしながらテラスに到着した時、この安堵《あんど》の念によっても彼の平静は完全に回復されてはいなかった。劣等コンプレックスは依然として活動中だった。また周囲の環境は彼を威圧した。彼は感じた。いまこの時にも、こんなふうなテラス上にあっては、こういう不可思議かつ不愉快な世界にはつきものの、何かきらびやかで強烈な生き物——おそらくは公爵夫人だ——狩をする高飛車な女性かもしれない——百代の伯爵の颯爽《さっそう》たる娘［テニスン『レディー・クララ・ヴェール・ド・ヴェール』］ということもありうる——が、突然あらわれ、ビーチが見たように彼を見て、美しく描かれた眉を貴族的な尊大さで上げ、「まったくとんでもないことですわ！」とつぶやいてそっぽを向くのだ。彼はほとんどありとあらゆることを覚悟していた。

彼が覚悟していなかったごくわずかなことのひとつがスーだった。また彼女を見て彼はゆうに十センチは跳び上がり、もうちょっとでカラーの止め具を壊してしまうところだった。

「ぎゅう！」彼は言った。

「なんとおっしゃったかな？」エムズワース卿は言った。彼は同行者の発言を聞き取れなかったので、もう一度言ってくれないかと願ったのだ。訓練を積んだ頭脳を備えた探偵のどんな些細《ささい》な発言といえども聞き逃してはならない。「なんとおっしゃったのかの、のう？」

彼もスーに気がついていた。そして天才的な記憶力の作用によって、速やかにショフィールド、メイベリー、クーリッジ、スプーナーと段階を経、彼女の名前を思い出した。

「ピルビームさん、シューンメーカー嬢ですぞ」彼は言った。「ギャラハッド、こちらはピルビーム氏じゃ。アルゴスの、憶《おぼ》えておろう？」

「ピルビームだって？」

「はじめまして」

「ピルビームだと？」

「わしの弟じゃ」紹介を完了しようと大いに努力しつつ、エムズワース卿は言った。「弟のギャラハッドじゃ」

「ピルビームだ？」アルゴスの所長を鋭く見つめ、ギャラハッド閣下は言った。「君は以前『ソサエティー・スパイス』っていう新聞に関わっていたことはないかな、ピルビーム君？」

この探偵には、ブランディングズ城の庭園は静かに揺らいでいるように思われた。あの陽気で、しばしば無作法な新聞には、編集者の名は訪問者には明かされないという厳格なルールがあったのを彼は知っている。しかし、いまや、リークがあったことは胸が悪くなるくらいに明白である。もはや遅すぎることだが、彼は理解した。下っ端なんぞは買収できるのだ。

彼は苦しげに耐えた。習慣の力が、間一髪で彼に「はい」と言わせるところだった。

「いいえ」彼はあえぎながら言った。「まったくありません。いいえ！　一度たりともありません」

「君と同じ名前の男がそこの編集をやってたんだ。珍しい名前でもある」

「たぶん親戚でしょう。遠い」

「ふむ、君がその男でなくて残念だな」ギャラハッド閣下は残念そうに言った。「ずっと会いたかったんだ。そいつは俺に関するきわめて侮辱的な記事を書いたことがある。ひどく侮辱的な記事だった」

ブタに関連しないありとあらゆる会話に対するのと同じく、この会話にもごくわずかの関心しか払っていなかったエムズワース卿が、話題を転換させた。

「それでは」彼は言った。「いくつか写真をご覧になりたいのではないかの？」

機能不全状態にあったピルビームには、自分が家族のアルバムを喜んで見る心境にあるなどと考えるのはいかにもおかしなことだと思われた。しかし彼は咽喉《のど》を締められたような音を発声し、彼の招待主はそれを黙諾《もくだく》と理解した。

「むろんエンプレスの写真じゃ。彼女がどんなに素晴らしい動物じゃったかを、君にいくらかわかってもらえることじゃろう。それは君に……」彼はモ・ジュスト、すなわち適語を探した。「……霊感を与えるはずじゃ。図書室に行って、取ってくるとしよう」

　ギャラハッド閣下は、いまやいつもながらの人当たりのいい人物に戻っていた。

「ディナーの後は何かするのかい？」彼はスーに訊《き》いた。

「バクスターさんからベジークのゲームをしようってお話がありましたけど」スーが言った。

「そんなことは夢にも考えちゃだめだ」ギャラハッド閣下は猛烈に力を込めて言った。「あいつはたぶん君の頭を木槌《きづち》で叩き割ろうってやるはずだ。ディナーにでかける用事がなかったら、俺の本を少し読んでやりたいと思ったんだがなあ。君なら面白がってくれるはずだ。君以外の誰にも読んでやる気はないんだ。どういうわけか君は真っ当な見解の持ち主だって気がしている。一度姉貴のコンスタンスに何ページか見せたんだが、うんざりさせられすぎて言葉もなかった。作家ってものは、読者にうんざりさせられたら働く気になれないもんなんだ。俺がどうするか教えてやろう。君に読み物をあげることにする。君の部屋はどこだい？」

「〈庭の間〉、といったと思いますわ」

「ああそうだった。じゃあ、でかける前に君のところに原稿を持って行ってあげよう」

　彼はそぞろ歩き去ってしまった。一瞬の間があった。それからスーがピルビームの方に向き直った。彼女のあごは上を向いていた。彼女の目には反抗的な色があった。

「さあて？」彼女は言った。

III

パーシー・ピルビームは安堵《あんど》のため息を洩《も》らした。最初の対面以来、瓜二つの人物に関して今まで読んだことが、彼の脳裡《のうり》を疾走してまわっていたのだ。この問いは状況を明らかにした。それは事態を磐石《ばんじゃく》の土台の上に据えた。彼の頭はふらふらするのをやめた。彼の目の前に立っているのは、ほかならぬスー・ブラウンその人なのだ。

「いったいぜんたいここで何をしてるんだ？」彼は訊《き》いた。

「気にしないで」

「何をたくらんでる？」

「気にしないで」

「そんなにつれなくする必要はないだろう」

「どうしても知らなきゃならないなら教えてさしあげるけど、あたしはここに、ロニーに会ってあの晩マリオズであったことを説明するために来たの」

しばしの間があった。

「あの親爺《おやじ》さんは君をなんて呼んでたんだい？」

「シューンメーカー」

「どうしてそう呼んだんだ？」

「なぜなら伯爵はあたしがその人だって思っているからよ」

「いったいぜんたいどうしてそんな名前を選んだんだ？」

「ああもう、いつまでも質問はよして」

「そんな名前があるだなんて信じられない。それで質問するって件について言えば」ピルビームは熱を込めて言った。「俺にどうしろっていうつもりなんだ？　たった今、君に会ったときほどのショックを、俺は生まれてこの方受けたことがない。幻を見ているのかと思ったんだ。すると君は、偽名を名乗って、誰か別人を装ってここにいると、そういうわけなんだな？」

「そうよ」

「うーん、驚いた！　それでやりたい放題みんなと仲良しになってるってことか」

「そう」

「俺以外のみんなとだ」

「どうしてあたしがあなたと仲良しにならなきゃならないの？　あなたは全力を尽くしてあたしの人生をだいなしにしてくれたじゃない」

「えっ？」

「ああ、お気になさらないで」スーは苛立《いらだ》ちながら言った。

またしばらくの間があった。

「親しげだった！」ピルビームは言った。またもや傷ついていた。

彼は壁沿いに指をもじもじ動かした。

「あのギャラハッドの親爺は、君のことを娘か何かのように見てるみたいだった」

「あたしたちとてもいいお友達なの」

「わかってる。それであの親爺は君に自著を読むようにって渡すんだ」

「そうよ」

鋭い、きっぱりした、アルゴス探偵事務所めいた表情がピルビームの顔に浮かんだ。

「ふむ、そこのところで君と俺は協力できるんじゃないかな」彼は言った。

「どういう意味？」

「どういう意味かは説明する。金は欲しくないか？」

「ないわ」スーは言った。

「なんと！　もちろん欲しいはずだ。誰だって欲しがる。さてと聞くんだ。君は俺がどうしてここにいるかわかるかい？」

「あたし、あなたがどこにいようとどうしてなんて思うのはやめたの。あなたってただポッと現れてくるんですもの」

彼女は立ち去りかけていた。突然、不快な思いが浮かんだのだ。いまこの時にもロニーがテラスに現れるかもしれない。もし彼女がここで、このいやらしいピルビームと、いわばこっそり二人きりでいるのを見たら、彼は何を考えるだろう？　いやむしろ、彼は何を考えないでいてくれるだろう？

「どこへ行くんだ？」

「家の中へよ」

「戻るんだ」ピルビームは切迫した声で言った。

「行くわ」

「だが君に重要な話があるんだ」

「え？」

彼女は足を止めた。

「それでよし」ピルビームは是認するげに言った。「さあ聞くんだ。もし俺がその気になれば、君の正体を明かして、君が何をたくらんでるにせよ、君の目的をだいなしにしてやれるってことは認めてもらえるだろう？」

「え？」

「だが俺はそういうことはしない。君が物わかりよくしていてくれればだが」

「物わかりよくって？」

ピルビームは用心深くテラスの上下を見た。

「さあ聞くんだ」彼は言った。「君の助力が欲しい。俺がどうしてここにいるかを話そう。親爺さんは俺がブタを探しに来たと思っている。だがちがう。俺はここに、君のご友人のギャラハッドが書いている本を手に入れるために来たんだ」

「なんですって？」

「驚くと思った。そう、それが目的なんだ。この近在に住む人物が、その本に自分のことがたくさん書かれるっていうんで震えあがって、昨日うちのオフィスに俺に会いに来て、俺に……」彼は一瞬躊躇《ちゅうちょ》した。「……俺に」彼は続けた「一〇〇ポンド、何とかこの館に入り込んで原稿を盗み出したら一〇〇ポンド支払うと言ってよこした。それで君があの浮かれ屋ジジイと仲よくなってくれたことで、すべて話は簡単になった」

「そう思うの？」

「簡単だ」彼は請け合った。「特にいまや奴さんは君にそいつを読むようにって渡してくれるんだからな。君はただ俺にそいつを渡すだけでいい。それで五〇ポンドは君のものだ。ほぼなんにもしないで五〇ポンドだ」

スーの目が輝きを放った。ピルビームはそうなるものと期待していた。こんな申し出を受けて、目を輝かさない女の子がいようなどと想像もできなかった。

「まあ?」スーは言った。

「五〇ポンドだ」ピルビームは言った。「君と俺とで折半だ」

「それでもしあたしがあなたのお望みどおりにしなかったら、あなたはあたしが本当は何者かって言いふらすのね?」

「そのとおり」ピルビームは言った。彼女の理解の早さに満足しつつだ。

「ふん、あたし、そんなこと絶対にするもんですか」

「なんだって!」

「それでもし」スーは言った。「あたしが誰かをここの人たちに言いふらしたかったら、どうぞお好きなだけ言いふらして」

「そうするとも」

「どうぞ。だけどあなたがそうなさった瞬間に、『ソサエティー・スパイス』にスリープウッド氏のことを書いたのはあなただって彼にお話ししてあげるから」

ピルビームはそよ風に揺れる若木のごとくゆらゆらと揺れた。この打撃は彼の士気を挫《くじ》いた。彼は答えるべき言葉を見出せなかった。

「あたし、やるわ」スーは言った。

ピルビームは相変わらず言葉を失ったままだった。予期せぬ鎧《よろい》の裂け目へのこの致命的打撃から、回復しようと躍起になっている間に、言葉を発する機会は逃げ去ってしまった。ミリセントが現れ、彼らに向かって歩み寄ってきたのだ。彼女はいつもながらの慢性の陰気さを身にまとっていた。二人のいるところに着くと、彼女は立ち止まった。

「ハロー」深淵から、ミリセントは言った。

「ハロー」スーが言った。

図書室の窓がエムズワース卿の頭部と胸部を縁取っていた。

「ピルビーム君、のう、図書室に上がってきてはくれんかの。写真を見つけたんじゃ」

ミリセントは退散する探偵の背中を、悲しみに打ち沈んだ好奇の目で眺めた。

「あの人、誰？」

「ピルビームっていう人よ」

「毛玉《ピル》、ってところはお似合いだわ。どうしてあの人はあんなふうによたよた歩いているの？」

スーはこの質問への回答を提供できなかった。ミリセントは彼女に近づき、脇に立った。そして石造りの欄干《らんかん》にもたれかかって、大庭園をさげすむように見つめた。彼女はありとあらゆる大庭園が大きらいで、特にこの大庭園は格別大きらいでいるという印象を与えた。

「ショーペンハウアーを読んだことはおあり？」沈黙の後、彼女は訊いた。

「いいえ」

「読むべきだわ。最高よ」

彼女はふたたび重たい沈黙に落ちていった。彼女の目は垂れ込める薄暮の影を見つめていた。夕暮れの世界のどこかで、牝牛が、長く、神経の苛立《いらだ》つような鳴き声を発し始めた。その音は全般的な悲しさを総括し、強調しているかに思われた。

「ショーペンハウアーは世界じゅうのすべての苦悩は単なる偶然ではないって言っているのよ。何らかの意図があるに違いないって。彼は人生とは苦悩と倦怠《けんたい》の混合体だって言っているの。一方かもう一方を持たなきゃならないんですって。彼の本ってそんなふうな洒落《しゃれ》た皮肉でいっぱいなの。楽しいはずよ。じゃあ、わたし散歩してくるわね。ご一緒なさる?」

「いいえ、結構よ。ありがとう」

「お好きになさって。ショーペンハウアーは自殺は断然オッケーだって言うの。ヒンドゥー教徒は教会に行く代わりに自殺するんだって彼は言ってるわ。あの人たちはガンジス河に飛び込んでワニに食われて、それで今日一日はいい日だったって言うのよ」

「あなたってなんてショーペンハウアーのことにお詳しいのかしら」

「彼のものを最近ずっと読んでいるの。図書室で本を見つけたのよ。ショーペンハウアーはわたしたちは肉屋の目の前で楽しく遊んでる野原の仔ヒツジみたいなものだって言うの。次の餌食はこれ、次の餌食はあれって選んでいる肉屋の前でね。本当に散歩にはいらっしゃらない?」

「ありがとう。でも本当に結構よ。わたし、部屋に入るわ」

「お好きにあそばせ」ミリセントは言った。「自由の館ですもの」

彼女が数歩歩いて、それからまた戻ってきた。

「わたし、いやなふうだったらごめんなさいね」彼女は言った。「考えごとがあるの。ちょっぴり考え込んでいたのよ。つまり、実を言うと、わたし、たったいま従兄弟《いとこ》のロニーと結婚の約束をしてきたところなの」

厚く積み重なった雲を背に突っ立っていた木が、スーの目の前でふわふわと浮遊した。見えざる手が彼女の咽喉《のど》をつかみ、彼女の生命を圧《お》しつぶそうとしていた。

「ロニーとですって！」

「そう」ミリセントは言った。ショーペンハウアーが自分のサラダの中に青虫を見つけたと宣言する時に用いるような声調でだ。「たったいま、二人でそう決めたの」

彼女はさまよい去っていってしまった。スーはテラスの壁にしがみついた。振動し、粉砕された世界で、少なくともそこだけがゆるぎない場所であったのだ。

「おい！」

それはヒューゴだった。スーは彼を霞《かすみ》ごしに見た。だが間違いなくそれはヒューゴ・カーモディーだった。

「おい！　ミリセントの話は聞いたか？」

スーはうなずいた。

「彼女はロニーと結婚するんだ」

スーはうなずいた。

「死よ、お前の棘はどこにあるのだ？［『コリントの信徒への手紙一』十五・五五］」ヒューゴは言い、ミリセントの向かった方向に消えた。

12. 執事ビーチの行動

I

ルパート・バクスターがエムズワース卿に関する私見を表明した決然として威厳に満ちた手紙は、元秘書が屋内に戻った直後すみやかに、朝食室において執筆され、いまだ庭土に汚れた手によってビーチの管轄《かんかつ》下に引き渡された。この緊急業務が遂行された後となってはじめて彼は階上に上がり、こんなにも切実に必要としている手洗い洗面を希求する次第となれるのだった。彼は寝室に至る階段を上り、二階に到着した。と、ドアが開き、彼の前進は、もっと劣等な女性が発したらば悲鳴と呼ばれたはずのものによって阻止されたのだった。レディー・コンスタンス・キーブルの唇を発するそれを、我々は驚嘆の叫びと呼ばねばならない。

「バクスターさん！」

彼女は私室の出入り口に立っていた。またこの元秘書の乱れた姿を茫然自失の驚きで見つめる彼女を、一瞬彼は、その頭の中で具体的に形をとりつつあった〈即興礼拝における神罰の宣言〉の中に、この一族の頭領と一緒に入れてしまいそうな心境になっていた。彼は大きな目を見開いてびっくりした顔をされたい気分ではぜんぜんなかったのだ。

「お部屋に入ってもよろしいでしょうか?」彼はそっけなく言った。彼にはすべてを説明できた。しかしほぼ誰も彼もが耳を広げて聞き耳を立てているやもしれぬ二階の踊り場で、それをしたくはなかったのだ。

「ですが、バクスターさん!」レディー・コンスタンスが言った。

彼は歯ぎしりするために一瞬立ち止まり、それからドアを閉めた。

「何をしていらっしゃったんですの、バクスターさん?」

「窓から飛び降りたんです」

「窓から、飛び降りた、ですって?」

彼はこの勇気ある行動に自分を駆りたてた事態の概要を説明した。レディー・コンスタンスは悔恨のシューシューいう音をたてながら、息を吸い込んだ。

「んまあ!」彼女は言った。「あたくしったらなんてバカだったのかしら。お話ししておくべきでしたわ」

「何ですって?」

私室の安全に安住する身でありながら、レディー・コンスタンス・キーブルは用心深く肩越しに振り返って見た。ブランディングズ城における暮らしが現在ある混乱かつ錯綜した状況は、エムズワース卿を除くこの城のほぼ全員に、話す前には用心深く振り返って肩越しに見る習慣を身につけるに至らしめていた。

「サー・グレゴリー・パースローが手紙でおっしゃっていらしたのですが」彼女は説明した。「今夜この城に来るピルビームという人物は、あの方のために働いているのだそうです」

「彼のために働いているですって？」

「ええ。どうやらサー・グレゴリーは昨日その人に会いに行かれて、弟のギャラハッドの原稿を手に入れたら高額の報奨金をやると約束されたようですわ。それであの方はあたくしたちを今夜ディナーにご招待なさったんですの。ギャラハッドを家から出すためにですわ。ですからあなたのお手をわずらわす必要はなかったんですの」

沈黙があった。

「そうですか、必要はなかったのですか」有能なバクスターは短く繰り返した。彼の目にいささか不具合を起こす原因となっていた土のかけらの残りを、目から拭《ぬぐ》い取りつつである。「私が手を出す必要は」

「申し訳ありませんわ、バクスターさん」

「どうかもうおっしゃらないでください、レディー・コンスタンス」

いまや土のかけらを拭い去られた彼の双眸《そうぼう》は、常の鋭さでふたたび正常に機能できる状態になっていた。後悔に暮れる女性の姿を超然と見やる彼のメガネには、つめたい、鋼鉄のごとき表情があった。

「わかりました」彼は言った。「そのことをもっと早くお知らせいただいていれば、おそらく些細《ささい》な不都合はいくらかなしで済んだかもしれません、レディー・コンスタンス。私は左の向こうずねをだいぶひどく傷つけてしまいましたし、ご覧のとおり、だいぶ汚れてしまいましたよ」

「申し訳ありませんわ」

「それだけではなく、エムズワース卿が発されたお言葉から、私の行動があの方に与えた印象は、私が狂人であるというものだということがわかりました」

「んまあ」

「伯爵は精神異常の度合いを具体的に明確にまでされたのです。クロガモみたいにキチガイじゃ、が、あの方のお言葉でした」こう言ってから彼の態度は少し軟化した。彼の前にいて、両手をもみ合わせると言われる行為を今にもしようとしているこの女性は、いつだって彼の友人であり、いつも彼の幸福を願い、彼がかつて享楽した秘書の職務に、ふたたび返り咲かせようとの努力の手を決して緩めない人であったのだった。

「さてと、どうしようもないことです」彼は言った。「今なすべきは失地回復の方法を何か考えることでしょう」

「つまり、エンプレスを見つけられさえしたらってことですの？」

「そのとおりです」

「まあ、バクスターさん。もしそれができさえしたら！」

「できますとも」

レディー・コンスタンスは彼の浅黒く、決然とした、有能な顔を物言わぬ称賛の目で見つめた。別人がこの言葉を口にしたら、彼女は「どうやってですの？」あるいは「いったいぜんたいどうやってですの？」とすら応えたかもしれない。しかし、それがルパート・バクスターが発する言葉である限り、彼女は黙って啓蒙を待つのみであった。

「この件について何かお考えになられましたか、レディー・コンスタンス？」

「ええ」

「どういう結論に達しておいでてでしょう？」

レディー・コンスタンスは自分は鈍感で間抜けだという気分になった。自分がワトソン博士になったみたいな感じだ――ほとんどスコットランド・ヤードの無能刑事たちみたいにだ。

「何にも達してませんわ」後ろめたそうにメガネを避けつつ、彼女は言った。「もちろん」彼女は付け加えた。「サー・グレゴリーだって考えるのは馬鹿げているって思いますけど……」

バクスターはその考えを一蹴《いっしゅう》した。そんなのは「チッ！」と言う価値すらない。

「この種の場合にはいつでも」彼は言った。「最初にすべきは動機を探ることです。ブランディングズ城にいる誰が、エムズワース卿のブタを盗む動機を持っているでしょうか？」

レディー・コンスタンスは、ここで適度に理知的な解答ができるなら、一年分の収入をやったっていいと思った。だが彼女にできるのは見、聞くことだけだった。それでバクスターが気分を害した様子はなかった。こうでなかったらば害していたかもしれない。彼は聴衆には黙って期待していられるのが好きなのだ。

「カーモディーです」

「カーモディーさんですって？」

「まさしくそのとおりです。彼はエムズワース卿の秘書です。またきわめて無能な秘書でもあります。絶えず失職の危険に直面している秘書です。彼は私がこの城に到着するのを見ました。自分が今あるポストにかつて就《つ》いていた男です。彼は警戒しました。疑いました。彼はエムズワース卿のおぼえめでたき地位を確固たるものにするための方法を頭の中で闇雲に探しまわりました。するとアイディアが浮かんだのです。荒っぽい、映画かぶれの、彼程度の男に思いつくようなアイディアです。彼はもし自分がブタを盗んでそれをどこかに隠し、自分が見つけたかのようなふりをしてその所有者の手に返還したならば、エムズワース卿の感謝の念はいちじるしく強まり、彼の解雇の危険は一掃されると、そう考えたのです」

彼はメガネを外し、それを拭いた。レディー・コンスタンスは低い叫びを発した。彼女以外の誰かが発したならば、それはキーキー声であったはずだ。バクスターはメガネを元に戻した。

「私はいまこの瞬間に、ブタが当家の敷地内にいるのは間違いのないことだと考えています」彼は言った。

「でも、バクスターさん……」

元秘書は有無を言わさぬげに手を上げた。

「しかし、そのようなことを彼一人でやり遂げることはできません。秘書の時間は自分の時間であって自分の時間でないのです。またブタには定期的に餌を与える必要があります。そして私には共犯者は誰かがわかっていると思います。それはビーチです！」

今度こそ、レディー・コンスタンスの発声に最善かつもっとも魅力的な光を照射したいという年代記編纂《へんさん》者の欲望すら、真実を隠し得なかった。彼女は哀れっぽく鳴いた。

「ビーイーイーイーイーチ！」

メガネは彼女を鋭く詮索した。

「最近ビーチを厳密に観察しておいでですか？」

彼女は首を横に振った。彼女は執事を厳密に観察するような女性ではない。

「彼は胸のうちに何かを抱えています。彼の神経は昂《たかぶ》っています。罪の意識です。良心の呵責《かしやく》です。声をかけると彼は跳び上がるのです」

「そうですの？」

「跳び上がります」有能なバクスターは繰り返した。「たった今、私は彼に手……あー、たまたま私が彼に声をかけたところ、彼は宙高く跳び上がりました」彼は言葉を止めた。「私は行って彼に聞き質してやろうかと半分思っているところです」

「まあ、バクスターさん！　それは賢明なことかしら？」

執事を尋問しようとのルパート・バクスターの意図は、それまでたんに模糊《もこ》とした、他愛のない夢のようなものに過ぎなかった。しかしこの言葉がそれを決意に結晶化させた。彼は人々が自分に、それは賢明なことかと訊《き》いてまわるのを許しはしなかった。

「いくつか鋭い質問をしてやれば、彼も真実を明らかにせずにはいられないでしょう」

「だけど彼は辞表を出しますわ！」

この対話においてはたまさかに、バクスターが「チッ」と言っても致し方ない時が散見された。しかし、これまで見てきたように、この時まで彼はそれを差し控えてきた。だがいま彼はそれを言った。

「チッ！」有能なバクスターは言った。「執事なんて他にもいくらだっているでしょう」

そしてこの否定の余地なき真理とともに、彼は部屋から大股で歩き去った。手洗い洗面が必要なのは十分前と同じであったが、彼は執事を追及することにあまりにも夢中で、もはや手洗い洗面のことを考えられなくなってしまっていた。彼は急いで階段を下りた。彼は玄関ホールを横切った。

彼はブランディングズ城の使用人地帯に至る緑色のベーズ布のドアを通り抜けた。そして彼は薄暗い廊下を前進し、ビーチが居るはずのパントリーにそっと向かっていた。と、その部屋のドアが唐突に開き、巨大な身体が姿を現したのだった。

それは執事だった。また彼が山高帽をかぶっていたという事実から、彼が広大な野外を目指しているのは明らかだった。

バクスターは踏み出そうとした足を中途で止め、片足立ちしたまま彼を見ていた。そして彼の獲物が裏口の方向に姿を消すと、すみやかに後に続いた。

戸外に出てみると、そこは廊下と同じくらいに暗くなっていた。灰色の険悪な空の色はいまや黒に変わっていた。それはイギリスの夏にごく頻繁に訪れ、この島国人たちに、我々は頑健な北欧人であり、もっと南方のもっと恵まれない地方の住人たちみたいに、とこしえの太陽にその活力を骨抜きにされることを許されないのだ、と思い起こさせる、雷鳴、稲妻、雨に重たく肥大した、インクのように真っ黒な雲の塊《かたまり》だった。それはブラッドハウンド犬みたいにバクスターに吠《ほ》えついた。

しかし任務に駆り立てられるとき、有能なバクスターを押さえつけるには険悪な天気以上のものが必要である。閃光《せんこう》の後を追ったテニスンの詩の登場人物のごとく［「マーリンと閃光」冒頭］、彼は執事の後を追った。ビーチと閃光にほんの少しだって似通ったところはたったひとつあったきりだった。しかしたまたまそれはいまこの瞬間、真に意味を持つ唯一の点であった。閃光も執事も、後を追いやすかったのである。

低木の茂みが執事を呑《の》み込んだ。数秒後、それは有能なバクスターを呑み込んでいた。

II

こう主張する人々がいる――また、彼らは夕刊紙でそれをやって結構な収入を得てもいる――堕落した今日にあって旧きたくましきブリテン人の精神は消え果てた、と。こういう強靭《きょうじん》さや忍耐力といった、かつて英国人を英国人たらしめていた性質の残存する証拠を彼らはむなしく探し求め、見出し得なかったものだと自称する。こういう人々に、風雨を冒すルパート・バクスターの姿は必ずや励ましと慰安とをもたらさずにはおくまい。また彼らはヒューゴ・カーモディーの行動に、更にもっと興奮させられるかもしれない。

テラス上でスーと別れ、ミリセントの後を追いはじめたヒューゴは、気温が上がって嵐になりそうな天気だということを見逃してはいなかった。彼は雲を見た。彼は急速に接近する雷鳴を聞いた。どちらにも不満はなかった。雨が降ればいい、がヒューゴの評決だった。降りたいだけどうぞいくらだって降ってもらってかまわない。激励が通じたかのように、空はたっぷりと濡《ぬ》れたしずくを送り出し、それは彼の首とカラーの間にちょうどうまく入り込んだ。

彼はほとんどそれに気づきもしなかった。友人のロナルド・フィッシュが打ち明けてくれた情報が彼の五感を徹底的に麻痺《まひ》させており、首の後ろの水など、ただの偶発的な出来事でしかなかったのだ。彼は何年か前の夜以来感じたことのなかった感覚を意識していた。それは彼が大学代表のライトウェイト級のボクシング戦に出場していた時、不注意にも自分のあご先を、たまたまその瞬間に相手の右拳が占拠していたまさしくその場所に置いた時のことであった。こういうことをした場合、あるいは――同じことだ――自分の愛する娘が別の男と完全に婚約していると告げられた場合に、爆弾の爆発するのが早すぎた時にアナーキストたちがどんなふうに感じるにちがいないかを、人は理解し始めるのである。

ヒューゴが近頃暮らしていた真っ暗闇の日々の間じゅうも、彼は完全に希望を失ってはいなかった。時おり薄ぼんやりになりはしたものの、しかしそれはいつもそこにあった。自分は女性のことならわかっている、というのが彼の信念だったし、またそれはスーが自分は男性のことがわかっていると思っていたのと同じだった。スーとおなじく彼は、真実の愛はあらゆる障壁を克服するという思想を信奉していた。ひややかさはいずれ消えてなくなる。ちょっとした思慮深い嘆願と言い訳で、切り離されたハートはついにふたたび結びつくのだ、と。ヒューゴと会うとミリセントは、大きな、軽蔑に満ちた目で彼を見つめ、それは彼を短剣みたいに突き刺したという事実すら、不快ではあるものの、彼を絶望に至らしめはしなかった。彼は彼女となんとか二人きりになって、正しい線で気の利いた話し合いがちょっぴりできる時を楽しみに待っていたのだ。

だがこれは決定的だ。これでおしまいだ。これにはとどめを刺された。ミリセントはロニーと婚約した。もうじき彼女はロニーと結婚するだろう。アブのごとくまとわりついてくるおぞましい思いが、ヒューゴ・カーモディーを薄暗がりの中でよろめき歩かせていた。

いまやひどく暗くなっており、目の前すら見えなくなっていた。辺りを見まわすと、その理由は彼が一種の森の中に入り込んでしまっているせいであることがわかった。西の森だ、と、ヒューゴはぼんやりと推論した。この土地のこの地域にほかに森はないという事実を考慮に入れながらだ。西の森だってどこだってどうだってかまわなかった。彼は重い足取りで歩き続けた。

彼の足の下の地面はスポンジのようだった。また地を這《は》うイバラが装備されていて、薄いフランネルのズボンを通り抜けて刺してきたから、もし彼がイバラに気づく心境にあったらばきっと不快に感じたことだろう。彼がぶつかるための木々もあった。けつまずくための丸太もあった。そして彼の前方の小さな空き地に、崩れかかったオンボロ小屋があった。彼がそこに気づいたのは、生暖かい突風が吹きはじめた今、そこが避難してタバコに火を点《とも》せる類いの場所だと思われたからだ。タバコへの欲求は絶対緊急となっていた。

　雨が降っているのに気がついて彼は驚いた。また衣服の状態から判断すると、降り始めてずいぶんになるようだ。雷も鳴っていた。突然嵐が始まり、その音は彼のまわりじゅうに轟《とどろ》いているようだった。稲妻が閃《ひらめ》き、木立の間の、人々が雷に打たれる、まさしくそういう種類の場所に自分がいるのに彼は気づいた。ディナーの時間になって彼がいないことが発覚し、その後探索隊がランタンを持って外に出る。誰かが何か柔らかいものにつまずく。そしてランタンの明かりが真っ黒焦げの死体を照らしだす。ここだ、急げ、彼を見つけたぞ！　どこだ？　ここだ。あれがヒューゴ・カーモディーか？　さて、さて！　さあみんな、持ち上げるんだ。運んでやろう。いい奴だった。晩年は陰気だったがな。女のことで何か悩みがあったんだろ、そうだったな？　この話を聞いたら彼女も悲しがるだろうよ。彼女が奴を追いつめたんだ、って言いたくもなるよな。担架はしっかり持てよ。さてと「こっちだ」って俺が言ったらいくぞ。それっ！

　この想像にはヒューゴの心を晴れ晴れとさせるものがあった。アイアス［ギリシャ神話の英雄。トロイア戦争に出征し、アキレスの死後オデュッセウスに敗北して自害した］は稲妻に挑んだ。ヒューゴ・カーモディーは何よりも稲妻を奨励した。彼は木立のてっぺんにヘビのごとくすばやく走る並外れて強烈な閃光《せんこう》を是認するげに見つめた。やはり自分はひどく濡《ぬ》れてきている。彼は熟考を余儀なくされた。つまるところ、ひどく濡れたってなんにもいいことはない。結局のところ、向こうの小屋みたいな所でだっておんなじように雷に打たれることは可能だ。小屋に向かって、ホー！　と、ヒューゴは思い、そこ目指してギャロップで駆けた。

彼がドアのところに到着すると、それは内側からばたんと開いた。飛び上がるキジがたてるような物音がして、次の瞬間、何か白いものが彼の腕に取りすがり、彼の胸で感情的に泣きじゃくった。

「ヒューゴ、ヒューゴ、ダーリン！」

こんなふうにすがりついてこんなふうに話しかけてくるのがミリセントであるはずがないと理性はヒューゴに告げた。だがそれは本当に確かにミリセントであるようだった。彼女は話し続けた。おなじ親しげな、打ち解けてすらいる口調でだ。

「ヒューゴ！　助けて！」

「よしきた！」

「わたし、雨から、ひ、ひ避難し、し、しようとして、そ、そ、そこに、は、は、は、入ったの。中は真っ暗で」

ヒューゴは彼女を愛情込めてぎゅうっと抱き締め、ぎゅうっと抱き締められると思っていなかったところでぎゅうっと抱き締めていることに気づいた男に訪れる安堵《あんど》を覚えていた。気の利いたおしゃべりをちょっぴりは、今はなしでいい。議論も説明も、嘆願も哀願もいらない。たくましい二頭筋のほかは何もいらない。

彼は当惑していた。しかし、当惑に混ざって確かな満足感が訪れていた。この臆病な弱さの露呈、それも、もし彼女にほんの毛筋ほどの欠点があるとするなら、当世の女の子にひどく特徴的な、つねに冷静で淡々としている傾向と強情で利口なうぬぼれを誇示する傾向がある人物におけるそれは、否定の余地なく楽しめるものであった。もしこの雪解けムードが、ミリセントが小屋にいる間に幽霊を見たという事実に由来するならば、ヒューゴはその幽霊に会って握手をしたいくらいだった。誰だって愛する女の子には「大丈夫、大丈夫だよ、いい子だからね！」と言いたいものであるし、ここ数日間彼女が彼のことを通常以上に不快なイモムシ扱いしてきた場合にはとりわけそうである。そこでヒューゴ・カーモディーは今こそ自分はそうする立場にあると感じた。

「大丈夫、大丈夫だよ！」彼は言った。「いい子だからね！」まで言う危険を冒す気分にはまだなれなかった。「大丈夫だよ！」

「だけど、だっだっだっだ……」

「どうしたの？」ヒューゴは困惑した。

「っだっだっだっだい丈夫じゃないの。中に人がいるの！」

「人だって？」

「そうなの。ここに誰かいるなんて知らなくてそれで中は真っ暗でそれでわたし何かが動く音を聞いてそれでわたし〈そこにいるのは誰？〉って言ってそしたらその人突然わたしにドイツ語で話しかけてきたの」

「ドイツ語で？」

「そうなの」

ヒューゴは彼女の身体を優しく離した。彼の顔は固い決意を秘めていた。

「ちょっと見てくる」

「ヒューゴ！　やめて！　殺されるわ」

ミリセントはその場に立ち尽くし、硬直していた。雨は彼女のまわりに激しく打ちつけていた。だが彼女は気に掛けなかった。稲妻は閃光《せんこう》を放った。彼女は気にも留めなかった。一時間とも思われたその一分間、彼女は待った。死闘の物音に耳を凝らしながら。すると、ぼんやりした人影が現れた。

「なあ、ミリセント」

「ヒューゴ！　大丈夫なの？」

「ああ、大丈夫だ。なあミリセント。何だったかわかるかい？」

「いいえ、何なの？」

暗闇の中からクスクス笑いが聞こえてきた。

「ブタだ」

「何ですって？」

「ブタだよ」

「誰がブタなの？」

「こいつだ。ご友人のおでましだ。原寸大のエンプレス・オヴ・ブランディングズだ。おいでよ、ご覧」

III

ミリセントは見てみた。彼女は小屋のドアのところに行って覗《のぞ》き込んだ。本当だ。彼の言ったとおりだ。エンプレスがいる。ヒューゴが持っているマッチのかすかな明かりの中で、この高貴なる動物の魅力的な顔が彼女を見上げていた――もの問うがごとく――さながら貴女《あなた》は夜のおやつの運搬人なのですか、であるならばたいそう大歓迎なのですが、と知りたがっているがごとくにだ。これはエムズワース卿によろこびの絶叫を放たせて然《しか》るべき光景であった。だがミリセントはただ呆《ぼう》然《ぜん》とするばかりだった。

「いったいぜんたい彼女はどうしてここにいるの？」

「それを解明しようとしてるところなんだ」ヒューゴが言った。「彼女がどこかに隠されてるにちがいないってことはわかってた。もちろんだ。それでここはどういう場所なんだい？」

「前は狩場番小屋だったはずよ」

「ふむ、上にもう一部屋あるようだから」もう一本マッチを擦りながら、ヒューゴが言った。「上がって待っててみるよ。この動物に餌をやりに誰かが来るはずだ。そいつが誰かを見てやろう」

「ええ。一緒にそうしましょ。あなたって、なんて頭がいいのかしら！」

「君はだめだ。うちに帰るんだ」

「いやよ」

しばらくの間があった。強靭《きょうじん》な男であれば、必ずや断固として己《おの》が言い分を通したところだろう。だがヒューゴは、ここ数日間よりはずっと気分がよくなっていたものの、まだそんなに強靭な気分ではいなかったのだ。

「好きにおし」彼はドアを閉じた。「じゃあ、お入り。早くした方がいい。いつなんどき、そいつがやってくるか知れないんだからな」

二人はむちゃくちゃな階段を上がりネズミとカビのにおいのする床に慎重に身を落ち着けた。階下は真っ暗闇だったが、いくつも穴があいていて、見るべき時が来たらそこから見られるはずだった。ミリセントは顔の近くに穴をひとつ探り当てた。

「この床、だめになっちゃうって思わない？」彼女はやや神経質な調子で言った。

「そうは思わないけど。どうして？」

「うーん、わたし首の骨を折りたくないもの」

「嫌なのかい、そう？　ふん、僕は自分の首を喜んでへし折っちまいたいけどな」暗闇の中、はりつめた声でヒューゴは言った。今こそ率直に話し合うべき時だと思い当たったのだ。「君とロニーが〈ウエディング滑走〉をそこいらじゅうでやってまわるのを僕が夢中で大喜びしてると思ってたら大間違いだ。僕のクソいまいましいハートが張り裂けそうでいるってことは、わかってもらってるよな、どうだ？」

「まあ、ヒューゴ！」ミリセントは言った。

沈黙があった。下方では、エンプレスが食べていた。上方では、何かが宙に舞っていた。

「きゃあ！」ミリセントが悲鳴を上げた。「あれは大ネズミ？」

「だったらいいんだが」

「どういうこと！」

「大ネズミは君をかじるだろう」ヒューゴは説明した。「連中は君に群がって骨までしゃぶりつくして君の苦しみをおしまいにしてくれるさ」

また沈黙があった。そしてミリセントが小声で言った。

「あなたってケダモノみたいにひどい」彼女は言った。

後悔が洪水のごとくヒューゴを襲った。

「ああ、ものすごくすまない。ああ、そのとおり、僕はひどいことを言った。なんてこった。だけど、考えてもご覧よ……つまり、このロニーとの婚約って話だ。ちょっとあんまり過ぎないか、どうだい？　僕が万歳三唱をよろこんでやるとでも思うのか？　気楽なダンスのステップをちょいと踏み始めるとでも思ってるのか？」

「本当にあんなことになったなんて信じられないの」

「ふん、どういう具合にそうなったんだ？」

「なんていうか、突然急にそうなったの。わたしはみじめな気持ちであなたのことをとっても怒っていてそれで……そういうことなの。そしたらわたしロニーに会って、彼がわたしを散歩に連れ出してみずうみの畔《ほとり》に行って、白鳥にちょっぴり小枝を投げつけはじめていたのね。そしたらロニーがうなるような声をたてて〈なあおい！〉って言ってそれでわたしは〈ハロー？〉って言って、そしたら彼が〈結婚してくれないか？〉って言ってわたしは〈オッケー〉って言って、彼は〈警告しておかなきゃいけないが、僕は女が大嫌いだ〉って言って、わたしは〈わたしは男を憎んでるの〉って言って、そしたら彼は〈よしきたホーだ。僕らはすごく幸せになれるな〉って言ったの」

「わかった」

「ぜんぶあなたをやり込めるためなの」

「大成功だ」

ミリセントの声にわずかに気迫がこもってきた。

「あなたはわたしのこと、決して本当には愛してくれなかった」彼女は言った。「そうだってことは、よくわかってるでしょう？」

「そうなのかい？」

「だって、じゃあなたがロンドンにこそこそでかけたがったのはどうして？　それであの汚らわしい恋人にご馳走したりして」

「彼女は僕の恋人じゃない。それに彼女は汚らわしくなんかない」

「汚らわしいわ」

「君は彼女と仲良くやってたみたいじゃないか。僕は君が彼女とテラスで楽しくおしゃべりしてるのを見たぞ」

「何ですって？」

「シューンメーカー嬢だ」

「何のお話をしてらっしゃるのかわからないわ。シューンメーカー嬢に何の関係があって？」

「シューンメーカー嬢はシューンメーカー嬢じゃない。彼女はスー・ブラウンなんだ」

しばらくの間、ミリセントは相手のハートの傷が頭にまで達したのかと思った。無意味な行為ではあるが、彼女は彼の声が発された方向を見つめた。と、突然、彼の言葉は意味を持ちはじめた。彼女はハッと息を呑《の》んだ。

「彼女はここに、あなたを追いかけてきたのね！」

「彼女はここに、僕を追いかけてきたんじゃない。彼女はここにロニーを追いかけてきたんだ。そのオツムにどうにかしてわかってはもらえないのかなあ？」ヒューゴは正当な憤慨を込めて言った。「君はずっとヘマやポカをやり続けで、なんでもかんでもめちゃめちゃにしちゃってるってことをさ。スー・ブラウンは僕のことなんかぜんぜんなんとも思っちゃいない。僕だって彼女のことをなんとも思いやしない。彼女はいい子で素敵なダンスの相手だってこと以外にはだ。そのことが断然、絶対的に、僕が彼女とでかけたただひとつの理由なんだ。僕は六週間もダンスしてなくて足がムズムズしだしていて、お陰で夜も眠れなくなってたんだ。だからロンドンに行って彼女を連れ出した。そしたらロニーが彼女が疫病神のピルビームと話してるところを見つけて奴が彼女を連れ出したんだと思ってそれに彼女はそんな男はぜんぜん知り合いじゃないって奴に言ってあってそれはほんとにその通りだったんだがロニーは逆上して彼女との仲はおしまいだって言ってここに来ちまったから彼女は奴と話がしたかった。それで彼女はここに来た。シューンメーカー嬢を装ってだ。そしたらここに着いた瞬間にロニーが君と婚約したって知ったんだ。可哀そうなあの子にはさぞや素敵な驚きだったことだろうよ！」

この独演会の終わるずっと前から、ミリセントの頭はくらくらしはじめていた。

「だけどピルビームはここで何してるの？」

「ピルビームだって？」

「あの人テラスにいて彼女と話してたわ」

長いうなり声が暗闇を走り抜けた。

「ピルビームがここに来てるだって？　はーん！　そうか、結局奴は来たのか、そうなんだな？奴はエムズワース卿が僕を会いに行かせた男だ。エンプレスのことでだ。奴がアルゴス探偵事務所を経営してるんだ。あの晩僕の後をつけたのはあいつの手先だったんだ。君の依頼でね。そうか、奴が来てるのか。ふん、楽しめるうちに楽しんどいてもらおうじゃないか。田舎の空気を嗅《か》げるうちに嗅いどいてもらおう。峻厳な応報があいつを待ち構えているんだ」

ミリセントの混乱した脳裡《のうり》に、猛烈に説明を要求すべき別の点が浮上してきた。

「あなた、彼女はかわいくないって言ったわ！」

「誰が？」

「スー・ブラウンよ」

「ああ、かわいくないとも」

「あなた彼女のことかわいいって思わないの？　すごく魅力的だわ」

「僕にはそうじゃない」ヒューゴは断固として言い張った。「僕がかわいいと呼べる女の子は世界じゅうにたった一人しかいない。それでその子はロニーと結婚するんだ」彼は言葉を止めた。「もし今このときまでに、僕が君を愛してる、いつだって愛し続ける、君よりほかに愛した人はいないしこれから先ほかの誰も愛さないってことが君にわからないなら、君はバカだ。もし君が僕のところにスー・ブラウンでも世界中のどんなほかの女の子でも、皿にのっけてウォータークレスを添えて持ってきてくれたって、僕はその子の手にだって触れやしない」

また別の大ネズミ――きわめて大型の子ネズミでなければだが――が暗闇の中でその存在を主張しはじめた。それは早めの夕食に木をかじって楽しんでいるらしかった。だがミリセントはそれに気づきすらしなかった。彼女は手を伸ばし、その手がヒューゴの腕に触れた。彼女の指はそれをしっかりと、猛烈に握った。

「ああ、ヒューゴ！」彼女は言った。

その腕は生気を吹き込まれたかのようだった。それは彼女をつかみ、ネズミとカビのにおいのする床上で彼女を引き寄せた。時が静止した。

最初に沈黙を破ったのはヒューゴだった。

「ほんのちょっと前まで、あの稲妻の閃光《せんこう》が僕のど真ん中にあたればいいって思ってただなんて！」彼は言った。

ネズミとカビの薫香《くんこう》は消え去った。スミレが小屋じゅうに芳香《ほうこう》を撒《ま》き散らしているかのように思われた。スミレとバラだ。やかましく食事中のネズミは、ゆかしい音色を奏でるハープとダルシマー［打弦古楽器］とサックバット［トロンボーンに相当する古楽器］の管弦楽団に変わった。

そしてそれから、この甘美な旋律を邪魔する、小屋のドアの開く音が聞こえてきた。一瞬の後、床の穴をつらぬいて明かりが輝いた。

ミリセントはヒューゴの腕を警戒するげに締めつけた。二人は下を見た。下の床にはランタンが立っていて、その横には重量感ある体格の人物がおり、浮上してくるガツガツ食べる音から推《お》して察するに、この人物がエンプレスに、彼女ほどの容積のブタがきわめて頻繁かつきわめて大量に必要とするところのカロリーとタンパク質を与えている人物であるらしかった。

この善きサマリア人は身体をかがめていた。いま彼は身体をまっすぐにして不安げな目であたりを見まわした。彼はランタンを持ち上げ、そして明かりが彼の顔を照らした。

そしてその顔を見ると、ミリセントは分別を忘れ、かん高い、びっくりした声で一語を発した。

「ビーチ！」ミリセントは叫んだ。

階下で、執事は凍りついた。彼には良心の声が語りかけてきたかに思われたのだった。

Ⅳ

良心というものには、音楽的な声が備わっているのみならず、足もついているらしかった。ビーチにはその足が階段を駆け下りるガタガタいう音が聞こえた。またその音量の巨大さからすると良心はムカデ類に相違ないと思われた。だが彼は動かなかった。このとき彼を動かすにはクレーンが必要であったことだろう。それで西の森の狩場番小屋にクレーンはなかったのだ。ヒューゴとミリセントが到着した時、彼は依然、彫像のごとく佇《たたず》んでいた。無感覚になった彼の意識にこの新規参入者の身許が感受されてようやく、彼の手足はぴくぴくと動き始め、いくらかリラックスの兆候を示し始めてきた。なぜなら彼はヒューゴを友人とみなしていたからだ。ヒューゴは自分が現在の疑問の余地ある立場に置かれているのを見て、寛大かつ同情的な見解を取ってくれると期待できそうな、この世界で数少ない人々の一人であると彼は感じていた。

ビーチは度胸を据えて、話しだした。

「こんばんは、カーモディー様。こんばんは、お嬢様」

「どういうことだ？」ヒューゴが言った。

何年も前、熱く向こう見ずであった青年時代、ビーチはかつて同じ質問が警察官の口から発されるのを聞いたことがある。そのときそれは彼を狼狽《ろうばい》させた。いまそれは彼を狼狽させている。

「えー、カーモディー様」彼は答えた。

ミリセントはエンプレスを見つめていた。後者は侵入者に礼儀正しい質問の表情を向けた後、短く歓迎のブーの声を発し、予定表通りの行動に戻った。

「あなたが彼女を盗み出したのね、ビーチ？　あなたが？」

執事は震えた。彼はこの令嬢を髪の長いロンパース時代から知っている。彼女は彼のパントリーで遊んだものだ。彼は彼女のために紙でゾウを切り抜き、ひもを使った手品を教えてやった。彼女の声のあきれ果てた調子は彼を硫酸のごとく焼き焦がした。エムズワース卿の姪《めい》にして、伯爵の手ほどきを得、幼少のみぎりよりブタ崇拝の最高の伝統に親しんできた彼女にとって、エンプレス泥棒のごときはこの上ない凶悪犯罪と思われるに違いないと、彼は感じた。彼女の目の中の自分の姿を何とか再び建て直したいと、彼は胸焼かれる思いだった。

あらゆる共犯者の人生には、おのれを正当化したいという衝動の前に他の共犯者への忠誠が揺れ動く瞬間がある。彼はこの衝動に屈しなかったと述べる以上に、この執事の魂の高潔さを示す感動的な証明を提出することは不可能であろう。ミリセントの非難の目は彼を刺しつらぬいた。しかし彼は信頼に誠実でありつづけた。ロナルド氏は彼に秘密を誓った。おあいこでいるためにもビーチは彼を裏切れなかった。

そして、この第一級の振舞いに神の摂理が直接褒美《ほうび》をよこしたというふうに、ビーチに霊感が訪れた。

「さようでございます、お嬢様」彼は答えた。

「ああ、ビーチ！」

「はい、お嬢様。当動物を盗んだのはわたくしでございます。あなた様のおん為に、かようにいたしたのでございます、お嬢様」

ヒューゴは彼を厳しくねめつけた。

「ビーチ」彼は言った。「そんなのはまじりけなしのおためごかしだ」

「さて？」

「おためごかしだ。もう一度言う。どうしてそんなごまかしを言おうとするんだ、ビーチ？　どういう意味だ？　彼女のためにブタを盗んだなんていうのは」

「そうよ」ミリセントが言った。「どうしてわたしのためになの？」

執事はいまや冷静になっていた。彼は自分の話を拵《こしら》え上げていたし、それで押し通すつもりだった。

「あなた様の進路の障害を排除するためでございます、お嬢様」

「障害ですって？」

「あなた様とカーモディー様がご頻繁にわたくしに――かように申し上げてよろしければ――秘密のご信書をお託しあそばされたという事実ゆえ、わたくしは長らくあなた様方お二人のご心情を認識いたしてまいりました。わたくしは、カーモディー様とご結婚あそばされることがあなた様のお望みであると理解いたしておりましたし、またご一族の一部の方々におかれましてそれに反対のお声が発されようとも存じておりました」

「今のところ」ヒューゴは批判するげに言った。「僕にはこの話はとことんヨタ話だって聞こえるな。だが続けてくれ」

「ありがとうございます。するとふと念頭に浮かびましたことに、もし伯爵様のブタが姿を消したならば、それをご回復されたあかつきには、お殿様におかれましては誰であれそれを取り戻した人物に対しいちじるしい感謝の念をお抱きあそばされるに相違ないと、思い当たったのでございます。

あなた様に本動物の所在をお知らせ申し上げ、あなた様がご発見あそばされた旨お殿様にお話しさされるよう提案申し上げることがわたくしの意図するところでございました。感謝の印として、お殿様はご結婚にご同意あそばされるであろうと、わたくしは愚考いたしておりましたのでございます」

エンプレス・オヴ・ブランディングズが飲食するいかなる場においても、完全なる沈黙は存在し得ない。しかしこの演説の後、沈黙に近い何ものかが続いた。ランタンの明かりの中で、ヒューゴの目がミリセントの目と合った。彼女の目には、彼の目と同じく、茫然自失の畏怖《いふ》の表情が見えていた。彼らは忠実なる古《いにしえ》の従僕のことを聞いたことがあった。彼らは忠実なる古の従僕の話を読んだことがあった。彼らは忠実なる古の従僕を舞台で観たことがあった。しかし、忠実なる古の従僕がこれほどまでに忠実でありえようとは、彼らは夢にも思ったことがなかった。

「ああ、ビーチ！」ミリセントが言った。

彼女はおなじせりふを前にも言った。だがこの「ああ、ビーチ！」と、もうひとつの、もっと前の「ああ、ビーチ！」とはどんなに違うことだろう。あの時、その叫びには非難、苦痛、幻滅が響き渡っていた。いまやそこには感謝、称賛、言葉にならないほどの深い愛情が含まれていた。

そしてヒューゴの「まいった！」についても、同様のことが言い得た。

「ビーチ」ミリセントが叫んだ。「あなたって天使だわ！」

「ありがとうございます、お嬢様」

「最高の男だ！」ヒューゴが同意した。

「ありがとうございます、カーモディー様」

「どうやってそんな素敵なアイディアを思いついたの？」

「ふと思い浮かんだのでございます、お嬢様」

「どういうことだか話してやる、ビーチ」ヒューゴは真剣に言った。「時が来て君があの世に行くって時には――その時の遠からんことをだ！――君はその脳みそをこの国に寄付するってことだ。そうしなきゃだめだ。酢漬けにして大英博物館に所蔵するんだ。なぜってそれは今世紀最も傑出した脳みそなんだからな。こんなにも素晴らしく素敵な話を僕はいままで聞いたことがない。もちろん親爺《おやじ》さんは僕らに大感謝するとも」

「伯父様はわたしたちのためなら何だってしてくださるわ」ミリセントが言った。

「こいつはただの計画じゃない。それ以上だ。爆弾だ。議長のため、ご静粛に願いたい。考えたいんだ」

外では、嵐は過ぎ去っていた。小鳥が鳴いていた。遠くで雷が依然ゴロゴロ鳴っていた。あるいはそれはヒューゴの思考が跳んだり跳ねたり押し合いへし合いする音であったかもしれない。

「ぜんぶ構想がまとまった」とうとうヒューゴが言った。「親爺さんのところに今すぐ飛んでいってブタを見つけたって言えって考える連中もいるかもしれない。だが僕はそれにはノーという。僕の意見ではこのブタは高騰市況の動きに委ねておくべきだと思う。待てば待つほど、ますます親爺さんは感謝することだろう。親爺さんにもう四十八時間やろう、と、僕は提案する。そしたら彼はもはや僕たちになんにも拒めない段階に至ってるはずだ」

「だけど……」

「だめだ！　早まって行動したらだいなしだ。ことは僕たちの結婚に伯父さんの同意がいるっていうだけの問題じゃないのを忘れちゃいけない。君がロニーと結婚しないってことを親爺さんに伝えなきゃならないんだ。それに君の一族はいつだって君をロニーと結婚させようって夢中なんだぞ。僕の考えでは、あと四十八時間はどんなに少なくとも必要不可欠なんだ」

「たぶんあなたの言うとおりだわ」

「僕の言うとおりだ」

「それじゃあエンプレスはここに置いたままにするの?」

「いいや」ヒューゴはきっぱりと言った。「この場所は僕には安全とは思えない。僕たちに見つけられたってことは、ほかの誰が見つけたっておかしくないってことだ。新しい保護預かり所が必要だし、僕にはそれがまさしくどこかがわかっている。それは……」

ビーチが沈黙を破った。彼の態度物腰には動揺があらわれていた。

「もしお差し支えなくば、わたくしはそのお話をうかがわずにおりたく存じます」

「へっ?」

「念頭よりすべての問題を消し去ることができましたらば、わたくしは大いに心安らぐものでございます。これまでわたくしは少なからぬ精神的緊張の下におりました。これ以上それに耐えうるとは思えぬのでございます。また、わたくしが尋問された場合をご想像くださいませ。わたくしの臆測に過ぎぬやとも存じますが、しかしながらバクスター様がわたくしを時折ご覧になるご様子から拝察して、あの方はご疑念を抱いておいでと推量いたすものでございます」

「バクスターはいつだって何かしらについて疑念を抱いているのよ」ミリセントが言った。

「おおせのとおりでございます、お嬢様。しかしながら本件の場合、その疑念には正当な根拠がございます。したがいましてもしあなた様とカーモディー様におかれましてお差し支えのございませぬようでしたならば、わたくしはバクスター様がさようなご疑念をもはや抱かれぬお立場においでになられるほうを、大いに好ましく存ずるものでございます」

「わかった、ビーチ」ヒューゴが言った。「君が僕らのためにしてくれたことの後となっては、君のほんのわずかな望みですらもはや法律だ。君はこの件から手を引いてもらっていい。もしそうしたけりゃだ。とはいえ僕としてはこう提案したいんだが、もし君が今後もこの動物に餌やりを続けてくれるなら……」

「いいえ……滅相《めっそう》もないことでございます……もしよろしければ……」

「よしきたホーだな、じゃあ。おいで、ミリセント。移動しなきゃならない」

「エンプレスをいま連れてゆくの?」

「いままさしくこの時にだ。僕はこのハンカチを、その鼻に見えてる手ごろな輪に通して……ホー! 出発だ! さらば、ビーチ。僕がこれまでやったどんなことよりも、僕がこれからすることはずっとずっといいことなんだ——と、僕は思う」

「さよなら、ビーチ」ミリセントが言った。「わたしたちがどんなに感謝してるか、言葉じゃ言えないくらいだわ」

「ご満足をいただけてたいそう嬉しく存じます、お嬢様。あなた様のご成功とご幸運を祈念いたしております、カーモディー様」

一人残されると、執事は風船のごとく膨満するまで息を吸い込み、それから長々としたため息にしてそれを吐き出した。彼はランタンを取り上げると小屋を去った。彼の足取りは、双肩の重荷が転げ落ちた執事の足取りであった。

V

これは一般に知られていない事実であるのだが——というのは彼の地位に対するすぐれた権威意識が、それを発揮することを抑制していたからであるのだが——ビーチはなかなか魅力的な歌声の持ち主である。それはまろやかなバリトンで、その音色《タンブル》は大変な年代もののドライシェリーの樽から発される歌声——もしそれに声帯があったとしての話だが——に似ていなくもない。また木立の間を歩いて館に戻る彼が、常の厳格なルールを破ってまぎれもなく歌いさえずっていたと述べる以上に、彼のもとにいまや訪れていた心のかろやかさを顕著に証明するものはありえまい。

「あずまやに明かり点り……」

ビーチは歌った。

「あずまやに明かりが……」

彼は長年の経験を有する執事というよりは、陽気な若い第二フットマンみたいな気分になっていた。彼は小鳥の声を高揚した心持ちで聴いた。行く手の道で遊びまわるウサギたちに、彼は優しい笑顔を贈った。彼の人生を翳《かげ》らせていた影は消え去った。彼の良心は安らいでいた。

これがあまりにもまったき喜びであったため、館に到着してすぐフットマンのジェームズに、エムズワース卿が彼に面会を求めておいでで、図書館にすぐ来るようにと思《おぼ》し召しであられると告げられた時にも、彼は身震いすらしなかった。一時間ほど前ならば、この告知はいかなる脅威を孕《はら》むものかと思われたことだろう。しかしいまやその知らせを聞いても彼は冷静沈着でいた。階段を上りながらも、ふたたび歌わずにいるのは彼にはいささか困難なことだった。

「あー、ビーチ」

「はい、お殿様？」

執事は雇用主様が一人ではないことにいまや気づいていた。敷物上に不快なふうに水を滴らせながら――というのは彼はどういうわけかひどくびしょ濡《ぬ》れでいたからであったのだが――有能なバクスターが立っていた。ビーチは彼に穏やかな目を向けた。彼にとってバクスターが何ほどのものであろう？　というかバクスターにとって彼が何であろうか？

「お殿様？」彼はまた言った。つまりエムズワース卿は会話の継続に何がしかの困難を覚えている様子であったからだ。

「あー、なんじゃ？　なんじゃったかな？　ああ、そうじゃ」

第九代伯爵は目に見えて努力し、気力を奮い起こしていた。

「あー、ビーチ」

「お殿様？」

「わしが、あー、わしがお前を呼んだのは、ビーチ……」

「はい、お殿様」

この瞬間、エムズワース卿の目は机の上にあった『豚の疾病』に関する書物に留まった。彼はそこから気力を引き出しているように見えた。

「ビーチ」伯爵は言った。きわめてきっぱりした、尊大な声でだ。「わしがお前を呼んだのは、バクスター氏がお前に対して驚くべき告発を行ったからじゃ。まことに言語道断じゃ」

「わたくしは喜んで本件告発の詳細を知悉《ちしつ》いたしたく存じております、お殿様」

「なんじゃと？」エムズワース卿はびっくりして訊ねた。

「お殿様におかれましては、ご親切にもわたくしにバクスター様のご告発の内容をお知らせくださいますならば？」

「ああ、内容の？　そうじゃ。内容のことじゃの？　まったくそのとおり。まさしくさよう。内容じゃな。そうじゃとも、たしかにそうじゃ。そのとおり。そのとおり。ああ、まさしくの。間違いない」

雇用主様がよろよろし始めたのは執事には明白だった。このまま放置されたならば、この人間カッコー時計はこの調子でいつまでもとりとめなく続けることだろう。礼儀正しく、しかし必要な断固たる態度を投入し、彼は伯爵に静粛を求めた。

「バクスター様がおっしゃったこととは何でございましょう、お殿様？」

「へぇ《え》？　ああ、話してくれ、バクスター。そうじゃ、話すのじゃ、コン畜生め」

有能なバクスターは一歩近づくと、敷物の別の場所に水を滴らせはじめた。彼のメガネは決然としてキラリと輝いていた。ここなるは口ごもりがちな、恥ずかしがり屋の一国の貴族ではない。己《おの》が心の裡《うち》を知り、それを言葉にできる男である。

「私はたったいま、君の後をつけて西の森の狩場番小屋に行ってきた」

「さて？」

「君は私の言ったことを聞いたはずだ」

「もちろんでございます。しかしながらわたくしの聞き間違いではなかろうかと拝察申し上げます。わたくしはあなた様のおっしゃられた場所に行ってまいってはおりません」

「私はこの目で君を見たんだ」

「わたくしはただ先の断言を繰り返すのみでございます」執事は聖人然とした柔和さで言った。

『豚の疾病』にもう一遍目をやっていたエムズワース卿は、ふたたび元気を回復した。

「この者は窓から覗《のぞ》いたと言うのじゃ、まったくのう」

ビーチはうやうやしく眉を上げた。それはあたかも、たとえそれがいかに子供じみたものであろうと、この城のご客人の娯楽に口を挟むのは本意ではないが、と言うがごとくにであった。バクスター様が雨の中、森へおでかけあそばされていないいないばーの一人遊びをなさりたいならば——と、その眉は言っていた——それはバクスター様お一人の問題でございましょう、と。

「それでお前がそこで、エンプレスに餌をやっていたというのじゃ」

「お殿様?」

「それでお前がそこで……コン畜生じゃ、聞いたろうが」

「何とおおせであそばされましたでしょうか、お殿様? わたくしはまことに理解できずにおりますゆえ」

「ふむ、手短かに言うがよければじゃ、バクスター氏はわしのブタを盗んだのはお前だと言っておいでなのじゃ」

この世界じゅうに執事が両眉を上げるに値するとみなす事柄はほぼ皆無《かいむ》である。そのごくわずかのうちのひとつがこれだった。彼は一瞬立ちつくし、両眉上げをエムズワース卿にこれ見よがしに誇示してみせた。それからバクスターの方に向き直り、彼にもそれが見えるようにした。これがひとまず済んだところで、彼は両の眉を下げ、およそ八分の三の笑みが唇の周りに遊ぶままにした。

「率直に申し上げてよろしゅうございましょうか、お殿様？」

「コン畜生じゃ。かまわん。率直に話してもらいたい。そういうことじゃ。だからわしはお前を呼びにやったのじゃ。我々は赤裸々な告白とお前の共犯者の名とその他もろもろを望んでおる」

「わたくしが躊躇《ちゅうちょ》いたしておりましたのは、わたくしが申し上げたきことが、おそらくバクスター様のご気分を害するのではあるまいかと懸念いたすゆえでございます。さようなことはわたくしの最も望まぬところでございますゆえ」

ビーチにとってはかくも憂慮の種であった、有能なバクスターの気分を害するとの展望は、伯爵には何の問題でもないようだった。

「続けてくれ。言いたいだけ言うがよい」

「さようならば、お殿様、かような申しようをご寛恕《かんじょ》いただけますならば、管見いたしますところ、バクスター様におかれましては幻覚をご覧あそばされたと申すこともあるいは可能であろうかと存じます」

「チッ！」有能なバクスターは言った。

「こいつはイカれておるということかの？」その発想に心打たれ、エムズワース卿は言った。元秘書よりの情報に興奮するあまり、彼はこの簡単な説明を見逃していた。いまやこの説を支持するありとあらゆる証拠が、彼のもとに大津波となって打ち寄せて返ってきた。あの植木鉢のこと……図書室からの飛び降り。彼は厳しくバクスターを見た。その目には、ある種狂気じみたぎらぎらした輝きがあった。クロガモのギラギラ目だ。

「本当なのです、エムズワース卿！」

「いや、何もわしは君がそのそうじゃと言っておるわけではない。ただ……」

「私にはきわめて明白だと思われます」バクスターは堅苦しく言った。「この男が嘘を言っているということが。待ちたまえ！」手を上げて彼は続けた。「君は今この瞬間に、伯爵と私と一緒に狩場番小屋に行き、伯爵おん自らその目でご覧いただく用意があるのかな？」

「いいえ、ございません」

「ハッ！」

「わたくしはまず最初に」ビーチが言った。「階下に行って帽子を取って参りたく存じます」

「まさしくそのとおり」エムズワース卿は心底同意した。「実に賢明じゃ。厄介な風邪を頭からひくやもしれんからの。もちろん帽子を取ってくるんじゃ、ビーチ。それから玄関ドアのところで会うとしよう」

「かしこまりました、お殿様」

それから約五分後、ブランディングズ城の大扉の外の砂利の上に集まった小さな集団を観察した傍観者は、そこに微量の冷気、若干の抑制を感じ取ったことであろう。その三人のメンバーのうちの誰もが、しんから森の中の散策をしたい気分でいるようには見えなかった。ビーチは、礼儀正しくはあるものの、友好的ではなかった。山高帽の下の彼の顔は、不当な判断を下された無辜《むこ》の善人の顔だった。バクスターは陰鬱《いんうつ》な空を、何かしら疑っているかのごとくねめつけていた。それでエムズワース卿はというと、これから自分は暗く人気《ひとけ》のない道を、本日の午後の証明によればその趣味は自殺方向に傾いているものの、他殺に向かう可能性もじゅうぶんある男と共に歩こうとしているところなのだ、ということにたった今気づいたのだった。

「ちょっと待ってくれたまえ」エムズワース卿は言った。

伯爵は家内に急ぎ足で戻ると、前より幸せそうな顔になって現れた。彼は象牙の持ち手のついた頑丈な杖を手にしていた。

13. ディナー前のカクテル

I

ブランディングズ城は黄金の夏の宵の残光を浴びていた。二時間前に大庭園や遊び場や家屋敷にあれほど激しく吹き荒れていた嵐は、いまではただの思い出となっていた。それは去り、後には平和と小鳥の歌とピンクと緑とオレンジとオパールとアメジスト色の日没が残された。空気は涼やかに甘く、大地は癒しの芳香《ほうこう》を放っていた。雨に洗われた空から、ちいさな星々が顔を覗《のぞ》かせていた。

三階の寝室の肘掛《ひじか》け椅子に座り込んでいたロニー・フィッシュにとって、天候状態の改善は何らの精神的高揚ももたらさなかった。彼には日没が見えた。だが何も感じなかった。彼には低木の植え込みの中で呼び交わすツグミの声が聞こえた。だがどうとも思わなかった。要するに、本年代記の読者諸賢にふたたびご紹介するロナルド・オーヴァーベリー・フィッシュは、まるきり陽気な気分ではいなかったのである。

最近、自分より十センチは背が高く、また総合的に考えてみれば悪いって娘じゃないというあっさりした無関心以上に熱い感情を抱いてはいない女の子にプロポーズして承諾を得たばかりの男性の黙想というものは、陰気な方向に向かう必然的傾向にある。またロニーが今日の午後の後半を過ごしてきた環境というのは、楽観主義を助長するような環境ではなかったのだ。空が突然バラバラに崩壊して世界がまるごとシャワー室と化した、その瞬間、彼は菜園の塀沿いの小径を歩いていた。そしてそこに唯一あった避難場所は温室の加温装置に至る薄暗い横穴というか防空壕だった。その中に彼は巣穴に戻るウサギみたいに飛び込んで、そこに正味五十分間、レンガの山に腰を下ろし、一匹のちいさい緑色のカエルのほかには一人の友もなく、滞留したのであった。

そこは一種のサルガッソー海で、隣接する菜園からありとあらゆる漂流物やら投げ荷やらが漂着していた。酔っ払いみたいに転がっている車輪のない手押し車があった。おびただしい数の割れ植木鉢があった。枯れた花の山と穴の開いたジョウロと前歯の欠けた熊手と人間の食用には適さないジャガイモいくらかと死んだ黒ツグミ半分があった。全体的な効果は途《と》轍《てつ》もないまでに地獄に似ていた。そしてはじめから高いところにはなかったロニーの気分は、これでもかこれでもかと深く沈んだのだった。

雨と手押し車とジョウロと熊手とジャガイモと死んだ黒ツグミはもとより、内気な新参者を審査するアセニアムの主教の、人を見下げるような凝視にも似たカエルの眼《まなこ》によって冷静にさせられ、ロニーは自分をしてミリセントに妻になって欲しいと頼むに至らしめた衝動を、断然後悔し始めていた。そして今、寝室のより快適な環境で、彼は前にも増してそのことを後悔していた。

挑戦的で劇的なジェスチャーをした後で、それを思い返す時間を持ったほぼ全員と同じく、自分は賢明と言える領域を、かなりはるか遠くまで行き過ぎてしまったという思いにロニーは圧倒されていた。神殿の円柱に亀裂が入り始めた時、サムソンも同じように感じたにちがいない［『士師記』十六・三〇］。

陶酔が続いている間は、ジェスチャーとはまことに結構なものである。問題は、それがひどく短い間しか続かないということなのだ。

いまや彼は理解したのだが、ミリセントに結婚してくれと頼んだのは、あんまりにも行きすぎだった。彼はやりすぎてしまった。ミリセントが妻としてどうだというのではない。ぜんぜんまったく異論はない――彼女が誰かほかの男の妻である限りにおいてはだ。こんなにも不愉快なのは、彼女が彼自身の妻になるという展望であった。

ロニーは心の中でうめいた。そして自分がもはや一人きりでないことに気づいた。ドアが開き、友人のヒューゴ・カーモディーが部屋の中にいた。彼がどんよりした驚きのうちに気づいたことに、ヒューゴはこれから食事をしようという英国紳士の伝統的なコスチュームに身を包んでいた。そんなにも遅い時刻になっていようとは思わなかったのだ。

「ハロー」ヒューゴが言った。「まだ着替えてないのか？　銅鑼《どら》が鳴ったぞ」

いまやロニーにとっては明白であったのだが、彼は自分の地獄じみた家族といっしょに食卓に向かいたい気分ではぜんぜんなかった。ミリセントはもう婚約の報告を披露済みと思われたし、それはすなわち話し合いとうんざりする祝いの言葉、コンスタンス伯母さんからの抱擁《ほうよう》、ギャラハッド伯父さんからの一八九五年ヴィンテージもののひやかし――要するに、空騒ぎとぺちゃくちゃしたおしゃべりだ――を意味していた。それで彼は空騒ぎとぺちゃくちゃしたおしゃべりがしたい気分ではまったくなかったのだ。テーブルいっぱいのトラピストの修道僧と同席してありあわせの食事をするのなら、彼にもなんとか我慢できるかもしれない。だが家族揃っての豊かな食卓はだめだ。

「ディナーはいらない」

「ディナーはいらないだって？」

「いらない」

「病気か何かか？」

「いや」

「だがディナーはいらないんだって？　わかった。変だ！　とはいえむろんお前の問題だ。となると俺ひとりで飼い葉袋に向かわなきゃならないってことになりそうな具合だな。ビーチの話じゃバクスターも飼い葉場にはご欠席らしい。奴は何かで気が動転してるってことらしい。それで喫煙室にて気つけとサンドウィッチをご所望だそうだ。それであのピルビームの吹き出物野郎だが」ヒューゴは険しい顔で言った。「俺は可能な限り早い時点での奴との会見を提案するものだ。それが済んだ後にゃあ、奴にももうディナーはいらなくなってることだろうよ」

「そのほか全員はどうしたんだ？」

「知らなかったのか？」ヒューゴは驚いて言った。「連中はパースローのところで食事するんだ。お前の伯母さん、エムズワース卿、ギャラハッドの親爺《おやじ》さん、それとミリセントだ」彼は咳払いした。いくらか間の悪い一瞬がこれから始まろうとしていた。「なあ、ロニー、ミリセントのことなんだが」

「なんだって？」

「お前たちの婚約のことなんだが」

「それがどうした？」

「あれはおしまいだ」

「おしまいだって？」

「完全におしまいだ。徹底的にお流れだ。彼女は心変わりしたんだ」

「なんと！」

「そうだ。彼女は俺と結婚するんだ。俺たちは何週間も婚約していた――いわゆる秘密の婚約ってやつだ――だが俺たちは喧嘩《けんか》をした。いまや喧嘩は終わった。完全なる和解だ。そういうわけで彼女は、こういう事情だからお前を店に返品したいって話をお前にそっと伝えてくれるよう俺に頼んだんだ」

恍惚《こうこつ》の感動がロニーの全身を走った。使者が赦免状を持って駆けつけてくるときの、絞首台に載った男みたいな気分に彼はなっていた。「ふむ、それは最近にない朗報だな」彼は言った。

「お前は、ミリセントと結婚したくなかったっていうのか？」

「もちろんなかったさ」

「い、い、いもちろんなんて言うのは、それまでにしてもらおうか、おいお前」ヒューゴは言った。感情を害されていた。

「彼女はものすごくいい子だ……」

「天使だ。シュロップシャー第一位の熾天使《セラフ》だ」

「だが僕は彼女を愛しちゃいないし、同じく彼女も僕を愛しちゃいない」

「そういうことなら」正当な非難を込めて、ヒューゴは言った。「どうして彼女にプロポーズなんかしたんだ？　バカな真似だって俺には思える」彼は舌を鳴らした。「もちろん何があったかはわかってる。お前はスーをやり込めるためにミリセントをひっつかんだんだ。それでいまや、お前とスーは仲直りしたってことだな。たいへん結構。これ以上賢明な手はとりえない。彼女は明らかに、お前にぴったりの女の子だ」

ロニーは顔を曇らせた。その言葉は彼の神経に障った。彼はスーのことを考えまいとしていたが、うまくいかずにいた。彼女の面影が、脳裡《のうり》に浮かび続けていた。彼女のことを思いから排除できぬまま、彼は彼女のことを悪く思おうとしていた。

「仲直りなんかしちゃいない」彼は叫んだ。

今となってすら、スーのことを悪く思うのがどれほど困難かは驚くばかりだった。スーはスーだ。それが彼を邪魔していた根本的事実だった。マリオズ・レストランでの悲劇に考えを集中しようとすればするほど、彼の心はそれ以前の陽光と幸福の場面に逸れて戻っていってしまうのだ。

「してないんだって?」落胆してヒューゴが言った。

スーがこの城に来ていることをロニーが知らないでいる可能性など、ヒューゴは思ってもみなかった。とっくの昔に当然二人は逢ったにちがいないと、彼は思っていた。またこの友人がミリセントを失ったとのニュースを受け取った様の冷静沈着さから、スーと彼の間にも、狩場番小屋の二階で起こったような率直な話し合いがあったにちがいないと、彼は思っていた。ロニーの顔の陰気な不機嫌さは、彼のやさしい心を沈ませた。

「お前たち、まだ仲直りしてないっていうのか?」

「ああ」

ロニーは苦痛に身をよじった。川上のスー。彼の腕の中、サックスの甘美な音色に身を委ねるスー。笑うスー。ほほえむスー。春のスー。そよ風が彼女の髪を波立たせ……

彼はこういう落ち込みを誘う記憶を心のうちから追い払った。マリオズでのスー……そっちのほうがいい……彼を失望させたスー……ピルビームのイボ野郎と仲良く話していたスー……こっちの方がずっとましだ。

「あの可哀そうな子に、お前はひどくつらく当たりすぎだと思うぞ、ロニー」

「彼女のことをあの可哀そうな子なんて言うんじゃない」

「俺は彼女のことをあの可哀そうな子って言い続ける」ヒューゴはきっぱりと言った。「俺にとって彼女は可哀そうな子だ。他人にそれがわかろうとわかるまいと俺はかまわん。俺のハートは彼女のために血を流していると言うにやぶさかでない。おびただしく血を流している。それで俺はきっとお前は……」

「彼女の話はしたくないんだ」

「……彼女があれだけのことをした後なら……」

「彼女の話はしたくないって言ったはずだ」

ヒューゴはため息をついた。あきらめた。この状態はいわゆる袋小路というやつだ。残念なことだ。親友とあんなにいい女の子が永遠にお別れだなんて。二人の特別にいい奴らが、永久に離れ離れだなんて。ああ、だがそれが人生だ。

「何か話がしたいんなら」ロニーは言った。「お前たちの婚約の話をしてもらったほうがいいな」

「よろこんでさせてもらおう、心の友よ。お前を退屈させちゃいけないと思ってたんだ。でなけりゃこっちの件についてどんどん話してたところなんだが」

「一族がこの話をぺしゃんこにつぶすだろうってことは、わかってるんだろうな?」

「いや、そんなことはない」

「お前、コンスタンス伯母さんが跳んで跳ねてシンバルをじゃんじゃん叩いてまわるって、そう思ってるのか？」

「キーブルについて言えば」かすかに震えながらヒューゴは言った。「ある程度その存在感を示してくれることだろうよ。だが俺は第九代伯爵の助力と支援をあてにしてるんだ。間もなく九代伯爵は俺のことを息子みたいに思うようになるはずだ」

「どうやって？」

一瞬、ヒューゴはこの青春時代の友にすべてを打ち明けたいという誘惑に屈しそうになった。それから彼はそんな真似は賢明じゃないと思い直した。不思議な偶然だが、彼はロニーのことを、以前ロニーが彼のことを考えていたのとまったく同じように考えていたのである。つまり、ロニーはものすごくいい奴だが、秘密の保管場所には適さない。おしゃべりだ。口の軽い男だ。日暮れまでにあちらこちら世間じゅうあたりかまわず秘密を撒《ま》き散らす男だ、と。

「気にするな」彼は言った。「俺には俺のやり方がある」

「どういうやり方だ？」

「ただのやり方だ」ヒューゴは言った。「すごくいいやつだ。さてと、それじゃあ失礼させてもらうよ。遅れてるんだ。お前、本当にディナーには来ないんだな？　じゃあ行かせてもらう。可能な限りのスピードでピルビームの奴をとっ捕まえることが緊急に必要なんだ。日が暮れるまで俺は怒ったままでいたくないんだ［『エフェソスの信徒への手紙』四・二六］。奴の存在にもかかわらず、すべてはめでたしめでたしで収まった。だがあいつが虐殺されないでいいって理由はない。俺は公益を担ってるって考えてるんだ」

ドアが閉まってから数分の間、ロニーは椅子に丸くなったままでいた。それから、ありとあらゆることどもにもかかわらず、抗し難い食べ物への欲求が忍び寄ってきた。完全な健康と戸外でのお茶なしの午後が、彼に切実な食欲をもたらしていた。とはいえ依然として食堂室のことを思うと彼の心はひるんだ。ヒューゴは好きだが、今夜はどうしても奴のおしゃべりには我慢がならない。〈エムズワース・アームズ〉でリブ付きチョップくらいがちょうどいい。ツーシーターでなら五分とかからずに行ける。

彼は立ち上がった。ドアに近づく彼の心は、必ずしも食べ物のことだけでいっぱいというわけではなかった。別れ際のヒューゴの言葉が、彼の思いをふたたびピルビーム方向に向けていた。

何がピルビームをこの城に呼び寄せたものか、彼にはわからなかった。しかし、いまや奴はここにいる。自分の心配は自分でさせてやろう！　P・フロビッシャー・ピルビームと二人きりで過ごす数分間こそ、彼の傷ついた魂が必要としている治療薬にほかならない。明らかに、ヒューゴの発言からすると、あの男に対して奴も何らかの不満を心に抱いているらしかった。ロニー自身のそれと比べたら、そんなものは何でもないはずだが。

ピルビーム！　すべての諸悪の根源。ピルビーム！　草むらのヘビだ。ピルビーム……！そうだ……！　ロニーのハートは張り裂けそうだし、彼の人生は破滅だ。だがピルビームに正当な処遇を加えてやることで、自分にだってわずかな心の慰めは得られるはずだ。

彼は廊下に出た。と、時おなじくして、向かいの部屋からパーシー・ピルビームが姿を現した。

II

ピルビームはたいそう念入りにディナー用の正装の支度をしていた。エムズワース卿がいつもながらのふんわりした羊毛頭で、マッチンガム・ホールへの人口流出の件を彼に知らせておくのを完全に忘れたため、彼は食事の際、陽気できらびやかな面々とご同席することを期待しており、それにふさわしく準備を整えたのだった。鏡に映るその成果を見て、彼は心地よい満足を覚えていた。廊下に出ようと足を進めたときにも、その満足感は彼の身体を熱くしていた。と、彼の目はロニーに留まり、それは急速に消滅したのだった。

率直かつ恐れを知らぬ『ソサエティー・スパイス』の編集長時代、P・フロビッシャー・ピルビームは一度か二度、彼の幸福を願わない人々と直接の対面をしたことがある。彼はそれが好きではなかった。彼は身体的暴力に快楽を覚える類いの人間ではない。またいま彼が身体的暴力の危機に瀕していることは、胸が悪くなるくらいに明白だった。この背は低いが頑丈な若者がゆっくりと前に進み出るその様が、その兆候を顕著に示していた。王立動物学協会友の会会員〔ロンドン動物園に無料で入園でき、当時一種のステイタス・シンボルだった〕であったピルビームは、動物園のヒョウがまさしくこんなふうに前進するところを見たことがあった。

長年週刊スキャンダル紙の編集にあたり、その後長らく私立探偵として活動してくるということは、突然の非常事態において冷静沈着たるべく人を訓練するものであることに疑問の余地はない。本件において、パーシー・ピルビームのすばやい判断をいくら称賛しても足りない。偉大な軍事戦略家がこの場にいたら、必ずや是認の意を示し、うなずいていたことだろう。ロニー・フィッシュという恐るべき脅威がより近くへと接近してきた時、パーシー・ピルビームは、ナポレオン、ハンニバル、かの偉大なるモールバラ公爵がまさしくしたであろうことをしたのだった。後ずさりしてドアの取っ手をつかみ、それを鋭く旋回させて寝室ドアを通り抜け、それをバタンと閉め、彼は姿を消したのだった。泥中に姿を消すウナギだって、これほどの円滑さと敏速さを兼ね備えてはいなかったことだろう。

ロニー似のヒョウは、夕飯前にその餌食が下生えの藪《やぶ》の中に姿を消すのを見たならば、おそらくこの見事な撤退を目《ま》の当たりにしたロニー・フィッシュが発した短い、耳障りな叫び声と同じ種類の叫び声で、己《おの》が感情を表明したことだろう。一瞬、彼は完全に意表を衝《つ》かれた。それから彼はドアに飛び込み、室内に飛び込んでいった。

彼は途方に暮れたまま、佇《たたず》んでいた。ピルビームは消えていた。驚愕《きょうがく》したロニーの目には、この部屋はいかなる形容もしくは形態の私立探偵からも完全に免れているように見えた。ベッドはあった。椅子はあった。じゅうたんもあった。サイドテーブルもあった。書棚もあった。しかし私立探偵に関しては、完全に払底中であるようだった。

この奇跡が彼をどれほど長く苦しめていたものかはわからない。彼の頭はいまだ茫然としてそれに対処しようとしていた。と、彼の耳に、鍵が閉められるような、鋭いカチリという音が聞こえた。それは部屋の反対側の吊り戸棚の中から発したようだった。

ロニーの父親のマイルズ・フィッシュは、エムズワース卿が断言したように近衛師団随一の大バカ者であったかもしれないが、その息子は論理的に演繹のできる人物であった。前方に飛び上がると、彼は吊り戸棚の扉の取っ手を強く引いた。扉は断固として揺るがなかった。

同じ瞬間、中からくぐもった呼吸音が洩《も》れてきた。

ロニーの顔はすでに険しかった。いまや彼の顔はますます険しくなっていた。彼は扉板に唇を当てた。

「ここから出てこい！」

呼吸音が止まった。

「よおし」不気味な穏やかさでロニーは言った。「よしきたホーだ！　待っててやる」

しばらくの間、沈黙があった。それから彼方《かなた》より、返答する声があった。

「落ち着け！」その声は言った。

「落ち着けだって？」鈍い声でロニーは言った。「落ち着けだって？」彼は言葉を詰まらせた。「出てこい！　僕はただお前の頭を引っこ抜いてやりたいだけなんだ」懇願調で、彼は付け加えた。

彼方の声はなだめるような調子を帯びた。

「あんたが何に腹を立ててるかはわかってる」それは言った。

「そうか、はっ？」

「ああ、よくわかってる。だがぜんぶ説明してやれるんだ」

「なんだって？」

「ぜんぶ説明できるって言ったんだ」

「できるのか、そうか？」

「そのとおりだ」その声は言った。

それまでロニーは扉を引いていた。押したらばもっと満足のゆく結果が得られるのではあるまいかと、いまや彼は思い当たった。それで彼は押した。しかし何も起こらなかった。ブランディングズ城は堅牢さを誇りとしている。その壁は壁であり、扉は扉である。安ピカものはここにはない。戸棚はきしみはしたが、屈することはなかった。

「おい！」

「なんだ？」

「頼むから聞いてくれ。俺はぜんぶ説明できるって言った。あの晩のマリオズでのことだ。どういうことかはわかっている。あんたはブラウン嬢が俺を好きだと思ってるんだろ。俺は厳粛に誓うが、彼女は俺を見るのだって我慢できないんだ。彼女が自分でそう言った」

好ましい考えがロニーに浮かんだ。

「お前は一晩中そこにいられるわけじゃない」彼は言った。

「俺は一晩中こんなところにいたかない」

「ふん、じゃあ出てくればいい」

その声は哀調を帯びてきた。

「あの晩マリオズで会う前、彼女は一度だって俺と会ったことはなかったんだ。彼女はあのカーモディーって男と食事してた。奴が席を外したんで俺は近寄っていって自己紹介した。それのどこが悪い？」

けとばしてみたらばどうだろうかと、ロニーは思い始めていた。自分の爪先への愛情と、戸棚の扉を破壊し始めたならクラレンス伯父さんには言いたいことがあるだろうなとの思いが、その計画を彼に放棄せしめた。張りつめた思いで、彼は立っていた。

「ただの友好的な会話だ。それがしたくて近づいただけだ。どうして女性に近づいて自己紹介して友好的な会話をしちゃいけない？」

「もっと早く僕が着いてればよかった」

「だったらお目にかかれてさぞ嬉しかったことだろう」ピルビームは礼儀正しく言った。

「そうか？」

「そうだとも」

「お目にかかれたらさぞ嬉しいことだろうなぁ」ロニーは言った。「このクソいまいましい扉を開けられたらな」

ピルビームは窒息の心配をしはじめていた。戸棚の中の空気はムッとこもってきた。きわめてしばしばあることだが、この危機的状況が彼に霊感を授けた。

「そうだ」彼は言った。「あんたはロニーか？」

ロニーはますますピンク色になった。

「お前のずうずうしい話をこれ以上聞きたくない」

「ちがう。聞くんだ。あんたの名前はロニーか？」

沈黙があった。

さらに沈黙があった。

「つまり、もしそうなら」ピルビームは言った。「あんたは彼女がここに会いに来た男なんだ」

「彼女は俺にそう言った。今日の夕方、庭園でだ。彼女はここにシューンメーカー嬢だったかなんだったか、そんな名前を名乗って来てるんだ。お前に会うためだけにだ。それで彼女が夢中なのは俺じゃないってことがわかるはずだ」

鋭い絶叫によって沈黙が破られた。

「何の話だ？」

ピルビームは発言を繰り返した。希望の増大により、彼の語りには精緻なまでの明瞭《めいりょう》さが加わっていた。

「出てこい！」ロニーが叫んだ。

「それはかまわないんだが、しかし……」

「出てこい。お前と話がしたい」

「あんたは俺と話をしてるじゃないか」

「この扉越しに怒鳴ってたくないんだ。出てこい。指一本触れないって誓う」

ピルビームがその言葉に従ったのは、フィッシュ家の者の騎士道的誓約への信頼というよりは、これ以上戸棚の中に閉じ込められていたら、頭に血が上りそうだとの思いゆえであった。すでに彼は埃《ほこり》と防虫剤の溶液をどっさり呼吸しているような気分になり始めていた。彼は出てきた。彼の髪はもじゃもじゃに乱れていた。彼は用心深く相手に目をやった。彼はロニーの手に生命を掌握《しょうあく》されている人物の空気を身にまとっていた。しかし、フィッシュ家の者の誓約は守られた。ロニーに関する限り、戦争は終わったようだった。

「何て言った？　彼女がここに来てるだって？」

「そのとおり」

「そのとおりとはどういう意味だ？」

「そうだ。そのとおり。彼女は俺が着く直前にここに着いたんだ。彼女に会ってないのか？」

「ああ」

「ふん、彼女はここにいる。彼女は庭の間《ま》って名の部屋にいる。彼女がギャラハッドの親爺《おやじ》さんにそう言ってるのを俺は聞いた。いま行けば」ピルビームはほのめかすように言った。「ディナー前に静かな話し合いができるはずだ」

「それで彼女はここに僕に会いに来たって言ったんだな？」

「そうだ。マリオズでの晩のことをお前に説明するためにだ。それで俺が思うに」ピルビームは熱を込めて言った。「女の子ってものは好きな男のためでなくちゃ、こんな場所に、シュールブレッドだかなんだかって名乗って、そいつに会うためだけに来たりするか？　どうだ！」ピルビームは言った。

　ロニーは答えなかった。感情に圧倒されて口が利けなかった。後悔の泥沼にあまりにも深くはまり込んでいて、言葉が出なかった。実際、自己卑下のあまり、彼はピルビームに自分をけとばしてくれないかと頼みたいくらいだった。罪なきスーを自分がどんなに不当に扱っていたことかと思うと、あまりにもつらく、耐えられなかった。それは彼をへビのごとく嚙み、毒へビのごとく彼を苦しめた。

　反省の大波と奔流の中から、暗い夜の灯台の明かりのように、ひとつの思いが明瞭に浮上してきた。庭の間だ！

　無言で踵《きびす》を返すと、しばらく前にパーシー・ピルビームが高速移動したのと同じくらいの速さで、ロニーはドアの外に飛び出していった。そしてパーシー・ピルビームは、深いため息とともに鏡台に向かい、ブラシを手に取って、貴族階級ならびに紳士階級の目にふさわしいよう髪型を旧に復そうとはじめたのだった。これが済んだところで、彼は口ひげを整えて階下の客間に向かった。

III

客間はもぬけのからだった。そしてピルビームが驚いたことに、それからもずいぶん長いことそこはからっぽのままだった。彼は困惑した。主人が咎《とが》めるように時計に目をやり、高慢な女主人が舌打ちしていることを彼は予期していたのだ。時がそっと過ぎ、孤独が続くにつれ、彼は不安になりはじめた。

彼は絵画を見つめ、ネクタイをまっすぐにし、小テーブルの上の写真を吟味《ぎんみ》しながら部屋の中をぐるぐると歩きまわった。これらのうち最後のものは、エムズワース卿がおそらく三十歳くらいの時分に撮られた写真で、長いあごひげと、シュロップシャー義勇騎兵団のユニフォームに身を包んでいた。それを突然はじめて見る誰をもとらえずにはおかない激しい恐怖の念とともに、彼はそれを凝視していた。と、ドアがようやく開き、心沈む不安のうちに、彼はビーチの威風堂々たる姿を目にしたのだった。

一瞬彼は立ち尽くしたまま、数時間前、自分にあんな目つきをくれて廃棄処分済みの食品みたいな気分にさせた人物と同席した際に当然覚える警戒の念とともに、この執事を見ていた。それから彼の緊張は和らいだ。

世界中のあらゆる害悪に対し、大自然はその解毒剤を用意しているとはよく言ったものである。執事来《きた》りなばカクテル遠からじ、ではないか？　ビーチは大型のシェイカーの載った盆を捧げ持っていた。これを見たピルビームは、その恐るべき運搬者を、ほとんど平静に見やっている己《おの》が姿に気づいたのだった。

「カクテルはいかがであそばされますか？」

「いただこう」

彼はなみなみと注がれたグラスを受け取った。その内容の色目の濃厚さは、歓迎すべき内実の濃厚さを示唆していた。直ちに彼の身体系全体は、かがり火が突如乱入してきたような具合になった。彼はグラスを飲み干した。彼の人生観全体が、いまや魔法のごとく変化していた。まったく突然、彼は執事一ダースにだって立ち向かえる気分になった。その目がどれほどどんよりと彼を見つめてよこそうとだ。

そして、これはジンとベルモットの惹《ひ》き起こした幻想であったかもしれないのだが、この執事は、前回会ってよりこの方、いちじるしくよい方向に変化を遂げたように思われた。彼の目は依然どんよりとはしているものの、最前のバシリスク［とさかのある蛇トカゲ様の伝説上の怪物で、ひと息、ひとにらみで人を殺したという］的性格を失っている。いまやビーチの態度物腰にはじっさい断然陽気な雰囲気があって、アルゴス探偵事務所所長は大胆にも彼との会話に突入したほどであった。

「いい晩だな」

「さようでございます」

「嵐の後はいいものだな」

「さようでございます」

「ちょっぴり降ったな、どうだ？」

「まぎれもなくきわめて激しい雨でございました。カクテルをもう一杯いかがであそばされますか？」

「いただこう」

　かがり火の再点灯は、ピルビームから気後れや遠慮の最後の痕跡を一掃する効果があった。彼はいま、自分がこの執事を徹頭徹尾誤解していたことを理解した。到着の瞬間に玄関ホールで対面した際、彼はこの人物をお高くとまって敵意に満ちていると思った。いまや彼は、この人物が執事であると同時に兄弟同胞であることを理解した。むしろコール王［イギリスの童謡に登場する善良な王様］みたいなものだ。ピルビームがここ数カ月中に会った誰より陽気な親爺《おやじ》さんだ。

「あの嵐にはひどい目に遭った」彼は愛想よく言った。

「さようでございますか？」

「ああ。エムズワース卿はブタの写真をいろいろ見せてくれたんだ……ところで、ぜったい内密の話だが……君の名は何といったかな？」

「ビーチでございます」

「ぜったい内密の話だが、ビーチ、俺はあのブタについて知ってることがあるんだ」

「さようでございますか？」

「ああ。それでだ、その写真を見た後、庭園に散歩に出かけた俺は雨に遭ってずいぶんとびしょ濡《ぬ》れになった。実際、包み隠さず言うが、俺は覆いの下に行ってズボンを脱いで乾かさなきゃならなかったくらいだ」

　彼は嬉しげに笑った。

「カクテルをもう一杯おあがりあそばされますか？」

「これで三杯目になるか？」

「さようでございます」

「たぶん君の言うとおりなんだろう」ピルビームは言った。

しばらくの間、物思いに沈み、上の空で、周辺のどこかで演奏を始めたらしいブラスバンドの音色に耳をすませながら、彼は座っていた。それから安閑と浮遊していた彼の思考は、この素晴らしい執事の入室以前に彼を悩ませていた謎に漂い戻った。

「なあ、ビーチ。俺はここで何時間も待ちぼうけを食わされているんだ。君が合図の銅鑼《どら》を鳴らすのを聞いた、そのディナーは、いったいどこへ行ったんだ？」

「ご晩餐《ばんさん》の用意は整っております。しかしながらいささか開始を延期いたしております。紳士様は夏時には時間厳守ではあそばされませぬゆえ」

ピルビームはこの発言を考量した。それは歌の題名にちょうどいいように聞こえた。夏の紳士様は時間厳守では、な、い、(そうよ、サマータイムには) だから懐かしいケンタッキーの小さな我が家にわたしを連れて帰って……彼はそれをブラスバンドが演奏する音楽に合わせようとした。だがあまりうまくいかず、あきらめた。

「ご一同はどこへ行ったんだ？」

「伯爵様とコンスタンス様とギャラハッド様とスリープウッドお嬢様は、マッチンガム・ホールにてお食事をあそばされておいででございます」

「なんと！　パパパースローのところだな？」

「はい、サー・グレゴリー＝パースローとご一緒であそばされます」

ピルビームはクックとほくそ笑んだ。

「それはそれは、仕事が速いな、パースローの爺《じい》さんは。そうは思わないか、ビーチ？　何かについて、こうするように、一定の行動方針を採用せよと助言する。すると彼はすぐさま行動に移るんだ。同感してもらえるかなあ、ビーチ？」

「わたくしとサー・グレゴリーとの面識はごくごく限られておりますゆえ、残念ながら意見を申し上げられるような立場にはもとよりございません」

「パースローの爺さんの話だが、ビーチ……君の名前はビーチでよかったんだったかな？」

「さようでございます」

「大文字のBで始まるんだな？」

「さようでございます」

「ふむ、パースローの爺さんの話といえばだが、ビーチ、彼のことで話してやれることがあるんだ。彼がたくらんでいることについてだ」

「さようでございますか？」

「だがその話はしない。依頼人の秘密を尊重してだ。唇は封印されている。職業上の守秘義務ってやつだな」

「さようでございますか？」

「君が正当にも言うとおり、さようなんだ。もうこいつはシェイカーに残ってないのかな、ビーチ？」

「些少《さしょう》でしたらばございます。それを賢明と思《おぼ》し召されるならばでございますが」

「それこそまさしく俺が思し召すところだ。注いでくれ」

探偵は豪勢に啜《すす》った。上向きの幸福感が一刻、また一刻と完璧の度合いを増していた。彼と執事の間に生じたと感じていた友情は、おそらくはいくらか一方的であったにせよ、一方の側にはあたたかく、強烈ですらあるかたちで存在していた。ブランディングズ城に到着してより初めて、ほんとうの仲間、秘密を打ち明けられる優しい男を見つけ出した、とピルビームには思われた。そして彼は誰かに秘密を打ち明けたいという、圧倒的な欲望をたぎらせていたのだった。

「実を言うとな、ビーチ」彼は言った。「俺は君に、ありとあらゆる種類の人に関するありとあらゆる事柄を話してやれるんだ。この館のほぼ全員について、俺は君に何かしら話してやれる。たとえばだが、薄い色の髪をしたあの男の名は何と言ったかな？　親爺さんの秘書のことだが」

「カーモディー様でございます」

「カーモディーだ！　そういう名だった。思い出そうとしてたんだ。ふんふん、カーモディーのことで、君に話をしてやろう」

「さようでございますか？」

「ああ。君の興味を大いに惹《ひ》くであろうカーモディーの話だ。俺は今日の午後、カーモディーが俺を見てないときにカーモディーを見ていた」

「さようでございますか？」

「ああ。カーモディーはどこにいるんだ？」

「間もなくおいであそばされるものと拝察申し上げます。ロナルド様もご同様と」

「ロナルドだって！」ピルビームは鋭く息を吸い込んだ。「あいつは荒っぽい男だな、ビーチ。あのロニーの野郎だ。あいつがたったいま何をしたと思う？　俺を殺そうとしたんだ！」

ビーチの見解によれば、というのは彼はパーシー・ピルビームを社会に必要な成員とみなしていなかったからであるのだが、それは称賛に値する行動だと思われた。またその完遂が妨げられたことを彼は残念に思った。彼はまた、常に誇りとしているように自分が良心的な執事であるならば、だいぶ前にこの場を辞去してピルビームにひとり言を言わせていたはずだとも感じていた。しかし第一級の執事にも人間的感情はある。またピルビームの雑談の不思議な力は魔法のようにビーチをその場に留め置いていた。それは彼に、定期購読している『ソサエティー・スパイス』紙のゴシップページを思い起こさせた。彼は好奇心をかき立てられ、興味をそそられていた。いまのところ、確かに彼の話し相手はたんなるほのめかしをしたに過ぎない。しかし、もしこの場に留まったなら、ほんとうにセンセーショナルな情報が間もなく出てくるはずだと、何かが彼に告げたように思われた。

全生涯においてビーチがこんなにも正しかったことはいまだかつてなかった。ピルビームは四杯目のカクテルを飲み終えたところで、秘密を打ち明けたいという衝動は圧倒的に抗《あらが》い難いものとなっていた。彼はビーチを見た。こんなにも素晴らしい人物に対して、自分が何かを隠していると思うにつけ、彼は声を出して泣きたいような気がした。

「それであいつが俺を殺そうとしたのはなぜだと思う、ビーチ？」

執事にはその行為が何らかの論理的な説明を必要とすることだとはまったく思えなかった。とはいえ彼は必要な返答をつぶやいた。

「申し上げかねます」

「もちろん言えるはずがない。どうして君に言えるんだ？　君は知らないんだから。だから俺が君に話してやっている。さてと聞いてくれ。奴はリーガル劇場のコーラスガールと恋をしている。スー・ブラウンって女の子だ。それで奴は俺が彼女を食事に連れ出したって思ったんだ。だから奴は俺を殺そうとした」

「さようでございますか？」

執事は平然として話していたが、心は深くかき乱されていた。彼はいつも、ブランディングズ城の住人たちが彼の知らない秘密を持ち続けることはほとんどないのを、誇りに思っていた。だがこれは新事実だ。

「ああ。そういう理由なんだ。奴を撃退するのは大仕事だった。まったくな。どうして俺が助かったかわかるか、ビーチ？」

「いいえ、わかりかねます」

「冷静沈着さだ。俺は奴に——ロニーにだ——こう言ってやった。俺はロニーに、お前に分別があるとして訊くが、この女の子が俺を愛しているなら、こんな場所に、奴と会うだけのために、シュ一メーカー嬢と偽ってわざわざやって来たりするかって、こう言ってやったんだ」

「なんと！」

「そうだ。それがシューメーカー嬢の正体なんだ、ビーチ。彼女はスー・ブラウンって名のコーラスガールで、ここにロニーに会いに来てるんだ」

ビーチはその場に立ちすくんでいた。彼の目は電球みたいに膨れ上がってソケットから飛び出していた。彼は「さようでございますか？」すら言えなかった。

彼がまだこの途方もない新事実の暴露を理解しようと躍起になっている時、ヒューゴ・カーモディーが部屋に入ってきた。

「ああ！」ピルビームに目を留めるとヒューゴは言った。彼は身体をこわばらせた。彼は立ったまま、ショーペンハウアーの肉屋が選ばれし仔ヒツジを見るように、この探偵を見ていた。

「下がってくれ、ビーチ」彼は陰気な、深い声で言った。

執事はトランス状態から目覚めた。

「さて？」

「出てってくれ」

「かしこまりました」

ドアが閉まった。

「お前のことを探していたんだ、毒へビ野郎」ヒューゴは言った。

「そうなのか、カーモディー？」パーシー・ピルビームは快活に言った。「俺もお前を探していた。お前と話し合いたいことがあったんだ。お互いに探し合ってたってことだな。それとも俺はほかの奴のことを考えていたのか？　さあ入ってこい、カーモディー。そして座るんだ。懐かしのカーモディー！　とってもいい奴カーモディー！　最高にいい奴カーモディー！　さて、さて、さて、さあて！」

前述仔ヒツジが右記肉屋に突然近づいてきて、同じように心の底から友情に満ちた口調で同肉屋に声をかけたとして、同ヒツジが同人に与えた当惑のほうが、ピルビームがヒューゴに与えた当惑よりも大きいなどということはおよそありえない。彼のいかめしい、こわばった凝視は、呆然《ぼうぜん》とした瞠目《どうもく》に変わった。

それから彼は気を取り直した。言葉がなんであろう？　言葉なんかにいちいち構っている暇はない。行動こそ彼が求めるものだ。行動だ！

「気がついているかどうかわからないんだが、なあイモムシ野郎」彼は言った。「もう少しでお前は俺の人生を破滅させるところだったんだ」

「何をしただって、カーモディー？」

「俺の人生を破滅させるところだったんだ」

「俺の人生を破滅させたスペイン人の話をする間、聞いてくれ［ビリー・マーソンの歌った一九一一年の流行歌］」パーシー・ピルビームは春先のヒバリみたいに歌った。彼はこれほど幸福に感じたことはないし、これほどまでに気の合う仲間と席を同じくしていると感じたこともなかった。「俺はどうやってお前の人生を破滅させたんだい、カーモディー？」

「破滅させちゃいない」

「させたって言ったぞ」

「させようとしたって言ったんだ」

「はっきりするんだ、カーモディー」

「俺をカーモディー呼ばわりするのはやめろ」

「だがさあ、カーモディー」ピルビームは抗議した。「それがお前の名だろ、ちがうか？　もちろんそうだ。じゃあなぜそれを言わせまいとする、カーモディー？　率直に、公明正大にいこうじゃないか。俺は他人が俺の名前を知ってたって構わない。俺はこの名を誇りとするものだ。ピルビームだ――ピルビーム――ピルビーム――そういう名なんだ――ピルビーム！」

「これから約三十秒以内に」ヒューゴは言った。「その名は泥にまみれる」

このときはじめてパーシー・ピルビームは、彼の話し相手の態度に一定の不機嫌な気味が存在するのに気がついた。

「何が問題なんだ？」彼は心配して訊《き》いた。

「何が問題か話してやる」

「話してくれ、カーモディー、話すんだ」ピルビームは言った。「話せ話せ話せ。俺に打ち明けろ。俺はお前の顔が好きだ」

彼は深い肘掛け椅子に腰を落ち着けると、しばらく苦労した挙句にようやっと指の先を合わせてふんぞり返り、ここなる彼の新しい友人を悩ませている問題がなんであるにせよ、それを聞くべく耳を傾けた。

「何日か前、虫ケラの……」

ピルビームは目を開けた。

「もっと大きな声で、カーモディー」彼は言った。「もごもご言うんじゃない」

ヒューゴの指がビクっと引きつった。彼は相手の顔を燃えるまなざしで見つめ、どうして自分は本日の大仕事に速やかに進行し、この男の頭を付け根から叩き落としてやらないで、話なんかして時間を無駄にしているのだろうかと考えていた。ピルビームを救っていたのは、彼が取っていた安楽の体勢だった。もしあなたがカーモディー家の者でスポーツマンであるならば、いくら相手が毒ヘビだとて、仰向けに寝そべって目を閉じている者に攻撃はできない。

「何日か前」彼はまた始めた。「俺はお前の事務所を訪ねていった。あれこれ話し合った後で俺は立ち去った。その後わかったことだが、俺が事務所を出た直後から、お前は汚らわしいスパイに俺の後をつけさせ、俺の一挙一動をメモして報告するようにって指示してたんだ。その結果俺はあともう少しで一生をだいなしにされるところだった。それで俺がこれからどうするか、知りたきゃ教えてやるが、俺はお前をその椅子から引きずり降ろして、ひっくり返して思いっきりけとばしてやってこの家から出てってもらうまでけとばし続けてやるんだ。でまだお前がこの上そのいやらしいぺちゃんこの鼻をこの家に突っ込もうとするなら、お前の内臓を抉《えぐ》り取ってやる」

ピルビームは閉じていた目を開けた。

「そんなにも公明正大な話はないな」彼は言った。「だが、だからってお前がブタを盗んでいい理由にゃあならない」

ヒューゴはしばしば物語で、人々がよろめき、何かその時つかんだものをつかまずにいたらば倒れていたことだろうというくだりを読んだものだ。よもや自分がそれを経験しようとは、まったく彼は予期していなかった。だがまぎれもなく、事実、もしその瞬間に椅子の背を握り締めていなかったら、彼は直立しているのに耐え切れなかったことだろう。

「ブタ泥棒!」ピルビームは厳粛に言い、ふたたび目を閉じた。

ヒューゴは、椅子によって平衡《へいこう》を回復した後、いまは平行移動をしていた。彼は士気回復のための猛烈な努力をしていた。彼は義勇騎兵団のユニフォームを着たエムズワース卿の写真をとり上げると、ついうっかりそれを見た。それから今まで握っていたものがヘビだったことに気づいた男みたいに、あたかも今ようやくそれに気がついたというように、身震いしながらそれを置いた。

「どういう意味だ？」頭の鈍そうなふうに彼は言った。

ピルビームの目が開いた。

「どういう意味かだって？　どういう意味だと思う？　俺はお前がブタ泥棒だって言ったんだ。そういう意味だ。お前はあちこち行ったり来たりして、ブタをこっそりくすね盗《と》ってはキャンピングカーに隠してまわってるんだ」

ヒューゴはエムズワース卿の写真をふたたびとり上げ、自分が何をしているかに気づくとすぐさまそれを落っことした。ピルビームはまたもや目を閉じた。彼の姿を見、ヒューゴは不本意ながら畏怖《いふ》の身震いを抑制できずにいた。彼はしばしば探偵の超人的直感について読んできたが、それが機能する様を見る光栄に浴したことはこれまでなかった。と、ひとつの考えが浮かんできた。

「お前、俺を見たのか？」

「何て言った、カーモディー？」

「お前、俺を見たのか？」

「ああ、みーつけた、カーモディー」ふざけた調子でピルビームは言った。「いないいないばー、だ！」

「俺があのブタをキャンピングカーに入れるところを見たのか？」

ピルビームは高速で連続十一回うなずいた。

「もちろん見たとも、カーモディー。どうして見ずにはいられよう？　俺が雨に降られてあのキャンピングカーの中に避難して、そこでズボンを脱いで乾かそうとしていた──俺は腰部神経痛にかかりやすい性質《たち》だからな──ってことを考えるならばだ」

「俺はお前を見なかった」

「そうだ、カーモディー、君は俺を見なかった。なぜかを教えてやろう、カーモディー。なぜなら俺は外で女の子の声が〈急いで、早くしないと誰か来るわ！〉って言うのを聞いて、隠れたからだ。かわいい女の子に、膝丈メッシュの下着姿を見せるだなんて思いもよらないことだろう、どうだ？そんな真似はできない、カーモディー」ピルビームは厳しく言った。「そんなのはクリケットじゃあない」

ヒューゴは今や遅しとなってから、利口に振舞おうとしてすべてをだいなしにしたことに気づいたすべての犯罪者にあまねく訪れる苦痛を経験していた。あの時にはエンプレスを西の森の狩場番小屋から動かして、誰も覗《のぞ》こうなどと思わないバクスターのキャンピングカーに入れるのは、すごくいい考えだと思われたのだ。そのキャンピングカーにクソいまいましい探偵がひしめき合っていようだなんて、彼にどう予測しようがあったろう？

この緊張の瞬間、ドアが開き、ビーチが姿を現した。「ご寛恕《かんじょ》を願います。しかしながらこの上ロナルド様をお待ちになられることをご提案あそばされましょうか？」

「へっ？」

「もちろん待たないとも」ピルビームが言った。「いったいロナルド様が何様だって言うのか、教えてもらいたいもんだ？　俺はここに断食療法をしに来てるんじゃない。俺はディナーがいただきたい。それも今すぐにだ。それでもしロナルド様がそいつがお気に召さないって言うなら、彼には別のことをやっていてもらえばいい」彼は優位を主張するげに、ドアのところに大股で歩いていった。「来るんだ、カーモディー。晩ごはんだよ」

ヒューゴは椅子に沈み込んだ。

「ディナーはいらない」鈍重なふうに彼は言った。

「ディナーはいらないだって？」

「いらない」

「ディナーはなしか？」

「なしだ」

ピルビームは腹立たしげに肩をすくめた。

「こいつはバカだな」彼は言った。

彼は階段を目指した。彼の態度物腰は、彼がヒューゴに愛想をつかしたことを示唆しているように見えた。

ビーチが居残っていた。

「サンドウィッチを持ってまいりましょうか？」

「いや、いらない。何だあれは？」

大きな衝突音がした。執事はドアのところに行って室外を見た。

「ピルビーム様でございます。階段をお落ちになられたご様子でございます」

一瞬、悩みやつれたヒューゴの顔に、希望の表情がそっと忍び込んだ。

「首は折ってないか？」

「どうやらおいでではないようでございます」

「あああ」悔しげにヒューゴは言った。

14. 有能なバクスターの敏速なる思考

I

七時半少し前に、有能なバクスターは喫煙室に隠居した。彼は沈黙と孤独を望んだ。そしてこの居心地のよい天国において、彼はその双方を手にした。数分の間、マントルピース上に置かれた時計のゆっくりチクタクいう音のほか、沈黙を破るものは何もなかった。それから玄関ホールの方向から新しい音がしてきた。当初弱々しかったそれは増大し増大し続けて逆上的な炎と化し、魔性の恋人を焦がれて泣き叫ぶ女［コールリッジ「クブラ・カーン」］みたいな情熱的な懇願の響きとともに、大気を振動させているかのごとくなった。それはかの魂の振動、田舎の邸宅のかの勤行時報、ディナー支度の着替えを告げる銅鑼《どら》の音であった。

バクスターは動揺しなかった。この召集の合図は彼を動かさなかった。むろん彼はそれを聞いた。執事ビーチは見事なバチさばきをする男である。彼は名人と呼ぶべきすばやい前腕の振り上げとリストの利いた振り切りの持ち主である。半径四百メートル以内ならどこにいたとしてもその音を聞かずにはおられない。しかしこの音はバクスターの興味をいささかも惹《ひ》かなかった。彼はディナーの席に着こうと思ってはいなかった。彼は一人で考えたかったのだ。

その考えは、暗く、苦い、ほとんどの者が一人ぼっちで考えたいと望むような考えではなかった。西の森の狩場番小屋への探検は、ルパート・バクスターにとって楽しいおでかけではなかった。そのことを胸のうちで反芻《はんすう》しながら、彼は当惑の憤激に身を焦がした。

しかしみんなみんな、彼にはとっても優しかった——とっても優しくてそつがなかった。確かに、その小屋にブタは含有されておらず、根本からブタなしであったらしいという発見の瞬間には、おそらくごくほんのちょっぴりだけ抑制の気味が感じられたやもしれない。エムズワース卿は象牙の持ち手のついた杖をごくすこしだけきつく握り、やや目を惹くかたちでビーチの後ろににじり下がったが、その態度は好ましいというよりはもっと一目瞭然《りょうぜん》に「もしこいつが跳びあがったら、準備せよ！」と言っていた。また執事の顔には、耐え難い、非難と哀れみの混ざった表情が忍び入っていた。だがその二つの後は、すべて好ましかった。

エムズワース卿はその場をとりなすかのように光と影の効果について語った。彼はこう言った——またビーチも彼に同意した——激しい雷雨時の陰翳《いんえい》の下では、誰だって自分は狩場番小屋でブタに餌をやっている執事を見たように誤って思い込むものだ。おそらくそれは——エムズワース卿は言った——またビーチもそうだと思った——壁から突き出た木材の小片かなにかだったのだろう。彼は更に続けて、いかにして少年時代の自分が、炎のような目をしたねこを見たと思い込んだかに関する長々しい話をしてよこした。彼はバクスターに、急いで家へ帰って温かいお茶を飲んでベッドに横になるといいと助言して——またビーチもその提案は賢明だと言った——話を締めくくった。

要するに彼の態度は、これ以上好ましく、これ以上思慮深くはなりえないものだった。しかし喫煙室に座るバクスターは、すでに述べたように、当惑の憤激に身を焦がしていた。

ドアの取っ手が回った。ビーチが敷居のところに立っていた。

「ディナーの件につきまして、もしお考えをお変えでおいでしたらば、お食事の用意が整っております」

彼は友人が友人に対するように話した。彼の態度には、話しかけているこの相手が、自分のことをかつてブタ泥棒だと非難したことをほのめかすものは何もなかった。ビーチに関する限り、すべては忘れられ、許されたのだ。

しかしこの執事に満ち満ちていた人間的優しさの甘露《かんろ》[『マクベス』一幕五場]は、いまだバクスターのところに配達済みではなかった。訪問者をねめつける彼の双眸《そうぼう》の敵意は、あまりにも顕著であったから、ビーチよりも人間のできていない人物だったらば激しく狼狽《ろうばい》させられていたところであったろう。

「ディナーはいらない」

「かしこまりました」

「ウィスキー・アンド・ソーダをすぐ持ってきてくれ」

「かしこまりました」

ドアは開いたときと同様、静かに閉まった。しかしそれが閉まる前に、灼熱の針のごとき激痛が元秘書の胸を突き刺した。それはこの執事が立ち去る際、哀れむようなため息を洩《も》らすのを彼ははっきり聞いたという事実に起因するものだった。

それは心優しき男が、自分の旧友が収容されている保護房を覗《のぞ》き込んだときに洩らすような、そういうため息だった。そしてバクスターは傲慢《ごうまん》な気概のあらん限りを込めて、それに反発した。フットマンのジェームズに運ばれて飲み物が到着したときも、彼は何事かなし得ないものかと依然あれこれ思いを巡らしていた。ジェームズはそれをそっと静かにテーブルに置き、この患者に礼儀正しい哀れみの一瞥《いちべつ》をすばやく向けると、去っていった。

ビーチのため息はバクスターをナイフのごとく切りつけた。ジェームズの一瞥は短剣のごとく彼を刺し貫いた。しばらくの間、彼はあの使用人を呼び戻して、自分をそんな目で見るのはいったいぜんたいどういうつもりかと問い詰めようかと思った。だが賢慮の徳がそれを押しとどめた。彼はウィスキー・アンド・ソーダのグラスを飲み干し、サンドウィッチを二切れ呑《の》みこむことで我慢した。

それだけやったところで、彼は少し――ずいぶんとではない、だが少し――気分がよくなった。それ以前なら、彼はよろこんでビーチとジェームズを殺害して彼らの墓の上でダンスを踊ったことだろう。いまや、彼はとりあえず彼らを殺害するだけで満足できる。

しかしながら、ようやく彼は一人きりになったわけだ。それはいくらかわずかな心の慰めであった。ビーチは来り、去った。フットマンのジェームズは来り、去った。いまや誰も彼もがマッチンガム・ホールに出かけてしまったか、食堂室に集合しているにちがいない。彼がかくも切実に欲していた孤独を、これより先に侵犯するものはあり得ない。彼はふたたび黙想を開始した。

しばらくその黙想は近過去のことのみに集中していた。そしてその結果、それは病的な性格を帯びたものとなった。それから次第にウィスキーのほてりが身体に感じられてくるにつれ、穏やかな思いがルパート・バクスターの許に訪れた。彼の心はスーを思う方向に転回を遂げた。

ルパート・バクスターほどに有能な男は、一般的に受容された意味において恋に落ちたりはしない。手弱女《たおやめ》らに対する彼らの態度は、一目見てわあと叫んで震えおののいて恋の虜《とりこ》となる普通の無能な若者のそれよりも、ずっと抑制されている。バクスターはスーを是認した。それ以上のことは言えない。しかしこの是認は、彼がレディー・コンスタンスから、この女性が六〇〇〇万ドルを所有する人物の一人娘であると聞かされていたという事実とあいまって、彼が胸のうちで未来のバクスター夫人としるしをつけるにじゅうぶんであった。最初の出会いの瞬間から、その資格において彼は、彼女にラベルを貼り、ファイリングしてあったのである。

したがって当然ながら、エムズワース卿が不用意にも彼女の聞くところとした発言は、彼を大いに憂慮させることとなった。わが花嫁と思い定めた女性に求愛する際、彼女が彼をクロガモみたいにキチガイであると考えるところから出発するとなると、それは彼にとっては障害となる。彼はこの状況に対処した己《おの》が機敏さに満足していた。彼が彼女に書いた手紙は、まちがいなく彼女の目のうちに彼の姿を正しく位置づけずにはおくまい。

ルパート・バクスターの辞書に失敗という文字は存在しない。このシューンメーカー嬢のような女相続人が求婚者にこと欠くはずがないことに、彼は気づいていた。しかし彼は彼らを恐れなかった。彼女がこの城に適度に長い滞在をしてさえくれれば、己が人間性の魅力によって勝利を収められるものと、彼は考えていた。じっさい、彼にはウエディングベルが鳴る音がほとんどすでに聞こえるような気がした。それから夢想より覚め、それが電話の音であることに彼は気づいた。

邪魔されたことに憤慨して顔をしかめ、電話機のところに行くと、苛立《いらだ》った鋭い声で彼は話しだした。

「ハロー?」

かすかな声が応えた。先刻の嵐が電話線に影響を与えたらしかった。

「もっと大きな声で！」バクスターは怒鳴った。

彼は電話をテーブルの上に激しくガンと打ちつけた。しばしばそうであるように、この治療法は効果的だった。

「ブランディングズ城ですか？」その声は言った。もはやかすかではない。

「はい」

「マーケット・ブランディングズ郵便局です。レディー・コンスタンス・キーブル宛に電報です」

「私がお受けします」

その声はまたもやぼんやりしてきた。バクスターは先ほどと同じ動作を行った。

「イギリス、シュロップシャー、マーケット・ブランディングズ、ブランディングズ城、レディー・コンスタンス・キーブル様」あたかも消耗性の病気を払いのけたというように、力強さを回復してその声は言った。「パリ発信です」

「どこだって？」

「フランスのパリです」

「ああ？　それで？」

その声はボリュームを増した。

「〈報せ聞きまことに残念……〉」

「何を聞いたって？」

「〈報せ〉です」

「それで？」

「〈報せ聞きまことに残念テン了解テンお宅に行かれず残念テン今月末アメリカ帰国予定テン来年再訪折段取りたしテンかしこテン〉」

「それで？」

「署名〈マイラ・シューンメーカー〉」

「署名――なんだって？」

「マイラ・シューンメーカー」

バクスターの口がだらりと開いた。メガネの上のひたいにはしわが寄せられた。メガネの後ろの目は、高まりつつある恐怖を湛《たた》えてうつろに見開かれていた。

「繰り返しますか？」

「なんだって？」

「メッセージの繰り返しをご希望ですか？」

「いや」息を詰まらせたような声でバクスターは言った。

彼は受話器を置いた。何かが背筋を這《は》いまわっているような気分だった。彼の頭脳は麻痺《まひ》した。マイラ・シューンメーカー！　パリから電報を打っている！

じゃあこのとんでもない名前を名乗ってこの城を訪問しているこの女の子は誰なんだ？　ペテン師だ。女山師だ。そうにちがいない。

それでもし彼が彼女の正体を暴露しようとしたなら、彼女はエムズワース卿にあの手紙を見せて復讐を果たそうとするだろう。

一瞬の動揺のうちに、彼は立ち上がっていた。彼はいま、重たく座り込んだ。

あの手紙……！

あれを取り返さなければならない。直ちに取り返さなければならない。あれがあの娘の占有下にある限り、ピストルを頭に突きつけられているのと同じだ。あれに書かれたごくごく直截《ちょくせつ》な批判をエムズワース卿に知られようものなら、もはや彼の支持者レディー・コンスタンスの力をもってしても彼を元の秘書の地位に戻すことは不可能となろう。第九代伯爵は温厚な人物で、妹の命令には服従するのがつねである。しかしいくら彼にだって越えてはならない限界がある。

そしてバクスターは自分がかつて享楽した地位に戻ることを切望していた。ブランディングズ城は彼の魂の故郷だった。彼は他の地でも秘書を務めてきた――いまも彼はエムズワース卿が彼に支払ったよりずっと高額の給与を得られる秘書職に就いている――しかし彼があの素晴らしき全能感、重要性の感覚、自分が英国でもっとも大きな館のひとつの命運を指揮する人物であるという意識を、ふたたび手にすることはなかった。

何としてもあの手紙を取り戻さねばならない。そしていまこの瞬間こそ、その冒険に理想的な時であると彼は理解した。あの娘はブツを彼女の部屋のどこかに隠しているにちがいない。また少なくともあと一時間は、彼女は食堂室にいることだろう。捜索する時間はじゅうぶんあるはずだ。

彼はぐずぐずしてはいなかった。三十秒後には、硬い表情でメガネを険しく光らせながら、彼は階段を上がっていた。一分後、彼は目的地に到着した。いかなる未来が待ち構えているものかを承知して、彼の侵入を邪魔すべく敷居に立つ守護天使の姿はなかった。ドアは少し開いていた。彼はそれを押し開け、中に入った。

II

ブランディングズ城は、これほどの規模と重要性を備えた大抵の場所と同じく、あまりにも豪華壮麗すぎてまったく使用されない寝室をいくつも保有していた。四柱式寝台、壮麗だがいささか圧迫感のあるタペストリーを擁し、それらはエリザベス一世女王陛下が、せかせかしたシギみたいな持ち前のやり方で、カントリーハウスからカントリーハウスを渡り歩いた時に寝御されて以来、ずっと空き部屋のままだった。現役の客用寝室の中でも、最高級に豪華なのがスーに与えられた部屋であった。

バクスターがこっそりと忍び入った時、それは優しき夕べの光の中で最善の姿を見せていた。しかしバクスターは観光気分ではいなかった。彼は木彫りのベッドの枠組み、居心地のよい肘掛け椅子、絵画、装飾、そして足が沈む柔らかな敷物を無視した。バルコニー側に開け放たれたフランス窓越しに見える空の美しさは、彼から一ぺん短い一瞥《いちべつ》を向けられたに過ぎなかった。可及的速やかに、彼はベッド近くの壁に向かった書き物机に突進した。それは捜索の起程点に好適だと思われたのだ。

机には整理棚がいくつかあった。それらの内には便箋《びんせん》が一枚、便箋が二枚、はがき、封筒、電報発信紙、それから部屋の主が一夜の眠りに就く前に何がしか彼ないし彼女の心に浮かんだ寄る辺ない思いやら人生の省察などを書き留めるべく期待されているらしきメモ帳すらが入っていた。しかしあの致命的な手紙はそのどこにもなかった。

彼は身体をまっすぐにして部屋中を見まわした。鏡台の引き出しがいま可能性として浮上してきた。彼は机を離れ、そちらに向かった。

鏡台にとっての基本要件とはふんだんな明かりの供給であるから、それらは可能な限り明かりを得られる位置に置かれるのが常である。この鏡台も例外ではなかった。それは開いた窓のすぐそばにあったから、そよ風がその上に載ったランプシェードの房飾りを揺らしていたくらいだった。そしてその正面に到着したバクスターは、はじめてバルコニー全体を見渡せる位置取りを得たのだった。

そしてそれを見たとき、彼の心臓は横滑りしたみたいだった。欄干《らんかん》にもたれて正面玄関ドアからシャクナゲに縁取られた私設車道をゆったりと延びる小砂利の海を見下ろしながら、一人の娘が立っていた。また彼女の背がこちらに向けられていたという事実すら、バクスターが彼女を識別する妨げにはならなかった。

しばらく彼は凍りついていた。どれほど偉大な人物であろうと、完全に予期せぬ冷たい吐息の下では凍りつくものである。彼は当然スーは食堂室にいると思っていた。そして彼女がこの部屋のバルコニーにいるという不快な事実に心を適応させるには、何秒か時間が要った。視線の範囲から音なく後ずさるのにじゅうぶんな冷静沈着さを回復した時、彼が最初に覚えたのは苛立《いらだ》ちの感情だった。こういうぐらぐらした移り気、どたんばでの計画変更、階下にいるべき時に階上にいようという突然の翻心、が、女性という性をこれほど不満足なものにしているのだ。

この苛立ちに続いて敗北感が押し寄せてきた。探求をあきらめて立ち去るほかはないと、彼は理解した。音なき移動を可能たらしめるアクスミンスターズ社謹製パイル織物の柔らかさと厚みを、今度はうれしく意識しながら、彼は静かに爪先立ちでドアの方向に歩きだした。と、彼がドアのところに到着したまさにその瞬間、その反対側からチャリン、ガチャガチャ、という音が耳に聞こえたのだった――実にそれは、長い鉄道旅行の後なので夕食は部屋でとって構わないかと女主人に頼んだ客人のために運んでこられた、盆に載った皿と食器の立てる音であった。

習うより慣れろである。発見されずにいることが決定的に重要な部屋の中に囚われの身となっているのにバクスターが気づいたのは、ここ三時間のうちに二回目だった。そして彼はことのコツをつかみつつあった。前回、小図書室においては、彼は鳥のごとき翼を手にして窓から出帆《しゅっぱん》した。彼は速やかに気づいたのだが、今回の危機にあってその方法は実現可能でない。大鷲《オオワシ》の方法論は彼を何ら益するところなしである。バルコニーから舞い上がったならば、彼はスーに見咎《みとが》められるのみならず、間違いなく首を折ることだろう。ここで必要なのは水中に飛び込むアヒルの方法論である。

かくして、ドアの取っ手が回るにつれ、この暗黒の時にあってすら依然有能なバクスターは、崩れ落ちるように四つんばいになって、あたかも何週間も練習を重ねてきたごとく滑らかにベッドの下へと潜り込んだのだった。

III

制限された姿勢と視界の制約のため、ベッドの下に隠れている人物が享受しうるほぼ唯一の楽しみは、外部で何が起きているかに耳をすますことだけである。彼は何かしら興味を惹《ひ》くことを聞けるかもしれない。あるいは床沿いにため息の音を聞くだけかもしれない。いずれにせよ、それだけが彼にできるすべてである。

最初にルパート・バクスターが聞いたのは、テーブル上に盆を置く音だった。続く一時休止の後、絨毯《じゆうたん》上をキュッキュと歩く一足の靴が通り過ぎ、やがてキュッキュと聞こえなくなった。バクスターはそれを慢性のキュッキュと音立て男、フットマンのトーマスの足であると認知した。

その後、誰かが息を切らし、ビーチの存在を彼に推論させた。

「ご夕食の用意が整っております、お嬢様」

「ええ、ありがとう」

娘はどうやらバルコニーから部屋に入ってきた様子だった。椅子がテーブルにこすり寄せられた。バクスターの鼻孔に香ばしい匂いがただよい来り、激しい不快を覚えさせた。彼は自分がどれほどひどく空腹であるか、またどれほど無分別であったかを認識しはじめていた。つまり第一に、サンドウィッチ数切れだけで食事を済まそうとし、第二に、まともな食事を腹に納めることなく、いま遂行中の任務に着手してしまった点においてである。

「そちらはチキンでございます、お嬢様。アン・カスロールでございます」

バクスターはそこまで推論を進め、そしてそれ以上この問題を深く考慮するまいと努力した。彼は声なきうめきを発した。食べ物の匂いを嗅《か》がねばならぬ苦痛に加えて、彼は左脚のひきつりをも感じはじめていた。彼は身体を反対に向け、インドの苦行僧のごとき平然とした無頓着を見習おうと全力を尽くした。ああいう苦行僧というものは、おそらくは最善の動機から、人格形成期を鉄くぎの上に寝そべって過ごし来たものなのである。

「おいしそうだわ」

「ご満足いただけると確信いたしております、お嬢様。何かほかにわたくしでお役に立てますことはございませんでしょうか？」

「ないわ、ありがとう。ああ、あったわ。申し訳ないんだけれど、バルコニーからあの原稿を持ってきてくださらないかしら。あそこで読んでいたの。椅子の上に置いてきてしまったわ。スリープウッド氏の本の原稿よ」

「さようでございますか、お嬢様？　ことのほか興味深い編集物であると、拝察いたすところでございますが？」

「そうね、とてもだわ」

「無作法ながら、お嬢様、後ほど、お手すきの折に、わたくしが同書中に登場するか否かをお知らせいただけますようお願い申し上げてもよろしゅうございましょうか」

「あなたがですって？」

「はい、お嬢様。ギャラハッド様がおりふしにお洩《も》らしあそばされたところより、同書に登場する逸話のいくつかの典拠としてわたくしに書中にて謝辞を下さるご意図がおありと拝察いたすところでございます」

「あなたはこの本に載りたいの？」

「断然もちろんでございます、お嬢様。わたくしはそれを名誉と存ずるものでございます。またそれはわたくしの母を喜ばせることでございましょう」

「あなた、お母様がいらっしゃるの？」

「はい、お嬢様。イーストボーンに住まいいたしております」

　執事は威風堂々とバルコニーへと移動した。そしてスーの思いは彼の母親のことと、彼女は彼に少しでも似ているのだろうかとの思弁に移った。と、急ぎ近づく足音が聞こえ、ドアがバタンと開き、ビーチの母親は非現実的な夢のごとく、彼女の胸から消え去った。息の詰まるような小さい叫びとともに、彼女は立ち上がった。ロニーが目の前に立っていた。

15. 電話にて

ところ変わって、と、姉妹芸術たる映画表現を借りてよろしければ、ヒューゴ・カーモディーはいかにしていたのでありましょうや？

ブランディングズ城内外に出来《しゅったい》することどものこの忠実な記録のような文書における、不幸にも不可避的な欠点であるのだが、年代記編纂《へんさん》者は、彼がその運命を物語る個々の登場人物各々に公正な取り扱いをするために、険しい岩山から岩山へと飛び移るアルプスの山ヤギが普及させたやり方で、次から次へと唐突に話を飛び移ることを余儀なくされる。有能なバクスターの活動は速やかな注目を要するところと編纂者には思われたが、不本意ながらいささか時間を戻し、ヒューゴが圧倒的な衝撃の下でよろめいていた、まさしくその場面に立ち帰らなければならない。いまや彼に話を戻すべき時がきた。

感受性の人でありまた育ちのよいこの若者にとって、盗まれたブタをキャンピングカーに入れているところを見られていたという発見の最初の効果は、一種の精神的な昏睡《こんすい》状態であった。顔は長くなり、四肢は硬直した。ネクタイは横に流れ、カフスは上着の袖の内側に引っ込んだ。要するに、この登場人物は一時的に全損状態になっていたのである。

したがって、ヒューゴがパーシー・ピルビームのセンセーショナルな宣言の意味を呑《の》み込む過程を観察して、我々が貴重な時間を無駄にしなかったのはおそらく賢明であった。つまりそれは彫像を見るようなものだったからだ。読者諸賢におかれては、ロダンの『考える人』がディナージャケットを着、サイドにブレイドのついたズボンを穿《は》いている姿を思い浮かべていただけるならば、おおよそのところはご理解いただけることだろう。ヒューゴ・カーモディーの本編再登場の瞬間、その硬直した肉体には生命が戻りはじめていた。

そして生命とともに知性の曙光《しょこう》が訪れた。彼の行く手に突如現れたこの恐るべき障害は、あまりにも巨大すぎて男には立ち向かい得ないと、ヒューゴは考えた。これにはより鋭い女性の才覚が必要である。したがって深淵より浮上して最初に彼がとった行為は、居間を立ち去って階段をよろめき降り、電話に向かうことだった。彼はマッチンガム・ホールの電話番号を見つけるとサー・グレゴリー・パースロー＝パースローの執事と交信を確立し、晩餐《ばんさん》の食卓よりミリセント・スリープウッド嬢を召喚するようせき立てた。執事はいくらか非難めいた口ぶりで、スリープウッドお嬢様はただいまスープをお召し上がりのご最中にてご多忙であらせられますと言った。ヒューゴはこれに十五分前に彼が見せた気迫のひらめきをもって応え、彼女がスープの風呂に浸かっている最中だろうが何だろうが構やしないと言った。彼女を連れて来い、と、ヒューゴは言い、更にもう少しで「この卑しい召使いめ」との言葉を付け加えるところだった。それから彼は受話器に弱々しくしがみつき、待った。そしてしばらくした後、甘やかな、しかし興奮した声が、電話線を通じて彼の許に浮かび辿《たど》り着いた。

「ヒューゴ？」

「ミリセント？」

「あなたなの？」

「そうだよ。君かい？」

「そうよ」

誤解というべき性質のものは何であれ一掃された。どちらも本人だった。

「どうしたの？」

「全部が全部たいへんなんだ」

「どういうこと？」

「これから話そう」ヒューゴは言い、そしてそうした。それは物語るのに難しい話ではなかった。そのプロットはきわめて明快であったから、数語ささやくだけでじゅうぶんだったのだ。

「まさか？」話が終わるとミリセントが言った。

「本当だとも」

「まあ、なんてこと！」ミリセントは言った。

沈黙がそれに続いた。ヒューゴは心臓がどきどきする思いで待った。前途は真っ暗闇に思われた。自分が女性の才覚を信用しすぎていたのではあるまいかと彼は思った。その「まあ、なんてこと！」は希望を感じさせるものではなかった。

「ヒューゴ！」

「ハロー？」

「これはちょっと大変なことね」

「ああ」ヒューゴは同意した。この大変さを彼は理解し損ねてはいなかった。

「じゃあ、なすべきことはひとつだけだわ」

ヒューゴ・カーモディーの身体をかすかな戦慄《せんりつ》が走った。ひとつあればじゅうぶんだ。結局のところ、勝利を収めるのは女性の才覚なのだ。

「聞いて！」

「なんだい？」

「なすべきことはただひとつ。わたしが食堂室に戻ってクラレンス伯父様に、あなたがエンプレスを見つけたって言うことだわ」

「へっ？」

「彼女を見つけたって言うの、もうバカったら」

「どういう意味だい？」

「エンプレスがキャンピングカーにいるのを見つけたの」

「だけど僕が言ったことを聞いてなかったのかい？」ヒューゴの声には涙があった。「ピルビームは僕らが彼女をあそこに連れてくのを見たんだよ」

「わかってるわ」

「あいつがそう言ったら僕らはどうするのさ？」

「頑強な否認よ」

「へぇ？」

「わたしたちは頑強にそれを否認するの」ミリセントが言った。

ふたたびヒューゴの身体を戦慄が走った。さっきよりも大きいやつだ。うまくいくかもしれない。うん、うまくやれば、うまくいく。彼は支離滅裂な愛と称賛の言葉を受話器に注ぎ込んだ。

「そのとおりだ」彼は叫んだ。「曙光が見えた。ピルビームのところへ行って、もし口を開けたら絞め殺してやるってそっと言ってやろう」

「ううん、待って。わたしクラレンス伯父様のところに行ってお話ししてくるわ。間違いなく伯父様はすぐ出てらしてあなたとお話しなさるはずよ」

「ちょっと待った！　ミリセント！」

「なあに？」

「僕はあのいやったらしいブタをいつ見つけたってことにすればいいんだい？」

「十分前よ。ディナーの前にちょっとそぞろ歩いていた時のことだわ。あなたはたまたまキャンピングカーの横を通りかかって、そしたら中からおかしな物音がするのに気がついたのね。それで何だか見てみようって覗《のぞ》いたの。そしたらエンプレスがいて、あなたは電話しようってあわてて駆けてきたの」

「だけどミリセント！　ちょっと待った！」

「なあに？」

「親爺《おやじ》さんはバクスターが盗んだって思うぞ！」

「そうよ！　それって素敵じゃない！　じゃあ、ちょっと待っててね」

ヒューゴは不寝番を再開した。ニワトリがコッコというような音が電話線のマッチンガム・ホール側に突如起こったのは、それからしばらくしてのことだった。彼はこの音は第九代エムズワース伯爵が己《おの》が思いを言葉にしようと必死になって発している音であると、正確に推量した。

「ツコッカッカ……」

「はい、エムズワース卿？」

「ツコカッ、カーモディー！」

「はい、エムズワース卿？」

「本当か？」

「はい、エムズワース卿」

「エンプレスを見つけたんじゃな？」

「はい、エムズワース卿」

「あのバクスターの野郎のキャンピングカーの中でじゃの？」

「はい、エムズワース卿」

「なんたることじゃ！」

「はい、エムズワース卿」

今までのところ、ヒューゴ・カーモディーは、この会話の自分の担当分を愉快なほどに簡単だと感じていた。こんなせりふなら一晩中だって続けていられる。だが、「はい、エムズワース卿」のほかにも言うべきことはある。それをこれからヒューゴは言おうとしていた。人事には潮の流れというものがあり、大潮の時をとらえれば、幸運へとつながるのである［『ジュリアス・シーザー』四幕三場］。そしてその潮の流れは、今このときよりも高まるときはない。声帯を柔らかくするため、彼は二度ごくんと息を呑《の》み込んだ。

「エムズワース卿」彼は言った。彼の心臓は早鐘のごとく鼓動していたが、彼の声は落ち着いていた。「この機会に申し上げておきたいことがあります。伯爵は驚かれるかもしれませんが、でもこれが不快な驚きでなければいいと思っています。僕は姪御《めいご》さんのミリセントさんを愛していますし、彼女も僕を愛しています、エムズワース卿。僕たちはもう何週間もお互いに愛し合っていて、それで伯爵に結婚のご承諾をいただきたいと願っています。僕は金持ちではありません、エムズワース卿。実際、厳密に言って、給料のほかには、僕は世界じゅうに一銭たりとも持ちあわせていません。ですが僕のレスター伯父さんはウースターシャーのラッジ・ホールを所有しています――おそらくあすこのことはお聞きになられたことがおありだと思いますが？　バーミンガム行きの本道を左に曲がって何キロか行くと……ええ、まあいいんです。あすこはウースターシャーでも大きな屋敷でレスター伯父さんがそこの所有者であすこの財産は限嗣《げんし》相続になっていて、次は僕が相続することになってるんです……レスター伯父さんが今にも死にそうだなんてふりをするつもりはまったくありません。こないだ会ったときはものすごく元気でしたから。ですがいつかは伯父さんは年をとって、すべての肉は草のごとし［『ペテロによる福音書』一・二四］で、それで、申し上げたとおり次は僕の順番ですから、いずれは僕は結構大きな財産と家と大庭園と地代とその他もろもろを相続することになってるんです。ですから僕が言いたいのは、いずれ僕はミリセントを支えられる立場に立てないわけじゃないってことなんです。それでエムズワース卿、どれだけ僕たちが愛し合っているかをおわかりいただければ、僕らの幸福を邪魔だてしようなんてのは正々堂々としたやり方じゃないってことがぜったいにおわかりいただけると思います。ですから僕が何を言いたいか、おわかりいただけてるなら、僕らは突撃してもよろしいでしょうか？」

電話線の反対側には完全なる沈黙があった。善き男の愛の告白がエムズワース卿の口を利けなくしてしまったかに思われた。彼が「ハロー」を六回と、「あのう、そちらにいらっしゃいますか?」を二回言った後で、自分は最高に雄弁な七百八十字を、空っぽの場所に向けて無駄に費やしてしまったのだということが、ヒューゴには確信されてきたのだった。

この発見にともなう当然の悔しさは、ミリセントの声が突然彼の耳に聞こえてきたことで、目に見えて消え去った。

「ハロー!」

「ハロー!」

「ハロー!」

「ハロー!」

「ヒューゴ!」

「ハロー!」

「ねえ、ヒューゴ!」彼女はたったいま家庭内空中戦のど真ん中から姿を現した女の子の歓喜の興奮に満ち満ちて言った。「ねえ、ヒューゴ。こっちでは事態はうまいこと加熱してるわ。わたしたったいまクラレンス伯父様に、あなたと結婚したいって打ち明けたの!」

「僕もだ。だけど親爺さんはいなくなってたけど」

「わたし、こう言ったの。〈クラレンス伯父様、カーモディーさんがエンプレスを見つけてくださったことに感謝してらっしゃる?〉そしたら伯父様は〈しとるしとるしとるしとるしとる、確かにしとる。たいした息子じゃ! たいした息子じゃわい! わしはいつだってあの息子が大好きじゃった〉それでわたしは言ったの。〈伯父様、ひょっとして、わたしを彼と結婚させてくださらない？〉そしたら伯父様は〈ほ？　なんじゃと？　彼と結婚するじゃと？〉〈そうなの〉わたしは言ったわ。〈結婚するの〉そしたら伯父様は〈もちろんじゃとも。もちろんもちろんもちろんもちろんじゃ。何としても結婚するんじゃ〉そしたらコンスタンス伯母様はひきつけを起こされて、ギャリー伯父様は慶事に水を差すとは伯母様はけしからんっておっしゃって、愛の若き夢［トーマス・ムーアの詩］をだいなしにするなんて恥じ入るべきだっておっしゃって、それでクラレンス伯父様は、〈もちろんもちろんもちろんじゃ〉って言い続けてらっしゃったの。パースローさんがどう思ってらしたかはわからない。椅子に座って天井を見つめて白ぶどう酒を飲んでらしたわ。一ラウンドめの終わりに執事は席を立ったの。どうなったか戻って見てくるわね。電話を切らないでね」

　自分の〈幸福〉と〈不幸〉が五キロ先の天秤で揺れているという男は、またそのせめぎ合いの結果を知る手段が電話線であるという男には、せっかちに電話をガチャンと切ったりはしない傾向がある。ヒューゴは切迫し、息をもつけぬ思いで座っていた。自分の財政的利害の掛かったチャンピオン戦をラジオで聴いているみたいにだ。陽気な声が肘脇で話しかけてくるまで、彼は自分の孤独が侵犯されていることに気づかなかった。パーシー・ピルビームがそこにいた。

　パーシー・ピルビームは赤い顔をして満足げに見えた。彼はわずかに横揺れしており、彼の笑みは完全禁酒主義者のそれよりも、いくらかもっと開けっぴろげで、もっと楽観的だった。

「ハロー、カーモディー」パーシー・ピルビームは言った。「ヤッホー、カーモディー。ここにいたのかあ、カーモディー」

　自分はこの男に言ってやるべきことがあったのだと、ヒューゴは思い当たった。

「おい、お前！」彼は叫んだ。

「なんだい、カーモディー？」

「お前はぐちゃぐちゃに叩き潰《つぶ》されたいか？」

「いいや、カーモディー」

「じゃあ聞くんだ。お前は俺があのブタをキャンピングカーに入れるところを見ちゃいない。わかったな？」

「だが俺は見たんだ、カーモディー」

「見ちゃいないんだ――お前がまだ生き続けていたいならな」

パーシー・ピルビームは鋭い知性の持ち主であるばかりでなく、最大限の分別と人当たりのよさを具備したご機嫌でいるらしかった。

「それ以上は言うな、カーモディー」彼は楽しげに言った。「お前の言いたいことはわかった。お前がブタをあのキャンピングカーに入れるところを見たとは、誰にも言って欲しくないとお前は俺に言うんだな。わかった、カーモディー、ああわかった」

「ふん、よく憶《おぼ》えておくんだ」

「憶えておくとも、カーモディー。ああ、カーモディー、憶えておくとも。俺はこれから外に散歩に出るんだが、カーモディー、一緒に行かないか？」

「地獄に行け！」

「たいへん結構」パーシー・ピルビームは言った。

彼はふらふらした足取りでドアに向かい、照準を定めてドアを通過した。それから一瞬の後、ミリセントの声がした。

「ヒューゴ？」

「ハロー？」

「ああ、ヒューゴ、ダーリン。戦いは終わったわ。わたしたちの勝利よ。クラレンス伯父様は〈もちろんじゃ〉を六十五回言ったの。そしてたった今、コンスタンス伯母様に向かって、自分を脅しつけられると思ったら大間違いだって言ったわ。楽勝だったわ。これからみんなで車で家に帰るところよ。クラレンス伯父様って天使だわ」

「君だってそうさ」

「わたしが？」

「そうさ、君がさ」

「あなたほどの天使じゃないわ」

「僕よりずっと天使だとも」ヒューゴは言った。天使の鑑定と分類に精通した男の声でだ。

「じゃあ、とにかく、わたしの大事な素敵な人、わたしみんなの目をくらまして道沿いに歩いてゆくことにするわ。ロニーのツーシーターを借りてきて、わたしを拾ってそして二人で何キロも何キロも田舎道をドライヴしましょ。最高に完璧な夕べになるはずだわ」

「そうに決まってるさ！」ヒューゴは熱烈な調子で言った。「最高の夕べだ。二分で車を出して、五分でそっちに着く。そしたら君といっしょだ」

「なんて素敵な人！」ミリセントが言った。

「なんて素敵なベイビー！」ヒューゴが言った。

16. めぐり逢う恋人たち

スーは大きく目をみはって、立っていた。それは彼女が百ぺんも思い浮かべようと試みていた瞬間だった。またいつだって彼女の想像力は、その仕事をし遂げる能力に欠けていたのだった。時に彼女が心の目で思い浮かべるロニーの姿は、つめたく、よそよそしく、敵意に満ちていた。ある時は驚きのあまり言葉を失い、息を呑《の》み、よろめいていた。時にはメロドラマの登場人物みたいに彼女を指差し、彼女のことをペテン師だと言って糾弾していた。彼女が覚悟していなかったのは、いま起きていることだった。

イートン校とケンブリッジ大学は息子たちをしっかりと教育する。感情を露わにするのは行儀の悪いことであるという人生の基本的事実さえ理解させてしまえば、爆弾ももはや彼らの冷静さを乱し得ないし、地震だって彼らから「ふーん、それで?」が引き出せたらば幸運である。しかし、ケンブリッジにも限界がある。イートンまた然《しか》りである。悔恨はロニー・フィッシュを、その鉄の規律・訓練が機能停止するところまで衝《つ》き動かしていた。彼は深く心かき乱されていた。そして彼の真紅色の顔、もじゃもじゃの髪、びっくりした目と痙攣《けいれん》した指はみなすべて、この事実を声高に物語っていた。

「ロニー！」スーは叫んだ。

彼女に言う間があったのはそれで全部だった。彼女が自分のためにしたこと。自分への愛のために偽名を名乗って――ペテン師だ――ブランディングズ城に来、ことあるごとに看破される危険――いつ何時、不面目にも正体が露見し、コンスタンス伯母さんに見破られるか知れないのだ――に直面してきたのだとの思い。自分が彼女を扱った恥ずべき態度に関する思い……これらすべての思いがロナルド・フィッシュを燃えさかる苦悩でもって翻弄《ほんろう》した。それらはフィッシュ家の者の熱い血を沸騰させ、そして彼女と対面した今、もはや彼にためらいはなかった。

彼は前に飛びはね、彼女を両腕でかき抱き、抱き締めた。むかつく思いのバクスターの耳には、聞くまいとしても、大瀑布《ばくふ》のごとく、フィッシュの自責の声が流れ込んできた。ロニーは自分が自分をどう思うかを話していた。また彼の自己評価は高くない様子だった。自分はけだもので、ひとでなしで、ブタ野郎で、下劣で、イヌで、イモムシだと彼は言った。もし彼がパーシー・ピルビームの人柄を語っていたとしても、これより誹謗《ひぼう》中傷的にはなれなかったことだろう。

この時点に至ってすら、バクスターはこの対話が気に入らなかった。いまやそれは完全に吐き気を催すほどになっていた。スーはみんな自分のせいだと言っていた。ロニーはちがう、僕のせいだと言った。ちがうわ、あたしのよ、とスーは言った。ちがう、僕のだとロニーは言った。ちがう、あたしのなのとスーは言った。いやちがう、ぜんぶ僕のせいだとロニーは言った。僕のせいに決まってる、なぜなら、さっき僕が言ったとおり、僕はイヌでイモムシなんだから。彼はいまや一段と踏み込んで、自分がイボ野郎で、ダニ男で、死ぬほどのアウトサイダーであることを明らかにした。

「そんなことないわ！」

「そうなんだ！」

「そんなことない！」

「そうなんだよ！」

「ぜったいちがう！」

「断然そうなんだ！」

「だけど、だとしたってあたし、あなたを愛しているの」

「そんなわけがない」

「そうなの」

「そんなはずがないんだ」

「そうなんだもの」

　バクスターは物言わぬ苦痛に身をよじった。

「いつまでやってるんだ？」彼は己《おの》が不滅の魂に向かって言った。「いつまでやってる気だ？」

　その疑問には驚くべき迅速さで回答が寄せられた。フランス窓の近辺から、控え目な咳払いが聞こえたのだ。論争者たちは跳びあがって、身を離した。心ふたつ、されど思いはひとつである。

「お原稿でございます、お嬢様」ビーチは悠然と言った。

　スーは彼を見た。ロニーは彼を見た。この瞬間までスーは彼の存在を忘れていた。ロニーは彼が階下で執事の職務に忙しくあたっているものと思っていた。二人のどちらも、彼に逢えてとっても嬉しそうには見えなかった。

　ロニーが最初に口を開いた。

「ああ――ハロー、ビーチ！」

これに対する答えは「ハロー、若様！」のほかには存在せず、そういうことは執事は言わないものであるからして、ビーチは慈悲深い笑みを発するだけで我慢した。そしてそのことは不幸にもロニーに、この人物は彼を笑っているのだと思わせる効果があった。そしてまたフィッシュ家の者というのは、執事ごときが軽々しく笑いものにしてよい人々ではない。彼はこの点を示唆する、過熱した言葉を発しようとしたのだが、と、そんな方針の無分別さが彼の念頭に去来したのだった。ビーチを懐柔せねばならない。ロニーは愛想のよさを無理やり声に込めようとした。

「それじゃあ君はそこにいたんだな、ビーチ？」

「はい、若様」

「この一件はだいぶ不可思議だと思えたことだろうな？」

「いいえ、若様」

「ちがうのか？」

「ロナルド様、わたくしはすでに、あなた様のこちらのご令嬢様に対するご感情の性質につき、情報を得ておりました」

「なんと！」

「さようでございます」

「誰が言ったんだ？」

「ピルビーム様でございます」

ロニーはあえぎ声を放った。それから穏やかになった。彼は突然、ここなる人物は彼の協力者、共犯者であり、少年期までさかのぼる友情のみならず、共同して罪を犯したというはるかに強力な紐帯《じゆうたい》によって結び付けられているのだということを思い出したのだった。二人の間に遠慮は要らない。この状況は微妙ではあるが、いまや自分はそれに対処できると彼は感じていた。

「ビーチ」彼は言った。「君はどれだけ知ってるんだ？」

「すべてでございます、若様」

「すべてだって？」

「さようでございます」

「たとえば――？」

ビーチは咳払いをした。

「わたくしはこちらのご令嬢がスー・ブラウン様であることを存じております。また、わたくしの情報提供者によりますと、リーガル劇場のコーラスに雇用されておいでございます」

「たいした百科事典だな、どうだ？」

「はい、若様」

「僕はブラウン嬢と結婚したいんだ、ビーチ」

「あなた様のさようなご願望は容易に理解いたせるところでございます、ロナルド様」父性的な微笑とともに、執事は言った。

スーはこの微笑を目撃した。

「ロニー！　この人は大丈夫よ。あたし、この人は友達だって信じるわ」

「もちろん彼は友達だとも！　懐かしのビーチ。僕の最初の、最強の友人の一人だ」

「だからこの人はわたしたちを見捨てたりはしないわ」

「わたくしがでございますか、お嬢様？」ビーチは言った。ショックを受けていた。「もちろんいたしませんとも」

「最高の男だ、ビーチ！」

「有難うございます、若様」

「ビーチ」ロニーは言った。「行動すべき時は来た。もはや猶予はならない。今すぐクラレンス伯父さんとしっかり話をつけなきゃならない。今夜伯父さんが戻ったらすぐに、僕は伯父さんのところに行って、エンプレス・オヴ・ブランディングズは西の森の狩場番小屋にいるって話すことにする。それからまだ伯父さんが弱っているうちに、僕たちの婚約の宣言を投げつけるんだ」

「遺憾ながら、ロナルド様、当該動物はもはや同小屋内にはおりません」

「君が移動させたのか？」

「いいえ、若様。カーモディー様でございます。まことに遺憾ながらカーモディー様はたまたまわたくしが同動物に給餌いたしております際中をご発見あそばされたのでございます。あの方は同動物をお連れ去りあそばされ、わたくしの関知せぬいずかたの場所へかお隠しあそばされたのでございます、若様」

「だけど、なんてこった。あいつは計画ぜんぶをだいなしにしちまうに決まってる。奴はどこだ？」

「わたくしに探索をご所望でございますか？」

「もちろん君に探索を所望するとも。すぐに行って奴にブタはどこかを訊《き》くんだ。ことは決定的に重要だと言ってやれ」

「かしこまりました」

スーは戸惑ったふうにこのブタの話を聞いていた。

「わからないわ、ロニー」

ロニーは興奮したふうに部屋中を歩き回った。それで一度はバクスターが居心地よく隠れている場所のすぐ近くまで来たから、この元秘書はラベンダー色の時計模様の靴下を一瞬ちらりと見たのだった。それは彼がここ長らくの間に目にした中で、はじめて見た美しいものであった。バクスターはその美しさを、彼が実際に評価した以上に、高く評価していて然《しか》るべきだった。

「その説明は今はできない」ロニーは言った。「長くなり過ぎるんだ。だけどこれだけは言える。あのブタを取り返さないことには、僕たちはスープに浸かることになる」

「ロニー！」

ロニーは部屋を歩きまわるのをやめた。彼は耳をすまして、立っていた。

「あれは何だ？」

彼は飛び上がってバルコニーに急ぎ、欄干《らんかん》の向こうに目をやると静かに戻ってきた。

「スー！」

「なに？」

「あの悪党のピルビームだ」ロニーが慎重な小声で言った。「奴が雨どいを上っている！」

17. エムズワース卿の勇気ある振舞い

マッチンガム・ホールのドアを後にしてブランディングズ城へと出発した瞬間から、中断されたディナー・パーティーから帰る途上のエムズワース卿、妹のレディー・コンスタンス・キーブル、弟のギャラハッド・スリープウッド閣下を乗せた〈アンテロープ〉の乗用車を、墓石のごとき沈黙が支配していた。そのうちの一人として、一語たりとも発する者はなかった。

サー・グレゴリー・パースローの食卓で猛威を振るった一族の内紛の最前線の目撃者たるミリセントが電話でヒューゴに語ったことに照らして考えると、これは不可解なことと思われる。お互いに言うべきことをどっさり抱えた三人の人物が、狭い空間に集合させられたならば、これらの三人は、そういうふうな三人になることであろうと人は思うはずである。レディー・コンスタンス一人きりですら、歴史家を何時間も大忙しにさせるのにじゅうぶんな談話を提供するものと期待されよう。

この説明は、ありとあらゆる説明同様、簡単である。それは〈アンテロープ〉の一語に解消される。

取るに足らない何らかの内部故障のため、ブランディングズ城の人々が通常ディナーに出かける際に用いる〈イスパノスイザ〉が現役リストから外されたという事実のため、運転手のヴァウルズは、やむを得ずこの二番手の下級車を頼りにすることにしたのだった。そして〈アンテロープ〉を所有したことのある者なら誰でも知っていることだが、そこには運転手と乗客を隔てるガラスの仕切りは存在しない。彼は彼我《ひが》のただ中にあり、言われたことすべてを聞き、いずれ使用人部屋に届けようと準備万端待ち構えているのである。

かかる状況にあっては、選択肢は発話か自然発火のいずれかであろうと思われるが、このささやかな集いの面々は、己《おの》が思いをおのおのの胸中に留め置いたのであった。彼らは苦しんだ。しかし、やり遂げた。このことすべてを描き出すのに、ノブレス・オブリージュ［高い身分にともなう徳義上の義務］という昔ながらの言いまわし以上に最適の言葉を探すことは困難であろう。レディー・コンスタンス。我々は格別の誇りをもって彼女を見る。彼女は女性であり、沈黙は彼女にとって最大限の苦難であったのだから。

走行中、ヴァウルズの大きくて赤い耳が、この突然のセンセーショナルな帰還の理由を知りたくて、うずうずとそばだてられているのを目《ま》の当たりにすることとすら、レディー・コンスタンス・キーブルが兄のクラレンスに彼をどう思うかを口にすることを抑制するには十分でない時もあった。幼少期より、彼はいっぺんたりとも彼女の理想の男性であったためしはなかった。しかし姪《めい》のミリセントと、一文無しであるばかりか、彼女にいつも、何と呼ぶかは知らないが、専門家の間では〈ヒービー・ジービーズ〉［漫画家ビリー・ド・ベックが一九二〇年代に懸念の表現としてつくった造語］として知られる神経の障害を起こさせる若者との結婚に同意を与えたと聞いた時ほど、彼に関する彼女の評価が低く沈んだことはかつてなかった。

また彼は有能なバクスターに関してずけずけと率直に物を言ってきたが、それによっていかなる意味においても自らの評価を回復することはなかった。彼はバクスターについて、この精力的な人物の崇拝者ならば許し得ないようなことを言った。異常者、くるくるパー、狂人、バカ——そして、もっと悪い、キチガイだ——といった形容が、稲光のように彼の会話には見え隠れした。そして彼の目の表情から、彼がそれらぜんぶを一人のときにも言っているのがわかるのだ。

彼女の推測は正しかった。エムズワース卿にとって、本日の出来事は驚くべき新事実としてたち現れた。二年前の植木鉢事件を根拠とし、彼は常にバクスターを精神的にバランスを欠いた人物とみなしてきた。しかし、彼は公平な精神の持ち主であるから、この元秘書が彼の城を去ってより経過した期間のうちに、平穏で規則的な生活と不安からの解放によって治癒したかもしれないとの可能性を認識していた。確かに到着したその日はきわめて正常に見えた。だがいまや数時間の間に、彼は多種多様な精神異常を詰め込み放題詰め込んで、イギリス中の三月ウサギを配置して空いた場所はちょっぴりキチガイ帽子屋用に充てるというような有様になり果てているのだ。

第九代エムズワース伯爵は容易に動揺させられる人物ではない。彼の温和さはいつもならば、次男のフレデリックだけにしか粉砕しえぬものである。しかしそれは今日こうしてここに起こっているような事柄に対しては耐性を持たない。あなたがどれほど温和な人物であったとしても、窓から投身していない時にはブタを盗み、それをあなたの執事の仕業だと信じさせようとする男ともし密接して並置させられたならば、少しはものを考えだすというものであろう。エムズワース卿は徹底的に動転していた。車が私設車道に乗り入れるときには、もはや自分を驚かせられるものは何もないと、彼は胸のうちで思っていた。

しかしなお何ものは存在した。車がシャクナゲの傍の角を曲がり、正面玄関へと続く広く長い砂利道に車輪を進めるにつれ、この道行きの開始以来、その唇を衝《つ》いて最初の音を発せしめた光景を彼は目《ま》の当たりにしたのだった。

「なんたることじゃ！」

その言葉は高く、貫通性のあるテノールで発された。そしてそれはあたかも針が突き刺さったかのごとく、レディー・コンスタンスを跳び上がらせた。この偉大なる沈黙の予期せぬ破綻《はたん》は、彼女のはりつめた神経には苦痛であったのだ。

「何がどうしたんですの？」

「どうしたじゃと？　見よ！　あの男を見るんじゃ！」

ヴァウルズが一存で説明を引き受けた。社交の場でレディー・コンスタンスに紹介を受けたことはなかったのだから、おそらく彼は話しかけるべきではなかったのかもしれない。しかし彼は、本状況の重大性に鑑《かんが》みれば無作法も正当化されようと考えたのだ。

「男が雨どいを上っているのでございます、奥方様」

「なんですって！　どこです？　見えないわ」

「そいつはたったいま寝室外のバルコニーに入り込んだところなんだ」ギャラハッド閣下が言った。

エムズワース卿はことの核心を鋭く突いた。

「バクスターの奴じゃ！」彼は叫んだ。

夏の一日は、夏時間という人工的な助けを得ても、いまや完全に終わっていた。そして深まる暮色が夜のとばりを世界じゅうに広めていた。したがって可視性は良好ではなかった。そしてたったいま庭の間のバルコニーの欄干《らんかん》の向こうに消えた人影は、直感のまなざしによる以外には認識不能であった。しかしながら、それこそまさにエムズワース卿が保有している種類の目にほかならなかったのである。

彼は精緻に推論した。ブランディングズ城の敷地内にはルパート・バクスター以外の成人男性もいる、と、彼は知っていた。しかしそのうちの誰一人として、雨どいを上り、バルコニーの向こうに姿を消す男はいない。一方、バクスターにとってそのような行為は、正常かつ通常の夕べの過ごし方と思えることだろう。彼の考える健全な気晴らしなのかもしれない。間違いなく、もうじき彼はバルコニーにふたたび姿を現し、大地に身を投ずることだろう。バクスターという男はそういう男だ——偏頗《へんぱ》な快楽の人なのである。

かくして、いま述べた経路でことの核心に迫ったエムズワース卿は、感情の昂《たかぶ》りのあまり顔から鼻メガネを落っことしながら、絶叫した。

「バクスターの奴じゃ！」

二人して同じ子供部屋に遊んだ遠い昔のとある一日より、レディー・コンスタンスが実際に身を引いて構え、兄の頭に手のひらで怒りの鉄拳を振り下ろすところまでいったことはない。しかし今、彼女はそれをする寸前に達していた。おそらく彼女を言葉だけで済ませるに至らしめたものは、ヴァウルズの存在であったろう。

「クラレンス、あなたって大バカ者だわ！」

ヴァウルズの存在ですら、彼女がそう言うことを阻止できなかった。結局のところ、彼女の行為は秘密の暴露には何ら該《あ》たらない。この運転手もこれと同じ心証を自分で形成するにじゅうぶんなほど長く、この城で働いているのである。

　エムズワース卿はこの点で事実を争おうとはしなかった。車はいまや玄関ドアの外側に停められた。夏の夕べにはいつもそうであるのだが、玄関ドアは開いていた。そして第九代伯爵は、弟のギャラハッドに付き添われ、上り段を急ぎ上って玄関ホールに入った。そして、二人が入ると同時に、二人の耳には駆けてくる足音がした。次の瞬間、パーシー・ピルビームの空飛ぶ身体が目に入った。階段を四段ずつ飛び降りている。

「なんたることじゃ！」エムズワース卿が言った。

　仮にピルビームにこの発言が聞こえていた、あるいは発話者の姿が見えていたとしても、彼はその素振りをまったく示さなかった。彼はただただ急いでいた。彼は玄関ホールを走りぬけ、私立探偵というよりはびっくりしたガゼルみたいに、上り段を下り、消え去った。彼のシャツの胸には泥汚れがつき、彼のカラーは止め金具から飛び上がり、またエムズワース卿には、彼の姿を見た短い一瞬に、その目の周りに黒あざができているのが見えたような気がした。次の瞬間、階段を降下し、先行者に遜色《そんしょく》ないスピードで、ロニー・フィッシュの姿が駆け去っていった。

　エムズワース卿はこの事態を完全に誤って理解した。アルコールに刺激され、今こそあの部屋に入ってギャラハッド閣下の回想録の原稿を手にする時だとの思いかき立てられたピルビームが、その計画を実行に移そうと雨どいを上った時、庭の間で何が起こったか、彼には知る由もなかった。この探偵がロニー・フィッシュの恐るべき姿に予期せず直面しているのに気づいたときのはなはだしい落胆を、彼はまったく知らなかった。彼はピルビームの大嵐のごとく激しい命がけの突進によって締めくくられた、血気盛んで前途有望な乱闘のことを知らなかった。彼が見たすべては、二人の男が気の触れたように戸外へ走り去ったということだけだった。そして彼はこの現象に明快な解釈を加えたのだった。

　バクスターが発狂し、また妥協なく徹底してそれを完遂したものだから、強靭《きょうじん》な男たちも恐慌をきたして彼の前を逃げ去ったのだ、と。

　第九代伯爵は生来温和で、田舎の平和と静穏な暮らしの愛好者であるが、すべての英国貴族と同じく、彼のうちにはその身分に不可欠な資質が備わっている。彼がシュロップシャー義勇騎士団の一員であった時代、たまたま彼の母国は私を救ってと彼に呼びかけずに終わった。しかしもしその呼びかけがあったならば、エムズワース第九代伯爵クラレンスは十字軍に従軍した数多《あまた》のご先祖様たちと同じく、即座に「天も照覧！　もちろん。もちろんでございますとも！」で応えたことだろう。そして齢《よわい》六十の今日にあっても、いにしえの炎はいまだ消えていなかった。振り返って玄関ドアに向かうこの行進をモノクル越しに驚いて見ていたギャラハッド閣下は、身体を戻すと自分が一人なのに気づいた。エムズワース卿は姿を消していた。いま彼は、伯爵がふたたび戻ってくるのを見た。人好きのする彼の顔には、決意がみなぎっていた。手には銃があった。

「えっ？　なんなんだ？」目をぱちぱちさせてギャラハッド閣下は言った。

　一族の頭領は答えなかった。彼は階段に向かって進んでいった。アジンコート〔一四一五年、フランスのアジャンクールで戦われた百年戦争中の戦い。イギリス軍七千、フランス軍二万兵と数的不利にもかかわらず英軍が大勝利を収めた〕において一人のエムズワースが敵に向かっていったのと同じ、静かな、決然とした態度で。

　メンドリが騒ぎ立てるような音がして、ギャラハッド閣下はふたたび振り返った。

「ギャラハッド！　これはいったいどういうことです？　何の騒ぎなの？」

ギャラハッド閣下は自分の知る限りの事実を姉に向かいつまびらかにした。

「クラレンスがいま銃を持って二階に上がったところなんだ」

「銃ですって?」

「ああ。俺の銃らしい。うまく扱えるといいんだが」

レディー・コンスタンスも階上に上がろうという強い衝動にかられているのを、彼は認めた。彼女は大階段をめざましいタイムで駆け上がっていった。その動きがあまりにも敏速であったため、彼女が三階に到着したところで、ようやく彼は彼女に追いついた。

そして、そこに立つ二人の耳に、廊下の先の部屋から声が聞こえた。

「バクスター! でてこい! でてくるんじゃ、バクスター、おい、今すぐでてこい!」

この言葉が発されたらしき部屋へ向かうレースにおいて、レディー・コンスタンスは良好なスタートを切り、弟に二馬身差で先着した。かくして彼女は、奇っ怪な椿事がしばしば出来《しゅったい》するブランディングズ城においてすら異例な光景の、最初の目撃者となったのである。

彼女の若い客人であるシューンメーカー嬢は窓の側に立ち、興奮し、恐怖しているように見えた。彼女の兄のクラレンスは、銃を巧みに腰から構え、ベッドをじっと見つめていた。そしてそのベッドの下からは、甲羅から頭を突き出すカメにちょっぴり似た風情《ふぜい》で、有能なバクスターのメガネをかけた頭が覗《のぞ》いていたのだった。

18. 寝室における悲痛な場面

三十分間ベッドの下に横たわり、またその間恋人たちの和解に随伴する類いの対話を聞くことを余儀なくされた男というものは、最善の姿を見せるものでも最高に頭の冴《さ》えわたった状態でいるものでもない。バクスターの髪には綿ボコリがついていたし、服には塵《ちり》が、顔には全人類に対する高濃度に凝縮された敵意が充満していた。何かものすごく凶暴に見えるモノを予期していたエムズワース卿は、期待過剰であったことに気がついた。彼は銃を握る力を強め、より照準を確実なものにするため、片目をつぶり、もう片方の目を銃身沿いに光らせながら、腰から肩に銃を持ち上げた。

「銃口はお前に向いておる、のうお前さん」彼は優しく言った。

ルパート・バクスターはまだ頭に麦わらを突き刺しはじめてはいなかった。だが最終段階の自己表現に至る、まさしく寸前であるように見えた。

「そのとんでもないシロモノを私に向けるのはやめるんだ！」

「いいや、向け続ける」気概を込めてエムズワース卿は言った。彼は我が家にあって人に指図されるような男ではない。「もしちょっとでも暴力の気配を見せたなら……」

「クラレンス！」口を開いたのはレディー・コンスタンスだった。「銃を下ろしなさい」

「ぜったいにだめじゃ」

「クラレンス！」

「ああ、わかったとも」

「さあ、バクスターさん」見事な名人芸でこの場の中心を掌握《しょうあく》したレディー・コンスタンスが言った。「もちろんご説明をいただけますわね」

彼女の動揺は去っていた。この強靭《きょうじん》なる女性にあっては、長いこと動揺し続けるということはない。彼女はひどく心乱されていはしたが、我が偶像に対する忠誠はいまだ揺らいでいなかった。彼の行動は奇矯《ききょう》に見えるかもしれないが、必ずや完全に満足のゆく仕方で説明が加えられるものと彼女は確信していた。

バクスターは口を利かなかった。彼の沈黙はエムズワース卿に、自説を開陳する機会を与えた。

「説明するじゃと？」伯爵は苛立《いらだ》たしげに言った。というのは彼は妹が自分を舞台中央から追い払ったやり方に反感を覚えていたからだ。

「いったいぜんたい何を説明することがあると言うんじゃ？　ことは明白じゃ」

「いまひとつ俺にはわからないんだが」ギャラハッド閣下がつぶやいた。「ベッドの下にこいつがいる。どうしてだ？　どうしてベッドの下に？　そもそもどうしてここにいるんだ？」

エムズワース卿はためらった。彼は心優しき人物である。また彼は自分が言わねばならないことは、バクスターの面前では言わない方がよいことだと感じていた。しかしながら、他に方法はないように思えた。そこで彼は言葉を続けた。

「ギャラハッド、考えるんじゃ！」

「えっ？」

「あの植木鉢の一件じゃ。憶《おぼ》えておろう？」

「ああっ！」ギャラハッド閣下のモノクルに、理解の輝きが宿った。「つまり……？」

「まさしくさようじゃとも」

「そうだ、そうだ。もちろんだった。ああいう発作が出たんだな、つまり？」

「そのとおり」

レディー・コンスタンス・キーブルが、彼女の兄弟が公開討議する憎悪すべき議論を聞く機会は、これがはじめてではなかった。彼女は顔を鮮紅色に染めた。

「クラレンス！」

「何かの、お前？」

「そういう無作法な物言いはお願いですからよしていただきたいわ」

「なんたることじゃ！」エムズワース卿は傷ついていた。「何を言う。わしの言ったことのどこが無作法だというのかの？」

「よくおわかりのくせに」

「もしわしがギャラハッドに、きわめて繊細微妙な言い方で、ここにいる哀れなバクスター君がその……じゃということを思い出させたことを指してそう言っておるなら……」

「クラレンス！」

「そんなふうに〈クラレンス！〉などと呼んでもらわんでよろしい。お前とてこやつの頭が正常でないことは知っておろう。こやつはわしに植木鉢を投げたのではなかったかの？　こやつは今日の午後、窓から飛び降りたのではなかったかの？　こやつはわしに讒言《ざんげん》してビーチが……」

バクスターが割って入った。沈黙が最善だと彼が考える事柄もありはするが、この件については支障なく話せる。

「エムズワース卿！」

「ほっ？」

「ビーチが閣下のブタの盗難事件の主犯でないことは、いまや判明いたしました。しかしながら彼は従犯であったと、私は確信するものです」

「彼は何じゃったと？」

「彼は犯行を助けたのです」少々歯ぎしりしながらバクスターは言った。「実際の窃盗《せっとう》行為を実行したのは、伯爵の甥《おい》のロナルドです」

エムズワース卿は汚名をすすがれたというふうに、勝ち誇った態度で妹のほうに向き直った。

「ほらどうじゃ！　これでもお前はこやつはキチガイではないと言うつもりじゃろう？　そうはいかん、バクスター。のう」元被用者を非難するかのごとく銃口を揺らして向けながら、彼は言った。「そんな作り話をこしらえて、興奮してはいかんぞ」

「血圧に悪いな」ギャラハッド閣下も同意した。

「エンプレスは今夜お前のキャンピングカーの中で発見されたんじゃ」エムズワース卿は言った。

「なんだって！」

「お前のキャンピングカーの中でじゃ。お前が彼女を盗んでそこに入れたんじゃ。そして、ああなんたること」エムズワース卿はハッとして言った。「行って彼女を豚舎に戻すところを見てやらねばならん。パーブライトを見つけねば。いかんいかん……」

「私のキャンピングカーの中だって？」彼は塵まみれのひたいに熱っぽく手を走らせた。啓蒙が彼を訪なった「それじゃああのカーモディーの奴が、ブタを移動させたんだ！」

エムズワース卿はこういう話はもうじゅうぶんだった。エンプレス・オヴ・ブランディングズが彼を待っている。聖なる再会のときを指折り数え、彼はここに立ち、こんなキチガイの話にいつまでも耳を傾けていなければならぬことにじりじりと苛立っていた。

「最初はビーチで、次はロナルド、それからカーモディーか！　次はわしが盗んだと言い張るんじゃろう。それともここにいるギャラハッドか、妹のコンスタンスか。バクスター、のう、わしらはお前さんを責めておるのではないぞ。頼むからそうは思わんでもらいたい。どういうことかはわかっておるつもりじゃ。お前さんは働きすぎなんじゃ。またもちろん、自然は贖《あがな》いを要求しておる。わしは君に静かに自分の部屋に行って、横になってもらいたいと思っておる。こういうことはみな君の身体にはたいそう障るはずじゃ」

レディー・コンスタンスが割って入った。彼女の双眸《そうぼう》は燃え立っていたし、また彼女はエチオピア人奴隷に、分をわきまえるよう告げているクレオパトラのような言い方をした。

「クラレンス、お持ち合わせの知能がいくら少ないにせよ、お願いですからどうかそれを使ってはいただけないかしら？　あなたのブタの盗難なんてことは、この世界で起きていることの中でももっとも些細《ささい》で取るに足らないことなの。またあたくしはその件に関する騒動のことを、ほんとうに不快に思っておりますわ。あのいやらしい動物を盗んだのが誰であるにせよ……」

エムズワース卿は恐怖に青ざめた。彼は自分の耳は確かだろうかと疑っているみたいに、目をみはった。

「……それがどこで見つかったにせよ、それを盗んだのは絶対にバクスターさんではありませんわ。犯人は、バクスターさんがおっしゃったように、カーモディー氏のような若者である可能性がずっと高いと思います。カーモディーさんはプラクティカル・ジョークを面白いと考える、ある種の若者のお仲間に属すると、あたくしは確信しておりますの。ご自分の胸にこうお訊ねになってみてくださいな、クラレンスお兄様。そしてお兄様程度の知能の持ち主に可能な限り合理的に、この問題に答えようとしてご覧になってください。つまり、バクスターさんがブランディングズ城に来てブタを盗む、どういう現実的な動機があるとおっしゃるんですの？」

エムズワース卿にシュロップシャー義勇騎士団時代の血気盛んな日々の旧き善き記憶を思い起こさしめ、失われた青春の熱き精神をいくらか呼び起こさしめたのは、手の中にある銃の感触であったかもしれない。彼が妹の威圧的な双眸の下で意気沮喪《そそう》しなかったという事実は残る。彼は妹の目を力強く直視し、力強くそれに応えた。

「では自分の胸にこう訊ねるがよい、コンスタンス」彼は言った。「なんであれバクスター氏がすることに、なにか現実的な動機があるものか？　と」

「そうだ」ギャラハッド閣下は忠実に言った。「我々の友人のバクスター君には、ブランディングズ城にやってきて、ベッドの下に隠れて女の子を死ぬほど怖がらせる、どういう現実的な理由があるっていうんだ？」

レディー・コンスタンスはぐっと息を呑《の》んだ。彼らは彼女の守備の手薄なところを突いてきた。この攻撃に有能に対処できるはずと彼女が依然願い続けていた当の男の方向に、彼女は向き直った。

「バクスターさん！」あたかもディナー後の演説を頼んでいるかのような調子で、彼女は言った。

しかし、ルパート・バクスターはディナーを食べていなかった。またおそらくこの点が成り行きを決定的にした。まったく突然に、何を犠牲にしてもよいから、こんなことから逃げ出したいという逆上的な欲望が彼を襲ったのだ。一時間前なら、三十分前なら、五分前ですら、エムズワース伯爵の私設秘書の資格においてブランディングズ城に返り咲けるやもしれぬという捨て切れない希望ゆえに、彼の舌は動きを止めていたかもしれない。いまや彼は、たとえ膝《ひざ》を屈してお願いされたとしたって、そんな職は引き受けるものかという心持ちになっていた。

ブランディングズ城とその住人全員への圧倒的な嫌悪の思いが、突然有能なバクスターをわしづかみにした。自分がそもそもこんなところに戻って来たいなどと思ったということに、彼は驚異の目をみはった。彼はいまこの瞬間、アメリカの百万長者J・ホーレス・ジェヴォンズ氏の秘書兼相談役という高給かつ責任ある地位を手にしている。彼はわが魂にとっての慰めである追従《ついしょう》と尊敬をもって自分に接してくれるのみならず、投資に関するきわめて有用な助言もしてくれ、そのため彼の貯金はすでに三倍に増えているのである。そしてこの金のハートの持ち主であるシカゴの実業家を、彼は見捨てようとしていたのだ。それもただひとえに、家に帰るよう彼をせきたてる何かしら曖昧模糊《あいまいもこ》とした感情のゆえにである。そしてその家というのは、人類が洞穴暮らしをやめて以来、これほど忌《い》み嫌われた家もないくらいに彼が忌み嫌っている、その家にほかならないのである。

メガネのレンズの奥の彼の双眸はきらりと輝いた。彼の口はきつく結ばれた。

「ご説明いたしましょう！」

「ご説明いただけると存じておりましたわ」レディー・コンスタンスが叫んだ。

「説明します。きわめて簡単な説明です」

「それで短いんじゃろうな？」エムズワース卿は落ちつかなげに言った。彼はこんな話やら話し合いやらはおしまいにして、いまひとたび彼のブタに逢いたくてたまらなかった。エンプレスがキャンピングカーの中でみじめに暮らしているとの思いは、彼には胸えぐられる苦しみだった。

「すぐ終わります」ルパート・バクスターは言った。

これまでのところ、この部屋にいる人々の中でこのずいぶんと悲痛な場面の完全に外側にい続けたのは、ひとりスーだけだった。彼女は窓の側の彼女の立ち位置から一部始終を見ている、罪なき傍観者であった。いまや彼女は、自分がこの論争の大渦巻きの中に、不意に呑み込まれていることに気づいた。バクスターのメガネが彼女を頭の先から足の先まで隈《くま》なく見つめ、また彼は告発するごとく、彼女を人差し指で指さしていた。

「私がこの部屋に来たのは」彼は言った。「ご自分はシューンメーカー嬢だと名乗っておいでの、こちらのご婦人に宛てた手紙を取り返すためです」

「もちろん彼女はご自分はシューンメーカー嬢だと名乗られるとも」不承不承、思いをエンプレスから引き戻しながら、エムズワース卿は言った。「それが彼女の名前なのじゃ、のう」彼は優しく説明した。「だから彼女は自分をシューンメーカー嬢だと名乗るんじゃ。なんたることじゃ！」突然の苛立ちのほとばしりを抑制できぬまま、彼は言った。「シューンメーカーという名前じゃから、当然シューンメーカー嬢と名乗るわけじゃ」

「そうです。もしそういう名前であればです。しかし彼女の名前はちがうのです。彼女の名はブラウンといいます」

「聞くんじゃ、のうお前さん」なだめるようにエムズワース卿は言った。「こんなことを続けていても興奮するだけじゃ。おそらく身体にたいそう障ることじゃろう。さてと、わしが提案するのは、自分の部屋に戻って、おでこに冷たい湿布をして横になってゆっくりと休むことじゃ。あとでおいしいパンとミルクを持ってビーチをやらせるからの」

「ラム酒とミルクだ」ギャラハッド閣下が訂正した。「それしかない。一八九七年にこういう発作に襲われた男を知ってるんだ――兄貴も憶えてるんじゃないか、クラレンス。ベラミーだ。バーミー・ベラミーって呼んでたもんだった――それでいつだって……」

「彼女の名はブラウンなのです！」バクスターは繰り返した。彼の声はヒステリックなクレッシェンドで音量を上げた。「スー・ブラウンだ。彼女はロンドンのリーガル劇場のコーラスガールなんだ。またおそらく彼女はあなたたちの甥のロニーと結婚の約束をしている」

レディー・コンスタンスは悲鳴を放った。エムズワース卿は何度か舌打ちすることで感情を表現した。ギャラハッド閣下だけが沈黙を維持した。スーの目がとらえた彼の目には、憂慮があった。

「私はまさしくこの部屋でビーチがそう言うのを耳にしたのです。ビーチはピルビーム氏からこの情報を得たと言っていました。これは正確な情報だろうと私は考えています。しかし、いずれにせよ、このことだけはお話しできます。彼女が誰であろうと、彼女は偽名を名乗ってここに来たペテン師なのです。しばらく前、私が喫煙室にいるときに、マーケット・ブランディングズから電話で電報が届きました。それはマイラ・シューンメーカーと署名がされ、今日の午後パリから発信されたものでした。これが私の言わねばならぬことのすべてです」バクスターは結論づけた。「それでは私は失礼します。またあなた方のうちのどなたとも二度と会わずにすむことを、私は切実に望むものです。おやすみなさい！」

メガネを冷たくきらめかせ、彼は大股で室外へ出ようとし、ドアのところで入室してきたロニーとぶつかった。

「どこ見て歩いてやがる？」彼は訊《き》いた。

「えっ？」ロニーは言った。

「デキの悪い大バカモンめ！」有能なバクスターは言い、行ってしまった。

彼が立ち去った部屋では、レディー・コンスタンス・キーブルが恐怖の石像に転じていた。彼女は通常時にはさして長身の女性ではないのだが、しかし彼女はいまや巨大で恐ろしげな何ものかのごとくそそり立っているように見えた。スーは彼女の面前でたじろいだ。

「ロニー！」弱々しくスーは叫んだ。

それは窮地に置かれた女性が、恋人を呼ぶ叫び声だった。先史時代に洞穴人だったスーのご先祖様がサーベル・タイガー――またレディー・コンスタンス・キーブルはひどくこの動物と似ていた――に追い詰められたときに棍棒を持った男に向かって叫んだのとまったく同じような。

「ロニー！」

「これはいったいどういうわけだ？」当代のフィッシュが訊いた。

彼は荒く呼吸していた。というのはことの展開が急速だったからである。ピルビームは、いったん外に出ると、短距離走において驚くべき絶好調を見せた。彼は私設車道を二十メートル行ったところでロニーの挑戦を振り切り、手ごろな植え込みに飛び込んだ。またロニーは追撃をあきらめてスーの部屋に報告に戻ってきたのだった。自分の留守中にそこが公民館か何かになっていたことは、彼にはいささか驚きだった。

「これはいったいなんなんです？」彼は言った。この集会を指して言ったわけだ。

レディー・コンスタンスはくるりと振り返って彼を見た。

「ロナルド、こちらの娘さんはどなたなの？」

「えっ？」ロニーは若干居心地の悪さを感じていたが、最善を尽くした。彼は伯母の表情が好きではなかったが、とはいえ一度たりともそれを好きであったためしはないのだ。明らかに何かが起こっている。だがさりげないのほほんとした態度で、窮地を脱することができるかもしれない。「ご存じでしょう？　シューンメーカー嬢ですよ。僕と一緒にいるときにロンドンでお会いになったでしょう？」

「彼女の名前はブラウンなの？　それで彼女はコーラスガールなの？」

「えー、そうです」ロニーは認めた。それは爆弾ではあったものの、イートン校とケンブリッジ大学はよくこれに堪えた。「そうです、ええ」彼は言った。「実を言うと、そうなんです」

レディー・コンスタンスは言葉を失ったようだった。彼女の顔に浮かんだ表情から判断するに、そのことはかえって好都合だった。

「ずっとお話ししようと思っていたんです」ロニーは言った。「僕たちは婚約しています」

レディー・コンスタンスは一言発するのがやっとなだけ、立ち直った。

「クラレンス！」

「へぇ？」エムズワース卿は言った。彼の思考はとりとめなくさまよっていた。

「お聞きになって？」

「何を聞いたとな？」

感情の大嵐段階を超克して、レディー・コンスタンスは突如冷淡な無風状態へと変化を遂げた。「もしお聞きになるだけのご興味がおありでなかったようなら」彼女は言った。「お知らせしますけれど、ロナルドがたった今、コーラスガールと結婚しようという意志を宣言したところなんですの」

「ああ、そう？」エムズワース卿は言った。バクスターのようなとてつもなく均衡を欠いた知性の持ち主は、エンプレスに定期的に餌をやることを憶えていただろうか？と、彼は考えていた。その思いはさながら彼の心臓に槍のごとく突き刺さり、震えていた。彼は動揺のあまりじりじりとドアににじり寄った。そしてドアに着いたところで、妹がまだ自分に話しかけているのに気づいたのだった。

「じゃあお兄様がおっしゃりたいご感想はそれだけですのね」

「へぇ？　何の感想かの？」

「わたくしがお兄様にご理解いただきたいと努めている点は」苦労して礼儀正しさを維持しつつ、レディー・コンスタンスは続けた。「あなたの甥のロナルドが、リーガル劇場のコーラスと結婚しようという意志を宣言したということですの」

「誰がかの？」

「ロナルドよ。これがロナルドです。このロナルドがコーラスガールのブラウンさんと結婚したがっているの。こちらがブラウンさんです」

「はじめまして」エムズワース卿は言った。彼はうすぼんやりかもしれないが、旧き学校の礼儀作法を教育されている。

ロニーが間に入った。切り札のエースを取り出すべき時は来た。

「彼女は普通のコーラスガールじゃないんです」

「偽名を名乗ってブランディングズ城にやってくるという事実からして」レディー・コンスタンスは言った。「普通じゃないんでしょうね。ただならぬ冒険心を示しているわ」

「僕が言いたいのは」ロニーは続けた。「あなたがどんなにとんでもないスノッブかはわかっているってことです、コンスタンス伯母さん――あ、お気を悪くなさらないでください、だけど僕の言うことはおわかりでしょう――生まれとか家柄とかそんなようなどうでもいいことに夢中で……えーと、それで僕が言おうとしていたのは、スーのお父さんは近衛歩兵第四連隊にいたってことなんです」

「兵卒？　それとも伍長かしら？」

「大尉です。名前は……」

「コッタリーです」スーは小さな声で言った。

「コッタリーです」ロニーが言った。

「コッタリーだって！」

ギャラハッド閣下の声だった。彼は口を開けてスーを見つめていた。

「コッタリーだって？　ジャック・コッタリーじゃないだろうな？」

「ジャック・コッタリーかどうかは知りません」ロニーは言った。「僕が言おうとしているのは、彼の名前はコッタリーで、彼が近衛歩兵第四連隊にいたということなんです」

ギャラハッド閣下はまだスーを見つめていた。

「ねえ、君」彼は叫んだ。その声には奇妙な鋭さがあった。「君のお母さんはドリー・ヘンダースンなのかい？　オールド・オックスフォードとティヴォリでセリオだった？」

はじめてではないことだが、ロニー・フィッシュはギャラハッド伯父さんは何らかの種類のホームに入所すべきだと感じていた。ドリー・ヘンダースンの話を引っ張り出してくるだなんて！　議事進行のよりにもよってこんな時に、ドリー・ヘンダースンの響きを強調しようとは！　コッタリーに固執することが、ぜんぶコッタリー、コッタリー以外は何もなしにすることが決定的に重要な時にドリー・ヘンダースン問題に注意を喚起することで、彼はすべてをだいなしにしてしまうのだ。ロニーはうんざりしてため息をついた。保護房だ。保護房とは世界中のギャラハッド伯父さんたちのために特別に発明されたものなのである。そしてすべてのギャラハッド伯父さんは、その外を自由にうろつくことを決して許されてはならないのだ。

「ええ」スーは言った。「そうです」

ギャラハッド閣下は両手を差し伸べながら彼女に近づいた。彼の姿は浪費家の娘を喜んで迎えるメロドラマの父親みたいに見えた。

「俺は、まいった！」彼は言った。彼は自分がそういう状態にある旨、三回繰り返して言った。彼はスーの力ない手をつかむと、いとおしげにぎゅっと握った。「君が誰を思い出させるのかって、ずっと考えてたんだよ、かわいいお嬢さん。一八九六年、九七年、九八年と、俺が君のお母さんに狂おしく恋してたことを知ってるかい？　俺の地獄じみた一族が俺を南アフリカ行きの船に押し込まなかったら、俺がぜったい彼女と結婚してたはずだってことが、わかるかい？　事実だ。俺が請け合う。だが連中が俺の後ろにやってきて俺を船に押し込んで、それで戻ってきた時にゃあ、コッタリーの奴が俺を出し抜いてたんだ。なんてこったた！」

このシーンを感動的と考える人々もいよう。しかし、レディー・コンスタンス・キーブルは断じてその一人ではなかった。

「そんなことは今はいいの、ギャラハッド」彼女は言った。「問題なのは……」

「問題なのは」ギャラハッド閣下は熱く言い返した。「そこにいるフィッシュの奴がドリー・ヘンダースンの娘と結婚したがっていて、俺はそれに大賛成だってことだ。それでクラレンス、兄貴にも一生に一度くらいは正気になってもらって、スポーツマンらしく二人を応援してもらえることを俺は願ってる」

「へぇ？」第九代伯爵は言った。彼の思考はふたたびとりとめなくさまよっていた。バクスターがエンプレスに餌やりをしたとしても、彼はちゃんとした食べ物をじゅうぶんに与えたのだろうか？

「彼女がどんなに素晴らしい娘さんかは自分の目で見ればわかるだろう？」

「誰がじゃと？」

「こちらの娘さんだ」

「チャーミングじゃ」エムズワース卿は礼儀正しく同意し、また黙想に戻った。

「クラレンス！」レディー・コンスタンスが彼を瞑想《めいそう》から引きずり戻して叫んだ。

「ほっ？」

「お兄様はこの結婚にご同意なさらないんですね？」

「誰がそう言った？」

「あたくしがそう言ってますの。またジュリアもそう言うと思いますわ」

彼女はこれ以上に感銘力の大きい議論は展開できなかったことだろう。本年代記に近衛師団の故サー・マイルズ・フィッシュ少将C・B・Oの寡婦たるレディー・ジュリア・フィッシュは登場しない。したがって我々は威圧的な彼女の目、支配力を帯びた彼女の頰《ほお》、決意を秘めた彼女の口、また彼女の声——それは、時として——たとえば、兄をしかりつける時などの場合だ——敏感肌には発疹《はっしん》を生ぜしむる声である——については何も知らない。エムズワース卿はこれらすべてを知っていた。彼は幼年時代よりこれらに関して経験を積んできていた。彼の考える幸福とは、レディー・ジュリア・フィッシュがいないところにいることである。彼女がブランディングズ城に来て、この件について図書室で彼に立ち向かってくるとの思いは、骨の髄まで彼を凍りつかせた。この瞬間まで、なんであれこの場の多数意見が彼にせよと言うことをすることが、お人好しの伯爵の意図するところだった。しかし今、彼は躊躇《ちゅうちょ》していた。

「ジュリアはこれが気に入らないと思うのかの？」

「もちろんジュリアはこれが気に入りませんとも」

「ジュリアはバカだ」ギャラハッド閣下が言った。

エムズワース卿はこの言明を考量した。そしてそれに同意したい気がした。しかしだからといって肝心の点は変わらない。

「お前はジュリアがこの件で機嫌を悪くすると思うのかの？」

「思いますわ」

「そういうことなら……」エムズワース卿は言葉を止めた。それから奇妙なもの柔らかな光が彼の双眸《そうぼう》に宿った。「さてと、皆さん、後ほどお目にかかろう」彼は言った。「わしはブタを見てやりに行かねばならんでな」

彼の出発はあまりに唐突であったから、驚愕《きょうがく》のあまりレディー・コンスタンスは一瞬茫然とした。そして彼女が活動開始できるまで回復しないうちに、彼は部屋を出、廊下をだいぶ進んでいた。それから彼女も急いで部屋を出た。彼女の声が階段を降りるにつれて小さくなってゆくのが聞こえた。それは「クラレンス！」と叫んでいた。

ギャラハッド閣下はスーのほうに向き直った。彼の言葉はきびきびしていたが、心落ち着かせる効果があった。

「こういうごたいそうな英国旧家の家族のいざこざをご客人にお見せするのは、不名誉なことだ」もしことがうまく進んで、一八九〇年代に南アフリカ行きの定期航路が存在していなければ彼女の父親になっていたかもしれなかった者として、彼女の肩をポンと叩きながら、彼は言った。「かわいいお嬢さん、君に必要なのは少しの休息と静寂だ。来るんだ、ロナルド。俺たちは退散しよう。この議論の続きは、どこか他の場所でやるとしよう。元気を出すんだよ、かわい子ちゃん。まだぜんぶうまく行くかもしれないんだからね」

スーは首を横に振った。

「無理よ」彼女は絶望して言った。

「そんなふうに思い込んじゃいけない」ギャラハッド閣下が言った。

「このことだけははっきり言っておく」ロニーが言った。「何が起ころうと僕は君と結婚する。それは決まりだ。そうだ！　僕にだって働けるさ、どうだい？」

「何して働くんだ?」ギャラハッド閣下が訊いた。

「何してって、どうして——あー——もちろん何だってできるさ」

「この一族の成員の市場価値は」最も愛する近親らについて何の幻想も抱いていないギャラハッド閣下が言った。「一年につき三ペンス半ペニーってとこだ。だめだ! 我々がしなきゃならないのはクラレンスの奴を何とか丸め込むことだ。それには説得と話し合いがいる。それはどこか他所《よそ》でやったほうがいい。来るんだ、青年。先のことはまだわからん。俺の時代には、これより厄介なことがうまいこと片付くのを見てきてるんだからな」

19. ギャリー事態を掌握する

スーはバルコニーに立ち、夜の深淵を覗《のぞ》き込んでいた。ビロードの夜のとばりが世界を覆い、その只中からサラサラいう木々のざわめきと清らかで甘美な大地と花の芳香《ほうこう》が寄せてきた。わずかにそよ風が吹き、彼女の横のツタを揺らした。そのどこかで小鳥がねむたげに囀《さえず》っており、遠くでは流水のチリリと鳴る音がした。

彼女はため息をついた。この夜は幸福のために誂《あつら》えられた夜だ。そして今の彼女には、幸福が自分のためのものでないことがはっきりわかっていた。

彼女の後ろで足音がした。彼女ははやる思いで振り返った。

「ロニー?」

これに応えたのはギャラハッド・スリープウッド閣下の声だった。

「俺で悪かったかな、かわいいお嬢さん。バルコニーに行ってもいいかい? なんたることじゃ、って、クラレンスなら言うところだが、なんて素敵な夜なんだろう!」

「ええ」スーは疑わしげに言った。

「そうは思わないのかい」

「ええ、思うわ」

「ぜったいに思ってない。あの晩俺の親爺《おやじ》が断固として譲らず、俺に次の船で南アフリカに出発しろって言ったとき、俺はそう思わなかったのを憶《おぼ》えている。ちょうど今みたいな夜だった、思い出すよ」彼は両腕を手すりに置いた。「君のお母さんが結婚してから、俺は一度も会っていないんだ」

「そうなの？」

「そうだ。彼女は舞台を去り……ああ、あのころ俺はけっこう忙しかったのさ――だいぶ深酒をしなきゃならなかったりでね――それでどういうわけか、会わなかった。次に俺が聞いたのは――二年か三年前のことだ――彼女は死んだってことだった。君は彼女にそっくりだ、かわいいお嬢さん。どうしてすぐにわからなかったのか、考えられないくらいだ」

　彼は黙り込んだ。スーは話をしなかった。彼女は彼の腕の下に手をそっと滑り込ませた。できるのはそれだけに思えた。ウズラクイナが闇の中で一本調子に鳴きはじめた。

「雨が降るってことだ」ギャラハッド閣下が言った。「いや、降らないってことだったかな。どっちだったかは忘れた。君はお母さんがあの歌を歌うのを聞いたことがあるかなあ……？　ああ、そんなわけはない。君の生まれる前の話だ。ロナルドの野郎の件だが」彼は唐突に言った。

「彼がどうしたんですか？」

「あいつが好きかい？」

「ええ」

「本当に好きかい？」

「ええ」

「どれくらい好きなんだ？」

スーは欄干《らんかん》にもたれ掛かった。彼女の足下の壁のところでは、植え込みから様子をうかがっていたパーシー・ピルビームが、ひょいと頭を引っ込めた。この探偵は、おそらく幼少期に聞かされたブルースとクモの話［十四世紀のスコットランドの英雄ロバート・ザ・ブルースが、イングランドに敗れて島の洞窟に身を隠していたところ、巣を直そうと粘り強く繰り返し努力してついに成功したクモを見て心打たれ、島を去り、兵を集めてスコットランドからイングランド人を駆逐したという故事］が潜在意識下で思い出され、敗北を認めるのを拒否して大災難の場面に踏み迷ってきたものであろう。五〇〇ポンドは大金である。そしてパーシー・ピルビームは先の企ての際、命からがら逃げ切るのがやっとだったという事実により、それを稼ぐことを断念するに至ってはいなかった。飲酒の影響はある程度消えうせており、彼は冷静で抜け目のない、彼本来の姿に戻っていた。必要とあらば深夜遅くまでこの植え込みに潜伏し、然《しか》る後に雨どいを再襲してギャラハッド閣下の回想録の原稿のある庭の間に再び潜入することが、彼の意図するところだった。そう簡単にあきらめるようでは、すぐれた探偵とは言えない。

「言葉にできない」スーは言った。

「してごらん」

「だめ。誰かのことをどんなふうに思うかを正直に言うのって、どんなことでもいつだってバカげて聞こえるものだわ。それにあなたにとってロニーは、誰かが彼を褒《ほ》めちぎったからって、それが腑《ふ》に落ちるような人じゃないんだわ。あなたは彼のことをぜんぜん普通の人だって思ってるんだもの」

「ぜんぜん普通で済めばだがな」ギャラハッド閣下は批判めいた言い方をした。

「そう、ぜんぜん普通で済めばだわ。だけどあたしにとって、彼は何かなの……というより特別なの。実際、あたしがロニーのことをどう思うかって本当に知りたいなら言うけど、彼はあたしには世界丸ごとぜんぶなの。ほら！　バカげて聞こえるって言ったでしょ。歌の中からひっぱり出してきた何かみたいよね、そうでしょ？　あたしはそういう歌はコーラスで百ぺんも歌ってるの。二歩左。二歩右へ。はいキック。にっこり笑って、両手を胸に――なぜって彼はわたしにーはーせかいぜんぶなんだもーのー！　笑いたかったら笑えばいいんだわ」

一瞬の間があった。

「笑いやしないとも」ギャラハッド閣下は言った。「ねえかわい子ちゃん、俺はただ、君が本当にあのフィッシュの野郎のことを気に掛けてるかどうかを知りたかっただけ……」

「お願いだから〈あのフィッシュの野郎〉なんて呼び方はやめていただきたいわ」

「ごめんよ、かわい子ちゃん。俺にはぴったりの呼び方だって思えたんだ。まあいい、とにかく俺は君があいつを本当に好きだってことをはっきり知りたかっただけなんだ。なぜって……」

「なぜって？」

「うーん、なぜなら俺はぜんぶ片づけてきちまったからだ」

彼女は欄干の手すりを握り締めた。

「何ですって！」

「ああそうだ」ギャラハッド閣下は言った。「ぜんぶ片づいた。だからって姉貴のコンスタンスから、伯母の祝福がもらえるなんてほんとに期待してもらっちゃ困るんだが――いや実のところ、俺が君だったら、そういう危ない真似はしない。姉貴は君に嚙《か》みつくかもしれないんだからな――とはいえ、その件を別にすれば、ぜんぶ大丈夫だ。ウエディングベルが高らかに鳴り響くんだ。君の恋人は庭園のどこかにいる。行って見つけてこのことを話してやるがいい。興味を持つはずだ」

「だけど……だけど……」

スーは彼の腕をつかんでいた。大声で叫んで泣きじゃくりたいという猛烈な衝動が、彼女を襲った。いまや彼女は、今宵の美しさに何らの疑いも抱いてはいなかった。

「だけど……どうやって？　どうして？　何が起こったの？」

「うーん……俺が君のお母さんと結婚していたかもしれないってことは、認めてくれるね？」

「ええ」

「つまり俺は君の、血はつながらないが父親ってことになる」

「ええ」

「その資格において、ねえかわい子ちゃん、君の利益は俺の利益だ。実のところ、俺の利益以上なんだ。そういうわけで俺は君の幸福を、『書類の代価』にしたんだ。あの劇は見たことがあるかい？　ああ、君の生まれる前の話だ。君が生まれる前にアデルフィ劇場でかかってたんだ。そこにはこういうシーンがあった……」

「どういうこと？」

ギャラハッド閣下は一瞬ためらった。

「うーん、つまりどういうことかって言うと、ねえかわい子ちゃん、姉貴のコンスタンスが俺の回想録のことをいつもどれだけ激しく怒ってるかはわかっていたから、俺は彼女のところに言って率直にこう言ったんだ。〈クラレンスは〉俺は姉貴に言った。〈誰が誰と結婚しようと反対するような男じゃない。結婚式に出席しろって求められない限りってことだが。本当の障害はあんただ〉俺は言ったよ。〈あんたとジュリアだ。あんたが認めてさえくれりゃあ、ジュリアを説得するのは五分で済む。彼女があんたの判断を信頼してることはわかってるだろう〉って。それから俺は、もし姉貴が真実の愛の進路を鉄条網みたいに邪魔するのをやめてくれるなら、俺はあの回想録を出版しないことにするって言ったんだ」

スーは彼の腕にすがりついた。言葉が見つからなかった。

夜はごく静かに、しんとしていたから、パーシー・ピルビームはすべてを聞き、多くの言葉を見つけていた。現在彼が置かれた状況の微妙な性質が、彼がそれを口走らなかった唯一の理由だった。パーシー・ピルビームにとって、それはあたかも掌中《しょうちゅう》に握り締めていた五〇〇ポンドが、青い鳥が消え去るように、はたはたと飛び去ってゆくがごとしであった。ロンドンおよび近郊諸州において、P・フロビッシャー・ピルビームほどに五〇〇ポンドをこよなく愛する者はそうはいなかったのだ。

「まあ！」スーは言った。それだけだった。彼女はあまりにも深く感動していた。彼女は彼の腕を抱き締めた。「まあ！」彼女は言った。「まあ！」

彼女は泣いていた。またそれを恥ずかしいとも思わなかった。

「よしよし！」これに異を唱えるように、ギャラハッド閣下は言った。「そんなにとんでもない話じゃないんだ、そうだろ？　友達が友達を助けたからって、そんなにたいした話じゃないんじゃないかな？」

「なんて言っていいいか、わからない」

「何も言わなくていいんだ」ほっとしてギャラハッド閣下は言った。「だってさ、なあ、あんなもんが出版されようがされまいが、俺にゃあ知ったこっちゃないんだ。少なくとも……いや、ぜんぜん構やしない……不愉快をずいぶんと惹《ひ》き起こすってだけの話さ。それに俺はあの本を国に遺贈して、百年後に出版してもらって、未来のピープス［十七世紀の王政復古期に一平民から海軍大臣にまで出世した人物。詳細な「秘められた日記」で知られる］になるんだ。どうだい？　最高だろう。後世への遺物とか、そういうやつさ」

「まあ！」スーは言った。

　ギャラハッド閣下はクックと含み笑いをした。

「とはいえ、グレゴリー・パースローとエビの話を聞くまでに、世界があと百年待たなきゃならないってのは残念だが。今夜あれを読んだとき、あそこまでは行ったかい？」

「ごめんなさい、あんまり読めなかったの」スーは言った。「ロニーのことばかり考えていたから」

「ああ、そうか？　話してやろう。百年待つ必要はないんだ。アスコット競馬場でのことだった。マーティンゲールがゴールド・カップを勝った年の話だ……」

　足下ではパーシー・ピルビームが藪《やぶ》から立ち上がっていた。もう誰に見られようと構わなかった。依然彼はこの穴倉城の客人なのだ。それで客人が好きな時に藪から出たり入ったりできないなら、英国のもてなしの心の出番はどこにあるというのだ？　ブランディングズ城に後ろ足で砂をかけて立ち去り、エムズワース・アームズで一夜を過ごそうと彼は考えていた。明日はロンドンに帰ろう。あそこでなら自分は愛されているのだから。

「ああ、かわい子ちゃん。こういう話なんだ。パースローの野郎は……」

　パーシー・ピルビームはぐずぐず居残っていなかった。エビの話は彼にとって何の意味も持たなかった。彼は踵《きびす》を返した。そして夏の宵が彼を呑《の》み込んだ。闇夜のどこかで、フクロウがホーと啼《な》いた。その音には嘲りの響きがあるようにピルビームには感じられた。彼は眉をひそめた。彼の歯はガチッと鳴った。
もし見つけてやれたら、あのフクロウにひとこと言ってやりたいところだった。

＊巻末エッセイ――わたしのウッドハウス

沃地としてのブランディングズ城

紀田順一郎

イヴリン・ウォーの『ブライヅヘッド再び』（一九四五）ほか諸作に見るまでもなく、滅びゆく階級ということがイギリス文学の魅力的なテーマないし背景となって久しいが、ユーモア小説のジャンルでもまったく同様であることを立証した存在として、わがウッドハウスをあげることにさしたる異論はないであろう。

元来、笑いというものが権力者と被支配者、主人と使用人、夫と妻というように、立場と価値観が対極的な関係の下で生じやすいことは、私たちの日常において経験する通りである（笑いが諷刺と不即不離の関係にあるのはこのためだ）。早い話がこれらの組み合わせに裸の王様と民衆、凡庸な主人に賢い使用人、うっかり亭主にちゃっかり夫人といった輪郭を付すと、たちまち一篇のユーモア小説が成立する。日本のユーモア作家の古典的代表として『愚兄賢弟』（二九）の作者である佐々木邦（一八八三〜一九六四）などは、対極的人間関係の背景として日本版滅びゆく階級を導入、みごとな成功例となった。

ウッドハウスと同世代で、一九二〇年代から四〇年代にかけ作家活動のピークを迎えた佐々木邦が、マーク・トウェーンやジェローム・K・ジェロームほか海外のユーモア作家を精力的に紹介しながら、なぜウッドハウスだけは手をつけなかったのか、ナゾというほかはないにしても、その影響が深甚であることは児童ものの代表作『苦心の学友』（三〇）、『全権先生』（三二）を見ても一目瞭然である。前者は昭和初期、伯爵家の我儘な後継者の学友（お守役）に指名された家令の息子（同年齢の少年）が、さまざまな苦心と同時に機知を発揮してお役目を果たすという筋だが、両家は江戸時代には三代続いて領主と家臣の関係にあり、その身分的な上下関係を子どもにまで反映させるという奇抜なアイディアに諷刺と笑いの基盤を置いている。別段伯爵家を没落の対象とは見ていないが、視点的人物としての家令の息子を称揚することで、相対的に低い評価を与えている。『全権先生』は新興成金が、出来の悪い子どもたちの住み込み家庭教師として、甥にあたる帝大生（地方出身者）を雇うという話である。こちらには目立った身分差はないが、経済的な格差や、成金の子弟がボンクラという既成観念を前提にしている。

ところで私自身の受容史になるが、佐々木邦の作品に相当な感銘を覚えたとはいえ、何しろ終戦直後に十歳そこそこの、民主教育をまともに受けた世代としては、本質的に過去の物語という印象だったことは否めない。その後数年を経ずして神保町で「新青年」を漁り、ウッドハウスの名を覚えたとしても、ジーヴスものはユークリッジ（当時の翻訳表記はアクリッジ）もの同様きわめて恣意的に紹介されていたきりなので、戦前読物誌の定番ナンセンス・コントというほかは、さしたる感銘も残らなかった。ましてや臨戦体制時に刊行された長編は（『ヒヨコ天国』や『笑ガス』は別として）すでに稀覯本となっていたため、手にする機会さえなかった。わずかな例外として『世界大衆文学全集』（三一）の一冊として訳出された長編『新聞記者スミス』に、ハワード・ホークスの映画のようなスピード感と、烈々たる正義感の発露を見出したにとどまる。

このような次第で、ウッドハウスの小説家としての真価を認識したのは、ようやく八二年に古賀正義訳『スミスにおまかせ』が出て以来という頼りなさであったが、小説としての結構布置、人物の性格と描写、生色に富んだ会話、凝った文体など、間然するところがないのに驚かされた。一場面といえども無駄がなく、読了後クラクラさせるノンストップの展開も職人芸といえばその通りだが、戦後はこのようなプロ中のプロといえる作家は出ていないように思う。

とくに余人の追随を許さないのは背景に設定されたブランディングズ城である。イングランド中西部のシュロップシャー州にそびえるこの大邸宅は、実在のモデルがあるようだが、美しい渓谷を見下ろす丘の上に建っている。そこから流れ落ちる川が視界の彼方に尽きる辺りから、ゆるやかに起伏する草原が緑の波濤となって、こちらの城のほうへと押し寄せ、お抱え庭師の縄張りの辺までくると虹にも紛う多彩な花の乱舞となって砕け散るという、まさに絵に描いたような理想郷である。邸そのものも十六世紀の初期チューダー様式という堂々たるものだが、内部は図書室に蔵書が雑然と並べられているほかは、甲冑《かっちゅう》や絵画コレクションのような趣味性は皆無である。それは当主の九代目エムズワース伯爵の頭脳が、日常的にバラの栽培やブタの飼育で占領されているからにほかならない。一子フレディーは二十代半ばごろの、競馬で一攫千金を夢見るのがせいぜいのドラ息子である。そのほか彼らの血縁を含む周辺人物の性格は、明らかに衰微する貴族階級の象徴といってよい（ついでながら「ブランディングズ」はカメの一種でもある）。

ブランディングズものは、早いものは一九一五年に刊行され、最終的には一九七七年に及んでいるが（没後九二年にも補遺短編集が一冊出ている）、その精髄は二〇年代から三〇年代にかけて執筆された。少なくともブランディングズ城という記号はこの年代に確立され、今日にいたるもウッドハウスのロゴとして愛され続けているといってよいだろう。

現在イギリスの各地にのこっている城館は、ほとんどナショラル・トラストなどの手に移り、名家の裔によって維持されている例は少ないが、このような貴族の没落は、すでに第一次大戦後から第二次大戦の前夜にかけて、いわゆる戦間期にはじまっていた。基本的にデフレ経済による不況時代で、おまけにアメリカに対し巨額の戦債を負ったため、世界経済の中心は一挙にロンドンからニューヨークに移行し、産業資本は大打撃を蒙った。毎年百万人の失業者が生まれ、ストライキが頻発、後に労働党政権の出現を促すことになる。

この時期はちょうどアガサ・クリスティーやF・W・クロフツほかイギリス本格推理小説作家の興隆期にあたり、とくにクロフツの場合は、現代でいう企業ミステリの形で、不況にあえぐ中小企業のもとに発生した巧緻な犯罪が描かれていることに注意したい(ちなみにクリスティー自身も当時の経済情勢への強い不安から、ポアロものとマープルものの最終作を書き上げ、版元の金庫に寄託している)。

貴族社会への影響はどうであったか。ブランディングズ城の主エムズワース卿は、爵位を持つ有力な家柄である以上、地域への貢献などを通じて社会的なステータスは非常に高い。このような階級の基礎収入は大方ジェントリ(郷紳)からの地代に依存していたが、ジェントリそのものが資本主義的な経営に傾斜していたため、不況の影響を蒙らないわけにはいかなかったといえる。ブランディングズ城の主も安閑としてはいられないはずだが、ジェントリという緩衝装置があるため、急激な没落には至らない。ちなみにジーヴスの主人で上流階級に属する有閑青年バートラムの登場する作品にしても、背景設定といい周辺人物像といい、すべてブランディングズものと双生児の関係にある。

しかし、ここが肝心なのだが、ウッドハウスはミステリ作家とは異なり、社会的現実を直截に反映するような策はとらない。貴族の衰微それ自体をテーマにするつもりもない。由緒の正しい貴族は、むしろイギリスの名物（national institute）として扱い、罪のない揶揄の対象とするにとどまる。エムズワース卿やその息子フレディー、あるいはバートラム・ウースターとその学友でイモリの研究家オーガスタスに加え、周辺にあって絶え間なく男たちを悩ます妻や婚約者や叔母などの強力脇役陣。彼らはみな能天気な有閑族で、極端にエゴイスティックな人物ばかりだが、どこか憎めない。

そして、その世界一居心地よき舞台装置！『スミスにおまかせ』のちょうど真ん中辺で作者はインターミッションというべきか、恋人イヴにすげなくデートを断られたスミスが、一人淋しくホールでお茶を飲む場面を用意している。涼しく、快適なホールの開け放たれた大扉からは陽光の降り注ぐ芝生が見える。時おり左手の緑布を張ったドア越しに使用人たちの甲高い笑声が洩れてくるのだが、スミスは世界に自分一人しかいないような孤独感に陥り、再び夢想に耽りはじめる……。ドタバタ騒ぎのなかに、このように静謐で情感豊かな場面を用意し、「オヤ？」と思わせておいて、次なる場面の意外性を強調する。

ハイライトの犯行場面においても、作者は城館の間取りを巧みに利用し、興趣を盛り上げる。どんな迂闊な読者でも、やがて小説の主人公がブランディングズ城そのものであることに気づく仕掛けとなっている。

社会や人心は移ろいやすいものだが、一般に伝統的な地方の城館に対する愛着、憧れといおうか、少なくともその沃地的環境を快いものと感じる共通感覚は不変である。ウッドハウスも当然この社会心理を意識し、キャラクター不変のままシリーズ本位の執筆活動を続けた。こうした創作態度自体が（ミステリや冒険小説などのジャンルに例を見るように）すこぶるイギリス流である。ウッドハウスの以上の特性は、戦前のような切り売りではなく、ある程度まとめて紹介されなければ窺うことができないのは明白で、その意味からも今回のシリーズ刊行は意義深いものがある。多くの人がページをめくる前に、早くも相好《そうごう》を崩しそうになる本は、今日それだけでも貴重なのである。

（きだ・じゅんいちろう　作家）

＊特別付録

エンプレス・オヴ・ブランディングズ

N・T・P・マーフィー

ウッドハウスが小説を書く際に事実に関する誤りを非常に避けたがったことを知った後、エンプレス・オヴ・ブランディングズにも原型が存在するのではないかと私は思い始めた。彼は細部にまで大いに苦心したし、あるキャラクターはある状況で何を着、どうに見え、何をすべきであるか友人たちに訊ねている手紙もある。彼は犬やねこ、彼らの希望、恐怖、感情について面白おかしく書いたが、それは彼が彼らのことをよく知っていたからである。エンプレスは彼がごく詳細に描いた犬ねこ以外の唯一の動物であり、彼女がたんなる想像の産物である可能性は乏しいと思われた。

ウッドハウスのモデルの出所を特定する際には年代が決定的に重要である。エンプレスが初めて登場したのは一九二七年七月の短編「豚よォほほほほーいー」においてである。しかしウッドハウスはすでに一九二六年から『ブランディングズ城の夏の稲妻』の草稿と格闘していた。『夏の稲妻』はブランディングズ城物三作目の長編だが、ウッドハウスの経歴中きわめて重要な意義を持つ作品である。彼は友人にこう手紙で記している。すなわち、前二作（『サムシング・フレッシュ』『スミスにおまかせ』）はブランディングズ城にやってくる外部の人間たちの冒険の話だったが、今度はスリープウッド一族自身に関わる小説を書きたい、と。かなり苦心惨憺した末に、一九二八年の終わりに、彼は友人のビル・タウンエンドに『夏の稲妻』がとうとう仕上がったと告げている。とはいえその時ですら、彼は冒頭の三万語を四回書き換えねばならなかった。

『夏の稲妻』には二つ大きな意義がある。まず第一にそれは〈ピンク・アン〉や〈ペリカン・クラブ〉最善最高のメンバー、ギャラハッド・スリープウッド閣下を初登場させた作品である。第二にそれは、その後四十五年間にわたって続くブランディングズ城物の長編のパターンを最初に定めた作品である。『夏の稲妻』以前は、エムズワース卿は数多くの関心の持ち主であった。庭仕事、イチイの小径《こみち》の保護、天文学、巨大カボチャ、等等。しかし『夏の稲妻』以降、どれほどペテン師やら詐欺師やらが往来しようと、ジュリアやコンスタンスやハーマイオニーが何と言ってよこそうと、ひとりエンプレスのみが彼の人生の唯一の関心事であることを我々は知ることになる。また若い求婚者たちは、エムズワース卿の承認を得る唯一の方法は、エンプレスを通じてであることにいずれ気づくのである。

一九二〇年から三〇年までの十年間、ウッドハウスは信じられないくらいに多忙だった。彼は舞台の脚本を書き脚色をし、短編小説、記事、長編小説を目覚しいスピードで次々と発表し続けていた。この十年間に彼は九箇所の住所に居住し、更に一ダースの住所を訪問した。だがエンプレスのモデルとなった可能性の高い一箇所は明白だ——ノーフォーク、ハンスタントン・ホール。レ・ストレンジ家の先祖代々の邸宅である。

ウッドハウスは一九二四年の十二月にその地を初めて訪問し、一九二〇年代を通じて定期的にそこに滞在した。同ホールの所有者、チャールズ・レ・ストレンジはまさしくエムズワース卿のごとき人物で、とある動物の飼育に夢中だった。彼の場合それはジャージー種の牛であり、彼の愛牛グレニー二世号は一九二九年に郡大会で優勝し、一九三〇年には東アングリア大会で優勝、そして一九三一年にはブリスウッド・ボウルにおいて全国優勝を果たした。エンプレスと同じように、三年連続の優勝である。

長いこと私はこのグレニー二世こそエムズワース卿の愛するブタのモデルだと確信していた。私が突然真のモデルを示す四要素を正当に認識したのは、ようやく一九九九年になってのことである。一九二〇年代、ウッドハウスは毎日の日課を確立していた。彼は午前中は仕事をして過ごし、午後は長い散歩にでかけ、その後夕方何時間か仕事をするのを好んだ。また彼はその日課が乱されるのを嫌った。午後の散歩ができない日は、彼は不機嫌で怒りっぽくなった。

第二の要素は、彼はチャールズ・レ・ストレンジが好きでハンスタントン滞在を愛したが、社交は嫌ったという点である。田舎のご名士様がたはご高名なウッドハウス氏にご面会したいと午後の正式訪問をしたがった。――そしてご高名なウッドハウス氏はご面会されるのを嫌ったのである。彼は午後はゆったり長い散歩をして過ごすのが好きだった。そしてご名士様がご到着されると、彼は逃げられなかったのである。

第三の要素はウッドハウスの事実に関する正確さへのこだわりである。われわれはエンプレスがどんなふうに見えるか、すなわち、その耳の垂れ下がる様、その顔の優しい、もの問うがごとき表情、彼女が食事する際に立てる盛大な音、豚小屋の敷きわらの上を移動するときのカサカサいう音を知っている。これらを想像して書くなどウッドハウスには思いもよらぬことであったろう。ほんとうのブタがどこかにいたはずである。

四番目の要素は決定的である。一九二九年一月、『夏の稲妻』刊行の七カ月前に、『ストランド』誌はレオノーラ・ウッドハウスによる彼女の義父に関する文章を掲載した。彼女は彼が人に会うのを嫌うこと、仕事は午前中にするという厳格な日課、午後の長い散歩に出かけられないことを彼がどれほど嫌うかを書いた。――そして続いて、彼女はこう書いている。

「ときどきわたしは彼のことを、驚くほど忠実だと思う――場所や事柄に対して、という意味だ。一棟の古い豚小屋だって、そこに住んでいるブタといったん知り合いになれば、彼にはいつだって天国なのである……」

するとどこかにブタはいたわけだ。私はハンスタントンをもっとじっくり調べてみようと決心した。

ハンスタントン・ホールはなだらかに起伏する広々とした大庭園を擁し、三辺を堀に囲まれている。四番目の辺で堀は幅を広げ、装飾用の湖を形成している。湖の向こうには木立があり、木立の向こうには菜園を目隠しする高いレンガの塀が立っている。

菜園に行くには湖の端に掛かる小橋を渡り、木立の間を折れ曲がって見えなくなる小径をたどればよい。もしウッドハウスが訪問客を避けようとして（たいてい彼はそうした）日課の午後の散歩にでかけようとした（いつも彼はそうした）ならば、これこそ明らかに彼がとったルートである。いったんあの木立の陰に入って館から見えなくなってしまえば、菜園を行ったり来たりそぞろ歩くことも、村まで歩いてでかけてゆくこともできたわけだ。

一九八六年に、トム・シャープ*と妻と私はハンスタントン・ホールを訪れ、木立の同じ隙間《すきま》から、湖の向こうに聳《そび》え立つホールの威容に見とれていた。当時私は依然、エンプレスのモデルはチャールズ・レ・ストレンジのジャージー牛だと確信していたし、イラクサの絡まる菜園の塀の傍らにある廃墟化した小さな建物に気がついたのも、まったくの偶然だった。厳重な精査（と、イラクサにずいぶん刺されたこと）の結果、それは古い豚小屋であることが判明した。

ここはウッドハウスが館の視界を離れる最初の場所である。ここは彼が一休みし、パイプに火を点してどこに散歩に行こうかなと決めた場所である。そして、私がウッドハウスについて読んだことすべてと彼が動物好きであったことを考え合わせると、彼がここに居住するブタと友好関係を確立しなかったとは信じられないのである。

© Mr Tom Mott

ここまではよしだ。だがこれは七十年前の話である。ここには一頭だけブタがいたのだろうか？　もしいたとしたら、それは普通の白ブタだったのだろうか、それとも私の探し求める黒ブタだったのだろうか。

その後私はトム・モット氏と接触する幸運に与《あずか》った。彼のお父上は一九二〇年代にホールの運転手を勤めておいでで、モット氏はウッドハウスをよく憶《おぼ》えていた。彼はクリスマスに彼からお菓子の袋をもらったのを憶えていた。彼は湖のパント船が塗り替えられ、ウッドハウスがしょっちゅう乗っていたせいでプラム号の名が冠せられたことを憶えていた。彼は豚小屋のことを憶えていた。そして私の最後の質問に答え、彼は私が望んではいたものの、本当に聞けるとは思っていなかった答を確認してくれたのだった。一九二〇年代中頃の居住者は黒ブタだったのだ！

それから驚いたことに、彼は写真を持っていると話してくれたのである！

このブタがウッドハウスが長い生涯に知り得たただ一匹のブタであるなどとは、私は一瞬たりとも主張するつもりはない。しかし私は一九二〇年から一九三〇年の間の彼の動きを平均十二日間隔で跡づけている。ロンドンやニューヨークの彼の家に豚小屋がなかったのは確かである。また私の調査によれば他のカントリーハウスへの訪問は二回きりでそれも数日間に過ぎなかったのに対し、ウッドハウスは一九二六年にはほぼ二カ月をハンストントンで過ごし、一九二七年にもう一カ月、一九二八年に更にまた一カ月を過ごしている。このブタは彼が「豚よォほほほほーいー」を執筆し、『夏の稲妻』と格闘していたまさしくその時、彼が知っていたブタだったのである。もしこの世にウッドハウスにかの永遠不滅なるエンプレス・オヴ・ブランディングズのインスピレーションを与えたブタが一頭いるとしたら――そしてどこかにモデル豚が一頭いるはずであるとしたならば――それは前掲の高貴なる生き物なのである。

モット氏がかくも大昔に彼女の写真をそもそも撮影しようなどと思ってくれたことを考えるにつけ、天に感謝である。

＊筆者による日本語版への註――トム・シャープは小説家で、『狂気準備集合罪』他、多くの風刺小説の著者。英国ウッドハウス協会理事。彼はレーゼンバーグに生前のウッドハウスを訪問したことがあり、彼のことを傑出した作家であるとともに、生まれてこれまで会った中で一番いい人だと考えている。

訳者あとがき

本書『ブランディングズ城の夏の稲妻』*Summer Lightning*（一九二九）をウッドハウス・スペシャルの第一弾として読者の皆様のもとにお届けできることは、大きなよろこびである。ウッドハウス・コレクションのジーヴス本をこれまで読んできてくださった読者の皆様、本書をいま読んでくださっている皆様に、心底よりお礼を申し上げたい。また本書のために紀田順一郎先生より〈巻末エッセイ〉としてブランディングズ城の魅力を余すところなく語りつくした玉稿のご寄稿をいただいた。謹んで感謝を申し上げる。更に英国ウッドハウス協会の誇る備忘担当官《リメンブランサー》、ノーマン・マーフィー氏がかつてウッドハウスの絶筆、*Sunset at Blandings*（Penguin, 2000）に寄稿された、名豚エンプレス・オヴ・ブランディングズのモデル発見にまつわる逸話も収録させていただいた。ひとえに感謝である。この上駄文を重ねる意義はむろん皆無であるのだが、ウッドハウス・スペシャル刊行開始のめでたきを寿《ことほ》ぎ、ほんのお目汚しのご挨拶と、どうぞご海容を頂きたい。

さて、本書『夏の稲妻』は、ブランディングズ城物の長編としては三作目にあたる（*A Damsel in Distress* を含めると四作目になる）。と言うと、ではなぜ一作目から訳さなかったのか、との疑問が当然寄せられよう。訳者としてはあらかじめその疑問にお答えしておく義務があろうかと思われる。

第一に、本書の先行作『スミスにおまかせ』は、すでに古賀正義氏によって見事な翻訳が上梓されている。現在は入手困難であるが、いずれ有志の出版社によってふたたび刊行される日も近かろうと期待される。本書は屋上屋を架すの愚を避けたかった。

第二に、ブランディングズ城シリーズ第一作『サムシング・フレッシュ』は、ウッドハウスがはじめて米

『サタデー・イヴニング・ポスト』誌の連載を勝ち取った里程標的作品であり、名作であることは言を俟《ま》たないのだが、ブランディングズ城物としては異色に属する。本作執筆時（また『スミス』執筆時も）、作家はブランディングズ城物のシリーズ化可能性を意識していなかった。また登場する主要キャラクターの性格も本書以降とはだいぶ異なる。そこでは愛すべき執事ビーチは気難し屋として描かれ、有能なバクスターは有能さゆえに重用されている。

第三に、これは本書所収ノーマン・マーフィー氏の論稿に明記されていることであるのだが、重複を恐れずに言えば、本書にはいわゆるブランディングズ城物として一括される作品群のパターン・セッターとしての意義が大きい。ブランディングズ城物のストーリー展開の大きな柱は、多くはよき意図の下、アイデンティティーを偽って城に潜入する様々な身分詐称者（本書ではペテン師と訳した。字面がいい）によって担われる。この特徴は前二作においてもすでに見られた。しかしギャリー伯父さんが登場し、エムズワース卿のエンプレスへの献身的愛情がもはやゆるがしえぬものとして描かれた本書において、はじめてブランディングズ城物はブランディングズ城物としての十全なる特徴を備えることとなったのである。すなわちエムズワース卿の甥、姪の恋の成就の鍵はつねに女帝豚エンプレスにあり、それゆえ彼女は誘拐、恐喝、あるいは痩せ薬投与等々の危険に繰り返しさらされる。しかし彼女はこれらの試練によく耐え、三年連続シュロップシャー農業ショー銀メダル（優勝）獲得の栄誉をほしいままにする運命にあるのだ。

エムズワース卿の甥たちは、好ましい人物ではあるがおしなべて低能で取り得がない。しかし彼が彼であるにもかかわらず、彼が彼であるという、ただそれだけの理由で、彼は夢の女性に愛される。エムズワース卿の姪たちは、みな美しく可憐だが、おばたちの勧める好条件の縁談を拒み、自分の選んだ相手と結婚しようとする強い意志の持ち主である。

ウッドハウスが作詞した、映画『ショーボート』の挿入歌として有名な名曲『ビル』は、「わたしが彼を好きなのは、彼が巨大な脳みそを持ってるからじゃない。なぜかわからないけれど、わたしは彼が好き。だって彼は、ただのわたしのビルなんだもの」と歌う。ブランディングズ城という無原罪の桃源郷を舞台に繰り広げられる、愚かしいまでに無垢な純愛が美しく胸に響くのは、この、「彼が彼だから彼が好き」のテーマが繰り返されるゆえであろうか。とはいえ、いささかウェットに傾きがちな純愛の一部始終は物語のほんの一部でしかない。女帝エンプレスと、何かと論点を外しがちなエムズワース卿とその恐るべき妹たち。いつも素敵なギャリー伯父さん。バクスターやピルビームら、ちょっぴり小賢しすぎる小悪党たち。様々な思惑をもった登場人物たちが織り成す人間模様は、あくまでも喜劇として描かれ、また純愛も偏愛も嫉妬もプライドも小悪も俗物根性も、偉大なるブランディングズ城の堂々たる大舞台に載せられるとき、読者の目にはちいさな生き物たちの可憐な営為として、おのずと愛らしく、また面白おかしく感じられずにはおられないのである。

ブランディングズ城物の長編は、もっともリベラルな数え方をすれば全部で十四作品になる上、更に短編十編が加わる（ブランディングズ城物の短編は、岩永正勝・小山太一編訳『エムズワース卿の受難録』文藝春秋、二〇〇六年、にすべてが収録されている）。それほどの大河ドラマを支えきれるほど、そんなにも沢山の妹や弟や息子や娘や甥やら姪やらが供給できるものかと疑問に思われる向きは、文末に掲げるエムズワース伯爵家の家系図をご一見いただきたい（トニー・リング氏作成。製作者の許可を得て転載）。更にこの上、顔の広いギャリー伯父さんがゴッドファーザーを引き受けた名付け子たちもふんだんに登場する。

付録として巻末にブランディングズ城物のシリーズ紹介を付けた。トニー・リング氏の *Wodehouse at Blandings Castle, The Millennium Wodehouse Concordance, Vol. 5. Blandings*（一九九八）の分類に従い、正確に言えばブランディングズ城物ではない *A Damsel in Distress* やフレッド叔父さん物まで入れてある。とはいえフレッド叔父さんは本シリーズ第三回配本の『ブランディングズ城は荒れ模様』に続く、*Uncle Fred in the Springtime* で、かの高名なる精神科医サー・ロデリック・グロソップを詐称して甥のポンゴと共にブランディングズ城に乗り込んで堂々と主役を張る人物であるのだから、ブランディングズ城物の一翼を担う作品リストに入れてもさして不当ではあるまい。であるならばスミスだって主役を張ったんだからスミス物も入れてよいのではないか、『荒れ模様』に登場するスー・ブラウンの元恋人、モンティ・ボドキンだって自分のシリーズを持っているし、ハンサムで人気も高いぞ、といった声も予想されなくはないのだが、いずれどこかで線は引かれねばならない。ブランディングズ城の肥沃の地は、他シリーズの主要登場人物たちが往来する相互乗り入れの場でもあるということに、ここはご留意をいただくだけにしておきたい。

今年二〇〇七年は猪年だが、中国では六十年に一度のめでたい金豚年であると聞いた。結婚や出産や起業にたいへん縁起のよい年だという。このめでたきよき年に、黒豚小説を皮切りとして本シリーズが刊行開始されたのも何かの縁であろう。ウッドハウス・スペシャルの前途よ、幸多かれ末永くあれと願う次第である。

ブタの話ばかり繰り返すようで恐縮であるが、エンプレスはバークシャー種の黒豚である。英国原産のこの豚は、筋繊維が細く肉質緻密で柔らかく食味はきわめて良好だが、成長が遅く産子数が少ないため本国イギリスでは今日ほとんど飼育されていない。翻《ひるがえ》って我が国においては、「鹿児島黒豚」に代表される黒豚(農林水産省による黒豚の定義は純粋バークシャー種のみを指す)は、ブランド肉として広く人口に膾炙《かいしゃ》している。現在世界じゅうで一番バークシャー種のブタを愛好しているのは、どうやら日本人であるらしいのだ。黒豚小説も必ずや広く日本中で愛されるにちがいないと、確信する所以である。

森村たまき

二〇〇七年八月

第八代エムズワース伯爵一族家系図

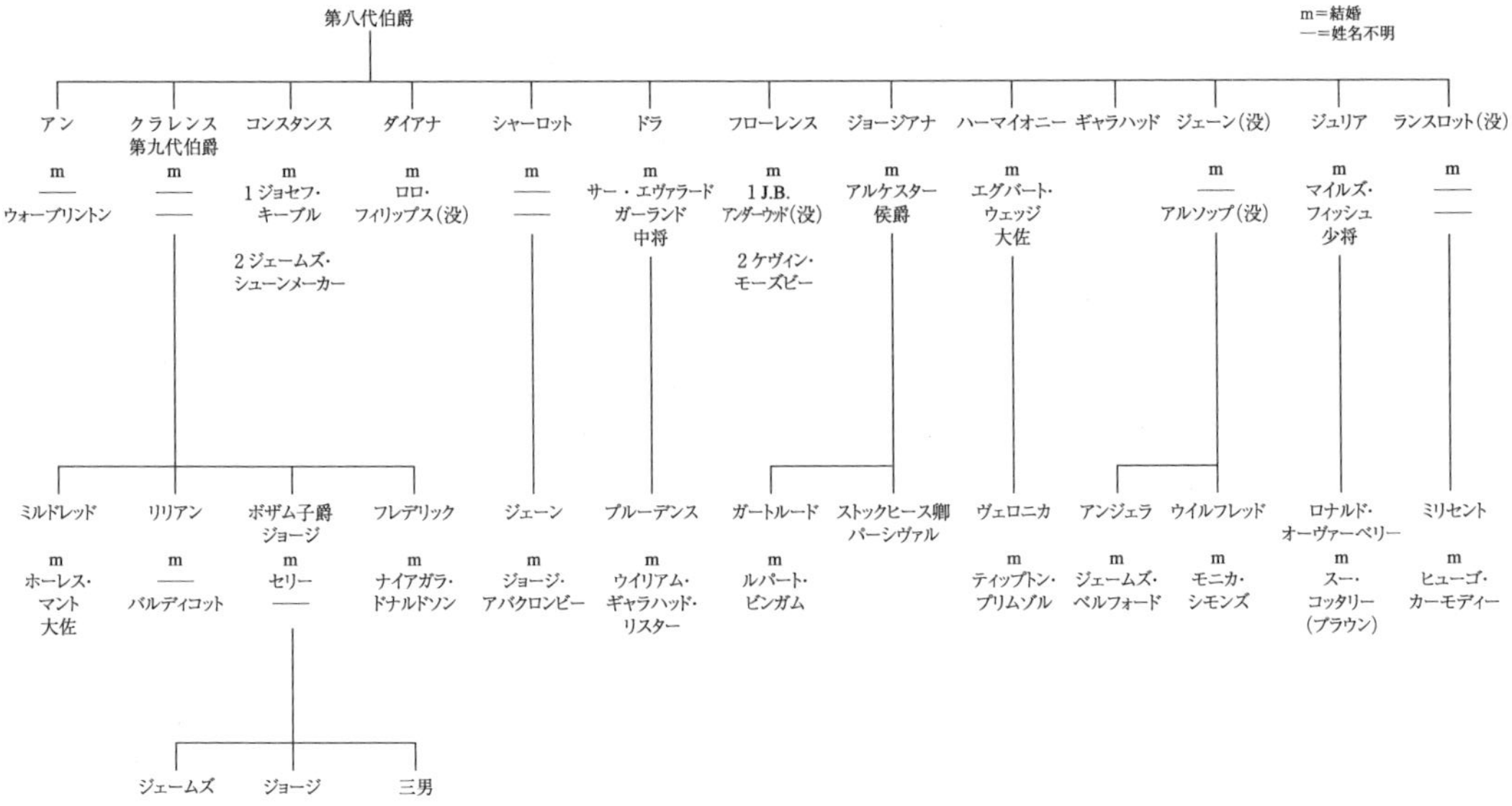

◉《ブランディングズ城シリーズ》紹介

［長編］

Something Fresh（Methuen, 1915、米国版は *Something New* として同年 D Appleton より刊行）。ブランディングズ城物第一作。ウッドハウスがアメリカの『サタデー・イヴニング・ポスト』誌にはじめて連載した記念すべき作品。売れない小説家と女性記者がスカラベを奪回せんとブランディングズ城に従僕と小間使いとなって潜入する。尊大な執事ビーチをはじめ、後の作品と比べると登場人物たちの性格づけはだいぶ異なる。

A Damsel in Distress（Herbert Jenkins, 1919、米国版は同年 George H Doran より刊行）。ベルファー城を舞台にマーシュモアトン伯爵を主人公とする「ほとんどブランディングズ城物」作品。フレッド・アステア、ジョーン・フォンテーン主演、P・G・ウッドハウス脚本で同名の映画が製作された（日本名『踊る騎士』一九三七年）。

Leave It to Psmith（Herbert Jenkins, 1923、米国版は一九二四年 George H Doran より刊行）。古賀正義訳『スミスにおまかせ』（一九八二年、創土社）。「スミスもの」で一家をなすスミス氏がブランディングズ城にカナダ人詩人を名乗って潜入する。バクスターの植木鉢投げシーンは本書で何度も言及される。

Summer Lightning（Herbert Jenkins, 1929、米国版は *Fish Preferred* として同年 Doubleday, Doran より刊行）本書。

Heavy Weather（Herbert Jenkins, 1933、米国版は同年 Little, Brown より刊行）。ウッドハウス・スペシャル『ブランディングズ城は荒れ模様』として刊行予定。本書完結の十日後に舞台設定された続編。ロニーの母ジュリア・フィッシュが恋人たちの行く手を妨げる。スーの昔の恋人、ハンサムで気のいい大金持ちのモンティ・ボドキンが初登場。

Uncle Fred in the Springtime（Herbert Jenkins, 1939、米国版は同年 Doubleday, Doran より刊行）。若い恋人たちの恋の成就のため、フレッド叔父さんと甥のポンゴ・トウィッスルトンが精神科医のロデリック・グロソップとその秘書を名乗ってブランディングズ城に乗り込む。癇癪持ちで名高いダンスタブル公爵も秘書のバクスターを伴ってブランディングズ城に押し掛け滞在中。

Full Moon（Herbert Jenkins, 1947、米国版は同年 Doubleday より刊行）。エムズワース卿の姪の中で最も容姿端麗の誉れ高いヴェロニカとアメリカの大金持ちティップトン・プリムゾル、もう一人の可憐な姪、プルーデンスと不細工なヘボ画家のビルをめぐる恋模様。エムズワース卿はエンプレスの肖像画制作を画家に依頼する。

Uncle Dynamite（Herbert Jenkins, 1948、米国版は同年 Didier より刊行）。フレッド叔父さんもの。フレッド叔父さんは甥のポンゴを売れない彫刻家のサリーと結婚させようとする。二人はめでたく婚約したがまもなく破談。ポンゴはハーマイオニーと婚約してしまったが、ハーマイオニーを愛するビルは収まらない。地元警察官とメイドの恋も紛糾中。フレッド叔父さんは甘美と光明を振り撒けるのか。

Pigs Have Wings (Herbert Jenkins, 1952、米国版は同年 Doubleday より刊行)。エンプレスの連続優勝を阻止せんとサー・グレゴリー・パースロー＝パースローがシュロップシャー農業ショーに新たに送り込む敵ブタ、クィーン・オヴ・マッチンガム。ブランディングズ城の新しい豚飼育係のモニカ・シモンズはサー・グレゴリーの従姉妹であることが判明。サー・グレゴリーの執事が村の薬屋で痩せ薬を大量購入との目撃情報も。

Cocktail Time (Herbert Jenkins, 1958、米国版は同年 Simon & Schuster より刊行)。フレッド叔父さんがドローンズ・クラブの窓からパチンコで向かいのクラブから出てきた紳士のシルクハットを叩き落す名シーンで始まる。この紳士はフレッド叔父さんの義理の弟にあたる勅選弁護士サー・レイモンドだった。

Service With a Smile (Herbert Jenkins, 1962、米国版は一九六一年に Simon & Schuster より刊行)。豚飼育係のウェルビラヴドがマッチンガム・ホールからブランディングズ城に戻ってきた。新しい秘書のラヴェンダー・ブリッグスはバクスターよりも有能でエムズワース卿を悩ませる。ダンスタブル公爵もまたもや押し掛け滞在中。本物のマイラ・シューンメーカー嬢も滞在中。エムズワース卿は難局の解決をフレッド叔父さんに委ねる。

Galahad at Blandings (Herbert Jenkins, 1965、米国版は *The Brinkmanship of Galahad Threepwood* として一九六四年に Simon & Schuster より刊行)。『ジーヴスと恋の季節』に登場するデーム・ダフネ・ウィンクワースが、エムズワース卿の花嫁候補としてブランディングズ城にやってくる。エンプレスはウイスキーに泥酔。美貌のヴェロニカの恋路に障害が。豚飼育係モニカ・シモンズとピアニストの恋。

A Pelican at Blandings (Herbert Jenkins, 1969、米国版は *No Nude is Good Nudes* として一九七〇年に Simon &

Schuster より刊行)。再婚してニューヨークへ行ってくれたコニーが夏の間ブランディングズ城に戻ってくる。ダンスタブル公爵もまたもや押し掛け滞在。エムズワース卿はギャリーに助けを求める。公爵が購入したばかりの、エンプレスによく似た裸婦画をめぐる男たちの攻防も。

Sunset at Blandings (Chatto & Windus, 1977、米国版は一九七八年 Simon & Schuster より刊行)。作家の死去により未完となった。その後、創作ノートを参考にリチャード・アズバーンによって構成・加筆されて刊行された。

[短編]

岩永正勝・小山太一編訳『エムズワース卿の受難録』文藝春秋、二〇〇六年。ブランディングズ城物の短編十作品すべてと、フレッド叔父さんものの珠玉短編「天翔けるフレッド叔父さん」が収録されている。

ウッドハウス・スペシャル

ブランディングズ城の夏の稲妻

2007年9月12日　初版第1刷印刷
2007年9月15日　初版第1刷発行

著者　P・G・ウッドハウス

訳者　森村たまき

発行者　佐藤今朝夫

発行　株式会社国書刊行会
東京都板橋区志村1-13-15
電話03(5970)7421　FAX 03(5970)7427
http://www.kokusho.co.jp

装幀　澤地真由美

印刷　明和印刷株式会社

製本　村上製本所

ISBN978-4-336-04950-6

ウッドハウス
コレクション

◆

森村たまき訳

比類なきジーヴス
2100円

＊

よしきた、ジーヴス
2310円

＊

それゆけ、ジーヴス
2310円

＊

ウースター家の掟
2310円

＊

でかした、ジーヴス！
2310円

＊

サンキュー、ジーヴス
2310円

＊

ジーヴスと朝のよろこび
2310円

＊

ジーヴスと恋の季節